냉담가계

냉담가계
소박하고 서늘한 우리 옛글 다시 읽기

초판 1쇄 발행   2015년 1월 15일
초판 2쇄 발행   2015년 12월 8일

지은이   이상하
펴낸이   조미현

편집주간   김현림
책임편집   허슬기
디자인   오혜진·양보은

펴낸곳   (주)현암사
등록   1951년 12월 24일 · 제10-126호
주소   04029 서울시 마포구 동교로12안길 35
전화   365-5051
팩스   313-2729
전자우편   editor@hyeonamsa.com
홈페이지   www.hyeonamsa.com

ISBN 978-89-323-1716-8 03810

이 도서의 국립중앙도서관 출판시도서목록(CIP)은
서지정보유통지원시스템 홈페이지(http://seoji.nl.go.kr)와
국가자료공동목록시스템(http://www.nl.go.kr/kolisnet)에서
이용하실 수 있습니다.(CIP제어번호 CIP2014031782)

냉담가계

이상하 지음

현암사

일러두기

1. 이 책은 한국고전번역원의 홈페이지 '고전의 향기'(현재 '고전산책') 코너에 2010년 3월 2일부터
   2012년 12월 24일까지 연재됐던 글을 바탕으로 재구성한 것이다.

2. 본문에 사용한 기호의 쓰임새는 다음과 같다.
   〈 〉: 영화, 드라마 제목
   「 」: 단편, 중편
   『 』: 단행본, 장편, 작품집

3. 맞춤법과 띄어쓰기는 '한글 맞춤법'을 따랐다.

4. 이 책의 각주는 모두 지은이가 넣은 것이다.

5. 이 책에 등장하는 인물은 처음 언급될 때 '호'와 '이름'을 함께 표기했고 이후에는 호와 이름 중 하
   나만 썼다. 그러나 이해를 돕기 위해 각 글이 시작할 때마다 호와 이름을 중복해서 표기한 경우가
   있다.

고전은 본래 냉담하다

아침저녁 바람이 차더니, 곱게 물든 단풍잎들이 우수수 떨어진다. 가을이 저물고 이제 곧 겨울이 오리라. 한 시절 번화했던 것들이 시들어 사라지고, 들판에는 곡식을 거두고 난 뒤 쓸쓸한 풍경만 남았다.

나는 한문 고전을 가르치고 번역하고 연구하는 일로 살아가고 있으니, 고전을 업業으로 삼는다고 함직하다. 고전 번역에 종사하면서 내 책을 적잖이 출간했지만, 그동안 간행된 번역서들과 달리 이 책에서는 역문譯文에 해설을 덧붙여 고전의 세계를 독자들에게 보다 친절히 알려주고자 했다. 고전의 글을 소개할 때, 그 시절 또는 그 시국을 보고 느끼면서 떠오른 단상斷想을 무단히 써놓기도 했다. 이제 보니 무람없는 곳들도 있다. 그렇지만 내게는 고전의 의미를 새삼 되새겨보는 좋은 계기가 되었다.

농부가 밭을 갈듯이 나는 하루하루 고전을 무덤덤하게 읽곤 한다. 때로는 시간에 쫓겨 서둘러 읽느라, 다 읽고 나면 무엇을 읽었는지 금방 까맣게 잊기도 한다. 좋은 글이 가슴에 와 닿기도 하지만, 그것은 대개 일이라는 중압감을 벗어났을 때 찾아오는 짧은 기쁨이거나 아니면 조금 과장을 보태어 자족自足하는 경우일 터다. 따라서 나처럼 고전을 업으로 삼는 사람에게 고전은 농부의 밭과 같은 것이라 오히려 고전이 나의 감성을 좀처럼 적셔주지 않는다.

생각해보면, 우리에게 고전은 무엇인가. 하루가 다르게 변화해가는 오늘날 세상에서 늘 멈춰 선 듯이 보이는 고전이 우리의 삶에 무슨 의미가 있는가. 적절한 비유일지는 모르겠지만, 고전에 담겨 있는 수많은 이야기들은 봄, 여름, 가을 동안 변화했던 것들이 사라진 뒤 들판에서 거둬진 알곡식, 그 무수한 낱알 중에서 요행히 남아서 과거의 변화했던 시절을 우리에게 알려주려 기다리고 있는 소중한 씨알과 같은 게 아닐까.

옛사람은 사서史書는 요열鬧熱하고 경서經書는 냉담冷淡하다 하였다. 역사서는 사람이 시끌벅적한 저잣거리와 같아 흥미를 끌기 쉬운데, 사람이 꼭 읽어야 하는 경서는 오히려 그 내용이 냉담하여 맛이 없다는 것이다. 그래서 옛사람은 사서는 읽기 쉽고 경서는 읽기 어려우니, 경서를 더 힘써 읽어야 한다고 하였다.

이 책에는 조선 시대 우리 선인들의 갖가지 이야기들이 실려 있다. 내용은 다양하지만 그 이면을 관통하는 것은 물질이 범람하는 오늘날에는 좀처럼 찾아보기 어려운, 맑은 행복을 누리고 간 옛사람들의 마음과 삶이다. 내 딴에는 재미있게 읽은 글들을 뽑았지만 한문 고전을 접하지 않은 오늘날의 독자들에게는 맹물처럼 냉담하여 맛이 없을지 모르겠다. 이 책에 '냉담가계冷淡家計'라는 이름을 미리 붙여둔 까닭이다.

고전은 본래 냉담한 것이니, 그 냉담한 맛을 참고 곱씹으며 고전을 읽지 못하는 사람은 삶의 뿌리를 알지 못하고 삶의 참된 깊이를 얻을 수 없다는 인식이 세상에 널리 퍼져서 냉담한 책들이 품격을 갖추고 다투어 서가에 꽂힐 날이 오기를 기대한다.

이 책은 한국고전번역원 '고전의 향기' 코너에 연재한 글들을 수정 보완해서 묶은 것이다. 변변찮은 글을 책으로 간행해준 현암사 여러분의 노고에 감사드린다.

2014년 늦가을, 북한산 아래 서재에서

이상하

차례

1부

텅 빈 마음에
빛이 생기나니

어리석지 않은 바보

○

사라져 가는 우리의 얼굴들이 있다. 거리에 나서면 사람들이 비슷비슷해져 있음을 느낀다. 심각하거나 무표정한 표정에 바쁜 걸음걸이, 얼굴도 서로 닮아 보인다. 저마다의 개성이 점점 옅어지고 있는 것 같다. 순박하고 넉넉했던 한국의 표정은 이제 신라의 토우土偶나 저 백제의 미륵불, 또는 조선의 민화에서나 찾아볼 수 있다. 어수룩한 모습으로 편안하게 자기 삶을 살았던 한 바보의 얘기에서 잊힌 우리의 얼굴 하나를 찾아보자.

황보리黃保里에 성은 안安이고 이름은 선원善元, 자는 원길元吉인 사람이 살고 있었는데, 향교鄕校에 예속되어 있고 나이는 동렬同列들보다 많았으므로 고을 사람들이 그를 당장堂長이라 불렀다. 그는 사람됨이 감정을 드러내거나 모나게 구는 법이 없어 고을 사람들과 어울릴 때면 나이와 신분을 막론하고 깍듯이 예를 갖추고 차별을 두지 않았으며, 사람들의 모멸을 받으면 그럴수록 더욱 공손하였다. 심지어 고을의 젊은 사람들이 그를 만나면 욕을 하고 주먹질을 하고 발길질을 해대도 나쁜 말이 그의 입에서 나오지 않았으니, 천성이 그러했던 것이다.

그의 집에는 아내와 자녀, 아내의 홀로 된 어미가 있었고 부릴 수 있는 하인이라고는 여종 한 사람뿐이었는데 그나마 이가 빠진 할멈이었다.

논과 밭이 있다고는 하지만 기껏해야 모두 10여 이랑을 넘지 않아, 오직 자기 힘으로 농사를 지어 먹고 살 뿐 달리 생계에 보탬이 될 것은 없었다. 매양 농번기가 되어 아내와 자식들이 여종을 앞세우고 나서면, 그는 호미나 낫, 삼태기, 삽 따위를 들고서 뒤따라 가서 일하다가 날이 다 저물어서야 돌아왔다.

천성이 시를 좋아했지만 이웃에서 그가 시를 읊는 소리를 들은 적이 없었다. 하루는 계조암繼祖菴에 놀러 갔더니 꽃과 달빛이 온 산에 가득하였다. 끙끙대며 읊조린 끝에 시구를 지어, "꽃이 산 앞에서 웃으매 소리 들리지 않고 새가 숲 아래 우니 눈물 흘림을 보겠네"라 하니, 듣는 이들이 배를 잡고 웃었다. 그는 또 술을 좋아하나 늘 마실 형편은 못 되었고, 취하면 몸을 가누지 못하지만 그렇다고 다른 사람에게 피해를 주지는 않았다.

이 동네는 습속이 다투기를 좋아하였다. 한번은 온 동네의 안씨들이 모두 뭉쳐서, 방만을 떨던 서얼庶孽 소생 이씨 한 사람을 성토한 적이 있었는데, 그가 홀로 이 일에 동참하지 않으니 온 마을 사람들이 겁쟁이라고 비웃었다. 그러나 이 일이 있은 뒤 그 이씨가 곤장을 맞아 목숨을 잃을 지경이 되자 안씨들이 죄에 연루될까 두려워하여 마치 자기가 당한 일처럼 가슴 아픈 척하며 끊임없이 이씨에게 문안을 가니, 그의 장모가 탄식하기를, "근심할 게 없는 이는 우리 사위로구나. 내 딸이 우러러보며 평생을 의지할 배필로 이만하면 되었다" 하였다.

집 안에 물건이라고는 병풍 한 벌이 있었는데 이것을 가지고 가서 군수를 알현하였다. 군수가 그를 앞으로 오게 하고 술을 대접하면서 물었다.

"이 병풍 끝에 '안원길에게 준다'라 쓰인 것은 자네의 표덕表德(자字의 별칭)을 가리킨 것이 아닌가."

곁에 있던 장씨 성을 가진 좌수座首가 눈을 부릅뜨고 꾸짖기를,

"네게도 자가 있느냐. 이름도 욕된 주제에, 네가 무슨 자를 다 쓴단 말인가" 하자, 아전들이 모두 곁눈질을 하며 몰래 웃었다. 그러나 그는 도리어 난감해하는 기색이 없이 물러나 말하기를,

"다른 사람이 장씨보다 더 추한 말을 할지라도 내 어찌 감히 노하리오. 설령 남이 내 얼굴에 침을 뱉는다 하더라도 마르면 그만이요, 내 귀에 오줌을 눈다 하더라도 씻으면 그만일 것이며, 내 앞에 볼기짝이나 신근腎根을 드러낸다 하더라도 그냥 똑바로 바라보면 그만일 것이다"

하고는 또 말하였다.

"내가 세상에 산 지 반백 년이 넘었는데 비록 영화榮華는 누리지 못할지라도 몸에 횡액橫厄을 당하지는 않았으니, 다행이다. 병란兵亂이 일어난 이래로 우리 마을 사람들을 거의 집집마다 징발徵發하여 힘이 강한 자는 관군으로 부리고 몸이 튼튼한 자는 변방에 수자리를 세워, 그렇게 가서 돌아오지 않는 이가 줄을 이었다. 그러나 유독 나는 어리석은 덕분에 그런 사람들 틈에 끼이지 않아 이 집에서 미음을 먹고 죽을 먹으면서 지금까지 편안히 살아오고 있으니, 밖에서 오는 비웃음이나 모멸 따위야 내가 조금이라도 개의할 것이 있겠는가."

내가 평해平海에 와서 살면서 마침 그와 이웃이었던 터라 그 외모와 행동을 관찰하였는데 멍청하고 어눌하여 말을 제대로 입 밖에 내지 못할 정도였으나 그 내면을 살펴보면 외모처럼 그렇게 몹시 어리석지는 않

았다. 어쩌면 그의 다툼도 성냄도 없는 마음이야말로, 애써 수양을 쌓은 결과로 화평하고 태연하여 흡사 어떠한 경지에 도달한 듯한 것이 아닐까? 아, 보신保身의 도를 얻은 이라 할 것이며, 능히 남과 다툼이 없는 이라 할 것이니, 옛날의 마복파馬伏波[*]와 루사덕婁師德[**] 같은 이들도 반드시 그에게 자리를 양보하고, 이로써 그 자손이 본받아야 할 본보기로 삼을 것이다.

세상에 분노를 참지 못하는 자들은 혹 한마디 말과 한 가지 일을 이유로 마을에서 다투고 관가에 알려서 옥사獄事를 일으키고 형벌에 걸리면서도 뉘우치지 않으니, 이 안당장과 비교해본다면 그 우열이 어떠하겠는가. 나는 이로써 그의 외모와 재주는 모두 보통 사람보다도 못한 것 같지만 자신을 지키는 계책의 주도면밀함으로 말하자면 향리에서 자중자애自重自愛하는 근신한 사람도 미치기 어려울 정도임을 알겠다.

그의 집은 시내 북쪽 야트막한 산기슭에 있는데, 썩은 나무로 기둥을 받

---

[*] 후한 때의 명장인 복파장군伏波將軍 마원馬援을 가리킨다. 남을 비평하길 좋아하고 경박한 유협遊俠들과 사귀던, 그의 조카 엄돈嚴敦을 경계한 편지에, '남의 과실을 말하지 말고 남의 장단점이나 정치의 시비를 논하지 말라'고 하면서, 인정이 두텁고 후하며 신중한 '용백고龍伯高'란 사람을 전범典範으로 제시하며 본받으라고 하였다. (『小學 嘉言』)

[**] 당나라 때의 재상으로, 그 아우가 대주도독代州都督에 부임하러 떠날 때 말하기를, "내가 어린 나이에 재능이 부족한 사람으로 재상의 자리에 앉아 있는데, 네가 또 주州의 수령이 되어 가니, 분수에 넘치는 자리를 맡았다고 사람들이 질시할 것인데, 너는 장차 어떻게 소임을 마치겠느냐" 하였다. 이에 그 아우가 "이제부터는 남이 저의 뺨에 침을 뱉더라도 감히 대꾸하지 않고 스스로 닦음으로써 형님께 근심을 끼치지 않도록 하겠습니다" 하자, 그는 말하기를, "그렇게 해서는 나의 근심거리가 되기에 알맞다. 대저 사람이 침을 뱉는 것은 노여움에서 나온 행동인데, 네가 그것을 닦는다면 이는 그 사람의 노여움을 거스르는 행동이 될 것이다. 침은 닦지 않아도 절로 마를 터이니, 차라리 웃으며 감수하는 편이 낫지 않겠느냐?" 하니, 그 아우가 "삼가 가르침을 따르겠습니다" 하였다 한다.

치고 울도 담도 둘러치지 않았다. 그는 비가 오면 패랭이를 쓰고 볕이 나면 칠포립漆布笠*을 쓰며, 시든 뽕잎 빛 누른 옷을 입고 오석烏石 빛으로 검은, 가는 갓끈을 드리웠는데 체구는 여위고 키가 크며 검은 얼굴에 희미한 점이 있고 한두 가닥 듬성한 수염이 누렇다. 그가 사는 곳에는 한 해가 지나도 아무도 찾아오는 사람이 없고, 그 또한 좀처럼 남의 집에 발길을 들여놓지 않는다.

내가 그의 자취가 이대로 사라질까 염려하여 이렇게 전傳을 짓는다.

黃保里, 有姓安而善元元吉字名者居之, 以其籍屬于校, 而齒優於同列, 故鄕人稱爲堂長. 爲人無喜怒圭角, 與鄕人處, 待其老幼高下, 一其禮, 無等別, 衆侮至, 逾益恭, 鄕少遇之, 輒詈且辱, 拳而蹴, 惡不出其口, 天性然也. 家有妻子女妻寡母, 使喚唯女奴一而無齒. 有水田土田, 竝不出十餘畝, 只力以自給, 無他資活. 每農月, 妻兒先赤脚後, 持鋤鎌畚鍤以隨之, 不盡夕不歸. 性愛詩, 隣比未嘗聞吟哦. 一日, 遊繼祖菴, 花月滿山, 苦吟得句曰: "花笑山前聲未聽, 鳥啼林下淚生看" 聽者捧腹. 又嗜酒, 不常繼得, 醉輒爲所使, 亦不爲人病. 里俗喜鬪, 合一洞安姓, 以討擊李之慢者, 獨不與, 一里人皆笑怯. 後李厄于杖, 將不起, 安懼其坐, 候問不絶, 若桐之在已. 其妻老嘆曰: "無憂者郞乎! 吾女之仰望終身者, 若此足矣." 所蓄有屛書一本, 資以謁太守. 太守前而饋以酒, 問 "此紙尾贈安元吉云者, 非君表德歟?" 傍有座首姓張者, 張目呵曰: "汝亦有字乎? 名且辱, 汝呼奚字爲." 吏皆側視竊笑, 顧無難其色, 退而語曰: "使人言醜, 有甚於張, 吾敢怒! 設令人唾吾面, 乾而已; 溺吾耳, 洗而

---

* 칠을 한 베로 만든 삿갓.

已; 露其臀其腎, 吾直視而已."且曰: "吾生世半百有餘, 雖無榮之可耀, 亦無
患之橫于身, 幸也. 自兵興以來, 發吾里者, 家以爲算. 强者役于官, 壯者戍于
邊, 其去而不返者相踵. 而獨吾以愚之故, 不齒人, 饘於是, 粥於是, 得至今而
安吾生. 笑侮之自外來者, 奚足芥吾念乎!"余嘗客于箕, 適與之隣焉, 觀其外
貌擧止, 癡憃拙訥, 言未敢出口, 而考其中, 則不至如外之甚. 抑其所以無爭辨
忿怨之心者, 豈有着功定力之致, 而怡然泰然若有所得者然. 噫! 其得保身之
道者乎! 其能與物無競者乎! 如古之馬伏波婁師德之徒, 亦必讓而爲子孫法
矣. 世有不忍忿者, 或以一言一事, 鬪于閭, 聞于官, 以至速獄罹刑而不悔. 其
視優劣, 何如也! 吾以是知其人之外之內, 皆若出尋常庸衆人之下, 而其自謀
之審, 則雖鄕黨自好者, 果能及之否也. 家在溪之北短麓之上, 撑以朽木, 無垣
籬可遮. 雨着蔽陽子, 晴戴漆布笠, 衣黃桑色, 垂烏石細纓, 瘦而長黑, 面微印
點, 鬚有一莖二莖而黃. 所居, 終年無至者, 足亦不及人. 吾恐其泯, 遂爲傳.

— 이산해, 「안당장전安堂長傳」(『아계유고鵝溪遺稿』)

아계鵝溪 이산해李山海(1539~1609)가 귀양 가서 지금의 울진군 기성면
황보리란 마을에 살면서 안선원安善元이란 사람을 보고 쓴 글이다.

아계는 선조 때 문장팔가文章八家의 한 사람에 꼽힐 만큼 문학에 뛰어
났고 서화에도 조예가 깊었다. 1590년 영의정에 올랐으나 1592년 임진
왜란이 발발하자 국정國政을 잘못 운영하여 왜적을 들어오게 하였다는
죄목으로 양사兩司의 탄핵을 받아 파직되었고, 평양에서 다시 탄핵을 받
아 경상도 평해平海로 귀양 갔다. 1600년에 다시 영의정에 올랐고 아성
부원군鵝城府院君에 봉해졌다.

안선원은 향교에 예속隸屬되어 있었던 것으로 보아 향교의 천역賤役을 맡아 보았던 듯하다. 이 당시에는 주로 신역身役, 즉 군역軍役을 면하려고 백성들이 자진해서 향교나 사찰 등의 천역에 예속되는 경우가 있었다. 안선원은 온갖 천대와 수모를 받으면서도 남에게 모진 짓을 할 줄 몰랐던 바보였다. 한편 그는 뜻밖에 시를 좋아하는 풍류도 있었던 사람이었다. 그렇지만 그가 끙끙거리며 기껏 읊었다는, "꽃이 산 앞에서 웃으매 소리 들리지 않고 새가 숲 아래 우니 눈물 흘림을 보겠네"라는 시구는 아동들이 한시를 배울 때 읽는 입문서인 『백련초해百聯抄解』의 첫째 연구인 "꽃은 난간 앞에서 웃어도 소리는 들리지 않고, 새는 숲 아래서 울어도 눈물은 보기 어렵네花笑檻前聲未聽 鳥啼林下淚難看"에서 한두 자만 어색하게 바꾼 것이다. 그래서 사람들이 배를 잡고 웃었던 것이다.

안선원이 험한 세상에서 자신을 지키며 살아간 지혜는 이해를 타산하는 작은 마음에서 얻어진 게 아니라 순박하고 넉넉한 그의 천성에서 절로 나온 것이었다. 그는 속세 사람들의 눈에는 멍청하고 어눌하여 다툴 줄도 성낼 줄도 모르는 바보로 보였지만, 실상은 저 피안에 서서 아등바등 다투는 속세 사람들을 멀리 굽어보고 있었던 게 아닐까.

'비가 오면 볕을 가리는 패랭이를 쓰고 볕이 나면 비를 막는 칠포립을 쓰고 시든 뽕잎 빛 누른 옷을 입고 오석 빛 검은 갓끈을 매고 몸은 여위고 키는 크고 검은 얼굴에 희미한 점이 있고 한두 가닥 누른 수염이 듬성하게 난' 헙수룩한 모습으로, 세상에 답답할 게 없는 표정으로 느릿느릿 홀로 걸어가는 안선원을 떠올려보자. 그리고 거기에 그가 살았던 시내 북쪽 야트막한 산기슭의 울도 담도 없는 오두막을 배경으로 더하면, 그대로 한 폭 조선의 민화이다. 민화 속에 살고 있는 그는 집안은 가난하고 사람들과 왕래도 없지만 누구에게 기댈 일도, 아무런 구할 것도 없어 마음은 늘 넉넉하고 평안하다.

외로운 나무에 핀 꽃

○

이른 봄 차창 밖으로 펼쳐지는 들판에는 간간이 홀로 피어 있는 복사꽃, 살구꽃만 유난히 눈에 띈다. 작은 나무에 핀 꽃일수록 더 또렷하고 사랑스럽다. 문득 "외로운 나무에 핀 꽃이 절로 분명하여라"라고 노래한 두보의 시구가 생각난다. 아, 이 아름다운 풍경을 단 한 구절로 이토록 잘 그려놓다니. 정녕 한 폭의 작은 그림이다. 좋은 시는 아무렇지 않은 듯이 우리 가슴에 오래 남아 있다가 뜻밖의 정경을 만나면 이렇게 잔잔한 감동을 일으킨다. 내가 이 시구를 특히 좋아하는 까닭은 이뿐만이 아니다. 세상이 자기를 알아주길 바라지 않고 향기로운 삶을 사는 군자의 모습이 외로운 나무에 핀 꽃과 겹쳐서 떠오르곤 하기 때문이다.

선생이 신유년(1561) 3월 그믐에 계재溪齋 남쪽으로 걸어 나와 이복홍李福弘, 덕홍德弘 등을 데리고 도산陶山으로 가다가 산 위의 소나무 아래 잠시 쉬셨다. 당시 산에는 꽃이 활짝 피었고 내 낀 숲은 봄기운이 아련하였는데 선생이 두보의 시구를 읊으셨다.

소용돌이 물에 목욕하는 해오라기는 무슨 마음인가 盤渦鷺浴底心性
외로운 나무에 피어 있는 꽃이 절로 분명하여라　　獨樹花發自分明

덕홍이 묻기를 "이 시의 뜻이 어떠합니까?" 하니, 선생이 "위기지학爲己
之學을 하는 군자가 목적을 두어 일부러 의식적으로 그러한 바 없이 자
연스럽게 사는 모습이 이 뜻과 은연중에 합치한다"라고 하셨다. "해오
라기가 목욕하는 것은 누구를 위해 자신을 깨끗이 하는 것이겠습니까.
꽃은 자연스런 모습으로 분명하고 자연스럽게 향기를 풍기니, 누구를
위해 그러한 것이겠습니까"라고 물으니, 선생이 "이것이 목적을 두어
작위하는 바 없이 자연스럽게 사는 모습을 보여주는 한 증거이다. 학자
가 모름지기 이 이치를 체험하여 바른 의리를 지키고 자신의 이익을 꾀
하지 않으며 정도를 밝히고 공효를 따지지 않아야 할 것이다. 그렇게 하
면 이 시구의 꽃, 해오라기와 다름이 없겠지만 만약 터럭만큼이라도 목
적을 두어 작위하는 마음이 있으면 학문이 아니다" 하셨다.

완락재玩樂齋에 이르러 절우사節友社의 매화 아래 앉아 계시는데 어떤
중이 와서 남명南冥 조식曺植(1501~1572)의 시를 바쳤다. 선생이 몇 번
읊조리고 말씀하시기를 "이분의 시는 으레 몹시 특이하고 어려운데 이
시는 그렇지 않구나" 하셨다. 그리고 이어서 차운하여주시고는 또 절구
한 수를 지으셨다.

꽃은 바위 벼랑에 피고 봄은 고요한데	花發巖崖春寂寂
새는 시냇가 나무에서 울고 물은 잔잔하네	鳥鳴磵樹水潺潺
우연히 산 뒤쪽으로부터 동자 어른들 데리고	偶從山後携童冠
한가히 산 앞에 이르러 고반考槃을 바라본다	閒到山前看考槃

덕홍이 묻기를 "이 시에는 기수沂水 가에 노니는 즐거움이 있어 일상생활 중에 천리天理가 위아래에 다 같이 막힘없이 유행流行하는 오묘한 경지가 있습니다" 하니, 선생이 "이런 뜻이 조금 있긴 하지만 추측하여 말한 것이 지나치게 높다" 하셨다.

先生辛酉三月晦, 步出溪齋南, 率李福弘德弘等往陶山, 憩冢頂松下一餉間. 時, 山花灼灼, 煙林靄靄; 先生詠杜詩"盤渦鷺浴底心性 獨樹花發自分明"之句. 德弘問: "此意如何?" 先生曰: "爲己君子, 無所爲而然者, 暗合於此意思." 問: "鷺浴爲誰潔己? 花發自在而明, 自在而香, 曾爲誰而然也?" 先生曰: "此無所爲而然者之一證耳. 學者須當體驗, 正其誼不謀其利, 明其道不計其功, 則與花鷺無異矣. 若小有一毫爲之之心, 則非學也." 到玩樂齋, 坐節友社梅下. 有僧進南冥詩; 先生吟咏數遍曰: "此老之詩, 例甚奇險, 此則不然." 因次以贈, 又作一絶云: "花發巖崖春寂寂, 鳥鳴磵樹水潺潺. 偶從山後携童冠, 閒到山前看考槃." 德弘問: "此詩有沂上之樂, 樂其日用之常, 上下同流, 無所滯礙之妙也." 先生曰: "雖略有此意思, 推言之太高耳."

— 이덕홍, 「계산기선록溪山記善錄」(『간재집艮齋集』)

퇴계退溪 이황李滉(1501~1570)의 만년의 일상을 제자인 간재艮齋 이덕홍이 기록한 「계산기선록」에서 발췌한 글이다.

이복홍은 이덕홍의 셋째 형이다. 계재는 지금의 퇴계 종택 서쪽에 있던 서재로 학생들이 기숙하며 공부하던 곳이었는데, '계남재溪南齋'로도 일컬어졌다. 지금도 이 계재가 있던 지점에서 산을 넘어 도산서당으로 가는 길이 나 있다.

"소용돌이 물에 목욕하는 해오라기는 무슨 마음인가. 외로운 나무에 피어 있는 꽃이 절로 분명하여라"는 당나라 시인 두보杜甫의 시 「수수愁」에 나오는 구절로 원래 자신은 몹시 시름겹거늘 자연의 경물은 무심하기에 시름이 더욱 깊어진다는 뜻이다. 즉 무심한 자연 경물과 대조시킴으로써 자기 시름을 극명하게 표현한 것인데, 퇴계는 단장취의斷章取義*하여 세상이 자기를 알아주지 않아도 홀로 고결하고 향기로운 삶을 사는 군자의 모습에 비겼다.

자신의 심경과 봄 경치가 만나면서 문득 이 시구가 떠올랐으리라. 생각해보면, 이덕홍의 말처럼 해오라기는 누구에게 잘 보이려 자신을 깨끗이 목욕하는 게 아니요, 꽃은 찾아주는 이가 없어도 스스로 향기를 풍기고 있으니, 진정한 위기지학爲己之學이 무엇인가를 이처럼 간명하게 묘파한 말이 또 있을까. "바른 의리를 지키고 자신의 이익을 꾀하지 않으며 정도를 밝히고 공효를 따지지 않는다仁人者 正其誼 不謀其利 明其道 不計其功"는 것은 한漢 나라 학자 동중서董仲舒 [BC 176(?)~104(?)]의 말이다.

완락재는 퇴계가 거처하던 곳으로 곧 도산서당 본채인데 이때는 아직 완공되지 못했다고 이덕홍이 주석에서 밝혀놓았다. 절우사는 완락재 바로 앞의 왼쪽 산기슭에 매화, 소나무, 대나무, 국화를 심어놓은 곳을 일컫는 말이다.

남명이 퇴계에게 시를 보냈다는 사실이 흥미롭다. 그렇지만 아쉽게도

---

* 문장에서 필요한 부분만을 인용하거나 자기의 취지에 맞춰 달리 해석하여 쓰는 것을 이르는 말이다.

지금은 남명과 퇴계, 양현兩賢이 주고받은 당시의 시를 찾아볼 수 없다. 옛날에는 행각行脚하는 승려들이 시권을 갖고 다니면서 명사들의 시를 받기도 하고 편지와 시편을 전해주는 역할을 하였다.

위 퇴계가 읊은 절구는 문집에 「걸어서 계상으로부터 산을 넘어 서당에 이르러步自溪上踰山至書堂」라는 제목으로 실려 있는데, 퇴계의 대표작으로 꼽힌다. 이 시는 눈에 보이는 경치를 읊었을 뿐이라 일견 단조로워 보인다. 그렇지만 오히려 자신의 상념을 개입하지 않고 자연이 주는 잔잔한 감동을 그대로 그려낸 데에 이 시의 큰 울림이 있다. 이덕홍은 천리天理가 위아래에 유행하는 경지를 표현했다고 하여 군이 성리학적인 의미를 부여하였지만 이는 시를 분석한 견해일 뿐이다. 퇴계가 애초에 이런 의도를 갖고 이 시를 지었을 리는 없다. 우연히 본 경치를 그대로 읊어놓은 작품인데도 오래 두고 외울수록 작자의 깊은 정신세계가 느껴지면서 더 좋으니, 묘하다.

고반考槃은 『시경』「위풍衛風」의 편명으로 은자隱者가 사는 곳을 뜻한다. 여기서는 도산서당을 가리킨다. '기수沂水 가에 노니는 즐거움'은 공자의 제자 증점曾點의 고사에서 온 것이다. 공자가 여러 제자들에게 각자의 포부를 말해보라고 했는데, 증점이 "늦은 봄에 봄옷이 다 지어지면 어른 대여섯 사람, 동자 예닐곱 사람과 기수에서 목욕하고 무우舞雩에서 바람을 쐬고 시를 읊으면서 돌아오겠습니다暮春者 春服既成 冠者五六人童子六七人 浴乎沂 風乎舞雩 咏而歸" 하였다. 세상에 구함이 없는, 군자의 은일한 삶을 잘 드러낸 것이다.

똑같은 꽃인데 언제 어디서 보아도 사랑스러운 것은 꽃이 우리에게 자기를 알아주길 바라지 않기 때문이 아닐까. 이제 봄바람을 타고서 자연이 베푸는 향연이 산과 들에 펼쳐지고 있다. 꽃을 보면서, 자연의 무심한 아름다움에서 배우는 가르침이 크다는 것을 새삼 깨닫는다.

텅 빈 마음에 빛이 생기나니

○

아침 햇살이 작은 창에 비쳐 들면 어둑하던 방 안이 밝아지면서 환한 빛줄기 속에 부유浮遊하는 먼지들이 보인다. 어둠 속에서는 보이지 않았던 것들이다. 우리 마음도 지혜의 밝은 빛이 비추지 않으면 어두컴컴한 무지 속에 탐욕과 아집이 도둑처럼 숨어 살아도 알아차리지 못한다. 그래서 자기 내면은 보지 못하고 바깥세상만 보는 사람들은 마음을 헐떡이며 한사코 세상을 원망하여 스스로 불행해지고 만다. 조선 시대 홍귀달洪貴達(1438~1504)은 남산 기슭에 단칸의 작은 초옥草屋인 허백정虛白亭을 짓고 살면서 텅 빈 마음을 길상吉祥한 빛으로 채웠다.

허백정은 나의 벗 홍겸선洪兼善이 지은 정자이다. "어찌하여 허백虛白*이란 편액을 걸었는가?" "장자의 말을 취한 것이다" "우리 유가의 말을 취하지 않고 허황한 노장의 말을 취한 것은 무슨 까닭인가?" "허령虛靈하여 어둡지 않아서 모든 이치를 다 갖춘다**는 것과 방 안이 텅 비어 환한 빛이 생기면 길상이 와서 모인다는 것은 말은 비록 달라도 뜻은 같

---

* 『장자』「양생주養生主」에 "저 방의 빈틈을 보건대 거기로부터 빛이 들어와 빈 방이 환해지니 길상이 모인다瞻彼闋者, 虛室生白, 吉祥止止"라고 한 데서 온 말이다.

** 『대학장구大學章句』에 주자는 명덕明德을 마음의 밝은 본체로 보고 "명덕은 사람이 하늘로부터 얻어서 허령하여 어둡지 않아 뭇 이치를 갖추고서 만사에 응하는 것이다明德者, 人之所得乎天而虛靈不昧, 以具衆理而應萬事者也" 하였다.

다." "그렇다면 어찌하여 밝다 하지 않고 환하다 하였는가?" "텅 비면 빛나고 빛나면 밝음이 생기니, 밝음과 환함은 같은데 환함은 밝음의 극치이다" "방 안이 텅 비어 환하다는 의미를 정자에다 써도 되는가?" "정자는 남산 기슭, 높은 솔숲 위에 걸터앉아 있어, 북쪽으로 성곽을 바라보면 저잣거리가 눈 아래 다 모여들고 동쪽으로 교외를 바라보면 수십 리 들판이 아득히 펼쳐져 있다. 그 지세는 높고 넓으며 전망이 끝없이 틔었으니, 허백이란 이름을 붙여도 명실상부하지 않은가? 저 창살 사이로 빛이 들어와서 고요하고 밝으며 티끌과 먼지가 머물지 않아, 외물外物이 나를 귀찮게 하지 못하는 것은 방 안이 비고 밝은 것이요, 하늘의 빛은 아래로 비치고 땅의 기운은 위로 솟아올라 한밤중에 맑은 이슬로 엉겨 이른 아침에 구름도 아니고 안개도 아니면서 흐릿한 공기 중에 떠서 움직이는 것은 정자가 텅 비어 환한 것이다. 나의 마음이 텅 비어 환할 수 있다면 방에 있든 정자에 있든 무슨 상관이 있겠는가?"

어떤 사람이 물었다. "정자가 텅 비어 환한 것은 참으로 좋고 그대가 찬양한 것도 옳다. 그러나 이른 아침 흐릿한 공기가 열려 해가 솟고 구름이 개면 아지랑이, 먼지와 같이 생물이 숨으로 불어 만드는 것이 가득 몰려와 일일이 응접할 겨를이 없을 터이니, 마음이 밖으로 치달려 호연지기浩然之氣를 구속하게 되지 않을 수 있겠소?" "아니오. 내 마음이 본래 텅 비어 있음에 만상萬象 또한 이 텅 빈 가운데 포함되어 참된 본체에 조금도 영향을 주지 않습니다. 도道는 텅 빈 곳에 모이니, 텅 비면서 가득 차고 가득 차고도 실實하면, 나의 마음이 곧 천지의 조화와 하나로 어우러진다오. 그렇게 되면 그 텅 빔은 한갓 텅 비고 마는 게 아니고 그 환함은 한갓 환하고 마는 게 아니라 이로 말미암아 천지가 만물을 화육化育하는 데에도 참여할 수 있을* 것이오."

옛날에 춘추시대 비침裨諶은 야외에서 생각하면 좋은 계책이 잘 떠오르고 도회에서는 그렇지 못하였다.** 지금 군이 정자에 있으면 육감六鑑*** 때문에 혼란하지 않고 공무 때문에 번민하지 않아 마음이 안정되고 고요하고 평안하고 깊어져서**** 그칠 곳을 알 수 있을 것이다. 그리하여 정심正心하고 수신修身하여 제가齊家, 치국治國, 평천하平天下까지도 미칠 수 있을 터이니, 명덕明德의 길상吉祥이 됨이 어찌 크지 않겠는가! 그렇다면 이 정자는 어찌 한갓 술을 마시며 웃고 애기하는 곳일 뿐이겠으며, 책을 읽고 시를 읊는 곳일 뿐이겠는가! 허백虛白을 잘 지켜서 마침내 군자의 큰일을 이루는 데까지 이를 날이 멀지 않을 것이다.

경숙은 기문을 쓰노라.

---

*　『중용장구』 22장에 "오직 천하에 지극히 성실한 이라야 자기 성품을 다할 수 있으니, 자기 성품을 다하면 능히 사람의 성품을 다할 것이요, 사람의 성품을 다하면 물物의 성품을 다할 것이요, 물의 성품을 다하면 천지의 화육化育을 도울 것이요, 천지의 화육을 도우면 천지에 참여하게 될 것이다 唯天下至誠, 爲能盡其性. 能盡其性, 則能盡人之性; 能盡人之性, 則能盡物之性; 能盡物之性, 則可以贊天地之化育; 可以贊天地之化育, 則可以與天地參矣"라 하였다.

**　비침은 춘추시대 정나라 대부大夫로 계획을 잘 세우는 사람이었다. 그런데 그는 사람이 없는 야외에 나가면 좋은 계책이 생각나고, 도시에서는 그렇지 못했다. 그래서 재상인 정자산鄭子産이 중대한 일이 있으면 그에게 수레를 타고 야외에 가서 계책을 생각하게 했다고 한다. (『左傳 襄公 31年』)

***　안眼, 이耳, 비鼻, 설舌, 신身, 의意 여섯 감각기관의 작용을 비추어 본다는 뜻이다. 여기서는 마음과 감각기관이 외물外物을 응접하는 것을 뜻한다.

****　『대학』에 "마음이 그칠 데를 안 뒤에 안정되고, 안정된 뒤에 고요해지고, 고요해진 뒤에 평안해지고, 평안해진 뒤에 생각이 깊어진다 知止而後有定; 定而後能靜, 靜而後能安, 安而後能慮"라 하였다.

虛白亭者, 吾友洪兼善所構之亭也. 曷爲扁以虛白? 取南華氏之言也. 不取
吾儒, 而其取乎齊諧何居? 言雖不同而意無不同也. 其所謂同者何? 虛靈不
昧, 而能具衆理, 室虛生明而吉祥來止; 言雖殊而意則同也. 然則何不曰明而
曰白? 虛則光, 光而生明; 明與白一般, 而白是明之極也. 以室之虛白, 而施
之外亭, 可乎? 亭在南山之麓, 跨雲松之杪, 北瞰城郭, 閭閻學集眼底; 東望
郊門, 數十里莽然蒼然. 其勢高闊, 光景無窮; 其受虛白之名, 無乃名實不孚
乎! 睽彼空閡, 光輝入來, 湛然明朗, 塵垢不止, 而外物不得與之相擾者, 室
之虛明也; 天光下屬, 地氣上騰, 半夜沉瀅, 平朝淸明之氣如雲非霧, 浮動於
空濛中者, 亭之虛白也. 蓋吾之心, 旣虛而能白, 則在室在亭, 奚擇? 人有問
之者曰:"亭之虛白, 誠美矣; 子之贊揚亦是矣. 然空濛旣闢, 日出雲開, 野馬
也, 塵垢也, 生物之以息相吹者, 騈闐羅列而進, 將應接之無暇; 而無乃心馳
於外, 而牿亡浩然之氣乎?"曰:"否. 吾心之本虛, 萬象亦與之涵虛, 而無損益
乎其眞; 有道集虛, 虛而盈, 盈而能實; 吾之心, 卽與天地造化相爲表裏. 然
則其虛也非徒虛, 其白也非徒白; 由是而參贊化育, 其功不難矣. 昔, 裨諶謀
於野則獲, 在邑則否; 今君之在亭, 不爲六鑑所攘, 不爲機事所惱, 能定靜安
慮, 能知所止, 正其心修其身, 施之於齊治平之極; 其爲明德吉祥, 豈不大歟!
然則是亭也, 豈徒樽酒笑談云乎哉! 佔畢諷詠云乎哉! 能守虛白, 而終至於
大全之域, 不遠矣. 磬叔, 記.

— 성현, 「허백정기虛白亭記」 (『허백당집虛白堂集』)

허백당虛白堂 성현成俔(1439~1504)이 친구인 홍귀달의 허백정이란 정
자에 대해 써준 글이다. 홍귀달의 자가 '겸선'이고, 호는 '허백정' 또는

'함허정涵虛亭'이다. '경숙'은 성현의 자이다. 두 사람이 모두 허백을 당호로 썼으니, 허백의 뜻을 얼마나 좋아했는지 알 만하다. 이 글은 대부분이 문답체로 되어 있는 것이 특징이다.

허백은 『장자』에서 온 말로 마음을 텅 비우고 무위無爲의 삶을 살겠다는 뜻이 들어 있다. 그런데 이 말을, 주자가 『대학』의 명덕明德을 마음의 밝은 본체로 보아 "허령虛靈하여 어둡지 않아서 모든 이치를 다 갖추고서 만사에 응한다"라고 정의한 것과 같은 뜻으로 보고, 나아가 『대학』의 지어지선止於至善 내지 정심正心, 수신修身, 제가齊家, 치국治國, 평천하平天下와 『중용』의 화육化育에까지 연결한 것은 논리의 비약이라 아니할 수 없다. 그렇지만 당시 홍귀달이 병조참판으로 벼슬길에 있었기 때문에 이렇게 의미를 부여할 수밖에 없었을 터이고, 또한 퇴계에 의해 주자학朱子學이 토착화되기 이전에는 이와 같이 선비들이 노장老莊과 유가儒家의 경계선을 분명히 긋지 않고 은일한 삶을 즐기는 경향이 많았다.

조선 성종 때 한양의 남산에 허백당이란 999칸이나 되는 거대한 집이 있다는 풍문이 팔도에 퍼졌다. 민가는 100칸을 넘을 수 없는 법이거늘 999칸이라니. 상경하는 서생들은 그 집을 찾아 남산을 헤매다가 마침내 단칸의 허름한 초가집인 허백정을 보고는 큰 감명을 받았는데, 허백정 주인 홍귀달이 이 집에 누우면 999칸의 사색을 하고도 공간이 남는다고 했던 말 때문에 생겨난 소문이라고 한다.

허백정은 사방이 겨우 두어 장丈에 불과한, 혼자 거처하기에도 좁은 단칸집이었다 한다. 그곳에서 홍귀달은 "빗소리 솔바람조차도 시끄러운 게 싫어라山雨松風亦厭喧"라는 시구를 읊으며 무욕의 고요한 삼매三昧 속에 노닐었다. 그는 높은 벼슬아치로 있을 때에도 퇴근하면 수수한 선비 차림으로 허백정에 들어가서 세상을 잊고 살았다. 때로 벗들이 찾아오면 술을 마시고 시를 읊으며 유유자적하였으니, 참으로 청한淸閑한 유선儒仙의 삶이라 아니할 수 없다.

장자는 또 "마음이 바르면 고요해지고 고요해지면 밝아지고 밝아지면 텅 비고 텅 비면 의식적으로 무엇을 하지 않아도 모든 일이 저절로 이루어진다正則靜, 靜則明, 明則虛, 虛則無爲而無不爲也"(『장자』「庚桑楚」) 하였고, 송나라 주렴계周濂溪는 '욕심이 없으면 마음이 고요할 때 텅 비니, 고요한 상태에서 텅 비면 밝아지고, 밝으면 통한다或問聖可學乎? 濂溪先生曰, '有.' '要乎?' 曰, '有.' '請問焉.' 曰, '一爲要, 一者無欲也. 無欲則靜虛動直, 靜虛則明, 明則通; 動直則公, 公則溥. 明通公溥, 庶矣乎!'(『근사록』「存養」), 하였으며, 주자도 "마음이 전일專一하면 고요해지고 고요하면 밝아지고 밝아지면 절로 마음을 덮어 가리는 어리석음이 없게 된다若論求此心放失, 有千般萬樣病; 何止於三. 然亦別無道理醫治, 只在專一; 果能專一則靜, 靜則明, 明則自無遮蔽"(『주자어류』) 하였다. 불교의 선정禪定이 마음을 비우는 공부임은 새삼 말할 필요도 없다. 또한 마음은 곧잘 거울로 비유된다. 거울이 먼지로 더럽혀지면 대상이 흐릿하거나 굴절되어 비치듯, 마음도 텅 비어 있지 않으면 대상을 분명히 비출 수 없다는 것이다.

이와 같이 동양학에서는 마음 비우는 공부를 특히 중시하여, 유가의 경敬이든 불교의 참선이든 대개 마음만 비우면 공부는 절로 성취된다고 보았다. 또한 이른 아침, 작은 창에 비쳐드는 고요한 햇빛처럼 텅 비고 환한 마음, 이것을 곧 밝은 지혜요 참된 행복이라 여겼다.

우리는 세상을 살아가는 데 필요한 것들을 배워 익힐 수 있는 본연의 능력을 갖추고 태어난다. 그런데 이율배반처럼 우리가 무엇을 배워 익혀 가는 과정을 거치면서 자기 마음과 몸도 점점 속박되어 간다. 그리하여 마치 술을 마시고 담배를 피우는 사람이 자꾸만 술과 담배를 찾듯이 나의 행동과 말과 생각이 내 마음대로 되지 않고 자꾸 익숙해 편한 길로만 가려 한다. 익숙해 편한 길로만 가려 하는 것은 불교에서 말하는 업業이요, 업 속에 살면서 업의 구속을 벗어나 실상을 보는 것은 마음의 밝음, 곧 지혜이다. 업의 구속을 벗어나려면 허백정 주인처럼 오직 마음을 비워야 하니, 마음을 텅 비우지 않으면 길상吉祥한 빛이 나의 내면에 모여들 수 없다.

만물이 모두 내 안에 갖춰져 있다

○

우리는 세상 속에서 세상을 마음속에 담고 살아간다. 곰곰이 생각해보면, 참으로 신기한 일이 아닐 수 없다. 세상 속에 산다는 점을 중시하면 유교 사상에 가깝고, 세상을 마음속에 담고 있다는 점을 중시하면 불교 사상에 가깝다. 그렇지만 유교 사상이라 하여 마음을 중시하지 않는 것은 아니다. 오히려 전국시대에 맹자는 세상 만물이 내 안에 다 들어 있으니, 내 마음이 진실하면 이보다 더 큰 즐거움은 없다고 하여, 진정한 행복은 나의 내면에 있다고 하였다.

맹자가 "만물이 모두 내 안에 갖춰져 있다" 하였으니, 이는 인仁의 본체가 지극히 큼을 비유한 말이다. 무릇 천지간에 사해四海와 팔황八荒, 금수禽獸와 초목草木 등이 다 물物인데 인자仁者는 이 모두를 똑같이 보아서 자신에 속하는 것으로 여긴다.

그러므로 세상의 모든 사람이 다 나의 백성이고, 모든 이민족들이 다 나의 이민족이며, 모든 금수와 초목들도 다 나의 금수와 초목인 것이다. 나[我]란 물物에 상대되는 개념이니, 비록 피차의 구별은 있을지라도 내가 저 만물을 모두 포괄할 수 있고 만물 각각에 맞게 처리할 방도가 있으니, 따라서 만물이 모두 나의 마음속에 갖춰져 있어 조금도 부족한 바가 없는 것이다.

내가 만물을 접할 때 처리하는 방도가 극진하지 못하면 내 자신에 돌이켜
볼 때 필시 무언가 미흡하여 허전하게 느껴질 터이지만, 나 자신에 돌이
켜보아 부족한 바가 없다면 그 즐거움이 어떠하겠는가! 그러므로 "서恕를
힘써 실행하면 인仁을 구함이 이보다 더 가까울 수 없다" 하였으니, 이
인을 구해서 인을 얻는 것이 이른바 "자신에 돌이켜 진실하면 즐겁다"
는 것이다. 『예기』에 "성인은 사해四海로 한 집을 삼고 중국으로 한 몸을
삼는다" 하였는데 이는 그래도 조금 부족한 점이 있다. 『맹자』는 여기서
개념을 미루어 넓혀서 만물을 자신 안에 소속시키는 데 이르렀으니, 더
할 나위 없다 하겠다.

孟子曰: "萬物皆備於我", 此形容仁體之極大. 大凡盈天地之間, 四海八荒,
禽獸草木, 皆物也. 仁者一視, 莫不屬己. 故兆民皆我民也; 蠻夷皆我蠻夷也;
禽獸草木皆我禽獸草木也. 我者物之對也. 雖彼我相形, 我可以包括無外, 而
各有處之之道, 是萬物皆備於我之度內而無闕. 我若處之不盡其道, 則反諸
我身, 必有欲焉而餒矣. 反之而無所欠闕, 其樂當如何哉! 故曰: "强恕而行,
求仁莫近焉", 求仁得仁, 所謂反身而樂也. 禮云: "聖人以四海爲一家, 中國
爲一身", 此猶欠少. 孟子又推擴至萬物屬己, 可謂盡之矣.

— 이익, 「만물비아萬物備我」(『성호사설星湖僿說』)

맹자가 "만물이 모두 나에게 갖추어져 있으니, 자신에 돌이켜보아 진
실하면 즐거움이 이보다 더 클 수 없고 서恕를 힘써서 행하면 인仁을 구
함이 이보다 가까울 수 없다萬物皆備於我矣. 反身而誠, 樂莫大焉; 强恕而行 求仁莫
近焉."(『孟子 盡心 上』)고 한 말을 성호星湖 이익李瀷(1681~1763)이 설명한 글

이다. 맹자의 이 말을 풀이하여 주자는 "만물의 이치가 나 자신 안에 갖추어져 있으니, 나 자신이 진실하면 마음이 참으로 즐겁고 남을 나와 같이 생각하면 사사로운 생각이 일어날 수 없어 '인仁'의 상태가 된다" 하였다.

성호는 위 맹자의 말을 '인'의 개념을 가지고 해석하였다. 즉, '인자仁者'는 천지 만물을 모두 똑같이 보아서 자신에 속하는 것으로 여기므로 세상 사람은 모두 나의 사람이고, 나아가서 짐승, 초목들까지도 모두 나의 짐승, 나의 초목으로서 모두 내 안에 포괄된다. 따라서 남은 그저 남일 뿐이 아니라 나의 남이며, 사물은 그저 사물일 뿐이 아니라 나의 사물이니, 사물을 접응할 때 자신이 할 도리를 다하지 못하면 마음이 흡족하지 못하고, 자신을 돌이켜보아 흡족하면 마음이 즐겁다. 남이 그저 남일 뿐이라 느껴지고 사물이 내 밖의 사물일 뿐이라 느껴진다면 이는 나의 마음이 진실하지 못한 것이요, 인仁하지 못한 것이다. 이럴 때 나의 마음은 내 안의 사물을 분리하여 타자로 인식한다. 나와 사물이 분리되면, 그 사이에 갈등이 일어난다. 이 갈등은 '서恕'를 통해 해소된다. 주자는 '서'의 개념을 추기급인推己及人이라 하였다. 쉽게 말하면 자기의 입장을 미루어서 남을 헤아려 주는 것이다. 다시 말하면 자신의 마음이 사물과 접하여 하나가 되는 것이 '서'이니, '서'가 제대로 되지 못하면 사물과 나 사이가 벌어지게 된다. 또한 '서'가 빠진 '인'은 한갓 공허한 관념에 그친다.

고전을 읽다 보면 두 번씩 놀라곤 한다. 옛 성현들의 말들이 너무도 서로 비슷함에 놀라고, 한편 서로 같은 듯하면서 너무도 다름에 또 한 번 놀라곤 하는 것이다. 이를테면, 유교와 불교는 서로 다른 문화권에서 생겨났고 사상도 매우 다르다. 그런데 유교와 불교의 경서들에는 흡사한 말들이 왕왕 발견되곤 한다. 그렇지만 그 말의 취지는 대개 다르다.

유교의 '인'과 '서'는 천지 만물을 나에게 속하는 것으로 인식하는 데 그치고, 천지 만물과 완전히 합일한 것은 아니다. 성호가 피차의 구별이 있다고 하고 나의 사람, 나의 짐승, 나의 초목이라 했듯이 남이 아니라고 느낄 뿐 나와 만물 사이에 관계는 여전히 남아 있는 것이다. 그러나 불교는 나와 만물의 간격을 단숨에 허물어 몽땅 공무화空無化해버린다. 나와 남이란 개념을 아예 없애버리는 것이다. 유교는 자기와 세상과의 관계 정립을 중시하여 삼강오륜三綱五倫과 같은 윤리를 강조하는 반면, 불교는 세상과 자기와의 갈등을 근원에서 해소하여 완전한 해탈을 추구한다. 그래서 말은 서로 비슷하지만 그 취지는 다른 것이다.

'만물이 모두 나에게 갖추어져 있다'고 한 말은 불교의 관점에서 보면 더 쉽게 해석할 수 있다. 유교의 관점에는 여전히 나와 만물 사이에 관계가 남아 있으니, 곧바로 생각해서는 저 헤아릴 수 없이 많은 만물을 모두 내 안에 담아 둘 엄두가 나지 않는다. 맹자의 본의와 다르겠지만, 불교의 관점에서 맹자의 말을 해석해보자.

불교의 사상은 어디까지나 유심론唯心論에 입각한다 할 수 있다. 유심론에 의하면, 우주 만물은 저마다의 실체가 있는 게 아니라 내 마음이 빚어내는 형상이고 내 본성의 거울에 비쳐 있는 그림자일 뿐이다. 우주 만물뿐 아니라 우주 만물을 상대하는 나도, 필경 나의 내면 의식에 비쳐진 빈 형상일 뿐이니, 나는 내 안에 또 하나의 나를 만들어서 만물을 상대하고 내 내면의 거울은 나와 만물 모두를 아울러 비추고 있는 것이다.

자, 만물을 내 안에 담고 있다고 생각해보자. 그리고 내 안을 가만히 들여다보자. 내 안에는 만물뿐 아니라 만물을 상대하는 또 하나의 나도 있다. 이 또 하나의 나가 바로 우리가 늘 '나'라고 주장하는 바로 그 나이니, 이 나를 의식하면 곧바로 세상과 간격이 생겨 만물은 남이 된다. 만물을 남으로 인식하면, 내 마음은 인仁하지 못하게 되고 사람과 사물을 접할 때 진실하지 못하게 된다. 자기라 주장하는 이 '나'가 없으면, 우리의 마음은 텅 비고 고요하다. 이 마음자리는 그저 대상을 비출 뿐 분별이 없으므로 우주 만물을 다 포괄하여도 비좁지 않으니, 피아彼我를 분별하는 생각만 일으키지 않는다면 만물을 다 담아도 늘 고요하고 즐겁다.

기이한 난쟁이 안주부

○

세상에는 천형天刑을 받고 태어난 불구자가 많다. 그런데 물질문명이 발달할수록 육신이 불구인 사람보다, 육신은 멀쩡하면서도 사람의 심성을 제대로 갖추지 못하여 마음이 불구인 자가 점점 더 많아지고 있다. 육신이 아무리 불구라도 우리는 그를 사람이 아니라고 하지는 않는다. 그러나 마음이 육신의 주인 노릇을 하지 못하고 외려 육신의 노예가 되어 사람의 삶을 살지 못한다면, 육신의 불구자와 비교해서 그런 사람을 무어라 불러야 할까.

내가 한양 명례방明禮坊을 지나가다가 작은 가게 곁에서 작고 추한 몸집에다 머리는 온통 백발인 한 여자를 보았다. 멀리서 바라볼 때는 사람 같지 않더니 가까이 가 보고는 깜짝 놀랐고, 이윽고 마음을 진정하여 자세히 보고서야 불구자로 세상에서 말하는 난쟁이임을 알았다. 지금도 그때 일을 생각하면, 그 여자의 괴이한 형상이 왕왕 꿈자리를 어지럽힐 때가 있어 늘 혀를 차며 탄식하곤 한다.

그런데 내가 황보리黃保里에 와서 우거하게 되었을 때 마을 사람들이 다투어 인사차 왔는데, 그 말석에 삿갓으로 몸을 덮었고 턱에서 땅까지의 거리가 한 자도 채 못 되는 사람이 있었다. 처음에는 옛날 한양의 가게 곁에서 보았던 그 여자가 머리에 삿갓을 쓰고 온 게 아닌가 여겼다가 다시 자세히 보았더니 머리털이 희지 않고 키가 더 작았다. 사람으로서 이러한 지경에 이르다니, 아, 참으로 매우 괴이한 일이다. 옛날에 보았던 그 여자도 여태껏 잊히지 않아 괴로운 터에 지금 또 뜻하지 않게 이러한 사람을 만났으니, 어쩌면 천지 사이에 사람으로서 형체를 갖추지 못한 자가 둘이 있는데 내가 이들을 다 본 것은 아닐까.

내가 황보리에 산 지 오래되어 그 사람됨을 알고 보니, 언어와 응대가 보통 사람들보다 훨씬 민첩하였고 인사人事의 조백皁白과 곡절들을 모두 마음속에 명료히 알고 있었다. 그는 몸은 불구이지만 마음은 불구가 아니었던 것이다. 게다가 씨름을 잘하여, 그가 처음 상대와 맞붙었을 때는 마치 모기가 산을 흔들려는 것처럼 터무니없어 보이다가, 비틀대는 듯 상대의 가랑이 사이로 파고들어 허리춤을 잡고 다리를 걸면 누구도 손길 따라 넘어지지 않는 이가 없어, 비록 무인이나 장사라 할지라도 그를 이기는 사람이 드물었다.

아들 넷을 두었다. 그중 장남은 성인이었는데 보통 사람에 비하면 키가 작지만 그 아버지보다는 훤칠하였다.

아, 사람의 정신과 재기才氣가 육신에 구애받지 않음은 물론이다. 육신이 아무리 작더라도 사단四端과 칠정七情이 그 속에 빠짐없이 갖추어져 있으니, 진실로 고유한 천성을 따라서 확충해나간다면 충성도 할 수 있고 효도도 할 수 있고 착한 사람이 될 수도 있어, 바라는 대로 무엇이든 이룰 수 있을 터이니, 무슨 문제될 게 있겠는가. 더구나 하늘과 땅이 만물을 생성함에는 치우침이 있으니, 사람이라고 해서 유감스런 부분이 없을 수는 없다. 그러기에 사람으로서 불구인 자로, 미치광이, 장님, 귀머거리, 벙어리, 혹부리 등 이러한 사람들이 어찌 한량이 있으리오. 그렇지만 또 육신은 멀쩡하면서 마음이 불구인 자들이 있으니, 이 둘을 서로 비교해본다면 과연 어떠하겠는가.

황보리에 살던 그 사람은 안씨安氏이고 응국應國이 그 이름인데, 그를 주부主簿라 부르는 것은 키가 작기 때문이다.

余過漢陽之明禮坊, 見小肆傍有一女子, 矮而醜, 髮盡白, 望之不似人. 近而驚, 久而定, 熟視之, 乃知人之病者而俗所謂侏儒者也. 至今思之, 異形怪狀, 往往或煩於夢寐之間, 而未嘗不咄咄嘆也. 及余寓黃保, 里之人爭來見, 席末, 有笠蓋身而頤去地不尺者. 初訝囊之肆者來而冠其頂, 更詳之, 其髮不白, 而其短則過之. 人而至於是, 噫! 亦怪之大者也. 昔之見者, 余嘗病其未忘, 而今又忽有之, 豈天地之間, 人之不形者有二, 而余盡視歟! 居之久, 乃得其爲人, 言語應對, 便捷過人, 而人事之皂白曲折, 無不了了於心中, 蓋病其形而心不病者也. 且善角觝戲, 始與人對, 如蚊撼山, 而及其躝跚入胯下, 攀腰鉤脚, 則無不應手倒, 雖武人健夫, 鮮能出其上. 有子四人, 其長則冠, 視人短而頎於翁. 噫! 人之精神才氣, 不係於形體, 尙矣. 形雖短而四端七情, 無不俱焉. 苟能因其固有而擴充之, 則可以忠, 可以孝, 可以爲善人, 欲之而無不得矣. 奚病焉! 況覆載生成之偏, 不能無憾於人. 故人而病者, 有狂者瞽者聾者瘖者肉而塊者. 如是者何限? 而又有形之不病而心病者, 則其視於此, 果何如也? 居黃保者, 安氏, 應國其名. 其曰主簿者. 以其短也.

— 이산해, 「안주부전安主簿傳」(『아계유고鵝溪遺稿』)

아계 이산해가 경상도 평해로 귀양 가 있을 때 안응국安應國이란 난쟁이를 보고 쓴 글이다.

아계가 한양에 있을 때 명례방*에서 괴상한 여자 난쟁이를 보고 몹시 놀랐다. 그 여자의 몸은 사람의 형상이라 할 수도 없을 정도로 작았기에 이를 보고 놀란 나머지 그 후로도 그 난쟁이가 꿈자리에 자주 보여 혀를 차며 탄식하였다. 그런데 경상도 평해로 귀양 와서 황보리란 마을에 살면서 안주부라 불리는, 그 여자보다 키가 더 작은 기이한 난쟁이를 만났다. 안주부는 삿갓을 쓰면 삿갓이 몸을 덮는다고 표현했을 만큼 작은 난쟁이였지만 그의 작은 몸속에는 계량할 수 없는 지혜와 능력을 갖추고 있었다.

안응국을 주부主簿라 부른 것은 그의 키가 매우 작았기 때문이다. 이에 관한 고사가 『세설신어世說新語』에 실려 있다. 동진東晉 때 왕도王導의 손자인 왕순王珣이 치초郗超와 함께 대사마大司馬 환온桓溫의 총애를 받아 왕순은 주부主簿가 되고 치초는 기실참군記室參軍이 되었는데, 왕순은 키가 작고 치초는 수염이 길었으므로 당시 사람들이 말하기를, "수염이 긴 참군[髥參軍]과 키가 작은 주부[短主簿]가 영공令公을 기쁘게도 하고 노하게도 한다" 하였다. 이 고사로 말미암아 주부가 난쟁이를 뜻하는 말로 쓰이게 된 것이다.

아계는 '사람의 정신과 재기才氣가 육신에 구애받지 않으니, 육신이 아무리 작더라도 훌륭한 사람이 되는 데 하등 문제될 게 없다. 미치광이, 장님, 귀머거리, 벙어리, 혹부리 등 불구인 사람들이 어찌 한량이 있으리

* 지금 서울의 명동明洞이다.

오. 그렇지만 육신은 멀쩡하면서 사단四端을 갖추지 못하여 마음이 불구인 자들이 있으니, 이 둘을 서로 비교해본다면 과연 어떠하겠는가' 하였다.

오늘날 세상은 복잡하게 변하여 눈앞에 폭주하는 물질의 범람을 사람의 정신이 일일이 다 통괄하고 수응酬應해낼 수 없다. 그래서인지 사람의 고유한 심성을 상실한 자들이 갈수록 많아지고 있는 듯하다. 육신이 불구인 사람은 성치 못한 몸 때문에 고통을 받는 줄을 자신도 알고 남들도 다 알지만, 마음이 불구여서 치열한 오욕 칠정에 들볶이는 자의 고통은 그 자신도 알지 못하거늘 그 누가 알겠는가. 이런 사람들이야말로 자유를 잃은 진짜 불구자가 아니겠는가.

인생은 미리 정해진 연극인가

○

꿈속의 일이 현실에 그대로 나타나는 것을 보고 이상하다고 생각해본 적이 있을 것이다. 불교에서는 마음이 과거, 현재, 미래를 관통한다고 하는데 그렇다면 '무無'에서 생겨나 잠시 '유有'의 상태로 머물다가 다시 '무'로 돌아가는 이 짧은 인생조차도 미리 정해진 것인가.

예전에 내가 찬성贊成으로 한양에 있을 때 중서당中書堂에 재숙齋宿하면서 단청은 다 벗겨지고 뜰엔 잡초만 무성한 한 고찰을 거니는 꿈을 꾸고는 깨어나 매우 괴이쩍다고 생각하였다. 그런데 기성箕城에 귀양 와서 백암사白巖寺를 가 본즉 어쩌면 그리도 꿈속에서 보았던 광경과 꼭 같은지, 참으로 사람의 인생 행로는 그 운수가 미리 정해져 있는데 사람들이 스스로 모를 뿐임을 알았다.

백암산 뿌리는 영해寧海, 평해平海, 울산蔚山 세 고을의 경계에 걸쳐 서리어 있는데, 바라보면 그다지 빼어나진 않지만 높고 크기로는 그 짝이 드물다. 정상에 올라보면 죽령竹嶺 이남이 모두 한눈에 들어오며, 산허리에는 나무가 빽빽하고 바위가 어지러워 사람들이 다닐 수 없다.

절은 산기슭에 자리하고 있는데 언제 창건되었는지는 알 수 없으나 법당이 황량하고 승방僧房이 쓸쓸하다. 법당 뒤에는 또 불당이 있고 좌우로 요사채가 있는데 기와와 벽이 빗물로 낡고 더러워져 있었으며, 법당

앞에는 누각이 있는데 높고 넓어 앉아서 멀리 바다를 바라볼 만했다. 뜰에 모란 몇 떨기가 마침 봄을 맞아 활짝 피었었다. 그래서 이 절의 중 지월智月이 함께 구경하자고 나를 부르기에 그렇게 하겠노라고 약조해놓고 차일피일 미루면서 와보지 못했더니, 꽃이 이미 지고 말았기에 내가 탄식하며 말하였다.

"꽃이 피는 것도 운수이고 꽃이 지는 것도 운수이며 꽃이 나를 만나지 못한 것도 운수이니, 무엇을 한탄하리오. 그러나 알지 못하겠거니와 이후로 꽃이 몇 번이나 피고 질 것이며, 내가 이곳에 와서 구경할 날은 얼마나 될 것인가."

곁에 한 노승이 있다가 껄껄 웃으며 말하였다.

"공은 사람의 인생과 사물의 성쇠에 운수가 있음만 알고 형색유무形色有無의 오묘한 이치는 모르는구려. 빈도貧道가 공을 위해 말해드리리다. 유형은 무형에서 나와 마침내 무형으로 돌아가고, 유색有色은 무색無色에서 나와 마침내 무색으로 돌아가니, 이에 무無가 주主가 되고 유有가 객客이 됨을 알 것이오. 꽃이 피면 사람들은 기뻐하지만 나는 기뻐하지 않고, 꽃이 지면 사람들은 아쉬워하지만 나는 아쉬워하지 않소. 어찌 유독 꽃만이 이러하겠소. 대저 사람은 얻음이 있음으로 해서 잃음이 있고, 영광이 있음으로 해서 욕됨이 있고, 삶이 있음으로 해서 죽음이 있고, 즐거움이 있음으로 해서 근심이 있습니다. 그러나 세상 사람들은 얻음이 없음이 참으로 얻음이 되고 영광이 없음이 참으로 영광이 되고 삶이 없음이 참으로 삶이 되고 즐거움이 없음이 참으로 즐거움이 됨을 알지 못하니, 참으로 가소로운 일입니다. 공이 일찍이 조정에 현달顯達하여 명성이 빛날 때는 마을 사람들이 모두 몰려와 구경하였는데, 하루아침에 베옷을 입고 여윈 말을 타니 행색形色이 쓸쓸하여 길 가는 행인들조차 모두 혀를 차며 탄식하기를, '상공相公이 어쩌다 이 지경에 이르렀는가' 합니다. 대개 옛날에 사람들이 몰려와 구경하던 일이 없었더라면 어찌 오늘날 혀를 차며 탄식하는 일이 있겠습니까."

내가 말하였다.

"스님은 더불어 도를 이야기할 만한 분이오."

그런데 마침 집안에 우환이 있어 그와 총총히 작별하고 말았으니, 뒷날 이불을 가지고 와서 누각에 하룻밤 묵으면서 형색形色에 관한 얘기를 마저 마치기로 하고, 우선 얘기한 말을 써서 기문을 삼는다.

昔余之忝貳公也, 齋宿中書堂, 夢遊一古寺, 丹碧剝落, 庭草蕪沒, 覺而深怪之. 及謫于箕, 訪白巖寺, 則一一皆夢中所覩. 信乎人之行止, 無非數之前定而人不自知也. 白巖山根, 蟠於寧平蔚三邑之境, 望之不甚奇, 而高大罕其配, 登頂則竹嶺以南, 皆在目中, 而山之腰, 樹密石亂, 人跡不通. 寺在山之麓, 不知何代所建, 而佛殿荒涼, 僧房寥落, 殿後又有佛堂, 左右寮, 瓦壁漏汚, 殿前有樓, 高敞可坐而望海也. 庭有牧丹數叢, 方春盛開. 寺之僧智月, 邀余共賞約之, 而遷延未易赴, 花已落矣. 余嘆曰: "花之開, 數也; 花之落, 數也; 花之不遇我, 亦數也. 庸何恨? 第未知此後花之開落凡幾度, 而吾之來賞, 亦幾時耶?" 傍有一老僧, 啞然笑曰: "公但知人之行止. 物之盛衰, 有數者存, 而不知形色有無之妙. 貧道請爲公言之. 有形出於無形, 而終歸於無形; 有色出於無色, 而終歸於無色. 是知無者爲主, 有者爲客. 花之開也, 人喜而吾不喜; 其落也, 人惜而吾不惜也. 豈獨花之爲然. 夫人有得, 故有失; 有榮, 故有辱; 有生, 故有死; 有樂, 故有憂. 世之人不知無得之爲得, 無榮之爲榮, 無生之爲生, 無樂之爲樂, 誠可笑也. 今公早顯于朝, 聲名赫然, 閭里聚觀, 而一朝, 布衣羸馬, 行色蕭然, 道路皆咨嗟歎息曰: '相公胡爲至此?' 蓋不有昔日之聚觀, 則豈有今日之咨嗟乎?" 余曰: "師可與語道者也." 屬有家撓, 忽忽而別, 他日當携被一宿于樓中, 以畢形色之說. 姑書其語而爲之記.

— 이산해, 「유백암사기遊白巖寺記」(『아계유고鵝溪遺稿』)

이 글은 아계 이산해가 평해平海에 귀양 가 있을 때 쓴 글이다. 기성箕城은 경상도 평해의 이칭이다. 아계가 찬성贊成 벼슬을 하고 있을 때 꿈속에 낡은 고찰에서 거니는 꿈을 꾸고는 꿈이 너무 생생하여 매우 이상하다고 생각하였다. 그런데 평해로 귀양 와서 백암사란 고찰을 가 보았더니 꿈속에서 보았던 광경과 꼭 같았다고 한다.

송나라 진관秦觀이 처주處州에 좌천되어 있을 때 꿈속에서 지은 시에 "술 취해 등나무 그늘 아래 누웠노라니, 동서남북을 전혀 분간치 못하겠네醉臥古藤陰下了不知南北"라는 구절이 있었는데 그 후 등주藤州에 머물 때 광화정光華亭에서 취해 자다가 일어나 옥사발로 샘물을 떠서 마시고는 웃으면서 죽었다 한다. 꿈속의 등나무가 등주를 가리켰던 것이다.

불교에서는 삼라만상은 그 자체의 성품이 없고 인연에 의해 생겨난 허상에 불과하다고 한다. 즉 우리가 오관으로 감지하는 만물은 존재하는 듯 보이지만 자체의 고유한 성품이 없어 공空하다는 것이다. 아계는 귀양 온 자신의 기구한 신세 한탄을 불교의 공空사상으로 잠시나마 달래보았다. 노승의 말처럼 무無가 주主가 되고 유有가 객客이 되는 인생이라면 아름다운 꽃도 높은 벼슬도 실상이 없어 덧없는 것이므로 조금도 집착할게 못 된다고.

아계는 훗날 백암사에 와서 노승과 하룻밤 묵으면서 모든 형색形色이 '무'에서 나와 '무'로 돌아간다는 이치에 관한 얘기를 마저 마치기로 한다고 했는데 아계가 노승의 말에 답하였다면 무슨 말로 끝을 맺었을까. 아마 "모든 형색이 결국 '무'로 돌아가고 우리네 인생이 미리 정해진 것이라면 우리는 어떻게 살아야 할 것인가. 그저 허무에 빠져 아무렇게나 살아야 하는가. 허망한 집착은 버려야 하지만 옳은 것은 옳다 하고 그른 것은 그르다 하며 좋은 것을 좋다 하고 싫은 것은 싫다 할 수밖에 없지 않을까. 모든 것이 허망하다 할지라도, 해와 달이 동서로만 운행하듯 이 이치만은 분명히 존재하는 것이다"라고 할 수밖에 없었지 않았을까. 그렇지 않다면 우리네 삶이란 것이 한 걸음도 더 내딛지 못하지 않을까.

천지와 바람과 나

○

우리는 남들과 모여서 즐거울 때 나와 남이란 구별을 잠시 잊는다. 나와 남을 의식하는 생각이 강하면 강할수록 몸과 마음이 경직되어 불편하다. 또한 우리는 아름다운 경치를 보고 감탄할 때 자기 존재를 잊고 경치와 하나가 된다. 그렇지 않으면 대자연의 장엄한 소리를 들을 수 없다.

하늘과 땅 사이에 바람이 분다. 바람은 어디서 와서 어디로 가는지, 아무런 자취도 없으니, 참으로 덧없다. 그러나 알고 보면, 우리가 '나'라고 단단히 믿는 이 육신도 덧없기는 바람과 다를 바 없다. 나를 자기 육신에 국한하는 견고한 집착을 버리고 눈을 크게 뜨지 않으면 우리네 삶이란 것이 늘 위태하고 불안할 수밖에 없다.

맹춘孟春(음력 1월) 초하루에 두 사람이 나를 찾아왔는데 썰렁한 바람이 불어와 뜰을 배회하였다. 한 사람이 말하였다.
"이상해라, 바람이여! 바람은 무슨 기氣인가?"
내가 대답하였다.
"천지 사이에 가득 찬 것은 하나의 기일 뿐인데, 기는 모이고 흩어짐이 있고 오르내림이 있습니다. 대저 바람이란 기의 자취인데 무엇이 이것을 불게 하는가? 리理가 스스로 그러한 것입니다."
이어 손을 들어서 그에게 보이며 말하였다.

"그대는 이 손을 아시오?"

그가 말하였다.

"손입니다."

내가 말하였다.

"손이 손인 것은 당연한 사실입니다. 그런데 조금 전에는 고요했고 지금
은 움직이며 조금 전에는 굽혔고 지금은 폈으니, 그 까닭은 무엇입니까?"

그가 말하였다.

"기입니다. 기입니다."

내가 말하였다.

"그렇습니다. 기는 나의 소유가 아니라 하늘입니다. 하늘은 무엇인가?
기일 뿐이고 리理일 뿐입니다. 하늘에 리와 기가 있어 만물이 생겨나니,
만물의 관점에서 자신을 보면 만물은 제각각 만물일 뿐이지만 하늘의
관점에서 만물을 보면 만물도 하늘입니다. 그러니 바람이 내가 아니며
내가 바람이 아니라고 어찌 보장할 수 있겠습니까."

그러자 두 사람이 서로 돌아보며 탄식하였다.

"아침에 밖에서 오는데 길에 있는 자들이 모두 남 아님이 없었습니다.
이제 주인의 말씀을 듣고 보니 정신이 아득하여 다르게 느껴집니다. 나
자신을 찾아도 스스로 찾을 수 없거늘 누가 남이겠습니까."

두 사람이 나간 뒤에 문을 닫고 이 말을 기록한다.

孟春之朔, 二客過余, 有風蕭然, 徘徊中庭. 客曰, "異哉風, 風何氣哉!" 答曰,
"盈天地之間, 一氣耳, 氣有聚散有升降. 夫風者, 氣之迹也. 孰披拂是, 理自
爾也." 擧手示客曰, "客知此手?" 客曰, "手也." 曰, "手之爲手, 固也. 向也靜,

而今也動, 向也屈, 而今也伸. 所以者何?” 答曰, “氣哉氣哉!” 余曰, “然. 氣非
我有也, 天也. 天者, 何? 氣而已, 理而已. 天有理氣, 萬物化生. 在物自觀, 物
各物也, 以天觀物, 物亦天也. 又惡知風之非我, 我之非風!” 二客相顧歎曰,
“朝來自外也, 在路者無非人, 今聞主人之敎, 汒焉異之, 求我身而不自得, 孰
爲人哉!” 客出, 閉門而記其說.

— 권필,「잡술雜述」(『석주집石洲集』)

석주石洲 권필權韠(1569~1612)의 글이다. 석주는 인재가 많이 배출되어
목릉성제穆陵盛際로 불린 선조 때에도 시로는 단연 당대의 으뜸이라는 평
판을 받았다. 강직한 성품에 야인기질이 강했던 그는 과거에 뜻이 없어
벼슬에 나가지 않았지만 야인으로서 명나라 사신을 접반하는 문사文士로
뽑혀 명성을 떨치기도 하였다. 광해군의 처남인 권신 유희분柳希奮을 풍
자하는 '궁류시宮柳詩'를 지었다가 곤장을 맞고 귀양길에 올라 동대문 밖
에 이르렀을 때 친구들이 차려준 술자리에서 통음하고 이튿날 세상을 떠
났으니, 시인의 마지막 또한 그의 삶만큼이나 극적인 것이었다.

손의 움직임으로 바람의 원리를 설명한 것은 시인다운 즉흥적이고 직
관적인 발상이다. 손을 굽혔다 펴는 것을 가지고 기氣의 움직임을 설명
한 것은 음양陰陽을 '기'의 굴신屈伸으로 보는 『주역』의 사상과 같다. 우
주에는 하나의 '기'가 있을 뿐인데 이 '기'가 고요하면 '음陰'이요 움직이
면 '양陽'이며, 움츠러들면 '음'이요 펴지면 '양'이다. 밤은 '음'이요 낮은
'양'이며, 봄여름은 '양'이요 가을 겨울은 '음'이다. 즉 우주 모든 현상
이 바로 음양의 운동 과정인 것이다.

이 글에서 작자는 '리理'와 '기氣'로 우주의 현상을 설명했지만 그 사상은 오히려 불교나 노장에 가깝다. 여기서 '리'는 성리학에서 말하는 '리'의 주재성主宰性을 잃고 '기'의 운동 원리로만 존재할 뿐이다.

성리학에서는 우주의 근원자를 '리'라고 한다. '리'가 우주의 유일한 실존이고, '리'가 '기'를 통하여 자기의 실존을 나타내는 것이 우주의 삼라만상이다. 그런데 작자는 '하늘은 무엇인가? 기일 뿐이고 리일 뿐'이라 하였으니 송나라 정이천程伊川(1033~1107)이 '하늘이 곧 리이다天卽理'라고 한 명제와 어긋나고, 다시 '하늘에 리와 기가 있어 만물이 생겨난다' 하였으니 하늘이란 근원자가 '리'와 '기'를 가지고 있는 셈이 되었다. 하늘이 근원자가 되고 '리'와 '기'가 근원자의 손발이 된 듯한 느낌이다. 논리가 다소 거칠고 비약적이다. 학자의 글이 아니라 분명 시인의 글이다.

만물은 모두 하늘에서 나온 것이니, 하늘의 관점에서 보면 만물 전체가 하나의 하늘일 뿐이다. 각양각색의 개체로 나뉘어 있는 현상 전체가 그대로 하늘인 것이다. 따라서 바람과 나도 하늘이 자신을 나타내어 보인 현상일 뿐이다.

중국의 한 선사禪師는 "천지가 나와 같은 뿌리이고 만물이 나와 한 몸이다天地與我同根, 萬物與我一體"하였다. 생각해보면, 만물이 정녕 서로 아무 연관이 없는 각개라면 서로를 느낄 수 있을까. 그러나 한편 우주가 그냥 하나일 뿐이라면 만물이 서로를 보고 인식할 수 없지 않을까. 아! 본래 하나가 아니면 서로를 느낄 수 없을 것이요, 둘이 아니라면 인식할 수 없을 것이니, 삼라만상을 펼쳐서 자신을 현현顯現하고 있는 하나인 근원자의 조화가 참으로 신묘하다.

대개 종교의 가르침은 자기를 버리고 천지의 본성, 우주의 근원자와 합일하는 것을 궁극적인 목표로 삼는다. 그것이 기독교의 신이든, 불교의 불성이든, 유교의 천리天理이든, 근원자에 합일하려면 사사로운 나를 버리지 않으면 안 된다. 그런데 종교를 믿는 사람들은 대개 나의 영생을 얻고자 한다. 자기가 나라고 인식하는 바로 그 사사로운 나를 버려야 근원자에 합일할 수 있거늘 오히려 나를 더욱 집착하고 있는 것이다. 이를 두고 인적위자認賊爲子, 즉 도적을 자식으로 잘못 안다고 한다.

주자朱子는 "'천지의 본성이 바로 나의 본성이니, 어찌 죽는다고 해서 없어질 리 있겠는가'라고 한 말은 그르지 않다. 그렇지만 이 말을 한 사람이 천지를 위주로 한 것인가? 나를 위주로 한 것인가?所謂 '天地之性, 卽我之性, 豈有死而遽亡之理!', 此說亦未爲非, 但不知爲此說者以天地爲主耶? 以我爲主耶?" 하였다. 매우 날카로운 지적이다. 사람들은 자기의 영생을 바라는 마음에서 천지의 본성과 자기의 본성이 같다고들 말한다. 근원자에 합일하려고 하면서 사실은 사사로운 나를 더욱 고집하는 것이다. 그래서 많은 종교인들이 종교를 믿지 않는 사람보다 더욱 집착이 강하다. 진정으로 천지의 본성을 아는 사람이라면, 나 자신을 찾아도 스스로 찾을 수 없거늘 누가 남이겠는가.

장주와 나비, 그 너머에는

○

북한산을 붉게 수놓은 진달래도 지기 시작하고 이제 노란 개나리가 한창이다. 신록이 풀어놓는 연녹색 물감이 온 산에 번지고 새들은 가릉빈가迦陵頻伽*의 노래를 부르고 있다. 자연은 눈이 부시게 아름답다. 그런데 장자莊子는 이 세상을 이대로 꿈이라 하였다. 정녕 꿈이라면 미추美醜도 시비도 변별할 필요가 없을 터, 그냥 이대로 꿈속에서 잠들어야 하는가. 저 곱게 핀 진달래와 개나리는 또 어찌하란 말인가.

사물은 애초에 변별辨別이 없기도 하고 애초에 변별이 있기도 하니, 변별이 없다는 측면에서 보면 천하가 통틀어 한 물건이고, 변별이 있다는 측면으로 말하면 나의 몸조차 한 물건이 아니다.
천하가 통틀어 한 물건이고 보면 장주莊周와 나비, 나비와 장주에 어찌 변별이 있으리오. 나의 몸조차 한 물건이 아니고 보면 나비와 나비, 장주와 장주에 어찌 변별이 없으리오. 장주가 꿈에 나비가 되었고 보면 나비가 애초에 나비가 아니었고, 나비가 꿈에 장주가 되었고 보면 장주가 애초에 장주가 아니었다. 그렇다면 내가 말한 꿈속에 너울너울 날아다니던 나비가 장주가 아니었다는 보장이 어디 있겠으며, 꿈에서 깬 장주

---

* 불경에 나오는 상상의 새. 매우 아름답고 미묘한 목소리로 노래한다고 한다.

가 나비가 아니라는 보장이 어디 있겠는가. 내가 말한 꿈에서 깬 상태가 꿈이 아니라는 보장이 어디 있겠으며, 꿈속에 너울너울 날아다니던 때가 생시가 아니라는 보장이 어디 있겠는가. 이를 적궤弔詭*라 하니, 그 뜻은 큰 성인인 황제黃帝도 잘 알지 못했고 비록 만세萬世의 뒤에 큰 성인이 출현할지라도 역시 알지 못할 것이다.

그렇다면 장주는 그대로 장주라 하고 나비는 그대로 나비라 하느니만 못할 것이니, 이를 '인시因是**'라 하며 이를 '불변지변不辨之辨'이라 한다. 불변지변은 오직 성인이라야 알 수 있다.

物未始有辨, 亦未始無辨. 即其無辨者而觀之, 則天下同一物也; 以其有辨者而言之, 則吾身非一物也. 天下同一物, 則周之與蝶. 蝶之與周, 其有辨乎! 吾身非一物, 則蝶之與蝶. 周之與周, 其無辨乎! 周之夢爲蝶, 則蝶未始爲蝶; 蝶之夢爲周, 則周未始爲周. 庸詎知吾所謂栩栩然之非周歟, 蘧蘧然之非蝶歟! 庸詎知吾所謂蘧蘧然之非夢歟, 栩栩然之非覺歟! 此之謂弔詭. 大聖黃帝之所聽瑩, 萬世之後, 雖遇大聖人者出, 亦莫之以解. 然則莫若因其周而周之, 因其蝶而蝶之. 此之謂因是, 此之謂不辨之辨. 不辨之辨, 唯聖者知之.

— 이행, 「장주호접변莊周胡蝶辨」(『용재집容齋集』)

---

* 지극히 이상한 일이라는 뜻이다. "구丘와 너는 모두 꿈속에 있으며, 내가 너에게 이처럼 꿈이라고 말하는 것도 꿈이다. 이러한 말을 이름하여 '적궤'라 한다丘也與女, 皆夢也; 予謂女夢, 亦夢也. 是其言也, 其名爲弔詭" 하였다. (『莊子 齊物論』)

** 모든 것은 상대적인 관계로 이루어져 있으므로 어느 한쪽에 집착하지 않고 '옳음은 옳음대로 두고 그름은 그름대로 두는 것因是因非'이 천리를 따르는 지극한 도라는 것이다. (『莊子 齊物論』)

조선 중기의 문신이요 시인인 이행李荇(1478~1534)의 글이다. 이행은 자는 택지擇之이고 호는 용재容齋이며, 본관은 덕수德水이다. 읍취헌挹翠軒 박은朴誾과 절친한 친구였다.

이 글은 『장자』의 「제물론齊物論」에 나오는 호접몽蝴蝶夢의 이치를 설파하고 있다. 장자의 이름이 주周이다.

장주莊周가 어느 날 꿈을 꾸었는데 꿈속에 자기가 나비가 되어 날아다니고 있었다. 꿈속에서 장주는 유유자적하여 자기가 장주인지 알지 못하였다. 이윽고 꿈을 깨자 장주로 돌아왔다. 장주는 자기가 꿈을 꾸어 나비가 된 것인지 나비가 꿈을 꾸어 자기가 된 것인지 알지 못하였다. 장주와 나비, 나비와 장주가 또렷이 변별되면서 또한 변별할 수 없으니, 이것이 실로 지극히 이상한 일이 아닐 수 없다. 이 이치는 변별을 양식으로 삼는 지식 너머에 있는 것이므로 아무리 큰 성인이라도 인식할 수 없는 것이다.

이 호접몽 외에도 장자는 「제물론」에서 "큰 깸이 있은 뒤에야 현실이 꿈이었음을 안다有大覺而後知此其大夢也" 하였다. 꿈이라 인식되는 현실뿐만 아니라 꿈인 줄 아는 자신조차도 꿈속의 사람이므로 주관과 객관이 모두 큰 꿈인 것이다. 조선 시대의 고승 서산西山 휴정休靜이 읊은 「삼몽사三夢詞」라는 시가 이 이치를 묘파한다.

주인은 꿈속에서 손님에게 얘기하고	主人夢說客
손님도 꿈속에서 주인에게 얘기하네	客夢說主人
지금 두 꿈을 얘기하는 이 사람도	今說二夢客
역시 꿈속의 사람인 것을	亦是夢中人

주인과 손님이 각각 자기 꿈속에서 상대방을 마주하고 얘기하고 있는데 두 사람이 꿈속에서 얘기한다고 말하는 자신도 꿈속의 사람이라니, 참으로 큰 꿈이 아닐 수 없다. 노산鷺山 이은상李殷相은 이 시를 두고 "인간 세상을 꿈으로 본 시가가 고래로 얼마나 많은지 그 수를 헤아리기조차 어려울 정도지만 서산의 20자를 넘어설 작품은 없을 것이다"라고 극찬하였다.

이 현실을 인식하는 주체도 객체인 현실도 전부가 몽땅 한바탕 큰 꿈이라면 어떻게 해야 하는가. 좋다 싫다, 옳다 그르다가 모두 꿈속의 허망한 일이라면 눈앞에 엄연히 전개되어 시시각각 접하고 있는 사물들은 대체 어떻게 해야 하는가. 그냥 꿈속의 일을 보듯이 막연히 내던져놓고 말아야 하는가. 작자의 답은 "장주는 그대로 장주라 하고 나비는 그대로 나비라 하느니만 못할 것이니, 이를 '인시因是'라 하며 이를 '불변지변不辨之辨'이라 한다. 불변지변은 오직 성인이라야 알 수 있다"는 것이다.

사물을 인식할 때 사물과 사물을 인식하는 주체인 자기 사이에 '나'란 관념, 또는 이러저러한 상념들이 개입되지 않는다면 주체와 객체의 구별이 무너지고 허망한 꿈도 사라진다. 이것이 변별하지 않고 사물을 있는 그대로 인식하는 '불변지변'으로, 큰 꿈에서 깨어 현실을 바로 인식하는 유일한 길인 것이다.

사람들은 세상을 접하면서 무엇이든 자기 생각으로 변별하는 습성이 있다. 주관과 객관을 나누어놓고 나와 남, 나와 사물을 변별하여 인식하는 과정이 바로 사람들이 살아간다고 느끼는 삶이다. 그렇지만 우리의 진정한 삶은 큰 꿈인 인식의 변별 너머에 있다. 진달래는 자신이 붉다고 한 적이 없고 개나리는 자신이 노랗다고 한 적이 없다. 진달래는 분별함이 없이 붉은빛을 나타내고 개나리는 분별함이 없이 노란빛을 나타내고 있으니, 내가 붉은 진달래를 보고 붉다 하고 노란 개나리를 보고 노랗다 해도 그것은 분별함이 아니다. 이것이 바로 '불변지변'이 아니겠는가.

작자는 '불변지변'의 이치는 오직 성인만이 안다고 하였지만 나는 아무래도 공사판의 땀에 젖은 사내나 시장판의 목이 쉰 아주머니에게 이 이치를 물어봐야 할 것 같다.

실학자가 말하는 사후 세계

○

지구상에서 사람만이 사후 세계를 궁금해한다. 다른 동물들과 달리 사람만이 자신이 유한한 존재임을 알고 살기 때문이다. 어쩌면 삶과 동시에 죽음을 인식하고 살아가야 하는 것이 사람이 안고 있는 가장 큰 불행일지도 모른다. 이 때문에 마음이 늘 불안하여 사람들은 종교에 의지하고, 눈앞에 보이는 것보다 보이지 않는 것을 더 믿고 싶어 하여 미망에 빠진다. 실학자인 순암順菴 안정복安鼎福(1721~1791)은 녹암鹿庵 권철신權哲身(1736~1801)을 비롯한 젊은 후배들이 천주교를 받아들이는 것을 반대하고 끝까지 주자학을 존신尊信하였다. 그렇지만 여느 주자학자들과는 달리 순암은 사후 세계에도 관심을 보였다.

귀신이 무엇인지는 『주역』「계사繫辭」, 『예기』「제의祭義」 및 염락濂洛*의 여러 선생들의 학설을 보면 알 수 있으나 끝내 풀리지 않는 의문이 있습니다. 귀신에는 세 가지 등급이 있으니, 천지의 귀신이 있고, 사람이 죽어 된 귀신이 있고, 또 백물百物의 귀신이 있습니다. 그중에서 사람이 죽어서 된 귀신의 경우는 그 이치가 매우 알기 어렵습니다. 그에

---

* 송나라 때 학자인 주돈이周敦頤와 정호程顥, 정이程頤를 대표하여 부르는 것으로, 이들이 살던 지역 명칭이 각각 염계濂溪와 낙양洛陽인 데서 유래한다.

대해 후세에 세 가지 논설이 있으니, 유자儒者는 "기운이 모이면 생명이 태어나고 기운이 흩어지면 죽어서 텅 비어 아무것도 없는 상태로 돌아간다"라고 하고, 서양 사람들은 "기운이 모여 사람이 되는데 이미 사람이 된 뒤에 일종의 영혼이 따로 있어 사람이 죽어도 없어지지 않고 그 사람 본신本身의 귀신이 되어 영원히 존재한다"라고 하고, 불교에서는 "사람이 죽어서 귀신이 되고 그 귀신이 다시 사람이 되어서 계속 윤회한다"라고 합니다.

만약 유자의 말대로라면, 성인이 제사 제도를 만든 뜻에는 분명히 조상의 귀신이 온다는 이치가 들어 있는데, 만약 자손이 조상을 사모하는 마음 때문에 제사를 만들었다고 한다면 이는 거의 헛된 장난에 가까워 매우 불경한 일이 아니겠습니까.

조상과 자손은 하나의 기운으로 서로 연결되어 있기 때문에 감응하여 오는 이치가 있다고는 하지만 조상의 기운은 이미 흩어져서 음양 본연의 상태로 돌아가 버렸으니, 그 기운은 허공에 분산되어 벌써 원초적 상태와 전혀 다를 바가 없는데 다시 무슨 기운이 있어 오겠습니까. 만약 오는 것이 있다면 그것은 흩어지지 않고 별도로 존재하는 것이 있음이 분명합니다.

그리고 만약 서양 사람들 말대로라면 사람은 선악을 막론하고 모두 영혼이 있어 죽은 뒤에 천당과 지옥의 과보가 있게 됩니다. 예로부터 지금까지 영혼이 소멸하지 않고 그대로 있다면 그 귀신이 매우 많을 터이니, 이른바 천당은 텅 비고 넓어서 혹 수용할 수 있을지 몰라도 소위 지옥이라는 곳은 땅 둘레가 9만 리이고 그 지름이 3만 리라고 하니 그 3만 리

속에 그렇게 많은 귀신들을 어찌 다 수용할 수 있겠습니까. 가사 수용한다고 하더라도 땅이라는 것은 형질形質이 있어 공간이 없이 꽉 차 있는데 귀신이 아무리 형체가 없다고 하더라도 어떻게 수용할 수 있겠습니까? 사람이 죽은 뒤에 기운이 흩어지는 것이 더디고 빠름이 있다고 할 수는 있겠지만 영원히 흩어지지 않는다고 할 수는 없습니다.

또 불교의 말대로라면 그 말은 더욱 어처구니가 없어 다 믿을 수는 없지만 그중에는 그럴 법하게 생각되는 점도 있습니다.

대저 천하의 도가 하나가 아닌데 유가儒家 외에는 모두 이단異端입니다. 그렇기에 유자儒者의 도는 상도常道를 말하고 괴변怪變은 말하지 않습니다. 괴변은 진실로 예측할 수 없으니, 괴변을 계속 말하다 보면 결국은 허황되고 정상에서 벗어나 거리낌 없이 마구 행동하는 이단異端이 되고 말 것입니다. 그렇기 때문에 성인이 괴변을 말씀하지 않았을 뿐이지 괴변이 결코 없는 것은 아닙니다.

『시경』과『서경』을 보면 임금과 신하가 서로 경계하면서 반드시 상제上帝 아니면 조상의 영령을 들어서 말하는데, 만약 실제로 그것이 없다면 성인이 어찌하여 사람이 볼 수도 없고 모호하여 믿기도 어려운 일을 가지고 사람들을 속였을 것이며, 사람들 역시 믿고 따랐겠습니까. 분명히 그러한 일이 있기 때문에 이와 같이 말했을 것입니다. 은나라 사람들이 귀신을 숭상한 것이 어찌 후대의 어리석은 백성들이 무당에게 유혹되는 것과 같겠습니까. 이는 필시 말할 만한 실제 사실이 많이 있었을 터이지만, 진시황 때 기록이 다 불타고 없어져 전해지지 못하게 되었을 수도 있지 않겠습니까.

후세에는 상도만 말하는 경향이 많아져서 만약 조금이라도 평소에 보지 못하고 듣지 못하는 일에 대해 한마디 말을 하고 한 가지 행동이라도 했다 하면 대뜸 괴변을 말한 죄를 씌웁니다. 이런 까닭에 가르침을 맡은 사람들은 조심하여 말하지 않고, 상도를 지키는 이들은 단지 선유들의 말에 의거하려고만 하여 결국 의심이 석연히 풀리지 못하였던 것입니다.

가만히 생각해보면, 사람의 생사는 대체적으로 말한다면 실로 기운이 모이고 흩어짐에 달려 있으니, 불이 꺼지면 연기가 흩어져 허공으로 올라가 소멸하는 것과 같습니다. 그리고 그중에는 서양 사람들 말처럼 흩어지지 않는 것도 있으니, 마치 순금이 불에 들어가면 전체가 다 녹아버리지만 한 점의 광택만은 그대로 존재하는 것과 같습니다. 그리고 그중에는 불교의 말처럼 윤회하는 경우도 있으니, 흩어지지 않은 기운이 만약 있다면 그것이 모여 다시 태어나는 것도 이상한 일은 아닙니다. 사람이 태어나는 것은 기운이 모였기 때문이고 보면 귀신은 기운이 아니겠습니까.

역사의 기록으로 보면 전생에 반지를 숨겨놓은 곳을 알았다든지 전생에 살던 집의 우물을 기억했다고 하는 따위의 일들이 매우 많고, 지금 세상 사람들의 집안에 전해지는 말을 보더라도 그럴 법한 것들이 많습니다. 이러한 경우들을 반드시 그렇다고 증명하려 한다면 부질없는 짓이고, 그렇다고 일절 그렇지 않다고 무시해버리면 너무 융통성 없는 태도이니, 그저 말을 하지 않을 수밖에 없습니다.

『주역』에서 "혼이 떠도는 것이 변變이 된다" 했는데, 그냥 흩어져버리는 것이 아니고 변하게 되는 데에 이른다면 그 혼이 어디고 없는 곳이 없을 것입니다. 장자張子는 『주역』의 "혼이 떠도는 것이 변이 된다"는 말을 근거로 윤회설을 부정하였으니 어찌 감히 다시 말할 것이 있겠습니까만은 그 의심은 끝내 풀리지 않습니다. 정주程朱의 학설에도 간략히 언급만 하고 분명히 말하지 않은 경우가 많아 후인들의 의심만 더 증폭시키고 있습니다.

정자程子는 "죽음과 삶, 사람과 귀신의 이치는 하나이면서 둘이요 둘이면서 하나이다" 하였습니다. 『어류語類』에 주자가 "귀신과 생사의 이치는 틀림없이 불가에서 한 말, 세상 사람들이 본 바와는 다를 것이다. 그러나 그러한 일이 분명히 있긴 하지만 이치로 미루어 알 수 없는 경우가 있으니, 이러한 곳은 굳이 알려고 할 필요가 없다" 했고, 또 "전생에 반지를 숨겨놓은 곳을 알았다든지 전생에 살던 집의 우물을 기억한 일들 같은 경우는 따로 얘기할 이치가 있다" 하였습니다.

『주자대전朱子大全』의 왕자합王子合에게 답한 편지에 "천지의 음양이 끝이 없고 보면 사람과 만물의 혼백도 끝이 없는 것이다. 그래서 감응함이 있으면 반드시 통하기 마련이니, 음陰이 응고되어 흩어지지 않고 있다가 마침내 다 소멸하고 만다고 주장해서는 안 된다" 했고, 또 동숙중董叔重에게 답한 편지에서 "귀신의 이치는 성인도 말하기 어려워했다. 참으로 어떤 것이 있다고 해도 안 되고, 참으로 어떤 것이 있지 않다고 해도 안 되니, 만약 이치를 분명히 알지 못한다면 젖혀두는 것이 좋다" 하였습니다. 살펴보건대 이러한 말들은 그럴 법한 이치가 있는 것들이 아니겠습니까.

鬼神之說, 以<繫辭>·<祭義>及濂洛諸先生之說觀之, 其情狀可見而終有所疑. 其等有三, 有天地之鬼神, 有人死之鬼神, 有百物之鬼神. 人死之鬼神, 其理最難明. 後世論說有三; 儒者謂 '氣聚則生, 散則死而歸於空無', 西士謂 '氣聚爲人, 旣而爲人之後, 別有一種靈魂, 死而不滅, 爲本身之鬼神, 終古長存', 佛氏謂 '人死爲鬼, 鬼復爲人, 輪廻不已'. 若如儒者之說, 則聖人立祭祀之義, 明有祖先鬼神來格之理, 若徒爲孝子順孫思慕之心而設, 則是不幾於虛假戲玩而不敬之甚者乎? 雖云祖先子孫一氣相連, 故有來格之理, 祖先之氣, 已散而歸於二氣之本然, 則惟漂散虛空, 與原初不異; 復有何氣更來乎? 誠有來格者, 則其別有不散者存明矣. 若如西士之說, 則人無論善惡, 皆有靈魂, 有天堂地獄之報, 亘古恒存, 其鬼至多; 所謂天堂閒曠, 或有可容之理, 所謂地獄, 地周九萬里, 其經三萬里, 三萬里之中, 豈能容許多鬼神? 假或容之, 地有形質, 窒塞無空; 鬼神雖云無形, 亦何以容之耶? 謂之散有遲速則可, 謂之永世不散則不可矣. 如佛氏之說, 則其說尤爲誕惑, 不可專信, 而其中亦有可疑者矣. 夫天下之道非一, 而儒外皆異端也. 儒者之道, 語常不語變; 變固不可測, 語變不已, 則將荒誕不經而歸於異端之無忌憚也. 是以, 聖人不語怪而已, 怪未嘗無也. 以《詩》《書》觀之, 君臣交戒, 必以上帝祖考神靈言之; 若無其實, 則聖人何爲以人所不見怳惚難信之事, 誕譎于人, 而人亦信從之乎? 明有是事, 故其言亦如是矣. 殷人尙鬼, 豈若後世愚民之誘惑于巫覡者爲也? 是必多有實事之可言, 而安知非焚滅之餘, 亡而不傳耶? 後世語常之道勝, 若一語一事, 稍涉于不見不聞, 則輒歸語怪之科. 是故, 立敎者, 愼之而不發, 守常者只欲依倣先儒之說, 而終未能晰然無疑也. 竊嘗思之, 人之生死, 以大體言之, 儘由於氣之聚散, 如火滅烟散, 騰空而消滅者. 其中亦或有不散者, 如西士之說, 如眞金入火, 混體消瀜, 而一點精光, 猶有存焉; 其中亦或有輪廻, 如釋氏之說矣. 若有未散之氣, 則其聚而復生, 亦不異矣. 人之生也, 以氣之聚, 則鬼神非氣乎? 以史傳言之, 如識環記井, 其類甚多; 以今世人家所傳觀之, 亦多可疑. 若是之類, 證之以必然則妄, 誣之以一切不然則太拘; 其勢但不語而已. 《易》云: "遊魂爲變", 不獨爲遊散而已, 至於爲變, 則蓋無所不有矣. 張子以遊魂爲變, 爲輪廻之說非, 則何敢更爲論說, 而其疑終未亡也. 程朱之說, 亦多有引而不發者, 徒增後人之疑. 程子曰: "死生人鬼之理, 一而二二而一者也." 《語類》朱子曰: "鬼神死生之理, 定不如釋家所云, 世俗所見, 然必有其事昭昭, 不可以理推者. 此等處, 且莫要理會." 又曰: "識環記井之事, 此又別有說話." 《大全》 <答王子合書>曰: "天地之陰陽無窮, 則人物之魂魄無盡. 所以有感必通, 尤不得專以陰滯未散, 終歸於盡爲說矣." 又<答董叔重>曰: "鬼神之理, 聖人難言之. 謂眞有一物, 固不可; 謂非眞有一物, 亦不可. 若未能曉, 闕之可也," 按此等議論, 皆非可疑者乎?

― 안정복, 「상성호선생서上星湖先生書」(『순암집順菴集』)

순암은 사람이 죽으면 기운이 흩어져 아무것도 없이 사라진다고 한 유교의 주장과 사람이 죽은 뒤에는 영혼이 영원불멸한다고 한 천주교의 주장과 사람이 죽은 뒤에는 윤회한다고 한 불교의 주장을 차례로 논박한다.

그는 유교의 주장대로라면 조상의 귀신이 없을 터이니 유교에서 그렇게 중시하는 제사도 헛일이 되고 말 것이라 하였다. 유교에서 조상과 자손은 하나의 기운으로 서로 연결되어 있기 때문에 감응하여 오는 이치가 있다 주장하지만 조상의 기운은 이미 흩어져서 우주의 기운에 돌아가버렸다면 다시 무슨 기운이 있어 오겠느냐고 반문하고, 오는 기운이 있다면 흩어지지 않고 별도로 존재하는 귀신이 분명 있다고 하였다. 일반적인 유학자들의 생각과는 다르다.

천주교의 주장에 대해서는 사람이 죽은 뒤에 기운이 흩어지는 것이 더디고 빠름은 있을지언정 영혼이 영원불멸하다는 것은 있을 수 없다고 반박하였다.

불교의 윤회설에 대해서는 다 믿을 수 없지만 그중에는 그럴 법하게 생각되는 점도 있다고 하였다. 그리고 전생에 반지를 숨겨놓은 곳을 알았다든지 전생에 살던 집의 우물을 기억한 고사를 증거로 들었다.

전생에 반지를 숨겨놓은 곳을 알았다는 것은 진晉나라 양호羊祜의 고사이다. 양호가 5세 때에 자기 유모에게 자기가 가지고 놀던 금가락지를 가져다 달라고 하였다. 유모가 "너에게는 금가락지가 없었다"라고 하자, 양호가 즉시 이웃 이씨 집으로 가서 동쪽 담장 곁의 뽕나무 속에서 금가락지를 찾아내었다. 그 주인이 놀라며 말하기를 "이것은 우리 죽은 아이가 잃어버린 물건인데, 왜 가져가느냐?" 하였다. 그래서 당시 사람들은 이씨의 아들이 바로 전생의 양호임을 알았다. 전생에 살던 집의 우물을 기억했다는 것은 진나라 포정鮑靚의 고사이다. 그는 다섯 살 때 자기 부모에게 말하기를 "나는 본래 곡양曲陽의 이씨 집 사람인데 아홉 살 때 우물에 빠져 죽었다" 하기에 그 부모가 곡양의 이씨 집에 가서 확인해보니 모두 그 말과 부합하였다 한다.

사람의 사후 세계가 있는지, 있다면 과연 어떤 것인지는 과학이 극도로 발달한 오늘날에 이르러서도 확인할 길이 없다. 공자는 "삶을 알지 못한다면 어떻게 죽음을 알 수 있겠는가" 하였거니와 유교에서는 삶과 죽음의 이치를 낮과 밤의 이치와 같다고 본다. 낮이 있어야 밤을 밤이라 인식할 수 있고 밤이 있어야 낮을 낮이라 인식할 수 있다.

여러 해 전이다. 우연히 TV를 보는데 『토지』의 작가 박경리 선생이 대담하면서 "죽음이 없으면 삶을 누가 인식할 수 있겠는가" 하였다. 어느 고승의 깨달음인들 이보다 더 직절直截할 수 있겠는가. 한참 동안 마음이 숙연하였다.

주자는 귀신에 대해 "참으로 어떤 것이 있다고 해도 안 되고, 참으로 어떤 것이 있지 않다고 해도 안 된다" 하였다. 불교에서는 영혼이 있어서 사후에도 소멸하지 않는다고 생각하는 것을 상견常見이라 하고, 육체가 소멸하면 아무것도 없다고 생각하는 것을 단견斷見이라 하면서, 상견과 단견을 떠나서 중도中道의 정견正見으로 보아야 실상을 볼 수 있다고 하였다. 사후 세계가 있다면 어떤 것인지 가서 두 눈으로 확인하기 전에는 알 수 없다. 천당과 지옥, 극락을 아무리 그럴 듯하게 그려서 말해도 그것은 상견에 떨어진 어리석은 생각에 불과하다.

맹자는 "사람이 배우지 않고도 할 수 있는 것은 양능良能이고, 생각하지 않고도 아는 것은 양지良知이다" 하였다. 사람에게 불성이 있든 신성神聖이 있든 그것이 양지, 양능을 벗어난다면 사람은 참으로 비참한 존재가 아닐 수 없다. 자기를 믿을 수 없고 남을 믿을 수도 없어, 오직 유무有無의 사이에 미묘하게 존재하는 절대자만을 바라보고 살아야 한다면, 결국 단군상의 목을 자르고 불상에 오물을 끼얹는 짓인들 못할 리가 있겠는가.

젊은 학자들이 천주교에 빠진다는 말을 듣고 순암은 이렇게 시를 읊었다.

천당이니 지옥이니 황당한 말이니	天堂地獄說荒唐
바꿀 수 없는 도리가 우리 유가에 있네	自有吾家不易方
그 주장이 참으로 허황하지 않을지라도	若使此言眞不妄
악하면 지옥 가고 선하면 천당 가는 것을	惡歸地獄善天堂

　낮 동안 바르게 산 사람이 밤에 꿈자리가 사나울 리는 없을 것이다. 그렇다고 좋은 꿈을 꾸기 위해 낮에 바르게 살려고 노력하는 어리석은 사람은 없을 것이다. 오늘날 수많은 종교가 사람을 바른 길로 인도한다고 외치고 있지만, 사후 세계를 위해 착한 일을 한다면 이는 필경 자기를 집착하는 삿된 마음이 아니고 무엇이랴. 천당이든 극락이든 사심에 집착한 사람이 들어가서 싸우는 곳은 아니지 않겠는가.

불교의 마음과 유교의 마음

○

세상이 아무리 발전해도 사람들이 고대의 사상에 여전히 관심을 보이는 것은 생명의 근원, 삶의 본질적인 가치를 거기서 찾을 수 있다고 믿기 때문이다. 불교라 하면, 우리는 깨달음과 자비를 먼저 떠올린다. 그런데 대개 참선하는 선객禪客들에게서는 존재의 근원을 꿰뚫고 생사를 단숨에 끊으려는 명징明澄하고 단호한 눈빛은 읽을 수 있고, 사람을 평온하게 품어주는 자비는 좀처럼 느껴지지 않는다. 불타의 동체대비同體大悲는 더욱 찾아보기 어렵다. 오늘날 불교계 일각에서도 바로 이 점을 선禪불교 편향의 문제점으로 비판하고 있다. 조선 전기에 매월당梅月堂 김시습金時習(1435~1493)은 '인仁'이 결여되었다고 참선의 결함을 지적하였다.

인仁이란 천지가 만물을 생성하는 마음이고 우리가 덕德으로 삼는 것이다. 대개 마음의 온전한 덕은 지극한 이치가 아님이 없는데 인이란 내가 이를 말미암아 태어났고 만물과 그 근원을 같이하는 것이다. 그러므로 우리 본성의 주체로서 사덕四德의 우두머리가 되어서 나머지 '의義·예禮·지智' 셋을 아울러 포괄한다. 나머지 셋을 아울러 포괄하므로 정情으로 발현하는 것이 사단四端이 되고, 이 사단 전체를 측은지심惻隱之心이 또 관통한다. 관통하기 때문에 수오羞惡·사양辭讓·시비是非가 그 작용이 되는데 언어와 동작 등 모든 행위에서 인성仁性을 본체로 삼지 않음이 없다.

만약 그 본체가 없어서 사사로운 생각이 제멋대로 일어난다면 가까운 친족을 사랑하는 것과 만물을 두루 사랑하는 것의 구분, 신분의 높고 낮은 등급의 차이, 공경하고 겸양하는 즈음, 시비와 사정邪正의 분변에 있어 잘못이 없을 수 없을 것이다. 이런 까닭에 인을 실천하는 사람은 모름지기 자기의 사욕을 극복해야 하니, 자기 사욕을 극복한다면 마음이 툭 트여서 지극히 공정하여 타고난 본성을 잘 보전한다. 이렇게 되면 본성에 갖추어진 이치가 막히고 가려지는 바 없어서 본성이 사물에 적용되는 것이 모두 도에 맞지 않음이 없다. 그리하여 나의 본성이 천지 만물과 두루 통하여 천지가 만물을 끊임없이 생성하는 이치를 나의 마음에 두루 포괄하지 않음이 없게 된다.

그렇다면 '계契'란 무엇인가? 계란 합한다는 뜻이니, 이른바 '어긋나지 않는다'는 것이다. '어긋나지 않는다'는 것은 단지 터럭만 한 사욕도 없어, 활짝 트여 더없이 맑은 것일 뿐이다. 그러나 '더없이 맑다'는 것은 단지 문을 닫고 고요히 앉아서 눈을 감고 머리를 숙인 채 사물을 전혀 접응接應하지 않는, 선가禪家에서 말하는 '마음을 그저 쉬고 쉰다'는 의미가 아니다. 대개 사물을 만나 응접하거나 행위와 동작을 할 때 한 점 사사로운 생각도 없어서 한 마음의 묘한 이치가 위에 말한 것처럼 두루 천지 만물과 유통하여 모든 이치를 포괄하지 않음이 없는 것이다.

계인契仁은 승려이다. 승려가 정좌하여 마음을 억눌러 참선을 하는 것이 유자儒者에게 비판받는 것은 단지 인仁하지 못하기 때문이다. 계인 씨가 만약 인에 힘을 쓸 수만 있다면 정좌할 때 그 마음이 온전히 지극한 이치라 조금도 흠결欠闕이 없고 사물을 접응하고 대응할 때 하늘로부터 받은 본성이 사단四端 밖으로 가득 발현할 터이니, 인의 작용은 굳이 작은 은혜를 베풀어 남을 사랑한 뒤에야 쓸 수 있는 것이 아니다. 훗날 머리에 관을 쓰고 집안과 나라에서 일하고 조정에 설 때 어디서나 사람들이 우러러보지 않음이 없을 것이요, 물러나 몸을 감추고 누추한 거리나 외진 산골에 곤궁하게 살아도 마음에 절로 기뻐서 마치 봄기운이 충만한 듯, 느긋하고 넉넉한 마음으로 화락和樂하여 그 절개를 바꾸지 않을 터이니, 아! 아! 인仁의 분량이 크도다.

성화成化 경자년 입추일立秋日에 벽산청은옹碧山淸隱翁은 설을 쓰노라.

仁者, 天地生物之心, 而我之所以爲德者也. 蓋心之全德, 莫非至理, 而仁者, 我所由以生, 與萬物同此元元者, 故主於性中, 爲四德之長而兼包焉. 惟其兼包也, 故發於情爲四端, 而四端之中, 惻隱又貫通焉. 惟其貫通也, 故以羞惡辭遜是非爲其用, 而於動靜云爲之際, 未嘗不以仁性爲體. 如無其體, 私意妄作, 於親親及物之分·尊卑等殺之間·恭敬揖遜之際·是非邪正之辨, 不能無過焉. 是故, 爲仁者, 須要克己. 若克己私, 廓然至公, 涵育渾全, 而理之具於性者, 無所壅蔽, 施於事物之間者, 莫不各當其道, 與天地萬物相爲流通, 而生生之理, 無不該遍矣. 然則契者何? 契也者, 合也, 所謂不違, 是也. 不違, 只是無纖毫私欲, 豁然淨盡而已. 然曰淨盡云者, 非直閉門靜坐, 瞌眼低頭, 不接物, 不應事, 所謂休去歇去者也. 蓋遇物應事, 施爲動作, 絶一點私意, 一心之妙, 周流該博, 如上所云也. 契仁, 浮屠氏也. 浮屠靜坐捺念爲參禪, 爲儒者所詆, 但不能仁也. 契仁氏若能用力於仁, 則其靜坐之時, 渾然至理, 無所欠闕, 而於接物之際·對機之間, 天命之性, 藹然發見於四端之表, 而仁之爲

用, 不必煦煦摩撫, 然後用之矣. 他日冠諸顚, 施於家邦, 立於朝廷, 無處不瞻

仰, 退屈藏身, 居陋巷, 守窮谷, 怡然自樂, 盎若陽春, 熙熙寬藹, 不易其介矣.

噫嘘嘻, 仁之爲量也大矣哉! 成化庚子立秋日, 碧山淸隱翁, 說.

— 김시습, 「계인설契仁說」(『매월당집梅月堂集』)

이 글은 김시습이 52세 때 계인契仁이란 승려에게 써준 글로, 계인이란 호에 의미를 부여한 글이다. '벽산청은碧山淸隱'은 매월당의 다른 호이다.

매월당은 사욕이 없어지면 사람의 본성인 인仁이 저절로 발현하니, 마음을 인위적으로 다스리는 참선은 옳지 않은 공부 방법이고, 본성을 잘 보전하면 그 마음이 천지만물의 이치와 하나가 된다고 하였다. 그리고 계인이란 호의 뜻을 '인'에 계합契合하라는 것이라 설명하였다. 굳이 마음을 눌러 다스리지 않아도 마음에 사사로운 생각만 없어지면 바로 '인'에 계합할 것이고, 그렇게 되면 굳이 산속에 있지 않고 세상에 나가 일을 하더라도 항상 마음이 안락할 것이라고 하였다.

범어인 석가모니를 의역意譯하여 능인能仁이라 하므로, 계인이란 호가 본래 유가儒家의 인仁에 계합하라는 뜻을 가졌다고 볼 수는 없다. 그런데 승려의 호를 유가 공부에 적용하고 유가의 학설로 그 의미를 부여한 것은 매월당 같은 괴짜가 아니면 하기 어려울 터다.

당나라 때 문장가 한유韓愈가 문창文暢이라는 승려에게 준 「송부도문창사서送浮屠文暢師序」에서 유가의 도가 아니라 불교의 설로써 승려에게 글을 써준 사람들을 비판하고, 유가의 도의 훌륭함을 설파, 은근히 환속할 것을 권한 바 있다. 이후로 유자들은 승려에게 시문을 써줄 때 은근히 승려들을 낮추어 보고 무시하는 경향이 있었다. 그렇지만 매월당처럼 불교를 수행하는 승려에게 유가의 '인'을 수행의 요체로 삼아서 설명하고, 환속하여 유가의 삶을 살라고 노골적으로 권한 경우는 드물다. 게다가 그 자신도 불교의 학설에 심취하여 『조동오위요해曹洞五位要解』, 『십현담요해十玄談要解』 등 중요한 저술을 남겼으며, 입산과 환속을 거듭하다 만년에는 결국 승려의 신분으로 돌아갔지 않은가.

오늘날 우리 사회는 이념과 지식이 과잉하여 넘친다. 흑백의 색안경을 낀 채 불요불급不要不急하며 불분명한 지식들을 머릿속에 잔뜩 담고서 비틀비틀 불안한 걸음을 걷고 있는 사람들이 많다. 보이는 것마다 나누고 쪼개어 나와 적을 구별하고야 직성이 풀리는 사람들이 우리 사회에는 너무 많다. 지식인들은 옛날에 군자와 소인을 나누듯이 나와 상대편을 나누어 서로를 한사코 반대하고 부정한다. 이제 좌니 우니 진보니 보수니 하는 이념의 갈등은 더 이상 우리 사회를 발전시키는 동력이 되지 못한다. 한갓 부질없는 대결이며, 때로는 진실을 호도하는 책략이 될 뿐이다.

지금에 와서는 매월당과 같이 불교의 참선과 유교의 '인'을 변별할 겨를이 없다. 나와 남의 경계선을 잊고 나와 남을 하나로 느끼게 할 수만 있다면, 그리하여 이 사회의 고질병을 조금이라도 치유할 수 있다면, 그것이 무엇이든 불문곡직 받아들여야 하지 않겠는가.

2부

가난해도
즐거울 수
있다면

아내를 소박할 뻔했던 이함형

○

갈수록 이혼하는 부부가 늘다가 이제는 황혼 이혼이란 말까지 심심찮게 들려온다. 머리에 서리가 내려앉고 얼굴에 골이 파이도록 함께 살아온 부부가 서로를 버리고 쉽게 갈라서다니, 이는 부부의 문제 이전에 사람을 존중할 줄 모르는 경박한 풍조가 만연하기 때문일 것이다. 『퇴계집』에는 이런 세태에 꼭 읽어보라고 권할 만한 편지 한 통이 있다. 퇴계 이황이 어린 제자 이함형李咸亨(1550~1577)에게 보낸 것으로, 부부 사이가 좋지 못했던 이함형에게 간곡히 충고하는 내용이다. 자신의 부끄러운 가정사를 들어가면서 자상하게 타이르는 스승의 편지에 이함형은 깜짝 놀라 자신의 잘못을 깨닫고 부부 금슬이 다시 좋아졌다고 한다.

> 공자께서 말씀하시기를, "천지가 있고 난 뒤에 만물이 있고, 만물이 있고 난 뒤에 부부가 있고, 부부가 있고 난 뒤에 부자가 있고, 부자가 있고 난 뒤에 군신이 있고, 군신이 있고 난 뒤에 예의를 베풀 곳이 있다" 하셨네. 자사子思께서 말씀하시기를 "군자의 도는 부부에게서 시작되니, 지극함에 이르면 천지에 밝게 드러난다" 하고, 또 "『시경』에 '처자 간에 잘 화합함이 금슬琴瑟을 연주하는 듯하다'라고 하셨는데, 이를 두고 공자께서 말씀하시기를, '이렇게 되면 부모가 편안하실 것이다'라고 하셨다" 하였네. 부부의 도리가 이처럼 중요한 것이니, 마음이 잘 맞지 않는다는

이유로 소홀하고 박절하게 대해서야 되겠는가.

『대학』에 "그 근본이 어지러우면서 지엽이 다스려지는 자는 없으며, 후하게 할 데에 박하게 하면서 박하게 할 데에 후하게 하는 경우는 있지 않다"라고 하였는데, 맹자께서 이 말을 부연하시기를, "후하게 할 데에 박하게 한다면 박하게 하지 않을 데가 없을 것이다" 하셨네. 아! 사람됨이 박하고서야 어떻게 부모를 섬길 수 있겠으며, 어떻게 형제·친척·이웃과 잘 지낼 수 있겠으며, 어떻게 임금을 섬기고 백성을 부릴 수 있겠는가. 공公이 금슬이 안 좋다고 내 들었는데, 무슨 이유로 그런 불행이 생긴 것인가?

세상을 보면, 이런 문제가 있는 사람이 적지 않으니, 아내의 성품이 나빠 고치기 어려운 경우도 있고, 아내의 얼굴이 못생기고 우둔한 경우도 있고, 남편이 방종하여 행실이 좋지 못한 경우도 있고, 남편의 호오好惡가 괴상한 경우도 있네. 경우들이 많아 일일이 거론할 수는 없네. 그러나 대의로 말한다면 그중 아내의 성품이 나빠 교화하기 어려워 스스로 소박을 당할 만한 죄를 지은 경우를 제외하고는, 모두 남편이 스스로 자신을 반성하고 애써 아내를 잘 대해주어 부부의 도리를 잃지 않으면 되네. 그렇게 하면 부부의 큰 인륜이 무너지는 데 이르지 않을 것이고, 자신은 '박하게 하지 않을 데가 없는' 지경에 빠지지 않을 것이네. '성품이 나빠 고치기 어렵다'는 것도 몹시 도리에 어그러져 패악하고 불순하여 인륜의 도리를 어지럽힌 경우가 아니라면 역시 상황에 따라 대처해야지, 갑자기 인연을 끊어버리지 않는 게 좋네.

옛날에는 아내를 버려도 아내가 다른 데 시집갈 수 있었기 때문에 칠거

지악七去之惡*을 저지르면 아내를 바꿀 수 있었네. 그러나 오늘날의 아내는 대개 한 지아비만 끝까지 따르니, 어찌 정의情義가 맞지 않다는 이유로 남처럼 대하거나 원수처럼 대하여, 한 몸처럼 살아야 할 사이가 서로 반목하게 되고 한 이부자리에 기거하면서 천리나 떨어진 것처럼 되어, 집 안에서 마땅히 지켜져야 할 도가 시작될 곳이 없고 만복萬福이 길러질 뿌리가 없게 해서야 되겠는가?

『대학』에 "자신에게 잘못이 없는 뒤에 남의 잘못을 지적한다" 하였으니, 이 부부간의 문제에 대해 내가 예전에 겪은 것을 말해주겠네. 나는 두 번 장가들었는데 하나같이 아주 불행한 경우를 만났네. 그렇지만 이러한 처지에서도 감히 박절한 마음을 내지 않고 애써 아내를 잘 대해준 것이 거의 수십 년이었네. 그동안에 마음이 몹시 괴로워 번민을 견디기 어려운 적도 있었네. 그렇지만 어찌 마음 내키는 대로 행동해서 부부의 큰 인륜을 무시하여 홀어머니께 걱정을 끼칠 수 있었겠는가.

후한後漢 때 질운郅惲이 "부부간의 정은 아비도 아들에게 마음대로 하지 못하는 것이다"라고 한 것은 참으로 인륜의 도리를 어지럽히는 간사한 말이니, 이런 말을 핑계 삼고 공에게 충고하지 않을 수는 없네. 공은 반복해 깊이 생각하여 잘못을 고쳐야 할 걸세. 이런 잘못을 끝내 고치지 않는다면, 학문은 어떻게 하겠으며, 행실은 어떻게 하겠는가.

孔子曰: "有天地然後有萬物, 有萬物然後有夫婦, 有夫婦然後有父子, 有

---

* 유교 도덕에서, 아내를 내쫓을 수 있는 일곱 가지의 조건을 이르는 말이다. 곧 부모에게 불순함, 자식이 없음, 음행淫行, 투기妬忌, 나쁜 병, 말썽이 많음, 도둑질을 이른다.

父子然後有君臣, 有君臣然後禮義有所錯." 子思曰:"君子之道, 造端乎夫婦; 及其至也, 察乎天地." 又曰: "《詩》 云: '妻子好合, 如鼓瑟琴云云.' 子曰: '父母其順矣乎!'" 夫婦之倫, 其重如此; 其可以情好之未愜, 疎而薄之乎? 《大學》 曰:"其本亂而末治者否矣; 其所厚者薄, 而其所薄者厚, 未之有也." 孟子申其說, 亦曰:"於所厚者薄, 無所不薄也." 噫! 爲人旣薄, 何以事父母, 何以處兄弟宗族州里, 何以爲事君使衆之本乎? 似聞公有琴瑟不調之歎, 不知因何而有此不幸? 竊觀世上, 有此患者不少. 有其婦性惡難化者, 有嫫醜不慧者, 有其夫狂縱無行者, 有好惡乖常者, 其變多端, 不可勝擧. 然以大義言之, 其中除性惡難化者, 實自取見疎之罪外, 其餘皆在夫, 反躬自厚, 黽勉善處, 以不失夫婦之道, 則大倫不至於斁毁, 而身不陷於無所不薄之地. 其所謂性惡難化者, 若非大段悖逆, 得罪名敎者, 亦當隨宜處之, 不使遽至於離絶, 可也. 蓋古之去婦, 猶有他適之路, 故七去可以易處; 今之婦人, 率皆從一而終; 何可以情義不適之故, 而或待若路人, 或視如讎仇, 胖體歸於反目, 袵席隔於千里, 使家道無造端之處, 萬福絶毓慶之原乎? 《大學》 傳曰:"無諸己而后, 非諸人." 此事請以滉所嘗經者告之. 滉曾再娶, 而一值不幸之甚. 然而於此處, 心不敢自薄, 黽勉善處者, 殆數十年. 其間, 極有心煩慮亂, 不堪撓惱者, 然豈可循情而慢大倫, 以貽偏親之憂乎? 邪愜所謂父不能得之於子者, 眞是亂道邪諂之言; 不可誘此而不忠告於公. 公宜反覆深思, 而有所懲改焉. 於此終無改圖, 何以爲學問, 何可爲踐履耶?

— 이황, 「이평숙에게 보냄與李平叔」(『퇴계집退溪集』)

이함형은 자가 '평숙平叔', 호가 '산천재山天齋'이고 본관은 '전주全州'

다. 효령대군의 후손으로 서울 사람인데 처가가 있는 전라도 순천에 내려가서 살다가 1569년에 퇴계의 문하에 들어갔으니, 스승을 모신 기간이 매우 짧았다. 그렇지만 그는 간재艮齋 이덕홍李德弘과 함께 『심경』, 『주자서절요』에 관하여 제자들이 묻고 퇴계가 답한 것을 모아 『심경석의心經釋義』와 『주자서강록朱子書講錄』을 펴내었다. 실로 독실한 제자였다. 이 편지를 보낼 때 이황은 70세, 이함형은 21세였다. 그리고 이해에 퇴계는 세상을 떠났다.

위 공자의 말은 『주역』에 보이고, 자사의 말은 모두 『중용』에 보인다. 후한 광무제光武帝가 죄 없는 곽황후郭皇后를 폐위할 때 질운郅惲에게 의견을 묻자, 질운이 "신이 듣건대 부부의 정은 아비도 자식에게 어찌할 수 없는데, 하물며 신하가 임금에게 어찌할 수 있겠습니까"라고 대답하였다. 이런 말이 있다고 해서 부부간에 사이가 좋지 않은 이함형을 그대로 두고 충고하지 않을 수 없다고 한 것이다.

퇴계는 『주역』·『중용』·『시경』·『대학』 등 경서를 두루 인용하여, 부부의 사이가 만사의 근본이며, 만복의 근원이라고 하면서 아내의 성품이 아주 못되어 고칠 수 없는 경우가 아니면 부부의 인연을 쉽게 끊어서는 안 된다고 한다. 그 이유로 옛날에는 여인들은 개가改嫁할 수 있었지만 지금은 그럴 수 없고 오직 한 남편만 섬기게 되어 있으니, 아내를 버리면 아내는 갈 곳이 없게 된다고 하였다. 매우 간곡한 설득이요 충고이다.

그리고 이어서 퇴계는 자기의 불행한 과거사를 털어놓는다. 퇴계는 21세에 진사 허찬許瓚의 딸과 혼인하여 금슬이 좋았으나 27세에 상처하고 말았다. 그리고 30세에 봉사奉事 권질權礩의 딸과 두 번째 혼인을 하였다. 이 권씨 부인은 그녀의 조부가 연산군 때 갑자사화로 극형에 처하는 죄인이 되고, 부친 권질도 그 일로 거제도로 유배를 가게 되었다. 그녀는 거제도에서 태어났다. 권질은 중종반정中宗反正 이후 복권되었으나 기묘사화 때 다시 집안이 화를 당하여 숙부는 사사되고 숙모는 관노가 되고 권질은 퇴계의 고향인 예안禮安으로 귀양 간다. 거듭되는 집안의 참화를 겪으면서 권씨 부인은 심한 충격을 받아 정신이 온전치 못했다고 한다. 퇴계가 예안으로 귀양 온 권질을 찾아갔을 때, 권질이 퇴계의 인품을 믿고 자기의 온전치 못한 딸을 부탁했다고 한다.

권씨 부인에 관해 재미있는 일화들이 전해진다. 한번은 제사상을 차리다 떨어진 배를 권씨 부인이 치마 속에 감추자 그 모습을 보고 친지들이 웃었는데, 퇴계는 손수 배를 깎아 부인에게 먹였다고 한다. 또 퇴계가 조정에 급히 입고 나갈 도포를 빨간 헝겊으로 기웠다는 이야기도 전해지는 것을 보면, 대학자인 퇴계의 배필로는 모자라도 많이 모자라는 여인이었음은 분명한 것 같다. 그런데도 퇴계는 1546년 권씨 부인이 먼저 세상을 떠날 때까지 16년간 변함없이 그녀를 감싸주며 부부의 도리를 다하였다. 이 얼마나 훌륭한 인품인가. 오늘날 각박한 남편들이 상상조차 할 수 없을 것이다.

자기 부부간의 불행한 과거사를 털어놓는 것은 사대부의 집안 범절이 삼엄한 조선 시대에는 친구 간에도 쉽지 않았을 것이다. 그런데 49세나 어린 제자에게 자신의 부끄러운 과거사를 솔직히 얘기하면서 부부간의 도리를 다하라고 간곡히 타이르고, 아내를 박대하는 잘못을 고치지 않으면 학문도 쌓을 수 없고 행실도 닦을 수 없다고 간절히 충고한 것을 보면, 퇴계의 인품이 얼마나 너그럽고도 진솔하였으며 제자에 대한 사랑이 얼마나 지극했는가를 알 수 있다.

이 편지를 읽고 이함형은 잘못을 고쳐 다시 부부 사이가 좋아졌고 소박맞을 뻔했던 이함형의 부인은 퇴계의 은혜에 감사하여 퇴계가 세상을 떠나자 심상心喪* 3년을 살았다 하니, 이 또한 오늘날 들을 수 없는 아름다운 얘기가 아닐 수 없다.

---

*   상복은 입지 않고 상제喪制와 같은 마음으로 근신하는 일을 말한다.

가난해도 즐거운 집, 낙암

○

물질만능이라는 오늘날 세상에 안빈낙도安貧樂道와 같은 고루한 선비나 할 말을 운운해서는 세상 물정을 모르는 딱한 사람 취급을 받기 십상이리라. 그렇지만 정녕 가난해도 즐거울 수 있다면, 그 즐거움이야말로 외물外物에 의해 변치 않는 참된 즐거움이 아닐까. 그런 즐거움을 삶 속에서 찾는 길을 가르쳐줄 수 있다면, 지금의 재미없는 인문학이 참으로 할 만한 학문이 되고, 생기를 잃어가는 인문학이 다시 사람에게 감동을 줄 수 있지 않겠는가.

나는 지난해 사직하고 돌아온 뒤로 겨우 한 차례 사직을 청하여 윤허를 받지 못하고는 성상聖上을 번독煩瀆할까 몹시 두려워 몸을 사리고 입을 다문 채 올해에 이르렀습니다. 이제 마침 나이 일흔이라 치사致仕*할 시기가 되었기에 감히 성상께 글을 올려 모든 직임을 벗겨줄 것을 청하였으니, 윤허받지 못할 리 없을 것입니다. 만일 윤허받지 못한다면 속속 글을 올려 기필코 뜻을 이루고야 말 작정입니다. 명분이 바르고 말이 이치에 맞으니, 성상을 번독할 염려는 생각하지 않아도 될 듯합니다. 이 소원을 이룬다면 산은 더욱 깊어지고 물은 더욱 멀어지며, 글은 더욱 맛

---

* 나이가 많아 벼슬을 그만두고 물러나는 것을 말한다.

이 있고 가난해도 더욱 즐거울 수 있으리라 생각합니다.

滉去年歸後, 僅一辭不得, 極以煩瀆爲恐, 側身縅口, 拖至今年, 適當引年之限, 乃敢上箋陳乞, 理宜無不得者. 萬一不得, 續續拜章, 以得遂爲期. 名正言順, 煩瀆之嫌, 有不當計也. 此願得遂, 意謂山當益深, 水當益遠; 書當益有味, 貧當益可樂也.

벼슬을 그만두고 고향에 돌아와 집 안에 거처하며 예전에 공부한 글들을 다시 읽으며 이치를 사색하노라니 자못 맛이 있습니다. 이에 고인들처럼 누추한 집에서 편안히 거처하며 변변찮은 음식을 달게 먹는 것을 거의 바랄 수 있게 되었습니다. 살고 있는 집이 산기슭에 가깝기에 작은 초가집을 새로 지어 한가로이 기거할 곳으로 삼고자 합니다. '낙樂' 자를 이 초암의 이름으로 걸고자 하니, 지난번에 주신 편지에서 "가난해도 더욱 즐거울 수 있으리라"라고 하신 말씀을 말미암아 제 마음에 바라는 뜻을 담은 것입니다.

산은 비록 높지 않으나 시야가 두루 수백 리로 펼쳐져 있어 집이 다 지어져 거처하면 참으로 조용하게 공부하기에 알맞을 것입니다. 여기에서 공부를 하노라면 그 정경情境에 절로 일어나는 흥취가 없지 않을 터이니, 이 밖에 세상의 부질없는 일 따위야 무슨 개의할 게 있다고 다시 입에 올리겠습니까.

歸臥一室, 溫繹陋學, 頗覺有味. 蓬蓽之安 · 簞瓢之甘, 亦庶乎可以有望也. 家近山崖, 新築小菴, 擬爲棲遲之所. 欲以樂字揭其名, 蓋緣前書所示貧當益可樂之語, 用寓鄙心之所願慕者. 山雖不深, 眼界周數百里, 屋成而居, 儘合

靜修之地. 從事其間, 不無情境助發之趣也. 此外悠悠, 何足介意而更有云
云耶?

— 이황·기대승, 「양선생왕복서兩先生往復書」(『고봉집高峰集』)

퇴계 이황이 보내고 고봉高峯 기대승奇大升(1527~1572)이 답한 두 통의
편지에서 각각 일부분만 발췌하였다. 퇴계의 편지는 1570년 1월 24일에
보낸 것이고, 고봉의 편지는 그해 4월 17일에 보낸 것이다.

위 퇴계의 편지에서, 산은 더욱 깊어지고 물은 더욱 멀어진다는 것은
세상을 떠나 깊이 은거함을 뜻한다. 가난해도 더욱 즐겁다는 것은 공자
의 "가난해도 즐거워한다貧而樂"라는 말에서 온 것이다. 또한 공자가 제
자 안회顏回를 두고 "한 그릇의 밥과 한 바가지의 물로 누추한 마을에 사
는 그 근심을 사람들은 견디지 못하는데, 안회는 그 즐거움을 바꾸지 않
는구나. 어질도다, 안회여!一簞食一瓢飮 在陋巷 人不堪其憂回也不改其樂 賢哉
回也!"라고 하였다. 그저 가난을 편안히 여길 뿐만이 아니라 책에서 진리
를 아는 참된 맛을 느낄 것이라 했으니, 이것이 소위 가난을 편안히 여기
고 진리를 즐긴다는 안빈낙도의 삶이다. 위 고봉의 편지에서 말한 '누추
한 집에서 편안히 거처하며 변변찮은 음식을 달게 먹는 것'도 안빈낙도
의 삶임은 말할 나위 없다. 고봉이 살던 곳에는 산이 높지 못하다. 그래
서 퇴계의 말을 받아서 '산은 비록 높지 않으나'라고 했으니, 재치 있는
화답이다.

퇴계는 노병老病을 이유로 누차 사임하여 1569년 3월에야 69세의 나
이로 우찬성右贊成을 벗고 명예직인 판중추부사判中樞府事를 띤 채 돌아왔

고. 고봉은 44세 때인 1570년 2월에 성균관 대사성大司成을 사임하고 귀향하였다. 퇴계가 도산에 돌아온 뒤에도 계속 사직을 청했던 것은 이 판중추부사의 직함마저 벗겨주기를 원해서였다.

당초 인종이 재위 기간 1년이 채 못 되어 승하했다는 이유로 권신權臣 윤원형尹元衡(?~1565)이 문소전文昭殿에 인종을 부묘祔廟하지 않았다. 그 뒤를 이은 명종明宗을 문소전에 부묘하게 되자 고봉을 위시한 사림들이 인종도 함께 부묘할 것을 주장, 이에 반대하던 영의정 동고東皐 이준경李浚慶(1499~1572)의 뜻을 거슬렀다. 이로부터 고봉은 당시 영의정의 미움을 받았고, 결국 조정을 떠났다. 이에 앞서 퇴계는 고봉에게 사직하고 낙향하여 학문에 정진할 것을 간곡히 권유하였다.

고향에 돌아온 고봉은 곧바로 고마산顧馬山 남쪽에 낙암樂菴을 지어 그해 5월에 완공하였다. 현재 고봉의 고향인 광주광역시 광산구 신룡동 용동마을에서 2킬로미터 남짓 떨어진 신촌마을 뒷산 낙암산이 바로 고마산이다.

위 고봉의 편지에 대해 퇴계는 그해 7월12일에 답장과 함께 낙암에 대한 기문記文과 액자額字도 써서 보내주었다. 기문에서 퇴계는 낙암에 가보지 못하는 것을 아쉬워하였다.

한편 이해 정월에 보낸 편지에서 퇴계는 평소 건강을 잃을 만큼 술을 좋아하던 고봉에게 술을 자제하라고 간절히 충고하였다. 고봉은 답장에서, 근래 병이 많아 술을 끊었고, 앞으로도 술을 끊도록 하겠다고 하였다. 그러나 이때 고봉은 이미 퇴계가 염려한 대로 건강이 많이 나빠져 있었던 듯하다.

이듬해 여름에 홍문관 부제학, 이조참의에 연이어 제수되었으나 고봉은 모두 부임하지 않고 낙암에 굳게 은거하고 있었다. 그러나 그 이듬해인 1572년 2월에 종계변무주청사宗系辨誣奏請使로 조정이 부르자 국가의 중대한 일이라 고봉은 일어나지 않을 수 없었다. 그렇지만 고봉은 그해 10월에 벼슬을 사퇴하고 다시 낙향하다가 천안에 이르러 갑자기 발병하였고, 태인泰仁*에 이르자 병세가 더욱 위독해져 11월 1일에 운명하니, 향년이 겨우 46세였다.

퇴계와 고봉이 주고받은 편지는 100여 통이 넘지만 고봉은 불과 세 차례 서울에서 퇴계를 만날 수 있었을 뿐이다. 그리고 퇴계는 인품이 겸허하고 신중한 반면 고봉은 호탕하고 과감하였다. 그러나 퇴계는 문하에 출입한 사람들 중 고봉을 가장 깊이 인정하였다. 그래서 퇴계가 벼슬을 그만두고 조정을 떠날 때 선조가 조정 신료들 중 누가 학문이 뛰어난 사람인지 묻자, 퇴계는 "기대승은 글을 많이 보았고 성리학에도 조예가 깊어 통유通儒라 할 만합니다" 하여, 오직 고봉을 추천하였다. 퇴계는 또 임종할 때 유언으로 "비석을 세우지 말고 작은 돌에다 앞면에는 '퇴도만은진성이공지묘退陶晚隱眞城李公之墓'라 쓰고 뒷면에는 세계世系와 출처出處만 간략하게 기록하라. 기고봉奇高峯 같은 사람이 이런 글을 짓게 되면 필시 장황하게 나의 행적을 서술하여 세상의 비웃음을 사게 될 것이다" 하였으니, 고봉을 내심 가장 뛰어난 제자로 인정하고 있었던 셈이다.

퇴계는 1569년 3월에 도산서당에 돌아와서 그 이듬해 12월에 세상을

* 전라북도 정읍의 옛 지명이다.

떠났고, 고봉은 1570년 2월에 낙향하고 5월에 낙암을 완공하여 안돈安頓하다가 1572년 2월에 조정에 가서 그해 11월에 운명하였으니, 두 사람 모두 꿈에도 그리던 자신의 삶을 2년도 살지 못하였다. 그러나 자칫하면 자기 삶을 잃은 채 부질없이 각축하다가 떠나기 쉬운 인간세상에서 두 분은 삶의 깊고 참된 즐거움을 알고 누리다 가셨으니, 단지 아쉽다고만 할 수는 없을 것이다.

오늘날 인문학은 점점 힘을 잃어가고 있다. 경제(?)에 직접적인 도움을 주지 못하니, 글을 읽는 재미를 더하여 사람들의 흥미를 끌 수밖에 없는 실정이다. 기실 이 밖에 딱히 쇠락해가는 인문학을 되살릴 방도를 찾기도 어렵다. 그렇지만 아무리 각색하여 대중을 불러 모을지라도 인문학을 하는 사람의 삶이 사람들을 감동시키지 못한다면, 사람들은 점점 인문학에 흥미를 잃게 되고 필경 인문학은 학문의 권좌에서 내려와야 할지도 모른다.

천재 시인 부부의 슬픈 사랑

○

오늘날 부부는 쉽게 만나므로 그만큼 쉽게 헤어지고, 사랑도 쉽게 표현하므로 그만큼 흔한 것이 되어버렸다. 유교의 나라로 불리는 조선 시대의 부부 사랑은 어떠했을까. 우리의 상상처럼 예교禮敎에 묶여 그저 답답하고 꽉 막히기만 한 것이었을까. 지금의 부부들처럼 맘껏 발산할 수는 없었지만 그래서 더욱 깊고 은근하였으며 너무도 짧은 인연이었기에 더욱 안타깝고 애절하였던 조선 시대 천재 시인 읍취헌挹翠軒 박은朴誾 (1479~1504) 부부의 사랑 얘기를 소개한다.

군君은 성화成化 기해년(1479) 정월 모일에 태어났다. 처음 세상에 태어나서는 외가에서 자랐는데 어릴 때 영특하고 단정하였으며 놀고 장난하는 것이 모두 여인의 범절에 맞았다. 그래서 부친인 찬성공贊成公이 어질다고 여겨 친자식처럼 사랑하였다.

계축년 봄, 군의 나이 15세에 나에게 시집왔는데 높은 벼슬아치의 집안에서 자랐으면서도 교만한 모습이 없었고 시부모의 집에 들어와서는 예경禮敬의 행실을 다하였다. 나의 누이들과 더불어 어버이를 모신 자리에서 기쁜 기색으로 담소하며 매우 화락하니, 시부모들이 매우 좋아하였다. 병진년에 내가 과거에 급제하였고 정사년에 분가하여 살았다. 길쌈에서부터 담장이며 건물에 이르기까지 집 안팎의 일들을 모두 군이 도맡았는데 일처리가 매우 찬찬하고 꼼꼼하였다. 종들을 부릴 때에는 조금이라도 예의에 어긋난 행동을 하면 엄히 꾸짖어 상하가 분명하고 집안이 숙연하였다.

나는 성품이 엉성하고 나태할 뿐 아니라 군이 어질었기 때문에 집안일에는 도무지 관심이 없었다. 당시 나의 조모와 외조모께서 모두 생존해 계셨는데 군은 철 따라 좋은 음식을 장만해 바치느라 늘 급급하여 여념이 없었다. 조모 한씨韓氏는 규범閨範이 매우 높고 사람을 알아보는 것이 신명神明과 같았는데 사람들에게 자주 말하기를 "우리 손부孫婦는 참으로 어질다" 하셨다. 외조모는 아직도 건강하신데 나에게 말씀하기를 "네가 태어날 때 내 나이 예순이었으니, 오늘 네 아내의 봉양을 받을 줄 알았겠느냐" 하셨다.

나는 몸가짐을 단속하지 않고 남들과 시 읊고 술 마시는 것을 좋아하여 집안 형편은 아랑곳하지 않았다. 그래도 군이 힘을 다해 비용을 마련하여 나의 마음을 즐겁게 해주려고 애썼으며 혹시라도 뜻을 어기는 일이 있을까 걱정하였다. 내가 남에게 베풀 일이 있으면 역시 즐거운 마음으로 내 뜻을 따라주었다. 그리하여 집안이 가난했으나 군이 나는 그런 줄알지 못하게 하였다.

평소에 내가 군과 약속하기를 "어떻게 하면 군과 함께 녹거鹿車*를 끌고

---

* 사슴이 끄는 작은 수레이다. 후한 발해渤海 사람으로 부유한 집안에서 자란 환소군桓少君이 덕을 닦으며 검약하게 사는 포선鮑宣에게 시집가서, 청빈하고 고고하게 살려는 남편의 뜻을 따라 시집올 때 데리고 왔던 종들과 사치한 복식을 다 돌려보낸 다음, 짧은 삼베 치마를 입고 녹거를 끌고 시댁으로 와서는 몸소 동이를 들고 물을 길어 부도婦道를 실천했다고 한다. (『小學 善行』)

향촌鄕村에 돌아가 작은 집을 짓고 살며, 위로는 부모를 받들고 아래로는 자손을 기름으로써 평생의 즐거움을 이룰 수 있을꼬" 하면, 군은 문득 기뻐하며 "그것이 나의 뜻입니다. 산수山水 간에 집을 지을 비용은 내가 마련하겠습니다" 하였다. 그러므로 내가 벼슬을 얻으면 군은 기뻐하지 않았고 벼슬을 잃어도 군은 슬퍼하지 않았으니, 정의情義가 참으로 나와 맞았다. 대저 사람은 누군들 내조內助를 받지 않는 이가 있으랴만 어리석은 나의 경우에는 실로 남들보다 더하였다.

올해 2월에 내가 남행南行하여 보령保寧의 수영水營에서 외삼촌을 뵙고 3월 10일쯤에 군이 병들었다는 소식을 듣고 서둘러 말을 달려 집에 돌아오니 군의 병이 이미 깊었다. 군은 나를 보고 말하지 못하였고 나는 흐르는 눈물을 주체하지 못하고 있었다. 한참 만에 군이 말하기를 "오시는 게 어이 이리 더뎠소? 하마터면 얼굴을 보고 영결永訣하지도 못할 뻔했구려" 하였다. 그러나 이렇게 하루아침에 세상을 떠나게 될 줄 생각이나 했으리오.

병이 위중해지자 군은 손수 글을 써서 나의 누이들에게 주어 자식들을 부탁했다. 그리고 말하기를 "살아서 시부모에게 효도하지 못했으나 불효한 사람이 되고 싶지 않았소. 그러나 지금 병이 낫지 않으니 어이하겠소. 내가 죽은 뒤에는 이 글을 보기를 나를 보듯이 하구려" 하였다. 군은 글을 다 쓰고는 나를 시켜 읽게 하고 들었다. 듣기를 마친 뒤 군은 길게 탄식하였고 임종에 나를 돌아보고 말하기를 "잘 계시오. 잘 계시오. 나는 이제 가오" 하였으니, 정신이 흐리지 않음이 이와 같았다.

군은 6남을 낳았다. 장남 인량寅亮은 이제 겨우 아홉 살인데 어른들이 보고는 모두 '자질이 뛰어나다'고 칭찬하였다. 아버지를 따라 여막盧幕에 거처하며 고기를 먹지 않으며 거상居喪한 지 어언 3년이다. 그사이에 병이 든 적이 있어 육즙肉汁을 만들어 주었더니, 거절하고 먹지 않았으며 그 뒤로는 나물죽도 먹으려 하지 않았다. 그 아래 대춘大春은 이제겨우 8세이고, 그 아래 대붕大鵬은 태어난 지 2년 만에 요절했다. 그 아래 딸 여순女順은 겨우 5세이고, 그 아래 딸 여항女恒은 겨우 세 살이다. 그 아래 아들 동숙同叔은 태어난 지 석 달이 채 못 되었다. 나와 군은 모두 해년亥年에 태어났는데 이 아이가 태어난 것도 해년이었다. 그래서 이름을 동숙이라 지었다. 이 아이는 태어나면서 용모가 매우 아름다워 군이사랑하였다. 그래서 군이 병중에 탄식하기를 "우리 아이가 매우 아름다워 장성하는 것을 보려고 했는데 마침내 보지 못하게 되는구나!" 하였다. 군이 졸卒한 날은 3월 16일 계미癸未이고, 장례일은 5월 7일 임신壬申이다. 애통하도다!

배필의 의리는 크니, 살아서는 함께 늙고 죽어서는 함께 가더라도 오히려 유감이 없을 수 없다. 계축년으로부터 지금에 이르기까지 세성歲星이아직 일주一週하지도 않았는데* 백 년을 함께 살려던 계획이 여기에 그치고 만단 말인가. 비록 함께 살지 못하고 함께 가지는 못해도 1, 20년만더 살아서 아들이 장가들고 딸이 시집가는 것만 보면 그래도 괜찮을 것이다. 아직 어린애들이 모두 강보에 있는데 군만 홀로 버리고 떠나 나의

---

* 12년이 못 되었다는 말이다. 세성歲星은 목성木星인데 이 별이 서쪽에서 동쪽으로 하늘을 한 번 도는 기간이 12년이라고 한다.

부모에게 근심을 끼치니, 이는 모두 내가 불초하여 초래한 것이다. 군이
야 운명인 것을 어이하리오!

君以成化己亥正月日生, 始生而育于外家. 幼英爽端潔, 嬉戲之事, 皆合女
儀. 贊成公賢之, 愛若親子. 癸丑之春, 君年十五, 歸于闉. 生於簪纓之族, 而
無驕惰之容, 入於舅姑之門, 而盡禮敬之實, 與闉群妹, 侍親之側, 怡怡然言
笑, 融融然和樂, 父母甚悅之. 丙辰歲, 闉獲忝科第, 丁巳歲, 分產以居. 自女
紅之事, 以曁垣墻室廬, 內外君無不治, 皆委曲詳盡, 馭婢僕, 少不如禮, 嚴加
訶禁, 上下截然, 闉內肅然. 闉非但性本疏懶, 以君之賢, 於家事邈如也. 時,
闉內外王母俱無恙, 君具時鮮以供, 汲汲若不及. 內王母韓氏闉範甚高, 知人
若神, 亟語於人曰: "吾孫婦賢矣哉!" 外王母李氏今尙康强, 詔闉曰: "汝生之
時, 吾年及六十, 豈知今日受汝婦之養耶?" 闉不自檢, 喜與人詩酒爲樂, 不
曾問有無, 君極力營辦, 務悅其意猶恐違, 有所施與, 亦樂爲之從, 家雖貧, 不
使闉知也. 平居, 相與約曰: "安得與君共挽鹿車, 歸鄕村結廬, 上承父母, 下
撫兒孫, 以邃百年之樂耶?" 君輒欣然曰: "是吾意也. 若夫山水之費, 吾其辦
也." 故闉得官君不喜, 失官君不戚, 情義誠有合於闉也. 夫人誰不資內輔者,
若闉之愚, 實有加焉. 今年二月, 闉南行, 謁舅氏於保寧之營, 三月之旬, 聞
君之疾, 疾驅而還, 則疾已深矣. 君視我不能言, 我亦淚流, 欲拭不可. 久而言
曰: "來何遲耶? 幾不及面訣矣." 然豈料一朝奄忽乎? 病亟, 手爲書遺闉諸妹,
以兒輩爲託, 且云生不能孝於舅姑, 願不爲不孝, 病今不救, 奈何! 吾死之後,
視此書如視我也. 書畢, 令闉讀而聽之, 聽畢長歎. 臨絶, 顧闉曰: "好在好在!
吾今逝矣." 精神之不爽如此. 君生六兒, 長兒寅亮始九歲, 而長者咸稱有奇
質, 隨嚴於廬所, 不食肉今三年. 嘗疾, 爲肉汁以遺, 輒却之, 後雖菜羹, 亦未

肯飲也. 次兒大春始八歲, 次兒大鵬, 生二歲而夭. 次女女順始五歲, 次女女
恒始三歲, 次兒同叔, 生未三月. 闐與君俱亥年而兒生亦亥, 故名. 生而妍妙.
君美之. 病中歎曰: "吾兒甚佳, 冀見其長成, 其終不能乎!" 君卒之日, 三月
十六日癸未也; 葬之日, 五月初七日壬申也. 痛矣哉! 伉儷之義大矣. 生則偕
老, 死則偕逝, 猶不能無憾. 自癸丑至今, 歲星亦未周也, 百年之計, 其止於斯
而已乎! 縱未能偕老偕逝, 猶更延一二十年, 以見男娶女歸, 庶亦可矣. 呱呱
者皆在襁褓, 君獨棄而不顧, 重眙我父母之憂, 皆闐之不肖有以致之, 君其如
命何!

— 박은, 「망실 고령신씨 행장亡室高靈申氏行狀」(『읍취헌유고挹翠軒遺稿』)

조선 시대 연산군 때의 시인 박은이 세상을 떠난 아내 고령 신씨高靈申
氏를 위해 쓴 행장行狀이다. 이렇게 남편이 아내의 행장을 쓰는 일은 흔
치 않다.

윗글에서 장남 인량이 아버지를 따라 여막에서 거상한 지 3년이라고
한 대목은 사실과 부합하지 않는다. 읍취헌은 아내가 죽은 다음 해에 죽
었으므로 3년 동안 거상하는 것을 보았을 리 없다. 이 글이 향후에 묘갈
명을 받기 위해 쓴 행장이고 자신이 그렇게 빨리 세상을 떠날 줄 몰랐기
때문에 이렇게 썼을 것이다.

고령 신씨의 부친은 좌의정에 오른 신용개申用漑이고, 증조부는 영의정
에 오른 신숙주申叔舟였으니, 그녀가 당대 명문가의 후손이었음을 알 수
있다.

용재 이행은 절친한 친구였던 읍취헌에 대해 "어릴 때부터 용모가 매

2부 가난해도 즐거울 수 있다면

우 영특하고 수려하며 눈썹과 눈이 그림으로 그린 것 같아 바라보면 속세 사람이 아닌 것 같았다. 네 살 때 글을 읽을 줄 알았고 여덟 살에는 글의 넓은 의미를 대략 알았고 열다섯 살에는 문장을 지을 줄 알았다" 하였다.

고령 신씨는 15세에 읍취헌과 결혼하여 25세에 세상을 떠났으니, 꼭 10년을 부부로 살았다. 그녀는 단정한 용모에 명문가의 후손이었고 읍취헌은 천상의 사람 같은 미남자요 당대에 손꼽히는 재사才士였으니, 이 청춘 부부는 세상 사람들의 부러움을 한 몸에 받았으리라. 또한 이 부부는 동갑이었고 금슬이 매우 좋았으니, 읍취헌은 "나는 한두 해 전부터 머리에 흰 머리털이 생기기 시작했다. 그래서 흰 머리털이 자주 보이자 아내가 족집게로 뽑아서 보여주기에 그저 웃고 말았다"라고 술회한 바 있다. 아내가 남편의 새치를 뽑아주는 요즘 여느 부부의 다정한 모습과 다를 바 없다.

사랑하던 아내가 생후 백일이 못 된 예쁜 아들 동숙을 두고 차마 감기지 않는 눈을 감은 지 겨우 한 해 뒤, 읍취헌도 갑자사화甲子士禍 와중에서 형장의 이슬로 스러졌다. 훗날 정조로부터 "조선 제일의 시인"이란 극찬을 받은 이 천재 시인은 26세의 아까운 나이로 그 짧고 찬란한 삶을 마치고 만 것이다. 참으로 애절하고 기막힌 사연이 아닐 수 없다.

"배필의 의리는 크니, 살아서는 함께 늙고 죽어서는 함께 가더라도 오히려 유감이 없을 수 없다"라고 한 읍취헌의 말이 문득 생각난다. 어쩌면 그는 사랑하는 아내와 함께 가고 싶어서 속세를 서둘러 떠났던 것은 아닐까.

불쇠옹의 천주교 비판

○

사람은 눈에 보이는 것부터 확인한 다음 눈에 보이지 않는 것을 차츰 알아가는 게 당연한 이치인데, 젊은 혈기가 앞설 때는 나를 알고 이웃을 알고 나아가서 세상을 알 여유가 없이 대뜸 자기가 믿고 싶은 것부터 받아들이기 쉽다. 세상을 새롭게 변혁하는 젊은이들의 패기도 좋지만 격한 젊은이들을 타이르고 꾸짖어 안돈하는, 노성한 어른이 세상에 없어서는 안 된다. 18세기 조선에 천주교가 전파될 무렵 노학자 순암 안정복은 젊은 학자들의 격한 주장에 맞서 불쇠옹不衰翁의 기개를 굽히지 않았다.

8월 가을에 순암 안공安公이 동궁東宮 계방관桂坊官이 되었는데 숙배肅拜한 뒤에 상께서 특별히 인대引對하고는 기뻐하며 말씀하시기를 "그대는 쇠하지 않았구려" 하셨다. 이때 공의 나이 73세였다.

당초 상께서 동궁에 계실 때 공이 계방관으로 누차 서연書筵에 들어가서 경전의 뜻을 설명하니, 상께서 공의 학문이 정밀하고 순정醇正함을 알고 남달리 사랑하셨다. 그리고 등극하신 지 6년째 되던 해에 원자가 탄생하셨고 3년 뒤에 다시 춘계방春桂坊*을 설치할 때 상이 공과의 옛 인연을

---

* 세자시강원世子侍講院인 '춘방春坊'과 세자익위사世子翊衛司인 '계방桂坊'의 합칭이다.

잊지 못하여 특별히 이 직책에 제수하였고, 또 그동안 10년 사이에 공의 용모와 음성이 옛날보다 못하지 않음을 기뻐하셨다. 공이 물러나 자기 집에 불쇠헌不衰軒이란 편액을 걸었으니, 성상의 말씀에 감격했기 때문이었다.

내가 이 얘기를 듣고 마음속으로 말하였다. "공이 칩거하며 경서를 연구하였으니, 생각건대 사물의 이치는 거의 남김없이 궁구하였을 터이다. 그런데 이제 불쇠헌이란 편액을 건 것을 보면 사람들이 의아하게 생각하지 않을 수 있겠는가. 대저 성쇠盛衰는 평상한 이치이니, 천지도 면할 수 없으며 성인도 면할 수 없다. 그러나 천지와 성인의 경우에는 그 기운은 때가 되면 쇠하지만 그 이치는 쇠할 때가 없으니, 비록 쇠하지 않는다[不衰]고 해도 될 것이다. 일반 사람이 성인에 가까울 수 없는 것은 하늘에 사닥다리를 놓아 올라갈 수 없는 것과 같으니, 고금의 아득한 세월 동안 천지 사이에 가득했던 인물들이 어찌 쇠하지 않은 적이 있으리오. 성상께서 공에게 말씀하신 것은 단지 이목구비와 같은 육신이 정정함을 가리킨 것일 뿐이지 마음속의 이치까지 아울러 말한 것은 아닐 터이다. 그런데도 공은 의연히 '불쇠'라는 두 글자를 자신의 호로 삼았으니, 이를 통하여 스스로 경각한다고 하면 되겠지만 이 호칭으로 자처한다고 하면 나는 아무래도 옳지 않을 듯하다."

그리고 얼마 지나지 않아 들리는 소문에 공이 젊은 사람들의 구설에 몹시 시달리고 있는데 그들이 입을 모아 떠들며 공을 두고 노망이 들었다고 한다고 하였다. 서양의 이마두利瑪竇가 저술한 책이 근자에 비로소 우리나라에 들어오자 학문에 뜻을 둔 젊은이들이 예전에 배운 것에 싫증을 느끼고 신기한 주장을 좋아하여 바람에 휩쓸리듯이 저마다 자기가 배운 학문을 버리고 그쪽을 따르면서 심지어 "부모도 천주天主에 비하면 오히려 남이다. 임금은 권속이 없어야만 세울 수 있다. 음양 두 기운이 만물을 생성할 수 없다. 천당과 지옥은 분명히 있다. 태극도太極圖는 대대對待로 말한 것에 불과하다. 천주가 참으로 강림한 것이 예수이다"라고 한다. 대개 그들의 주장은 아득하고 속임수가 많아서 종잡을 수 없는데 하나도 정주程朱의 학설과 어긋나지 않는 것이 없으니, 그들이 불교를 비방하는 것은 바로 도둑이 주인을 미워하는 격일 뿐이다. 옛날에 맹자가 양주楊朱와 묵적墨翟을 우려하여 홍수와 맹수에 비기기까지 하셨던 것은 그 폐해가 아버지를 업신여기고 임금을 업신여기는 데 빠져들 수도 있음을 매우 강조했던 것일 뿐이다. 양주와 묵적이 어찌 이마두의 주장처럼 스스로 임금을 멀리한 적이 있었겠는가.

공은 산골에서 긴긴 밤 동안 크게 근심하고 길게 탄식한 나머지 혈혈단신으로 일어나 한창 일어나는 젊은이들의 거센 기세를 막고서 준엄한 말로 꾸짖기도 하고 온화한 말로 타이르기도 하였다. 우리의 도를 지킬 수만 있다면 비방을 받는 것은 걱정하지 않고, 사설을 막을 수만 있다면 환난으로 생기는 해로움을 당해도 아랑곳하지 않았던 것이니, 지주砥柱*가 있지 않다면 미친 물결을 어떻게 막을 수 있으며 촛불이 있지 않다면 어두운 방을 무슨 수로 밝히리오.

---

* 중국 하남성河南省 삼문협시三門峽市에 있던 바위산이다. 황하의 거센 물살 속에서도 넘어지지 않고 기둥처럼 꿋꿋하게 서 있기에 이런 이름이 붙여졌다. 댐이 건설될 때 폭파되어 지금은 없다.

훌륭하도다! 공의 어질고 용감함이여! 이에 사람들이 모두 하늘이 공을 쇠하지 않게 한 것은 공을 쇠하지 않게 한 게 아니라 우리의 유도儒道를 쇠하지 않게 하고자 한 것임을 알았다. 공이 불쇠 두 글자로 자처하였으니 자기 신념이 돈독함을 알 수 있고, 성상께서 이 두 글자를 공에게 말씀하셨다는 사실에서 신하를 알아보는 안목이 밝으셨음을 알 수 있다. 나는 유자儒者라 공의 풍도風度를 듣고 붓을 당겨 불쇠헌의 기記를 쓰노라.

八年秋, 順菴安公, 爲東宮桂坊官. 旣肅命, 上特賜對喜曰君不衰, 公時年七十三. 初, 上之在銅闈, 公以桂坊官, 屢入書筵, 剖說經義; 上知公學術精醇, 眷待異於衆. 御極之六年, 誕生元良, 越三年, 復設春桂坊; 上耿然念公舊, 特命除是職, 又喜其十年之間容貌辭氣無減乎昔也. 公退而名其軒曰不衰, 蓋感聖諭也. 余聞而語于中曰: "公閉戶竆經, 意其事物之理, 竆格殆盡; 今以名其軒觀之, 無乃滋人之惑歟! 夫盛衰, 理之常也; 天地不能免焉, 聖人亦不能免焉. 然天地與聖人, 其氣有時而衰, 而其理無時而衰; 雖以不衰蔽之, 可也. 人之不可以幾於聖, 猶天之不可以梯也. 往古來今, 人物之盈於兩間者曷嘗有不衰也哉! 上所以諭公者, 特指其五官之精而已, 未必竝論其在中之理, 而公乃毅然以二字自命; 謂之因是而自警則可, 謂之自居則吾未見其可也." 未幾, 聞公大困於年少輩口舌, 譁然以老妄歸之. 蓋西國利瑪竇輩所著書, 近始有流出東國者, 年少志學之人, 厭舊聞而喜新奇, 靡然棄其學而從焉, 至曰: "父母比天主, 猶爲外也. 人主無眷屬而後可立也. 二氣不能生萬物也. 堂獄的然爲眞有也. 太極圖不過爲對待語也. 天主眞降爲耶蘇也." 蓋其爲說, 汪洋譎詭, 千百其端, 而無一不與程朱乖齟; 其所以詆排釋氏, 直盜

憎主人耳. 古之聖人, 以楊墨爲憂, 至比之洪水猛獸者, 蓋極言其弊之入於無
父無君耳; 爲揚墨者, 曷嘗自以君父爲可外, 如瑪竇之說也哉? 公竆山永夜,
隱憂永歎, 以孑然一身, 起以當方生之勢, 或嚴辭而斥之, 或溫言 而曉之, 吾
道可衛, 則譏嘲有不恤也, 邪說可拒, 則患害有不顧也; 不有砥柱, 狂瀾何得
以障也, 不有孤燭, 暗室何由以明也! 盛矣哉! 公之仁且勇也. 於是乎人皆知
天之使公而不衰者, 非不衰公也, 欲吾道之不衰也. 公之以二字自居, 可知
其自信之篤, 而上之以是而諭公者, 亦可驗知臣之明也. 余懦者, 聞公之風而
立, 遂援筆作不衰軒記.

— 채제공, 「불쇠헌기不衰軒記」(『번암집樊巖集』)

번암樊巖 채제공蔡濟恭(1720~1799)이 순암의 불쇠헌不衰軒에 대해 써준
기記이다. 이 글에는 천주교를 비판하는 내용이 많다. 그래서 번암은 젊
은이들의 공격을 받게 될까 염려하여 이 글을 써두고도 순암에게 보내지
않았는데, 순암이 편지를 보내 걱정할 필요 없다고 하면서 보내달라고
종용하였다.

순암은 61세 때인 임진년(1772, 영조 48)에 익위사익찬翊衛司翊贊에 임명
되어 당시 세자인 정조正祖를 모셨고, 73세 때인 갑진년(1784, 정조 8)에
다시 익위사 익찬이 되어 임금이 된 정조를 만났다. 12년 만에 순암을 만
난 정조는 특별히 접견하고 "쇠하지 않았구려不衰"라고 하였다. 정조가
자신을 잊지 않고 기억해준 데 감격한 순암은 자기 집에 불쇠헌이란 편
액을 걸고 시를 지었다.

근력이 해마다 줄어 스스로 탄식하는데	自歎筋力逐年衰
성상께선 쇠하지 않았다고 정녕히 말씀하셨네	天語丁寧論不衰
신의 육신이 쇠하지 않은 것이 아니라	不是臣身能不衰
늙어도 지기는 쇠하지 않도록 하려 하신 게지	要令志氣不隨衰

그 뒤로 순암은 불쇠옹을 자신의 호로 쓰기도 하였다. 이마두利瑪竇는 『천주실의天主實義』의 저자인 예수회 중국 선교사 마테오 리치Matteo Ricci 를 중국어로 음역音譯한 것이다.

위에서 "부모도 천주에 비하면 오히려 남이다. 임금은 권속이 없어야 만 세울 수 있다"라고 한 주장은 유교에서 도저히 받아들일 수 없는 무부 무군無父無君의 논리이다. 임금이 권속이 없어야 한다는 것은 왕실의 계 승에 의한 왕정王庭을 부정하고 공화정을 주장하는 것이다. "음양 두 기 운이 만물을 생성할 수 없다. 태극도는 대대對待로 말한 것에 불과하다" 라는 주장은 성리학의 이론을 비판한 것이다. 즉 성리학의 학설은 음양 이 만물을 이루고 있는 현상을 설명한 것일 뿐이지 우주만물을 생성하는 근원에는 이르지 못했다는 것이다.

18세기에 와서 『천주실의』가 조선의 학자들 사이에 읽히면서 성호星湖 의 문하에서도 재주가 뛰어난 젊은 학자들이 속속 천주교를 받아들였 다. 당시 성호학파星湖學派에서 어른이었던 순암은 젊은이들이 화를 당할 까 염려하여 천주교를 강력히 비판하다가 도리어 젊은이들로부터 노망 이 들었다는 욕까지 들었고, 친한 동문에게 절교를 당하기도 하였다. 그 래서 순암은 다시는 입을 열지 않겠다는 뜻에서 벼룻집 표면에다 마도

견磨兜堅[*] 세 글자를 쓰고 「폐구음閉口吟」이라는 시를 지어 입을 닫겠다고 스스로 다짐하기까지 하였다. 그렇지만 순암이 걱정했던 대로 그가 세상을 떠나던 해부터 사옥邪獄이 일어나기 시작해 수많은 사람들이 참화를 입고 말았다.

순암은 실학자였고, 주자학을 존숭했으나 맹신하지는 않았다. 그는 자신이 확신할 수 없는 주장을 무턱대고 받아들일 수 없어 천주교를 반대했으리라. 지금에 와서 당시 천주교 비판의 선악을 따지는 것은 무의미하다. 다만 새로운 것을 받아들이려는 젊은이들의 호기심을 마냥 억눌러서도 안 되겠지만, 자신이 확신할 수 없는 것을 무턱대고 받아들이지 않는 조심스럽고 중후한 자세도 우리는 반드시 배워야 할 것이다. 젊은이들로부터 갖은 모욕과 비방을 받으면서도 자기 소신을 지키고 젊은이들이 위험에 빠질까 진심으로 걱정하였던 불쇠옹의 어른다운 처신이 더욱 그리워지는 오늘날이다.

---

[*] 말을 하지 않는 사람을 말한다. 『철경록輟耕錄』에 "양주襄州 곡성현穀城縣 성문 밖 길가에 석인石人이 있는데, 그 배를 깎고 글자를 새기기를 '마도견이여, 삼가 말을 하지 말라磨兜堅, 慎勿言' 했다"라고 하였다.

경허 선사와 영남 선비

○

경허鏡虛 성우惺牛(1846~1912)는 우리에게 이미 전설 속의 사람이 되었다. 경허가 입적한 지 이제 100여 년이 지났을 뿐인데 그는 우리에게 아득한 옛날 사람처럼 느껴진다. 경허는 상식을 벗어던진 무애행의 극치를 보이다가 만년에는 저 북단의 오지인 삼수갑산三水甲山으로 들어가 행적이 묘연해졌다. 그는 근세 한국 선禪의 중흥조로 높이 추숭되고 있는 터라 그가 사라지고 없는 자리에서 그를 둘러싼 신비한 소문이 날이 갈수록 무성해졌다. 그래서 경허는 유무有無의 사이를 오가는 미묘한 존재가 되고 말았다.

여기 경허가 불교를 공부하는 영남 예천醴泉의 선비에게 보낸 편지를 소개한다. 주자학의 나라인 조선에서도 서울 경기 지역의 이른바 경화사족京華士族들 사이에서는 진작부터 불교를 공부하는 유생들이 있었으니, 그중에서 대표적인 사람이 삼연재三淵齋 김창흡金昌翕(1653~1722)이다. 그렇지만 완고한 도학의 고장인 영남 예천의 선비가 불교를 좋아하고 경허와 사귀었다는 것은 특별한 일이 아닐 수 없다.

한가로이 지내시는 근황이 좋으시리라 생각됩니다. 소승은 줄곧 병으로 신음하는 두타頭陀로 지낼 뿐입니다. 어찌하겠습니까! 지난 달 모일에 실상사實相寺 약수암藥水庵의 승려 편에 서찰 한 통을 부쳤는데, 받아

보셨는지요? 지금 용문龍門으로 가는 인편이 있기에 몇 자 적어서 부칩니다.

유가儒家에서는 "군자는 자기를 밀어갈 뿐이니, 자기에 만족하여 밖에서 바라고 기다림이 없는 것을 덕德이라 한다"라고 하였으니, 이것은 선비들이 늘 하는 얘기입니다. 그러나 이 말을 불교 공부에 적용해보면 그 이치가 매우 많고 큽니다. 대개 생사와 열반, 범성凡聖과 선악善惡 등은 말할 것도 없고 참선, 송경誦經, 기도, 염불 등 수행까지도 모두 밖의 것이 아님이 없으니, 자기 밖의 것이라면 이미 옳지 않습니다. 말하고 행동하는 중에 자기도 모르게 외물外物에 얽매이고 이끌리는 것이 마치 교외의 우산牛山과 같습니다. 하물며 생사와 화복禍福이 갈리는 즈음에야 말할 나위 있겠습니까. 틀림없이 자유롭지 못할 것입니다.

조공肇公이 이르기를 "지인至人은 자기가 없다"라고 하였는데, 이는 교가敎家에서 너무나 많이 써서 싫증이 나는 말이지만 도리어 맛이 있습니다. 그래서 옛 스님이 이르기를 "지극히 반조返照하여 자신이 의지할 데가 없으면 온몸이 그대로 대도大道에 합한다"라고 하였고, 또 이르기를 "거울을 깨고 오면 그대와 서로 대면해보리라"라고 하였던 것입니다.

대저 일점 신령한 마음은 그 자체가 걸림 없이 툭 트이고 아주 말쑥하여 본래 갖추어진 바탕에 터럭만 한 것도 아무 흔적도 없습니다. 따라서 도달할 본래 자리에 도달하면 자기의 밖이니 자기니 하며 지리支離하고 모호하게 구별할 필요가 없으니, 이 경지에 이르면 자유롭다는 것조차도 쓸데없는 말일 뿐입니다.

연년에 남쪽으로 오셨을 때 공께서 불법을 힘써 공부하는 것을 보았기에 안부 편지를 보내는 차제에 붓 가는 대로 쓰다 보니, 나도 모르게 말이 너무 길어졌습니다. 정으로 받아주고 허물하지 마시기 바랍니다. 사는 곳이 서로 아득히 멀어 만날 수 없는 터라 편지를 앞에 놓고 마음 서글픕니다.

靜居道候, 伏想玄裕. 鰥禿一味作吟病頭陀而已, 奈何! 前月日附呈一札於實相藥水庵僧, 未知抵覽? 今有去龍門信便, 附以數字. 儒云: "君子推己, 足乎己不待於外之謂德." 此是斯文常談. 然而參證於學佛者, 其理甚繁浩. 蓋生死涅槃凡聖善惡等事, 以至禪誦祈念等行, 無非是外, 外己早不是. 動靜云爲, 自不覺籃沮牽惹於物, 如四郊之牛羊. 況生死禍福之際乎? 其不自由者必矣. 肇公云: "至人無己." 此亦敎場篘狗, 却有味旨. 古古德云: "照盡體無倚, 通身合大道." 又云: "打破鏡來, 與爾相見." 夫一點靈臺, 廓然淨盡, 絶廉纖, 勿痕縫於本有田地. 到其所到, 不用支離塗糊於己之外與己矣. 其自由二字, 亦閒言語. 年前南來之日, 見公學佛精苦, 因寒喧信筆及此, 不覺打煩蔓. 領情勿咎申企耳. 相去杳隔, 臨紙惘然.

— 성우, 「장 상사와 김석두에게 올리는 편지上張上舍金石頭書」(『경허집鏡虛集』)

실상사 약수암의 승려 편에 편지를 부쳤다는 것을 보면, 경허가 1900년경 남원 실상사에 있을 때 부친 편지임을 알 수 있다.

용문龍門은 경상북도 예천군 용문면이다. 이 편지에는 제목 아래 "장 상사張上舍는 이름이 효영孝永이고 호는 정련거사淨蓮居士이며, 김석두金石頭는 이름은 병선炳先이고 석두거사石頭居士는 그의 호이다. 모두 예천군 생천동生川洞에 산다"라는 주가 달려 있다. 생천동은 지금의 경상북도 예천

읍 생천리이다.

'상사上舍'는 진사進士나 생원生員의 이칭이다. 그래서 『사마방목司馬榜目』을 살펴보아 예천 사람 장효영張孝永이라는 이름을 찾을 수 있었다. 그는 고종 22년(1885) 을유乙酉 식년시式年試에 진사 3등三等 107위로 합격한 사람으로 자는 '원선源善'이고 본관은 '단양丹陽'이며 생년은 1864년이다. 경허보다 나이가 18세 적다.

상대방이 선비들이기 때문에 경허는 유가의 말을 빌려서 불교의 이치를 설명하였다. 군자는 자기에게 만족하고 밖으로 바라는 것이 없다고 했는데, 불법에서는 자기마저 없어야 한다고 하였다. 본래 불성의 자리에서는 생사와 열반, 범성凡聖과 선악 등 상대적인 개념들은 말할 것도 없고 참선, 송경, 기도, 염불 등 모든 수행조차도 밖의 것이 아님이 없으니, 자기 밖의 것은 아무리 좋은 것이라도 자기 불성을 찾는 데는 누가 된다는 것이다.

우산牛山은 전국시대 제齊나라 도성 교외의 산으로 사람의 본성에 비유된다. 즉 우산은 원래 아름다운 숲이 우거졌었는데, 나무꾼들이 베어 가고 소와 양들이 싹을 뜯어 먹다 보니 민둥산이 되고 말았다는 것이다. 사람의 본성이 사물에 이끌려 손상되는 것을 비유한 것이다. 『맹자』에 나오는 얘기이다.

조공肇公은 동진東晉 때의 승려 승조僧肇를 가리킨다. 불교의 깨달음은 '무아無我'를 깨닫는 것이다. 즉 본래 나라고 할 '나'가 없음을 깨달으면 사물과 나의 구별이 없어져 마음이 까닭 없이 괴롭고 허덕일 일이 아주 없어진다는 것이다. '나'가 없다면 자유롭다고 하는 말도 아무런 의미를 가질 수 없다. 자유롭다, 자유롭지 않다고 판단할 주체가 없기 때문이다.

거울을 깨고 오라는 말은 거울이 아무리 맑아 모든 사물을 걸림 없이 비춘다 할지라도 비추는 주체는 남아 있으니, 거울이 깨지고 없는 경지라야 철저한 무아의 경지라 할 수 있다는 것이다.

경허와 이 영남 선비들과의 교유는 길지 못했다. 경허는 1904년 해인사에서 인경불사印經佛事를 마치고 경상도를 떠나 그 이듬해에는 유생의 모습을 하고 북방으로 종적을 감추었다. 북방의 오지인 삼수, 갑산, 강계江界 일대를 떠돌던 경허는 갑산군 웅이방熊耳坊 도하동道夏洞에서 학동을 가르치는 훈장 노릇을 하다가 1912년 입적하였다. 경허와 영남 선비들의 교유 이후에도 유생과 승려의 진솔한 만남이 많지 않았다.

조선 시대에는 불교를 이단으로 강하게 배척하였기 때문에, 추사 김정희와 같은 예외가 아주 없진 않지만 불교에 조예가 있는 학자를 찾아보기 어렵다. 『주자대전』 연구의 금자탑이라 할 저서 『주차집보朱箚輯補』의 방대한 주석에서도 불교의 학설이나 용어에 대한 것은 매우 초라하고 엉성하다.

지금도 우리나라에서 사서삼경을 읽는 사람은 불서를 애써 기피하고 불교를 공부하는 사람은 유가의 사상을 경시하는 공부의 편향성이 강하게 남아 있다. 웬만한 학자라면 유불儒佛을 대강은 섭렵하는 이웃 나라 일본과 비교해보면 우리나라에는 아직도 주자학이 사회를 지배하는 이념으로 일정 부분 남아 있다는 느낌이 든다.

주자학을 신념으로 받아들이고 종교인의 정신으로 그 가르침을 실천하는 것도 아름다운 일이다. 또한 불교인이 주자학을 싫어하고 자기 신앙에 철저해도 나무랄 수 없다. 그렇지만 학문하고 연구하는 학자라면, 자기 학문이 옳다는 것을 증명하기 위해서라도 다른 학문을 알려는 노력을 해야 하지 않겠는가. 명색 학자가 어느 사상의 신도가 되어 무턱대고 다른 사상을 배척해서는 안 되지 않겠는가.

「적벽부」와 소동파의 마음

○

「적벽부赤壁賦」의 소동파를 모르는 사람은 아마 드물 것이다. 우리나라에 가장 큰 영향을 끼친 송나라 때 인물로 문학에는 소동파, 사상에는 주자를 나란히 손꼽아도 지나치지 않으리라. 그런데 주자가 가장 배격했던 인물이 바로 소동파이다. 주자는 소동파의 사상과 문학이 학자들에게 큰 해독을 끼친다고 생각하여 혹독하게 비판하였다. 퇴계 이황은 주자를 가장 충실히 배운 학자이지만 소동파에 대한 견해만큼은 다르다. 퇴계와 주자의 성향 차이를 보여주는, 흥미로운 대목이다.

신유년(1561) 4월 15일에 선생이 조카 교審, 손자 안도安道 및 덕홍德弘과 더불어 달밤에 탁영담濯纓潭에 배를 띄워 강물을 거슬러 올라가서 반타석盤陀石에 배를 정박했다가 역탄櫟灘에 이르러 닻줄을 풀고 배에서 내렸다. 세 순배 술을 마신 다음 선생이 옷깃을 바루고 단정히 앉아 마음을 고요히 가다듬고 한참 동안 가만히 계시더니 「전적벽부前赤壁賦」를 읊고는 말씀하셨다.

"소공蘇公이 비록 병통은 없진 않지만 그 마음에 욕심이 없었음은 '진실로 나의 소유가 아니면 비록 털끝만 한 것도 취하지 않는다' 이하의 구절에서 알 수 있다. 또 귀양 갈 때에 관棺을 싣고 갔으니, 세상일에 초연하여 구차하지 않음이 이와 같았다."

그리고 청淸 · 풍風 · 명明 · 월月로 분운分韻하여 '명' 자를 얻으셨다. 시를
지으시기를,

달빛 어린 물 위는 희부옇고 밤기운 맑은데	水月蒼蒼夜氣淸
바람이 쪽배 불어 달빛 환한 강물 거슬러 오른다	風吹一葉泝空明
표주박에 담긴 막걸리는 은잔을 기울여 마시고	匏樽白酒釃銀酌
달빛 어린 물결에 노 저어 별빛을 끌고 가노라	桂棹流光掣玉橫
채석강에서 광태 부렸던 건* 잘한 일 아니요	采石顚狂非得意
낙성호에서 뱃놀이한 일**이 가장 생각나누나	落星占弄最關情
알지 못하겠다, 백 년 뒤 통천에서	不知百歲通泉後
주자의 시 이은 사람 또 누가 있는지***	更有何人續正聲

라고 하였으니, 산수에서 흥취를 깊이 얻은 것이 이와 같았다.

---

*　당나라 이백李白이 채석강에서 뱃놀이를 하다가 술이 취해 물속의 달을 잡으려다 익사했다
　는 전설을 인용하였다.

**　주자가 낙성호落星湖에서 뱃놀이를 하면서 「화팽려월야범주낙성호和彭蠡月夜泛舟落星湖」
　라는 시를 읊었는데 첫머리에 송나라 소상蘇庠의 「청강곡淸江曲」의 한 구절을 그대로 인용
　하여 "내 낀 강물 늘 차지하고 밝은 달 구경하려는 생각을 가진 지 오래지만 누구에게 말할
　거냐長占烟波弄明月 此心久矣從誰說"라고 하였다.

***　'통천通泉'은 중국의 지명이다. 두보의 「관설직소보서획벽觀薛稷少保書畫壁」에 "알지 못하
　겠다, 백 년 뒤에 누가 다시 통천에 올지不知百歲後 誰復來通泉"라고 하였는데, 주자가 무
　이구곡武夷九曲에서 뱃놀이를 하고 읊은 시에 "백 년 뒤에 누가 다시 통천에 올거나百歲誰
　復來通泉"라는 구절이 있다. 퇴계의 이 구절을 주자의 뱃놀이를 생각하면서 주자의 시구를
　인용하여, '주자가 세상을 떠난 뒤에 누가 주자의 시를 이어 시를 지은 사람이 있는가'라고
　한 것이다.

先生四月既望, 與姪寯孫安道及德弘泛月濯纓潭, 泝流泊盤陀石, 至櫟灘, 解
纜而下. 酒三行, 正襟端坐, 凝定心神, 不動聲氣, 良久而後, 詠前後赤壁賦
曰: "蘇公雖不無病痛, 其心之寡欲處, 於苟非吾之所有, 雖一毫而莫取等句
見之矣. 又嘗謫去, 載棺而行, 其脫然不苟如此." 因以淸風明月分韻, 得明字.
詩曰: "水月蒼蒼夜氣淸, 風吹一葉泝空明. 匏樽白酒飜銀酌, 桂棹流光掣玉
橫. 采石顚狂非得意, 落星占弄最關情. 不知百世通泉後, 更有下人續正聲."
其有得於山水者如此.

— 이덕홍, 「계산기선록溪山記善錄」(『간재집艮齋集』)

퇴계가 60세 때 도산서원陶山書院 아래 낙동강에서 형의 아들 이교李寯,
손자 이안도李安道, 제자 이덕홍李德弘과 함께 뱃놀이를 하는 광경을 기록
한 것이다.

퇴계의 시에서 '공명空明'과 '유광流光'은 소동파의 「전적벽부前赤壁賦」
에 "계수나무 노와 목란 상앗대로 맑은 물결을 치며 달빛 흐르는 강물을
거슬러 오르도다桂棹兮蘭槳 擊空明兮泝流光"한 데서 온 말로 밝은 달빛이
비친 강물을 형용한 것이다.

동파가 「적벽부」를 읊은 때는 7월 기망既望이었고, 이때는 4월 기망이
었다. 기망은 음력 16일로 보름 다음 날인 이때 달이 가장 밝다고 한다.

달 밝은 밤, 낙동강에서 뱃놀이를 하면서 퇴계는 적벽 아래에서 뱃놀
이한 동파를 생각하고 낙성호落星湖에서 뱃놀이한 주자를 생각하였다.
그런데 동파는 주자가 가장 배격한 인물이다.

소씨蘇氏는 그 몸가짐이 이미 형공荊公처럼 엄정하지 못하고 그 학술은 결국 공리功利를 잊지 못하고 속임수가 많다. 그를 따르는 사람으로 진관秦觀, 이천李薦 같은 자들은 모두 허황하고 경박하여 학문을 연구하고 덕을 닦는 선비들이 선비 축에 끼워주지도 않았는데 서로 부추기며 현란한 언변을 구사하여 자기들의 주장을 유지했으나 예의와 염치가 무엇인지 전혀 알지 못하였다.

비록 그 형세가 사람들을 움직일 정도는 못 되었으나 세상의 방종을 좋아하고 검속檢束을 싫어하는 자들이 이미 많이 그쪽으로 쏠렸으니, 가사 권세를 가졌다면 채경蔡京이 한 짓을 직접 하지 않았다고 보장할 수 없을 것이다.

세상 사람들은 이미 드러난 행적만 가지고 평가한다. 그래서 소씨가 그나마 근세 명경名卿의 반열에 들 수 있었고 남의 장점을 칭찬하길 좋아하는 군자들 또한 아직 드러나지 않은 화를 미리 찾아내 비판하고자 하지 않았던 것이다.

若蘇氏, 則其律身已不若荊公之嚴, 其爲術要未忘功利而詭秘過之. 其徒如秦觀李薦之流, 皆浮誕佻輕, 士類不齒, 相與扇縱橫捭闔之辨, 以持其說, 而漠然不知禮義廉恥之爲何物. 雖其勢利未能有以動人, 而世之樂放縱惡拘檢者, 已紛然向之; 使其得志, 則凡蔡京之所爲, 未必不身爲之也. 世徒據其已然者論之. 是以, 蘇氏猶得在近世名卿之列, 而君子樂成人之美者, 亦不欲逆探未形之禍, 以加譏貶.

— 주희, 「답왕상서答王尙書」(『주자대전朱子大全』)

형공은 형국공荊國公의 준말로 왕안석王安石의 봉호封號이다. 동파의 몸가짐과 학문이 바르지 못하다고 비판하면서, 동파가 집권하였다면 왕안석보다 훨씬 큰 폐해를 끼쳤을 것이며, 동파의 무리가 권력을 잡지 못했기에 망정이지 그렇지 않았다면 왕안석의 무리로서 악명을 떨친 소인배 채경과 다를 바 없었을 것이라 하였다.

이 밖에도 주자의 문집에는 동파를 혹심하게 비판한 곳이 많이 보인다. 요컨대 주자는 동파를 세상에 좋지 않은 영향을 끼칠 수 있는, 가장 위험한 문인 학자로 간주하여 동파의 마음과 학문의 실상을 밝혀서 드러내고 가차 없이 공격하였다.

퇴계는 주자를 가장 흠모하였고 평생을 두고 주자학을 연구한 학자이다. 따라서 소동파를 비판한 주자의 저술을 누구보다 많이 읽었을 터인데도 '욕심이 없었고 세상일에 초연하여 구차히 살지 않았다'고 소동파를 평하고, 소동파가 귀양 갈 때 관을 싣고 갔다는 사실을 한 증거로 들었다. 그런데 주자는 소동파가 귀양 갈 때 모습을 형편없이 나약한 소인으로 기록하였다.

동파가 호주湖州에서 체포될 때 얼굴은 사색이 되고 두 다리에 맥이 풀려 거의 걷지도 못하였으며, 집에 들어가 가족과 작별하게 해달라고 했으나 사자使者가 들어주지 않았다.

"東坡在湖州被逮時, 面無人色, 兩足俱軟, 幾不能行, 求入與家人訣, 而使者不聽"

— 주희, 「답요자회答廖子晦」(『주자대전朱子大全』)

유학사儒學史에서, 주자는 맹자와 정이천을 닮았고 퇴계는 안연顏淵과 정명도程明道를 닮았다는 생각이 든다. 주자는 맹자처럼 토론에서 결코 지지 않았고 그 어조도 결연決然하여 상대가 끝까지 수긍하지 않으면, 심지어 "천하에 단지 하나의 이치가 있을 뿐이다. 이쪽이 옳으면 저쪽이 그르고 이쪽이 그르면 저쪽이 옳으니, 양쪽이 병립竝立하는 경우는 있을 수 없다天下只有一理; 此是卽彼非, 此非卽彼是, 不容竝立"라고 하였다. 양시양비兩是兩非는 있을 수 없다는 것이다.

반면 퇴계는 토론하다가 끝까지 서로 견해가 맞지 않아도 "그대는 그대대로 연구하고 나는 나대로 연구하여 또 십여 년 공부를 쌓아야 할 것이니, 그 다음 저마다 자신의 견해로 이 문제가 어떠한지 보면 피차의 옳고 그름을 알 수 있을 것이다只當爾月斯征, 我日斯邁, 又積十餘年之功, 然後各以所造看如何, 彼此得失, 於此始可定耳"하여, 26세나 연하인 기고봉奇高峯을 포용해주었다. 주자는 본래 양강陽剛한 성품을 타고 났거니와 그가 살던 시대에는 금나라의 침략으로 국가가 위태하고 불교가 만연하여 유학이 쇠퇴하던 때라 건곤일척乾坤一擲의 결전을 치르는 위기의식을 늘 가질 수밖에 없었다.

퇴계도 소동파의 학문을 인정하지는 않았다. 그 점에서는 주자와 다를 바 없었을 것이다. 그러나 본래 온후한 성품이었던 그는 밝은 달밤, 강가에서 「적벽부」를 읊으면서 문득 소동파의 맑은 마음이 가슴에 와 닿았고, 학문의 시비를 떠나 순수한 인간의 마음에서 소동파의 심정을 느꼈으리라. 퇴계가 인간을 사랑하는 큰마음을 가지지 않았다면 주자학에서 용납할 수 없는 소동파의 마음을 이해할 수 있었을까.

이름난 학자가 되려면 명석한 두뇌, 비판적 사고가 필요하겠지만 좋은 학자가 되려면 무엇보다 먼저 사람을 사랑하는 푸근한 마음이 있어야 한다. 또한 이것이 큰 학문의 바탕이 되고 메마른 인문학을 촉촉이 적셔주는 수분이 된다고 생각한다.

술친구 김시습을 보내며

○

세상 공간이 갈수록 좁아진다는 느낌이 든다. 사람들은 조금만 옆으로 움직여도 남과 부딪칠까 조심하는 표정들이다. 헐렁한 옷을 걸치고 그 옷만큼이나 엉성한 모습으로 넓은 세상을 한눈에 쓸어 담았던 옛 선비들의 큰 인품은 이제 찾아보기 어렵다.

매월당 김시습, 추강秋江 남효온南孝溫(1454~1492) 등 조선 전기의 방외인들은 노장풍老莊風의 멋을 풍기며 저잣거리의 술집을 거침없이 누비고 다녔다. 홍유손洪裕孫은 제문에서 유儒·불佛, 승僧·속俗의 경계를 자유로이 넘나들었던 김시습의 일생을 회상하면서 술친구를 마지막 보내는 절통한 심정을 잘 표현하였다. 그는 김시습이 거짓으로 가득한 이 세상이 싫어서 저 하늘나라로 훨훨 날아가서, 절친한 벗 남효온과 함께 이 혼탁한 세상을 굽어보며 손뼉을 치면서 껄껄 웃을 것이라 하였다.

공이 세상을 떠났다는 말을 인편에 전해 듣고 모두들 크게 놀라고 슬퍼 콧등이 시큰하고 눈물이 흐르려 했으니, 슬픈 심정 어찌 끝이 있겠습니까! 그러나 달려가 곡하려 해도, 가는 길이 너무도 멀기에 이렇게 제문을 보내어 멀리서 조문을 드리며 평생의 감회를 말하고자 합니다.

아! 우리 공께서는 세상에 태어난 지 겨우 다섯 살에 이름이 크게 알려졌으니, 삼각산三角山 운운한 절구 한 수를 짓자 노사老師 숙유宿儒들이 탄복하였고 온 세상이 놀라 떠들썩하였으며, 이에 사람들은 "공자가 다시 태어났다"라고들 하였습니다. 그러나 공은 벼슬하기를 좋아하지 않아 머리를 깎고 불문에 몸을 의탁하여, 공맹孔孟의 밝은 도에 통하는 한편 천축天竺*의 현묘한 학설을 공부하였습니다.

그리하여 공무空無의 가르침에서 물아物我를 모두 잊고 일월과 같은 성인과 성정性情이 같은 경지에 올랐습니다. 이에 문하에 더욱 많은 사람들이 몰려들어 인과因果와 재앙과 화복禍福의 설을 물었으나, 공은 이윽고 그 설이 허탄함을 싫어하고 술에 의탁하여 화광동진和光同塵하였습니다.

이에 모르는 사람들은 미쳤다고들 했지만, 그 내면에 온축된 참된 세계에 탄복하였으니, 많은 벼슬아치들이 공과 어깨를 나란히 벗하여 격식을 따지지 않고 흉허물 없이 지냈으나 공은 오연히 세상 사람들을 굽어보았습니다. 그리하여 우리 동방의 인물은 공의 안중에 드는 이가 없었으니, 마치 구름이 걷힌 하늘처럼 아무도 인정할 만한 사람이 없었습니다. 저 명산대천들이 공의 발길이 닿지 않은 곳이 없어, 기암괴석과 빼어난 하천河川들이 공의 품평을 받아 그 이름이 더욱 알려지곤 했습니다.

만년에는 추강秋江과 서로 뜻이 맞아 지극한 이치를 유감없이 담론하였으며, 그리하여 함께 월호月湖에서 소요하였는데 헤어지고 만남이 언제나 약속한 듯 변함이 없었습니다. 그러다 추강이 공보다 먼저 세상을 떠나 공은 그만 둘도 없는 지기知己를 잃고 말았습니다. 슬프다! 오늘 공이

---

*   고대 중국에서 인도 또는 인도 방면에 대해 부르던 호칭이다.

시해尸解*하심은 어찌 황천黃泉으로 추강을 만나러 간 것이 아니겠습니까. 생각건대, 구천九天에서 두 분이 어울려 맘껏 시를 창수唱酬하고 너울너울 춤도 추면서, 필시 이 티끌세상을 굽어보고 손뼉을 치며 껄껄 웃고 계시리라 믿습니다. 평소 저잣거리에서 공과 함께 술을 마시던 술꾼들이 다들 곡하며 몹시 슬퍼하고 있습니다. 아! 다시는 공과 만나지 못하다니, 길이 유명幽明을 달리하시고 말았습니다.

생각하면, 공의 말씀은 그저 심상하여 전혀 색은행괴索隱行怪**를 하지 않았으니, 비록 내면의 온축을 드러내 보이지는 않았지만 누군들 평소의 깊은 수양을 알지 못하겠습니까. 공은 비록 세상에 숨어 살았어도 그 마음은 실로 오묘했나니, 공을 알기로는 우리만 한 이가 없을 것입니다. 아아! 공이 이렇게 멀리 떠나신 것은 어쩌면 거짓으로 가득한 세상 사람들을 미워해서가 아닐는지요.

그러나 죽음이 오히려 삶보다 나으니, 만세萬世의 오랜 세월도 찰나에 불과합니다. 공이야 세상을 떠나고 세상에 머무는 데 조금인들 연연하겠습니까. 마치 밤과 낮이 바뀌는 것처럼 삶과 죽음을 인식하여 조용히 받아들이실 뿐입니다. 상주불멸常住不滅하는 공의 본모습을 뉘라서 보리오. 몽롱한 육안肉眼을 비웃을 뿐입니다. 환술幻術을 부려 기행奇行을 일삼는 것은 진실로 우리 공이 미워하던 바입니다.

공이 떠남이야 사사로운 정이 없겠지만 사람들이 슬퍼함은 사사로운 정

이 있습니다. 애오라지 세상의 습속을 벗어나지 못하여, 다시금 멀리서 제문을 보내 길이 사모하는 마음을 올립니다. 공의 정신은 허공에 두루 찼으니, 지금 이 작은 정성을 응감應感하소서!

人傳公之蟬蛻, 各驚悼而惻惻. 幾酸淚之潸然, 豈其情之有極! 欲奔馳而一臨, 路江南其綿邈. 故緘辭而遠唁, 敍平生之幽懷. 嗟我公之生世, 造五歲而名恢. 詠三角之一絶, 使老儒而心灰. 擧世爲之諠駭, 云仲尼之復生. 公不樂夫爲賓, 倚西敎以爲形. 通鄒魯之昭道, 究五竺之玄說. 渾物我於無家, 齊性情於日月. 人依赴之益衆, 詰因果與禍福. 公又厭其誕妄, 托烏程而光塵. 不知者之謂狂, 然亦服其內眞. 軒冕靑紫之貴, 皆朋儔之與肩. 相爾汝於形外, 然睇鮮以傲然. 眼扶桑其盡空, 悅雲掃乎紺天. 彼名山與大川, 惟公迹之編著. 奇巖怪石勝水, 待公賞而增色. 晩秋江之相遇, 談至理之無隱. 共月湖而逍遙, 離合不遺其信. 杏雨先公而廢, 令伯牙而絶絃. 哀今日之尸解, 盍欲追乎玄泉? 想遊戲於九天, 恣唱酬而蹁躚. 必俯視乎塵寰, 亦撫掌而大噱. 素市飮之酒徒, 咸哀哭而痛切. 喟不再夫邂逅, 憫幽明之永隔. 念公言之尋常, 不怪行而隱索. 雖不講其內蘊, 誰不知夫素贖? 公雖隱而心妙, 知公者莫吾曹若. 嗚呼公之遠逝, 無乃惡夫人詐? 然如死之逾生, 縱萬世其尙乍. 公豈意於去住? 隨晝夜而從容. 恒不滅兮誰見? 笑肉眼之矇矓. 現幻術而立奇, 誠我公之惡斯. 公之去兮無私, 人之悲兮有私. 聊未免夫世習, 却遙薦其永思. 公之神兮徧虛空, 庶幾感微誠於此時.

　　　　— 홍유손, 「김열경 시습에 대한 제문祭金悅卿時習文」(『소총유고篠叢遺稿』)

소총篠叢 홍유손洪裕孫(1431~1529)이 지은 김시습에 대한 제문으로, 정

든 술친구를 보내는 절절한 슬픔이 잘 나타나 있다. 삼각산 운운한 시는
아래와 같다.

삼각산 높은 봉우리 하늘을 꿰뚫었으니	三角高峰貫太青
올라가면 북두성을 손으로 만질 수 있겠네	登可接撫北斗星
산봉우리에 구름과 안개가 일 뿐만 아니라	非徒岳出雲霧興
왕성의 번영을 만세까지 이어가도록 하네	能使王都萬世榮

김시습이 천재라는 소문을 들은 당시의 임금 세종이 불러 삼각산이란
시의 제목을 주자 겨우 다섯 살이던 김시습이 이 시를 지으니, 세종이 탄
복하고 비단 100필을 하사했다고 한다.

세조의 왕위 찬탈에 반발하여 벼슬에 오르지 않고 불가에 몸을 의탁했
던 김시습과 같이 남효온도 명산대천을 유람하며 야인으로 일생을 마쳤
다. 27세 때 어머니의 당부로 마지못해 생원시에 응시하여 합격하기도
했으나 벼슬에 뜻을 두지 않았다. 홍유손, 이총李摠 등과 함께 죽림칠현
을 자처하면서 방외인의 삶을 살았다. 19세 연상인 김시습과는 망년忘年
의 벗으로 절친하였다.

조선은 주자학의 나라임을 표방하였지만 조선 전기에는 대개 극성하
던 불교의 영향력이 아직 남아 있어 선비들이 불교, 노장, 유교의 경계선
을 엄밀히 긋지 않았다. 김시습과 남효온은 모두 생육신에 속한 선비들
로 절의를 목숨보다 소중히 지켜 스스로 유자儒者임을 자처하였지만, 정
작 그들의 삶의 모습을 보면 노장과 불교풍風의 방달불기放達不羈, 자유

분방 그 자체이다. 대개 상식이 통하지 않는, 포악한 세상에서 힘없는 지식인들의 고뇌와 저항은 술과 객기, 이해할 수 없는 기행으로 표출되곤 하니, 김시습과 남효온의 삶은 세조의 왕위 찬탈에 대한 저항의 모습이었다. 또한 답답한 현실을 견디지 못한 천재의 일탈이었다.

작자는 김시습의 본색은 유자였고 색은행괴索隱行怪하지 않았음을 강조했지만, "없어지지 아니하고 영원히 있는 공의 본모습을 뉘라서 보리오"라고 한 말은 영락없는 불교의 말이다.

평소 저자에서 김시습과 함께 술잔을 기울이던 술꾼들이 김시습의 죽음을 몹시 슬퍼하고 있다는 대목에서, 오늘날 술꾼들이 정든 술친구를 마지막 보내는 슬픔을 어렵지 않게 연상할 수 있다. 한편 김시습의 소탈하고 인간적인 체취가 느껴진다.

세상을 조롱하듯 술 취해 눈을 게슴츠레하게 뜨고 허름한 대폿집에 앉아 있는 김시습, 남효온의 모습이 떠오른다. 기인으로 이름난 홍유손도 그 자리에 끼어 앉아 술잔을 기울이고 있다. 사람들이 세상 북새통에 끼지 못할세라 아등바등 다투고 있는 오늘날, 저만큼 세상을 비켜서서 득실과 영욕을 덧없는 몽환처럼 보았던 이들이 새삼 그리워진다.

토론을 위한 토론은 숨바꼭질 같은 것이다

○

지식인들은 대개 말을 잘한다. 웬만큼 지식이 있고 책을 읽은 사람이면 갖가지 논리에 익숙해져 있어 대화에서 좀처럼 남에게 지지 않는다. 남의 말뜻은 다 알지 못해도 된다. 총론을 말하면 각론으로 맞서고 나무를 얘기하면 왜 숲을 못 보느냐고 따지면 그만이다. 그저 토론을 위한 토론인가. 대화하다 보면 참으로 덧없다는 생각에 허탈감마저 들 때도 있다.

두 사람이 토론하면서 이것을 얘기할 때는 함께 이것을 생각하고 저것을 얘기할 때는 함께 저것을 생각해야 쌍방의 견해가 평행선을 달리지 않고 난만동귀爛漫同歸하여 지당한 결론에 이를 수 있다. 그러나 생각이 자꾸만 당장의 주제에서 벗어나 상대방의 허점을 파고들어 반전의 기회만 노린다면 성실한 대화 자세라 할 수 없다. 이러한 토론 문화는 현란한 말의 잔치만 벌여놓고, 정작 그 사람들은 자신이 만들어놓은 말의 함정에 스스로 갇혀서 무병신음無病呻吟 하듯이 속절없이 고뇌한다. 퇴계 이황은 고봉 기대승과 사단칠정에 대해 토론하면서 이쪽을 말하면 저쪽에 서고 저것을 말하면 이것으로 받는 고봉의 토론 자세를 두고 마치 숨바꼭질하는 것 같다고 지적하였다.

변론에 "이미 발하면 리理가 기氣를 타고 운행하니…… 사단四端도 기氣이다" 한 데 대하여, 나는 다음과 같이 생각합니다.

사단도 '기'라고 그동안 누차 말하셨는데 여기서 또 인용하신 주자가 제자의 물음에 답한 말이 매우 분명합니다. 그렇다면 공은 맹자가 말한 사단도 기가 발한 것으로 봅니까? 만약 '기'가 발한 것으로 본다면, 이른바 '인仁의 단서'·'의義의 단서'와 인仁·의義·예禮·지智 네 글자는 어떻게 보아야 하겠습니까? 만약 조금이라도 기氣가 섞인 것으로 본다면 순수한 천리天理의 본연이 아닐 것이며, 순수한 천리로 본다면 그 발하는 단서는 틀림없이 진흙이 물에 섞인 상태처럼 '기'가 섞여 있는 게 아닐 것입니다.

공은 인·의·예·지가 미발未發한 때의 명칭이므로 순수한 리理이고, 사단은 이발已發한 뒤의 명칭이라 '기'가 아니면 행해질 수 없으므로 사단 역시 '기'라고 생각하셨을 것입니다. 나는 생각건대, 사단도 비록 '리'가 '기'를 타는 것이지만 맹자가 가리킨 바는 '기'를 타는 데 있지 않고 오직 순수한 리가 발하는 데에만 있습니다. 그렇기 때문에 '인의 단서'·'의의 단서'라고 하였고, 후대의 학자들도 맹자가 말한 사단에 대해 "정중에서 선한 측면만 끄집어내어 말한 것이다" 했던 것입니다. 만약 '기'를 개념 속에 넣어서 말하였다면 사단도 이미 진흙이 물에 섞이듯이 혼탁한 것이 될 터이니, 이러한 말들을 모두 붙일 수 없을 것입니다.

사람이 말을 타고 출입하는 것으로 '리'가 '기'를 타고 운행함을 비유한 고인의 설명이 참으로 좋습니다. 대개 사람은 말이 아니면 출입하지 못하고 말은 사람이 아니면 길을 잃게 되니, 사람과 말이 서로 없어서는 안 되고 떨어질 수 없는 관계에 있습니다. 그런데 사람이 말을 타고 가는 모습을 가리켜 말하는 사람이 혹 범범하게 전체를 가리켜서 간다고 말하면 사람과 말이 모두 그 가운데 있으니 사단과 칠정을 하나로 합쳐서 말하는 경우가 이것이고, 혹 사람이 가는 것만을 가리켜 말하면 굳이 말을 아울러 하지 않더라도 말이 가는 것은 그 가운데 있으니 사단이 이것이고, 혹 말이 가는 것만을 가리켜 말하면 굳이 사람을 아울러 하지 않더라도 사람이 가는 것은 그 가운데 있으니 칠정이 이것입니다. 지금 공은 내가 사단·칠정을 둘로 나누어 말하는 것을 보면 언제나 하나로 합쳐서 말한 것을 인용하여 공박하니, 이는 남이 "사람이 가고 말이 간다"라고 하는 말을 듣고 사람과 말은 하나이니 나누어 말해서는 안 된다고 힘써 주장하는 격입니다. 또 내가 칠정을 기가 발한 것으로 말하면 리가 발한 것이라고 힘써 주장하니 이는 남이 "말이 간다"라고 하는 말을 듣고 굳이 "사람이 간다"라고 하는 격이며, 내가 사단을 '리'가 발한 것이라고 말하면 또 '기'가 발한 것이라고 힘써 주장하니 이는 남이 "사람이 간다"라고 하는 말을 듣고 굳이 "말이 간다"라고 하는 격입니다. 이는 바로 주자가 말한 '숨바꼭질[迷藏之戱]'과 같은 것입니다. 어떻게 생각합니까?

辯誨曰: "旣發, 便乘氣以行云云, 四端亦氣也."

滉謂四端亦氣, 前後屢言之; 此又引朱子答弟子問之說, 固甚分曉. 然則公於孟子說四端處, 亦作氣之發看耶? 如作氣之發看, 則所謂仁之端, 義之端·仁義禮智四字, 當如何看耶? 如以些兒氣參看, 則非純天理之本然; 若作純天理看, 則其所發之端, 定非和泥帶水底物事. 公意以仁義禮智是未發時名, 故爲純理; 四端是已發後名, 非氣不行, 故亦爲氣耳. 愚謂四端雖云乘氣, 然孟子所指, 不在乘氣處, 只在純理發處, 故曰仁之端義之端, 而後賢亦曰: "剔撥

而言善一邊爾." 必若道兼氣言時, 已涉於泥水, 此等語言, 皆著不得矣. 古人
以人乘馬出入, 比理乘氣而行, 正好. 蓋人非馬不出入, 馬非人失軌途, 人馬
相須不相離. 人有指說此者, 或泛指而言其行, 則人馬皆在其中, 四七渾淪而
言者, 是也; 或指言人行, 則不須并言馬, 而馬行在其中, 四端是也; 或指言
馬行, 則不須并言人, 而人行在其中, 七情是也. 公見滉分別而言四七, 則每
引渾淪言者以攻之, 是見人說人行馬行, 而力言人馬一也, 不可分說也; 見滉
以氣發言七情, 則力言理發, 是見人說馬行, 而必曰人行也; 見滉以理發言四
端, 則又力言氣發, 是見人說人行, 而必曰馬行也. 此正朱子所謂與迷藏之戲
相似, 如何如何?

— 이황, 「기명언에 답하다答奇明彦」(『퇴계집退溪集』)

성리학에서는 사람의 마음을 본체인 '성性'과 작용인 '정情'으로 나누
어 본다. '성'은 하늘로부터 부여받은 '리'가 마음의 '기' 속에 들어 있는
상태에서 '리'만을 가리켜 말한 것이다. 그래서 정이천程伊川은 "성은 곧
리이다性卽理"라 했으니, 이는 '성'의 상태에서는 '기'가 작용하지 않기
때문에 '성'의 개념에 '기'를 포함시키지 않은 것이다. 마음의 작용인 '정'
은 마음의 본체인 '성'이 밖으로 나오는 것이다. 비유하자면 '성'이라는
웅덩이에 고인 물이 흘러나온 것과 같고 전구의 빛이 발산하는 것과 같
다. 따라서 '정'도 그 본연의 모습은 '성'의 '리'가 유출하는 것이지만 '정'
은 마음이 사물에 감촉하면서 '기'가 따라서 움직이므로 '정'의 개념에는
대개 '기'가 포함된다.

'칠정'은 당연히 '정'이고, '사단'도 '정'이다. 그러나 칠정은 『예기』에

처음 보이는데 단속하고 제어해야 할 대상으로 말하였고, 사단은 『맹자』에 나오는데 확충해야 할 단서로 말하였다. 칠정은 '정'이지만 그 개념을 '기' 쪽에 두었기 때문에 선善과 악惡 어느 쪽으로 흘러갈지 모르는 불안한 것으로 규정했고, 사단도 '정'이지만 '리'와 '기'가 하나로 합쳐진 중에서 '리' 쪽에 그 개념을 두었기 때문에 선한 측면만으로 규정했던 것이다. 다시 말하면 사단과 칠정은 다 같은 '정'인데 그 말이 나온 원전의 문맥을 살펴보면 개념이 각각 다르다. 고봉이 주장했듯이 사단도 칠정과 마찬가지로 '리'가 '기'와 함께 있는 것이다. 그렇지만 사단의 경우에는 '리'가 발할 때에 '기'가 '리'를 장애하지 않기 때문에 '기'가 있어도 그 개념에 넣지 않았을 뿐이다.

퇴계와 고봉은 토론을 벌이면서 사단과 칠정에 대해 두 사람 모두 "나아가 말한 바가 다르다所就而言之者不同"라고 하였다. 이 말은 사단과 칠정이 내용은 같고 취지만 다르다는 뜻인데, 두 사람은 상반된 의미로 사용하였다. 고봉은 사단과 칠정은 말만 다를 뿐 내용은 똑같은 '정'인데 다르다고 하면 사단과 칠정 두 가지 '정'이 우리 마음속에 있는 것처럼 오인될 수 있다고 우려하였다. 반면 퇴계는 사단과 칠정이 다 '정'이지만 그 말의 취지는 각각 다르니, 그 개념을 달리 정의해야 한다고 주장하였다. 퇴계는, 이를테면 흰 돌에서 흰색과 단단한 형질을 나눌 수 없지만 희다고 할 수도 있고 단단하다고 할 수 있듯이 사단의 개념도 '리'와 '기'가 합일한 상태에서 '리'만 도출한 것이라 생각했다. "정 중에서 선한 측면만 끄집어내어 말한 것이다"라고 한 말과 같은 뜻이다.

두 사람의 토론을 보면, 고봉은 내용을 중시하여 사단과 칠정은 말만 다를 뿐 실상은 같은 것이라고 주장하고, 퇴계는 개념을 중시하여 내용은 같더라도 개념이 다르므로 같음을 전제한 위에서 다름을 알아야 한다고 주장한다.

사람이 말을 타고 출입하는 모습을 가지고 '리'와 '기'의 관계를 비유한 것은 주자의 설명이다. 사람이 말을 타고 갈 때 사람이 간다고 할 수도 있고 말이 간다고 할 수도 있다. 사람은 말 위에 가만히 앉아 움직이지 않아도 우리는 사람이 간다고 한다. 실제로 움직여서 가는 것은 말이므로 말이 간다고 할 수도 있지만 사람이 말을 타고 서울로 갈 때 대개 말이 서울로 간다고 하지는 않는다. 이것이 '리발理發', 즉 '리'가 발한다는 것이니, '리'는 발함이 없이 발하는 것이다. '리'는 사물이 아니므로 움직이지 않는다고 할 수도 있고 겉으로는 '기'가 움직이지만 그 내용은 '리'가 움직이는 것이라 할 수도 있다. '리' 없는 '기'가 없고 '기' 없는 '리'가 없어서 '리'와 '기'는 항상 상수적相須的인 관계에 있기 때문이다.

우리는 사물을 볼 때 전체만 보기도 하고 부분만 보기도 한다. 때로는 어느 한쪽에만 초점을 맞추고 다른 것들은 모두 무시해야 할 때도 있다. 예컨대 아름다운 강의 경치를 볼 때 가장 먼저 전체를 한눈에 담아서 아름답다고 느끼고, 그다음에 잔잔히 흐르는 강물이며 유유히 헤엄치는 흰 해오라기며 강가에 선 버드나무 등을 한 부분씩 뜯어서 본다. 이렇듯 전체도 보고 부분도 보아 사물의 정추精粗와 본말本末을 다 알아야 참으로 눈 밝은 사람이라 할 수 있다. 전체를 본다고 해서 부분이 어디로 달아나는 게 아니고 부분을 본다고 해서 전체가 없어지는 게 아니니, 전체를 볼 때 부분을 못 볼까 지레 걱정하고 부분을 볼 때 전체를 못 볼까 미리 염려하여 전체를 볼 때는 부분에 얽매이고 부분을 볼 때는 전체에 연연할 필요가 없다. 다만 전체만 파악하고 부분을 무시하거나 부분에 집착해 전체를 부정해서는 안 될 뿐이다. 전체를 봐야 할 때는 전체를 보고 부분을 봐야 할 때는 부분을 보아 능소능대能小能大하는 사고의 원활한 전환이 없으면, 널빤지를 등에 짊어진 사람처럼 늘 한쪽만 바라보는, 소견이 꽉 막힌 사람이 됨을 면치 못할 것이다.

주자학과 반주자학의 사이에 서서

○

근 백 년 이래 우리는 격동의 세월을 살아왔다. 주자학이 변화를 거부하여 조선을 파국으로 몰아갔다는 뼈아픈 기억은 아직도 우리 마음속에서 과거의 것을 버리고 새로운 것을 받아들여야 한다고 자꾸만 재촉한다. 이제 주자학은 힘을 잃은 채 멀리 사상의 변방에 귀양 가 있는데도 지식인들은 기어이 반주자학反朱子學 편에 서고야 안도의 한숨을 내쉰다. 강한 변화에 길들여진 사람들은 담담한 일상에서는 좀처럼 사는 재미를 못 느끼고 밥상에서 매운 고추를 찾듯이 새로운 충격을 즐긴다.

기억은 우리를 일깨우는 힘도 되지만 또한 우리를 옥죄는 족쇄도 된다. 먼저 주자학에 대한 기억부터 정리해보자.

불법에서는 여래如來의 가르침을 가지고 곧바로 그 신도들을 가르치지 모 나한羅漢, 모 거사居士가 중간에서 대신 가르친다는 말을 듣지 못하였고, 서교西敎에서는 예수의 가르침을 가지고 곧바로 그 신도들을 가르치지 모 신부, 모 목사가 중간에서 대신 가르친다는 말을 듣지 못하였습니다. 활 잘 쏘는 사람이 못 쏘는 사람을 의식하여 자기 활 쏘는 법을 바꾸지 않으며 솜씨 좋은 목수가 서툰 목수를 의식하여 목재 다루는 법을 고치지 않으니, 이것이 불법과 서교의 중지衆志입니다.

그런데 우리 유가는 이와 상반되어 굳이 주자를 통하여 공자에 도달하

려 하니, 이것이 솜씨 좋은 목수, 활 잘 쏘는 사람, 서교, 불교의 도道는
아직도 쇠퇴하지 않았는데 공자의 가르침은 오늘날 부진하게 된 까닭이
아니겠습니까?

佛法以如來直敎其衆, 未聞其有以某羅漢某居士者, 西敎以耶蘇直敎其衆,
未聞其有以某神父某牧師者; 弓不以拙射變其彀率, 匠不以拙斲改廢繩墨,
亦佛耶氏之物志也. 吾儒反是, 必欲由朱而達孔, 斯匠弓耶佛之道之迄尙無
衰, 而孔敎之所以不振於今日者非耶?

야소교의 경우는 내가 모르겠지만 불가에는 전등傳燈이란 말이 있으니,
이는 그 여래의 법등法燈을 번갈아 전하여 비추고자 한 것이니, 번갈아
전하여 비추는 것이 곧바로 가르치는 것과 무엇이 다르겠습니까? 공자
가 활 쏘는 법, 목재 다루는 법이라면 주자는 사람들을 위하여 그 활 쏘
는 법과 목재 다루는 법을 가르쳐주는 역할을 한 분이니, 공자의 가르침
이 변하고 쇠퇴할 리가 어디 있겠습니까?

대저 주자를 통하여 공자에 도달하는 것은 후세의 선비들만 그러할 뿐 아
니라 주자도 자기보다 선대의 학자들을 통하여 공자에 도달하였습니다.
주렴계周濂溪와 정자程子는 진실로 시대가 많이 앞선 분들이라 말할 것
도 없거니와, 주자 스스로 말하기를 젊을 때 사상채謝上蔡, 호문정胡文定
의 저서를 공자와 맹자의 말씀과 다름없이 보다가 오래 지난 뒤에 그 학
설들에 잘못된 곳이 있음을 알았다고 했습니다. 비록 그렇지만 주자는
마침내 주렴계, 정자 같은 사람들을 능가하였으니 사상채나 호문정은
말할 나위 없습니다.

육상산陸象山으로 말하자면, 스스로 말하기를 "어릴 때 누가 이천伊川의 저서를 읽는 것을 듣고는 대뜸 '이천의 말이 어찌하여 공자와 다른가?' 라고 생각했다" 하였으니, 그 용맹스런 기상으로 보아 어찌 중간에 매개자 없이 곧바로 공자에 접할 수 없었겠습니까. 그렇지만 마침내 그 성취한 바가 이천의 만분에 일에도 미치지 못하고 그저 방자하게 자기 주장만 내세운 꼴이 되고 말았습니다.

그렇다면 주자보다 후대에 태어난 사람들은 반드시 주자를 통하여 공자에 도달해야 하니, 주자의 공부에 미치지 못하는 사람은 응당 그러해야할 뿐만 아니라 비록 주자보다 뛰어난 사람일지라도 주자가 주렴계와 정자에게 그랬던 것처럼 해야 합니다. 이 점을 알지 못해서는 안 됩니다.

耶則吾不知矣, 佛家有傳燈之說, 則是欲其遞傳而得照也. 遞傳而得照, 亦何以異於直接耶? 孔子爲斲率爲繩墨, 則朱子爲爲人指其斲率審其繩墨者, 何變與廢之有? 夫由朱達孔, 不獨後儒當然, 雖朱子亦未嘗不由先乎己者而達之. 周程固尙矣, 觀其自言少時如謝上蔡胡文定之書, 亦把做孔孟言語一般看, 久之方見其未是處. 雖如此而朱子終爲駕軼周程之人而謝胡勿論也. 至陸象山則自言其幼時聞人誦伊川之書, 便思伊川之言何以不類孔子? 是其蹈厲之氣, 豈不可以無介無遞直接孔子? 而卒其所就, 不及伊川之萬一, 只成就其狂妄恣睢而已. 然則生於朱子之後者, 必由朱而達孔; 不惟不及朱子者當然, 雖過於朱子者, 不能不然, 如朱子之於周程也. 此又不可不知.

— 조긍섭曺兢燮, 「변곡명에게 답하다答卞穀明」(『암서집巖棲集』)

주자학이 본격적으로 비판받기 시작하던 시기인 1924년에 산강재山康

齋 변영만ト榮晩(1889~1954)이 묻고 심재深齋 조긍섭曺兢燮(1873~1933)이 답한 편지이다. 심재는 영남의 유학자이자 저명한 문장가였다. 산강재는 자가 곡명穀明인데 한문학에 조예가 깊었을 뿐 아니라 법학, 영문학까지도 섭렵한 독특한 인물이다. 신구학을 겸하였고 중국에 망명하기도 했던 신진 산강재는 주자학에 큰 반감을 가지고 있었다.

산강재가 불교, 기독교와 비교하여 주자를 거치지 말고 곧바로 공자를 배워야 한다고 한 것은 중국의 강유위康有爲(1858~1927)가 주창한 공자교孔子敎 사상의 영향을 받은 것이다. 그렇지만 주자 때문에 공자의 가르침이 부진하다고 한 말은 논리의 비약이 심하다 아니할 수 없다. 공자는 하늘을 배워서 공자가 되었고 맹자는 공자를 배웠기 때문에 맹자밖에 되지 못했으니 우리는 곧바로 하늘을 배워야 한다는 말이 있는데, 이와 다를 바 없는 터무니없이 큰 주장일 뿐이다.

주자보다 후대에 태어난 사람들은 반드시 주자를 통하여 공자에 도달해야 한다고 한 심재의 대답은 조선 주자학자의 생각에서 조금도 벗어나지 못하였다. 아무리 주자학을 존신尊信할지라도 명색이 학자라면 주자교朱子敎의 신도가 되어서는 안 되지 않겠는가.

육상산은 어릴 때 누가 이천의 저서를 읽는 것을 듣고는 대뜸 '이천의 말이 어찌하여 공자와 다른가?'라는 반감이 생겼다고 했다. 육상산은 이러한 문제의식으로 자신만의 독특한 심학心學을 이룰 수 있었다. 그러나 어린 나이에 남의 글 읽는 소리를 듣고 곧바로 이천과 같은 대학자를 부정하는 생각이 들었다는 점은 짚고 넘어갈 필요가 있다. 지금이나 옛날이나 학문에서 의문은 매우 중요하며, 또한 공부하는 학자라면 글을 읽으면서 문득문득 의문이 드는 게 당연하다. 그렇지만 의문보다 더 중요한 것은 학문에 대한 진실한 마음이다. 학문에 깊은 연구와 순수한 열정이 없는 상태에서 불쑥불쑥 일어나는 의문은 대개 덧없는 단상이며, 심지어는 고인에 대한 반감이요 한갓 고인을 능가하려는 욕망이다. 학문에 대한 진실한 마음으로 이러한 단상과 반감, 욕망을 누르지 못하면 자칫 공부의 단계를 건너뛰고 지레 자기 견해를 주장하고 싶어 하는 마음에 사로잡혀 학문의 대로를 벗어나 위험한 오솔길로 들어가기 쉽다.

우리나라만큼 종교가 많은 나라도 드물 것이다. 종교마다 교파는 또 얼마나 많은가. 불교를 제외하고는 외래 종교의 신자가 많지 않은 이웃나라 중국, 일본과 비교해보면, 우리나라는 가위 신시神市라 해도 과언은 아닐 것이다. 이런 판국에 강유위가 주창하고 우리나라에서도 진암眞庵 이병헌 李炳憲(1870~1940)이 수입한 공자교가 반주자학의 기치를 높이 세우고도 살아남지 못한 까닭은 무엇일까. 신이 없고 내세의 구원을 주장하지 않는 유학은 항심恒心이 없는, 불안한 대중이 의지할 종교가 되기 어려웠던 것이리라.

산강재가 비판했던 주자학은 이제 우리의 두뇌 속에 DNA로 남아 있을지언정 형체조차 희미해져 간다. 주자학이 무엇인지 실체를 제대로 아는 학자도 드물어졌다. 변화를 싫어하는 주자학은 변화의 역사 속에서 자연도태될 수밖에 없었다. 그러나 변화의 막장에 이른 오늘날에 와서는 오히려 주자학이 사회의 변화를 컨트롤하여 요동치는 사람들의 마음을 안정시켜줄 우리의 사상이 될 수 있다고 생각한다. 다만 조선 시대처럼 도학을 하지 말고 리학理學을 해야 한다. 갓을 쓰고 도포를 입고 『주자가례』를 준수하여 다른 종교와 사상은 무조건 이단으로 배척하던 조선의 도학이 아니라, 우주와 인간의 이치를 연구하고 무엇이 바른 삶인가를 끊임없이 성찰하는 학문인 리학의 본모습을 되찾아 보여준다면, 지식인들이 무턱대고 반주자학에 매력을 느낄 일도 없지 않겠는가.

'유자'인가 '승려'인가, 매월당 김시습

○

우암尤庵은 매월당 김시습의 모습이 7, 8촌寸 크기의 작은 화폭 안에 다 들어갔지만 매월당의 유상遺像이나마 다시 나타난 것은 세상에 도의道義를 바로 세우는 데 크게 기여한다고 하였다. 그러나 우암이 인정한 것은 여기까지이다. 우암의 지적대로, 불안정한 천재 매월당이 노년에 이르러 마지막으로 선택한 안식처는 불교였음을 그 자신이 그린 화상이 스스로 증명하고 있다.

공자가 전대의 성현에 대해 서열을 매겨 서술한 것이 많지만 오직 단발하고 문신한 태백泰伯을 천하의 삼분의 일을 차지하고서도 은나라를 섬긴 문왕文王과 아울러 지극한 덕이라 일컬었는데 선유先儒는 "그 뜻이 은미하다" 하였다.

우리 동방의 습속은 옛것을 좋아하여 옛 성현의 유상을 소장하고 있는 이들은 많다. 그런데 지금 연지延之는 유독 매월당의 진영을 모사하고 장차 공이 자주 가는 춘천春川의 산골에 집을 짓고 안치하려 한다. 내가 그 유상을 자세히 보았더니 수염은 비록 있었으나 관과 옷은 승려들이 착용하는 것이었다.

내가 예전에 율곡 선생이 어명을 받들어 지은 매월당의 전傳을 살펴보았는데, 매월당은 젊어서는 유생이었고, 중간에 승려가 되었고 만년에는 머리를 길러 유가로 돌아왔다가 임종할 때에는 다시 두타頭陀의 형상을 했다고 되어 있었다. 세 번 그 형상을 바꾼 셈인데 유독 이 승려의 형상을 영정으로 남기고 스스로 찬贊을 썼으니, 여기에는 무슨 뜻이 있지 않을까.

매월당이 출가하여 방랑했던 것은 기실 세상에서 몸을 숨기고자 했던 것이었다. 그러나 백세百世의 뒤에도 이 작은 화폭에서 그 기상과 정신을 보는 사람은 이 화상畵像이 바로 매월당임을 알아볼 것이다.

올 여름에 성공成公 삼문三問의 신주神主가 뜻밖에도 인왕산 자락 아래에서 나왔기에 경향京鄕의 사대부들이 홍주洪州 땅 노은사魯恩祠에 봉안하였으니, 후세의 군자 중 공자의 말씀처럼 이 두 분을 아울러 일컬을 이가 있을까. 찾아오는 이 없어 쓸쓸해지지나 않을까.

연지는 이미 그의 조부 석실 선생石室先生을 위해 도연명陶淵明의 취석醉石·고송孤松·오류五柳 등의 이름을 도산陶山에 새겼고 다시 이 일을 하였으니, 그의 감회가 깊었던 것이리라.

아아! 매월당이 비록 살아 계신다 하더라도 7척의 몸에 불과할 터인데 지금은 7, 8촌 크기의 화폭 안에 다 들어갔다. 그런데도 논자論者들은 매월당이 세상에 다시 나타나느냐 감춰지고 마느냐가 세도世道에 관계된다고 하는 것은 어째서인가!

임자년 11월 모일에 송시열은 발문을 쓴다.

孔子序列先世聖賢多矣, 而惟以斷髮文身之泰伯, 竝稱至德於三分天下以服事殷之文王, 先儒以爲其指微矣. 東俗好古, 其藏古聖賢遺像者亦多矣. 而今延之獨摹梅月公之眞, 將結茅於公所遊春川之山谷而掛置之. 余竊諦審之,

其髥鬚雖在, 而冠服則正緇流所著也. 余嘗按栗谷先生奉敎所撰公傳, 公少

爲儒生, 中爲緇流, 晚嘗長髮歸正, 臨終時更爲頭陀像. 蓋三變其形矣, 獨乃

留此緇像而自贊焉者, 豈亦有意存乎其間耶! 蓋公出家放迹, 實欲藏晦其身.

然百世之下, 見其氣象精神於片幅之上者, 猶知其爲梅月公矣. 今年夏, 成公

三問神主忽出於仁王山斷麓下, 京外士夫奉安於洪州地魯恩洞, 後之君子其

有竝稱二公, 如孔聖之言者耶? 其不落莫否耶? 延之旣爲其大王考石室先生,

刻置淵明醉石. 孤松. 五柳等名號於陶山, 復繼以此擧, 其所感者深矣. 嗚呼!

雖使公生存, 不過七尺之軀矣, 今乃輸在七八寸矮絹, 而論者謂其顯晦之所

關, 在於世道者何也? 壬子十一月日, 恩津宋時烈跋.

— 송시열, 「매월당화상발梅月堂畵像跋」(『매월당집梅月堂集』)

매월당 김시습의 화상에 대해 우암 송시열宋時烈(1607~1689)이 쓴 발문

으로 매월당 자신이 직접 그린 자화상을 모사한 그림을 보고 쓴 것이다.

매월당은 절의를 지킨 유자와 불교의 고승, 두 가지 모습으로 역사에 남

아 있다. 율곡 이이는 왕명을 받고 지은 「김시습전金時習傳」에서 '심유적

불心儒跡佛'로 매월당의 정체를 규정한 바 있다. 그의 사상의 본령은 유교

이고 승려 생활은 살아가는 방편이었다는 뜻이다. 그런데 우암은 매월당

이 스스로 그린 자기 화상의 마지막 모습이 승려의 복장을 하고 있는 것

에 의문을 제기했다.

연지延之는 조선 시대 문신이요, 학자인 김수증金壽增의 자이다. 그는

호가 곡운谷雲이고 청음淸陰 김상헌金尙憲의 손자이다. 위 석실 선생은 바

로 청음을 가리킨다. 김수증은 1670년, 강원도 화천 용담리에 농수정사籠

水精舍를 짓고 은거하면서 주자의 행적을 모방, 자신이 사는 지역을 곡운谷雲이라 명명하고 화가 조세걸曹世傑을 시켜 실경산수화로 「곡운구곡도谷雲九曲圖」를 그리게 하였다. 따라서 매월당 화상도 김수증이 조세걸을 시켜서 모사했을 가능성이 크다.

태백泰伯은 주周나라 태왕太王의 맏아들이다. 태왕에게는 태백, 중옹仲雍, 계력季歷 세 아들이 있었다. 태왕이 은殷나라를 정벌할 생각이 있었는데 태백이 그 뜻을 따르지 않았다. 막내 계력은 창昌이라는 훌륭한 아들을 두었기에 태왕은 왕위를 계력에게 물려주어 창에게 전해지게 하려 하였다. 태백은 부친의 뜻을 알고 아우 중옹과 함께 나라를 떠나 남쪽 오랑캐의 땅인 형만荊蠻에 가서 단발문신斷髮文身하여 스스로 후사後嗣가 될 수 없음을 보였다. 창이 훗날 문왕文王이 된다. 조선의 태종이 세종에게 왕위를 전하는 과정과 비슷하다.

"그 뜻이 은미하다"라고 한 선유先儒는 주자의 집주集註에 나오는 범씨范氏, 즉 범준范浚을 가리킨다. 『논어』「태백泰伯」에서 공자는 태백과 문왕 두 사람을 두고 각각 "지극한 덕이라 이를 만하다" 하였는데, 태백과 문왕 모두 임금을 배반하지 않고 천하를 취하지 않았기 때문에 공자가 신하의 도리를 지키지 않는 자를 경계하는 뜻을 은미하게 담아서 말했다는 것이다. 이 글에서 우암은 매월당이 단종에 대해 절의를 지켜 불사이군不事二君한 것을 높이기 위해 서두에 이 말을 인용하였다. 그리고 사육신死六臣의 성삼문成三問 신주와 생육신生六臣의 매월당 화상을 함께 말함으로써 두 사람의 절의를 아울러 치켜세웠다.

매월당의 유교에 대한 인식은 매우 긍정적인데 불교에 대한 인식은 긍정과 부정, 비판과 수용의 상이한 양상을 보인다. 그래서 얼핏 보아서는 율곡의 말처럼 그의 사상 성향이 유교 쪽으로 더 쏠려 있는 것으로 판단하기 쉽다. 그런데 정작 매월당 스스로 그린 자신의 만년의 모습은 승려의 복장에 목에는 염주를 두르고 있다.

탁월한 식견을 가진 문학가요 사상가였던 그로서는 천부의 재능을 자랑할 수 있는 문학을 버릴 수도 없었을 것이고 유자 본연의 임무인 현실 참여를 포기할 수도 없었을 것이며, 예로부터 유자들이 통상 그러했듯이 불교에 심취했더라도 그 자신은 역사에서 유자로 평가되고 싶었을 것이다. 또한 그는 실제로 때로는 불교에 마음이 끌리기도 하고 때로는 정주의 학설에도 귀가 솔깃했을 것이다. 끊임없는 지적 호기심, 어느 한곳에 안정하지 못하는 충동성 등 천재가 갖기 쉬운 속성을 우리는 매월당에게서 볼 수 있다.

매월당은 유교와 불교를 넘나들며 어느 한쪽에 완전히 정착하지 못하는 삶을 살았다. 지금 매월당의 문집을 보면, 청산과 세속을 넘나드는 삶의 자취, 그리고 그에 상응하듯 불도에 심취하다가 문득 스스로를 명교名教의 죄인으로 자책해놓고는 다시 입산하는 등의 불안정한 심적 변화를 어렵지 않게 찾아볼 수 있다. 경주慶州를 지나다가 오도했다는 기록을 스스로 남겼지만 그는 결코 깨달음을 이룬 각자覺者로 자처하지도 않고 천재가 갖기 쉬운 현실과 자아와의 괴리, 그로 인해 생겨난 모순과 갈등을 농세弄世의 자조로 거침없이 표출하기도 한다. 이러한 그의 상반되고 모순되게 보이는 모습들은 바로 그의 내적 변화의 적나라한 표출이었다.

매월당은 자신이 그린 화상畵像에 스스로 적기를 "네 모습은 지극히 하찮고 네 말은 지극히 어리석으니, 의당 너를 산골짜기에 두어야 하리爾形至藐 爾言大倒 宜爾置之 丘壑之中" 하였으니, 세상을 아주 떠나 청산에 머물지도 못하고 그렇다고 세상에 맞추어 살아갈 수도 없는 자신을 희화한 자조의 독백일 터다.

3부

살구꽃은
봄비에
지고

추사 김정희의 '세한'

O

추운 겨울이 오면 세한歲寒이란 말과 함께 추사秋史 김정희金正喜(1786~
1856)의 「세한도歲寒圖」가 떠오른다. 몇 그루 솔과 집 한 채가 전부인, 단
출한 풍경이 주는 감동은 수많은 말보다 울림이 크다. 추사의 문집에도
그의 글씨, 그림처럼 고졸古拙한 멋을 풍기는 글들이 실려 있다. 여기 소
개할 두 편의 편지는 그야말로 글로 쓴 「세한도」라 함직하다.

강가라서 유달리 추운 데다 동짓달이라 추위가 닥쳐와 입이 덜덜 떨립
니다. 요즘 추운 날씨에 벼슬살이에서 평안하심을 살펴 알았으니, 송축
합니다. 다만 지난날 외진 산골에서 쓸쓸히 사실 때나 현재 요직에 올라
현달한 때나, 만난 처지를 그대로 받아들이실 뿐이겠지요.

나 같은 사람은 외진 강가에 틀어박힌 채 마음대로 찾아가 만나지도 못
하고 있으니, 물고기와 새에게 비웃음을 받기에 알맞고, 또한 이내 삶이
란 것이 깊은 산속 노승老僧의 찰나만도 못합니다. 우스운 노릇입니다.

머잖아 한번 찾아주신다니, 참으로 몹시 바라던 바입니다. 그렇지만 과연
번잡한 일들을 떨쳐버리고 한가한 틈을 내어 오실 수 있겠습니까? 나는
추위가 겁나서 집 안에 웅크리고 있습니다. 중씨仲氏의 행차는 평안히 돌
아왔다니, 다행입니다. 써주신 연구聯句는 잘 받았습니다. 이만 줄입니다.

江寒又是一之日, 冷薄波吒, 不可禁當. 卽承審驤發, 仕體文祉, 耿誦. 第往

境之窮山沈淪·現在之當路騫矗, 隨遇而銷受已耳. 但吾輩之一隅江干,
能恣意攀追, 適足爲魚鳥笑人而已, 亦不滿深山老古錐一彈指, 且呵. 非久
存, 是固深企, 果復撥諸冗, 作漫汗耶? 戚從怯寒癡頑. 仲行穩旋是幸. 張聯
領完. 姑不備.

— 김정희, 「이석농—종우—에게 주다與石農 鍾愚」(『완당집阮堂集』)

추위의 여세가 곧장 세밑까지 이어진 데다 썰렁한 강 기운마저 엄습하
니, 동파東坡의 지옥紙屋과 죽탑竹榻으로는 월동을 걱정하지 않을 수 없
고, 당태위黨太尉가 고주羔酒를 조금씩 따라 마셨던 풍류도 내게는 엄두
도 못 낼 일입니다.

추운 아침에 손을 호호 불고 이 좋은 시절에 무료함을 더욱 느끼면서,
그저 산중에서 눈 녹인 물에 차를 우려 마시던 때를 그리워하고 있던 차
에 뜻밖에 보내주신 편지와 함께 좋은 술과 산짐승 고기를 받았습니다.
이것만으로도 내 구미에 너무 호사스러울 뿐 아니라 식욕도 가라앉았으
니, 저 연한 양고기에 좋은 술을 마신 모산茅山의 도사道士들은 식탐이
많은 배불뚝이들입니다. 얼마나 감사한지 모르겠습니다.

추운 밤 종묘에서 제향祭享을 모시느라 지난번 병세가 곧바로 쾌차하지
못했음을 살펴 알았습니다. 푸른 암벽, 푸른 이내 긴 산속을 유람하여
정신을 조용히 쉬어야만 공무에 찌든 속진俗塵을 씻어낼 수 있을 터인
데, 그렇게 하는 것이 과연 쉽지 않은지요? 나 같은 사람은 자질구레한
일들을 견디지 못하고 있으니, 신선이 되어 훌쩍 떠나고 싶어도 할 수가
없습니다. 내가 앓던 해수증咳嗽症은 이곳의 좋은 샘물 덕분에 좋아졌습

니다. 그래서 비록 달팽이처럼 집 안에 들어앉아 있지만 기침이 심하지 않으니, 자못 기이합니다.

보내주신 두 서화첩은, 요즘 창가에 앉아 그 토묵吐墨한 것을 자세히 살펴보니, 참으로 진기한 작품입니다. 게다가 오방치吳邦治가 쓴 화제畵題는 필법이 고아古雅하여 좋으며, 또 홍설재鴻雪齋*의 글씨는 바로 저수량褚遂良** 서법書法의 정수를 얻은 것입니다. 그런데 이 두 서화첩의 작자가 모두 누구인지 알 수 없단 말입니까. 천하가 지극히 넓어 이들이 두 사람 다 세상에 알려지지 않은 것인지, 아니면 혹 우리나라가 외진 지역이라 견문이 미치지 못했을 뿐 강소江蘇·절강浙江 지역에는 잘 알려진 사람들인 것입니까. 어찌하여 화록畵錄이나 서보書譜에 이 두 사람 중 한 사람의 이름도 보이지 않는단 말입니까.

이씨 화권畵卷의 청록색은 그 선염渲染*** 이 더욱 신묘함을 알겠으니, 옛사람이 "그림을 좋아함이 골수骨髓에 들었다"라고 한 것을 이런 데서 비로소 말할 수 있을 것입니다. 근래에는 한 번 보고난 서화에는 마음을 머물러둔 적이 없었는데 지금 이 서화첩은 차마 손에서 선뜻 내려놓지

---

* 청나라 때 사람으로 시·서·화에 모두 뛰어났던 황단서黃丹書를 가리킨다. 그의 호가 설재雪齋이다.

** 당나라 때의 명필로 그의 서법은 이왕二王, 즉 왕희지王義之와 그의 아들 왕헌지王獻之를 계승하고 구양순歐陽詢과 우세남虞世南의 장점을 두루 갖추어 힘차면서도 아름답다는 평가를 받는다.

*** '묵법'과 '담채법'의 한 종류로 바림 또는 설색이라고도 한다. 먼저 화면에 물을 칠하고 마르기 전에 수묵이나 채색을 칠하여 붓 자국이 보이지 않게 축축이 번지는 점진적인 변화를 나타낸다. 대개 한쪽을 진하게 나타내고 다른 한쪽은 갈수록 엷고 흐리게 나타낸다. 산수화에 구름이나 안개가 끼거나 비가 오는 경치, 달밤 등을 그릴 때 많이 사용된다.

못하겠습니다. 잠시 여기에 두어 더 감상할 수 있게 해주시기 바랍니다. 이는 종전의 묵은 벽호癖好가 다시 도진 것이 아니겠습니까. 예전 눈 내릴 때 산방山房에서처럼 마주 앉아 이 서화첩을 함께 품평할 수 없는 것이 몹시 아쉽습니다.

餘寒直抵臘下, 江氣又從以侵凌; 老坡之紙屋竹榻, 不足排悶, 黨尉之羔酒淺斟, 亦非雅分. 朝冷呵手, 益覺佳節無聊, 但憶山中雪水試茗. 忽伏承下書, 夾之以美醞山肉, 非徒口趣太奢, 胃饞可鎭; 茆山道士脆羝銀檻, 卽一笨伯耳. 何等頂謝! 謹伏審夜寒, 駿奔餘勻體度尙有前損之未卽淸和; 必須石翠嵐漪之間, 頤神養眞, 可以大滌鳥底黃塵. 此事果不容易耶? 如小人者, 實不耐米鹽凌雜, 竊欲輕擧而不能辦矣. 正喜嗽症實賴泉力, 雖作蝸縮, 不至鱉咳, 殊可異矣. 二帖間從窓影, 細閱吐墨, 儘是奇品. 且其吳邦治所題筆法, 雅古可愛; 又鴻雪齋書, 直是褚法神髓, 未知皆何等人耶! 天下至廣, 此輩皆無聞焉; 抑或偏方見聞之所未及, 而盛稱於江浙間歟! 何畵錄書譜, 不見一人也. 李卷靑綠, 愈見其渲染之神妙, 古人所云愛畵入骨髓者, 始可論於此等耳. 近於烟雲過眼處, 未嘗留着此心, 今不忍遽釋, 仰斳暫存, 是見獵之習氣耶? 恨無由對訂, 如山房雪几耳.

— 김정희, 「권이재―돈인―에게 주다與權彝齋 敦仁」(『완당집阮堂集』)

첫 번째 편지는 추사가 이종우李鍾愚에게 보낸 것이다. 추사는 1849년, 64세의 노령으로 9년 동안의 제주도 유배에서 풀려나 한강 가 용산의 집에서 살았다. 여기서 강은 바로 한강을 가리킨다.

이종우는 산수화를 잘 그렸고, 글씨는 자하紫霞 신위申緯(1769~1847)와 추사의 필법이 조화된 독특한 서체로 필력이 뛰어나다고 알려져 있다.

가뜩이나 추운 동짓달, 추사는 차가운 강바람이 냉기를 몰아오는 한강 가의 집에서 입을 덜덜 떨며 웅크리고 앉아 있다. 긴 유배에서 풀렸지만 아직 사람들을 마음대로 만날 수 없는 처지라 자유로이 나다니는 물고기와 새가 부럽다. 그래서 자신의 삶이 아무 일 없이 한가로운 저 산속 노승의 찰나만도 못하다고 투덜거린다. 그렇지만 이 편지에서 세상을 원망하는 마음 따위는 읽을 수 없고, 오히려 추운 겨울 한 그루 낙락장송 같은 굳고 곧은 기품이 느껴진다.

두 번째 편지는 추사가 권돈인權敦仁(1783~1859)에게 보낸 것이다. 권돈인은 서화에 뛰어났고, 추사와 특히 친밀하였다. 동파東坡 소식蘇軾의 「여모유첨與毛維瞻」이란 편지에 "한 해가 다 갈 즈음 비바람이 썰렁하니, 종이를 바른 창과 대나무를 엮어 만든 집에 등잔불이 푸르스름하다歲行盡矣, 風雨凄然; 紙窓竹屋, 燈火青熒"라고 한 것으로 보아, 지옥紙屋, 죽탑竹榻은 지창紙窓, 죽옥竹屋을 달리 표현한 것이 아닌가 여겨진다. 여기서는 추사 자신의 집을 비유한 것이다.

중국 송나라 때 한림학사翰林學士 도곡陶穀이 당태위黨太尉 집의 기녀를 얻어서 돌아오는 길에 눈 녹인 물로 차를 우려 마시면서 "당태위 집에서는 이러한 풍류를 몰랐겠지?"라고 하자, 그 기생이 대답하기를 "그는 거친 사람이니, 어찌 이러한 풍류가 있겠습니까. 다만 따뜻한 소금장銷金帳 안에서 잔에 얕게 술을 따라 마시고 가기歌妓의 나직한 노래를 들으며 양고주羊羔酒를 마실 줄 알 뿐입니다"라고 하니, 도곡이 부끄러워했다는 고사가 있다. 소금장은 금색 실을 넣어서 정교하게 짠 고급 휘장이다. 양고

주는 이름난 미주美酒이다. 원나라 송백인宋伯仁의 『주소사酒小史』에 "산서山西에는 양고주이다"라고 하였다.

중국 낭주朗州의 도사道士 나소미羅少微가 모산茅山의 자양관紫陽觀이란 도교 사원에 기숙할 때 정수재丁秀才란 사람이 함께 머물고 있었다. 하루는 추운 겨울 싸락눈이 몹시 내리는 밤에 두세 명의 도사들이 화롯가에 둘러앉아서 살찐 양고기와 좋은 술을 먹고 싶다고 탄식하자 정수재가 "그걸 가져오는 게 무에 어렵겠습니까"라고는 곧바로 나갔다가 밤이 깊을 무렵 눈을 맞으며 돌아와 술통 하나와 삶은 양 다리 하나를 가져다 놓고는 문득 종적이 묘연해졌다고 한다. 『북몽쇄언北夢瑣言』에 나오는 얘기이다.

토묵吐墨은 명나라 원굉도袁宏道의 「졸효전拙效傳」에 "오징어는 먹물을 토하여 자신을 가린다烏賊魚吐墨以自蔽"라고 한 데서 온 말로, 그림에서 먹물이 번지는 것을 형용한 말인 듯하다.

세밑이라 거리는 흥성거렸으리라. 추사는 추운 한강 가 집에 틀어박혀 있다가 친구가 보내준 산짐승 고기와 술을 마시며 과분한 호사라고 여기며 고마워하고, 연한 양고기를 뜯으며 좋은 술을 마셨던 모산茅山의 도사들은 식탐이 많은 자들이었다고 농담한다. 한편 추사는 작자가 누군지 알 수 없는 두 서화첩을 감상하고는 매우 품격이 높다고 감탄한다. 그리고 그중 작자가 이씨인 화첩 그림의 청록색 선염渲染에 더욱 신묘함을 느끼면서, 자신이 서화를 좋아하는 마음이 골수에 사무쳤다고 자조한다. 환로는 순탄치 못하여 오랜 유배의 고초를 겪어야 했지만, 하늘이 준 반대급부인가, 추사는 좋은 서화를 감상하는 청복淸福을 누릴 수 있었다.

공자는 "날씨가 추워진 뒤에야 소나무와 잣나무가 늦게 시듦을 안다歲寒然後 知松柏之後彫也"라고 하였다. 곤궁해도 지조를 잃지 않는 선비의 삶을 비유하는 '세한'이란 말이 여기서 생겼다.

목하, 세상은 시끄럽고, 겨울은 점점 더 추워만 간다. 저 푸르고 굳은 솔을 보면서 「세한도」를 떠올리고 세한에 「세한도」의 삶을 살았던 김정희를 생각하면서, 유난히 추울 것이라는 겨울을 맞자.

매미 소리를 들으며

○

입추도 한참 지났건만 아직도 노염老炎이 뜨겁고 매미 소리는 높다. 소음과 매연에 찌든 도회에서 사람들은 매미 소리를 들으면서 무슨 생각을 할까. 이 숨 막히는 공해 속에서 올해도 어김없이 울어준다고 대견해할까. 복잡한 세념世念과 더위로 달궈진 심두心頭를 더 달구는 사람은 없을까. 매미 소리를 들으면서 머나먼 중국 땅의 벗을 그리워했던 조선의 선비 담헌湛軒 홍대용洪大容(1731~1783)을 떠올려보자.

　　대용은 머리를 조아리고 사룁니다. 작별한 뒤로 평안히 지내시는지, 회시會試 결과는 어떻게 되었는지요? 소식을 들을 길 없으니, 한갓 마음이 답답할 뿐입니다.
　　아아! "즐거움은 벗을 새로 아는 것보다 즐거운 게 없고, 슬픔은 생이별보다도 슬픈 게 없다"라고, 그 옛날 굴대부屈大夫*가 이미 우리의 속마음을 다 말하여놓았으니, 다시 무슨 말을 더하겠습니까? 오직 형이 보내신 편지에서 '우정이 깊고 이별이 괴로운 것이 기대가 간절하고 촉망이 지극함만 못하다' 하신 몇 마디 말을 마음에 새겨두고 조석으로 늘 조심하고 경각함으로써 나의 좋은 벗을 저버리지 않고자 할 따름입니다.

---

*　　굴원을 가리킨다. 굴원이 삼려대부三閭大夫였기 때문에 이렇게 부르는 것이다.

이 아우는 4월 11일에 압록강을 건넜고 5월 2일에 집에 돌아왔습니다. 그달 15일에 제공諸公들의 간독簡牘을 모두 4개의 필첩筆帖으로 묶어 『고항문헌古杭文獻』이라 제목題目을 붙였고, 6월 15일에는 그동안 우리가 주고받은 필담筆談과 우리 만남의 전말, 주고받은 편지 등을 아울러 수록, 3권으로 만들어 『건정동회우록乾淨衕會友錄』이라 제목을 붙였습니다.

때는 늦여름이라 매미 소리가 더욱 맑으니, 늘 평상복을 입고 치건緇巾을 쓰고서 향산루響山樓에 편안히 앉아서 마음 내키는 대로 이 책들을 뒤적이노라면 즐거워서 근심이 잊혀지고 그 수택手澤을 만져보노라면 바로 그 사람을 보는 듯합니다. 이것이 이른바 조석으로 만난다*는 것일 터입니다.

나머지 얘기는 동지사冬至使로 가는 편에 알 수 있을 것입니다. 우선 자세히 적지 못하니, 지기知己인 형이 묵묵히 알아주길 바랄 뿐입니다. 이만 줄입니다.

大容頓首白. 別後起居萬安, 會圍得失何居? 無由承聞, 徒切蘄陶. 嗚呼! "樂莫樂兮新相知, 悲莫悲兮生別離.", 千古屈大夫已說盡吾輩意中事, 更有何言? 惟以兄書中'交之深別之苦, 不若期之切望之至'十數字, 銘之在心, 晨夕危懼, 庶無負我良友而已. 弟以四月十一日渡鴨水; 以五月初二日歸鄕廬; 以

---

* 『장자』 「제물론齊物論」에 "만세 후에라도 한 번 대성인을 만나게 되어 그 뜻을 알게 된다면 그것은 아침저녁으로 만나는 것과 같은 행운이라 할 것이다萬世之後而一遇大聖 知其解者 是旦暮遇之也" 한 데서 온 말로 오랜 뒤에라도 훌륭한 성인이나 자신의 마음을 알아주는 사람을 만나면 이는 마치 아침저녁으로 만난 것과 같은 행운이라는 의미이다. 여기서는 이 책들을 통해 조석으로 늘 지기知己의 벗을 만난다는 뜻으로 쓰였다.

其十五日, 諸公簡牘, 俱粧完共四帖, 題之曰古杭文獻; 以六月十五日而筆談及遭逢始末·往復書札, 幷錄成共三本, 題之曰乾淨衕會友錄. 時當晚暑, 蟬聲益淸, 每以便服緇巾, 燕坐于響山樓中, 隨意繙閱, 樂而忘憂, 撫其手澤, 如見伊人, 是所謂朝暮遇也. 多少都在冬間節使之行, 姑不暇縷陳, 惟知己默會而已. 不備.

— 홍대용, 「추루 반정균에게 보낸 편지與潘秋庭筠書」(『담헌서외집湛軒書外集』)

북학파 실학자인 담헌 홍대용이 중국의 벗 반정균潘庭筠에게 보낸 편지이다. 담헌은 1765년(영조 41) 36세 때 서장관이 된 숙부를 군관軍官으로 수행, 북경에 갔다. 그 이듬해인 1766년, 담헌은 북경의 유리창琉璃廠*을 거닐다가 엄성嚴誠·반정균潘庭筠·육비陸飛, 세 중국 선비를 만났다. 당시 엄성은 35세, 반정균은 25세, 육비는 48세였다. 이들은 곧바로 의기투합하여 담헌이 북경에 머무는 두 달 동안 수시로 편지와 필담을 주고받으며 깊은 우정을 나누게 된다. 그러나 마침내 이들은 이승에서는 영영 만날 기약이 없는 작별을 하게 되었는데, 이 편지는 담헌이 조선에 돌아와서 얼마 뒤에 쓴 것이다.

반정균이 보낸 편지에서 '우정이 깊고 이별이 괴로운 것이 기대가 간절하고 촉망이 지극함만 못하다' 했다는 것은 우정이 깊어서 이별이 괴롭지만 장래에 성취를 기대하는 마음이 더 간절하기 때문에 참을 수 있

---

* 중국 북경 평화문 남쪽에 있는 거리로 홍대용이 방문했던 당시에는 문인과 과거생들이 모여 서점과 골동품점, 문구점 등이 많았다.

다는 뜻이다. 이별을 앞두고 쓴 반정균의 그 편지는 절절한 우정으로 읽는 이의 심금을 울린다.

마침내 영영 이별입니까! 마침내 다시는 만날 수 없단 말입니까! 저 푸른 하늘은 어찌 이토록 잔인하단 말입니까! 이생에도 이제 그만인데 내생에야 말할 게 있겠습니까! 간장은 어이하여 끊어질 듯 끊어지지 않는단 말입니까! 어쩌면 우리들의 우정이 아직 깊지 못하여 영구한 이별의 괴로움이 아직도 참담하지 못한 것입니까!

족하는 일찍이 말씀하기를 "훗날 저마다 성취하는 바가 있으면 모두 지인지명知人之明을 저버림이 없을 터이나*, 비록 영구히 만날 기약이 없더라도 한스럽지 않을 것이다"라고 하였으니, 그렇다면 우정이 깊고 이별이 괴로운 것을 기대가 간절하고 촉망이 지극함과 비교해보면 어느 쪽이 무겁고 어느 쪽이 가벼움이 있을 것입니다. 훗날 덕을 망치고 행실을 잃어서 좋은 벗을 몹시 저버린다면 비록 훗날 서로 만나더라도 어찌 얼굴을 들 수 있겠습니까. 훗날 행실을 닦고 명예를 세워 고인에 부끄러움이 없다면 비록 다시 살아서 만나지 못하더라도 무슨 여한이 있겠습니까. 천애 밖의 이 사람은 장차 눈물을 거두고 웃게 될 터이거늘 우정이 깊고 이별이 괴로움에 연연해할 필요가 있겠습니까.

비록 그렇지만 우리의 우정은 참으로 깊고 이별은 참으로 괴로우니, 간

---

* 헤어진 뒤에 열심히 노력하여 서로 기대에 어긋나지 않는 훌륭한 선비가 된다면 저마다 나를 지기知己로 인정해준 벗을 저버리지 않게 된다는 뜻이다.

장이 오늘 끊어지지 않으면 내일 반드시 끊어질 것입니다. 오늘내일 이후에도 영영 끊어지지 않는다면 실로 요행일 뿐이요 끊어질 도리는 그대로 있는 것입니다. 슬프다! 다시 무슨 말을 하리오. 압록강 물살이 급하니, 부디 몸조심하시기 바랍니다. 이만 줄입니다.

蘭公書曰 : 竟永別耶! 竟不得再晤耶! 蒼蒼者天, 何其忍若是耶! 此生已休, 況他生耶! 肝腸何以欲斷未斷耶! 豈我輩之交猶未深而永別之苦猶未慘耶! 足下曾諭云: "異時各有所成, 皆無負知人之明. 雖永無見期, 不恨也." 然則 交之深別之苦, 以視期之切望之至, 有重輕也. 使他日敗德喪行, 深負良友, 縱他日相對, 亦復何顔; 使他日砥行立名, 無愧古人, 縱再生不遇, 亦復何恨! 天涯之人, 將破涕爲笑, 而又何必沾沾於交之深別之苦耶! 雖然, 交誠深也, 別誠苦也. 肝腸今日不斷, 明日必斷也. 卽今明以後, 竟永不斷, 亦偶幸耳. 而 可斷之道, 仍在也. 嗚呼, 復何言哉! 鴨江水急, 千萬珍重. 不具.

— 홍대용, 「건정동필담乾淨衕筆談」(『담헌서외집湛軒書外集』)

　담헌은 북경에서 돌아오자 곧바로 이 세 선비들과 주고받은 필담, 서찰 등을 모아서 장정해 책을 만들었다. 그리고 매미 소리를 들으며 이 책들을 뒤적이며 그리운 마음을 달랬다.

　매미 소리가 조선 시대 선비들에게 각별한 의미를 갖게 된 것은 퇴계 이황으로부터 비롯하였다. 퇴계가 주자의 편지를 추려서 『주서절요朱書 節要』를 편찬하면서 주자가 친구 여조겸呂祖謙(1137~1181)에게 보낸 답서 중에서 "요 며칠 동안 매미 소리가 더욱 맑으니, 들을 때마다 그대의 높은 풍모를 생각하지 않은 적이 없었네數日來, 蟬聲益淸 每聽之, 未嘗不懷高風也"라는 구절만 발췌해 실었다. 남언경南彦經 (1528~1594)이 '이런 긴요치 않은 구절을 왜 뽑았느냐'고 물은 데 대해 퇴계는 "나는 평소 이러한 대목을 매우 좋아하였다. 그래서 여름철 녹음이 우거지고 매미 소리가 귀에 가득 들려오면 마음속에 언제나 두 선생(주자와 여동래)의 풍모를 생각하지 않은 적이 없었다"라고 하였다. 이로부터 『주서절요』가 많이 읽힌 조선에서는 매미 소리를 듣는 것이 벗을 생각함을 뜻하는 고사로 항용 쓰이게 되었다.

담헌과 이 중국 선비들과의 깊은 우정은 연암燕巖 박지원朴趾源(1737~1805)이 「회우록서會友錄序」·「홍덕보묘지명洪德輔墓誌銘」에서 명문으로 유감없이 표현해놓았다. 그리고 담헌이 세상을 떠난 지 60년 뒤 그의 손자 홍양후洪良厚는 북경에 갔을 때 반정균의 손자 반공수潘恭壽에게 편지를 보내 세의世誼를 이었으니, 이들의 우정은 실로 시공을 초월했다 해도 좋을 것이다.

우리는 하나의 사물마다 하나의 기억을 떠올리곤 한다. 그 기억이 명료한 것도 있고 희미한 것도 있고 혹은 중첩된 것도 있지만, 기억을 통해서 사물을 인식하고 그러한 기억과 인식이 모인 것이 우리 '마음'이다. 다가올 여름에는 매미 소리를 들으면서 옛 선비의 맑은 우정을 떠올림으로써 좋은 기억 하나를 마음에 새겨두는 게 어떨까.

살구꽃은 봄비에 지고 제비는 『논어』를 읽고

○

옛사람의 편지는 그것이 한갓 편지일 뿐이랴. 그 사람의 인품이 격조 높은 언어로 여실히 나타나 있어 읽는 사람의 마음을 절로 흐뭇하게 한다.

지금은 전화와 인터넷이 유행하면서 편지는 거의 쓸 일이 없어졌다. 지루한 기다림은 때로 괴롭다. 그러나 조금도 기다리지 않아도 되는 오늘날, 편리하지만 어딘가 삶이 허전해졌다. 인간사라는 게 무얼 얻으면 반드시 무얼 잃게 마련이란 걸 우리는 잊어서는 안 된다. 세상이 발달하면 발달할수록 우리가 옛사람의 글을 읽고 옛사람의 삶을 배워야 하는 까닭이 여기에 있는 것이다. 대문장가大文章家로 잘 알려진 연암 박지원의 이 편지는 그대로 한 폭의 그림이다.

사흘을 연이어 내린 비에 가련케도 필운방弼雲坊의 흐드러지게 피었던 살구꽃이 다 떨어져 녹아서 붉은 흙탕물이 되고 말았네. 일찌감치 이럴 줄 알았더라면 어찌 자네를 불러서 하루 심심찮게 놀아보지 않았겠는가. 긴긴날 맥없이 앉아서 혼자 쌍륙*을 갖고 놀았네. 오른손은 갑甲이

---

* 쌍륙판에 말을 놓고, 그 말을 움직여 상대방의 궁宮에 먼저 들어가는 쪽이 이기는 놀이이다. 말을 앞으로 가게 하는 방법은 6면체의 주사위 두 개를 던져 나오는 숫자에 따른다. 따라서 '6면체 주사위가 둘 있다'라는 뜻으로 쌍륙이라 한 것이다. 장기와 바둑이 주로 남성들의 놀이인데 쌍륙은 여성들도 즐겼다.

요 왼손은 을乙이라 치고 오五라 외치고 백百이라 외치는 동안 나다 남이다 하는 구별이 생기고 승부에 마음이 쓰여 대적하는 형세가 이루어졌으니, 나는 알지 못하겠네. 내가 내 양손에 대해서도 어느 한쪽을 편드는 사사로운 마음이 있는 것인가. 저 양손은 이미 이쪽저쪽으로 나뉘었은즉 물物이라 할 수 있고 나는 저 양손에 대해 조물주造物主라 할 만한데도 사사로운 마음을 이기지 못해 한쪽은 돕고 한쪽은 억누르는 것이 이와 같다네. 어제 내린 비에 살구꽃은 졌으나 복사꽃은 아직 고우니, 나는 또 알지 못하겠네. 저 대조물주大造物主가 복사꽃은 돕고 살구꽃은 억누른 것도 사사롭게 어느 한쪽을 좋아하는 마음이 있는 것인가. 문득 보니 발 너머로 제비가 지저귀는데 이른바 회여지지 지지위지지誨汝知之 知之爲知之*라 나도 모르게 피식 웃으며 말하기를 "너는 글 읽기를 좋아하는구나. 그러나 바둑, 장기와 같은 놀이도 있지 않으냐. 이것이라도 하는 편이 낫단다"라고 하였네. 내 나이 아직 마흔이 못 되었는데 이미 머리가 하얗게 세었고 정신과 생각이 이미 노인네와 같으니, 제비와 농담이나 주고받는 게 노인네의 소일하는 방법일세. 이러고 있을 때 뜻밖에도 자네의 서찰이 왔으니, 그립던 마음에 퍽 위안이 되었네. 그러나 자줏빛 종이에 부드러운 필치는 문곡文谷**을 빼어 닮아 고아古雅한 맛은

---

* 공자가 자로子路에게 "너에게 안다는 것을 가르쳐 주겠다. 아는 것을 안다고 하고 모르는 것을 모른다고 하는, 이것이 바로 아는 것이다誨汝知之乎 知之爲知之 不知爲不知 是知也" 한 말을 인용한 것이다. (『論語 爲政』)

** 숙종 때 문신인 김수항金壽恒(1629~1689)의 호이다. 그는 서인西人과 노론의 영수였고 전서篆書·해서楷書·초서草書를 두루 잘 썼다.

있으나 풍골風骨이 전혀 부족하니, 이것이 용곡龍谷 윤상서尹尙書*의 글씨가 사대부들의 글씨 모범은 되지만 아무래도 대가의 풍격은 아닌 것과 같네. 이 점을 알지 않아서는 안 되네.「정존와기靜存窩記」는 보내온 서찰에서 글을 가지러 오겠다고 한 것을 보고서야 비로소 평소에 남에게 허락을 쉽게 했다는 것을 깨달았네. 이미 이런 군색한 상황을 만났으니, 몹시 후회되고 부끄럽군. 이제 유념해두었으니 조용히 생각을 가다듬어 글을 지어보겠네만 더딜지 빠를지는 아직 알 수 없네. 이만 줄이네.

雨雨三晝. 可憐弸雲繁杏. 銷作紅泥. 若早知如此. 豈嫌招邀作一日消閒耶.

永日悄坐. 獨弄雙陸. 右手爲甲. 左手爲乙. 而呼五呼百之際. 猶有物我之間.

勝負關心. 翻成對頭. 吾未知吾於吾兩手. 亦有所私焉歟. 彼兩手者. 旣分彼

此. 則可以謂物. 而吾於彼. 亦可謂造物者. 猶不勝私扶抑如此. 昨日之雨. 杏

雖衰落. 桃則夭好. 吾又未知彼大造物者. 扶桃抑杏. 亦有所私於彼者歟. 忽

見簾榜. 語燕喃喃. 所謂誨汝知之. 知之爲知之. 不覺失笑曰. 汝好讀書. 然不

有博奕者乎. 猶賢乎已. 吾年未四十. 已白頭. 其神情意態. 已如老人. 燕客譆

笑. 此老人消遣訣也. 此際淸翰忽墜. 足慰我思. 而紫帖柔毫. 甚似文谷. 雅則

有之. 風骨全乏. 此龍谷尹尙書雖爲搢紳楷範. 終非大家法意也. 不可不知.

靜存窩記. 今承來索. 始乃省覺平生然諾向人易. 已遭此迫隘. 殊令悔椒然.

今旣省存. 謹當靜構. 而第其遲速. 有未可料. 不宣.

— 박지원,「남수에게 답함答南壽」(『연암집燕巖集』)

연암 박지원이 족손族孫 박남수朴南壽(1758~1787)에게 답한 편지이다. 지금의 종로구 필운동弼雲洞은 조선 시대 당시 살구꽃이 좋기로 이름난 곳이었다. "살구꽃 핀 마을은 어디나 고향 같다"라는 시구도 있거니와 살구꽃보다 우리에게 정겨운 느낌을 주는 꽃이 또 있을까. 살구꽃은 피고 지고 처마 밑에서 제비는 지저귀는, 조금 권태로움마저 느껴지는 한낮이 옛날 우리네 마을 어디서나 볼 수 있는 봄날 풍경이었다. 지금은 생활에 쫓겨 바쁜 나머지 이런 게으름을 피우는 것도 도회 사람에게는 사치가 되고 말았다.

낮은 길고 온몸이 나른한 봄날, 무료함을 달래려고 연암은 혼자서 쌍륙을 갖고 논다. 요즘 심심한 노인이 화투패를 떼는 것을 연상하면 된다. 자기 양손으로 쌍륙을 갖고 놀더라도 어느 한 손을 자기로 삼고 어느 한 손을 상대편으로 삼아야 승부가 나고 재미가 있다. 심심파적으로 이런 놀이를 하면서도 연암은 자기가 사심私心을 가진 게 아니냐고 농담한다. 연암의 글에는 도처에 농세弄世의 해학이 번득이는데 천재天才를 자부하면서 불우했던 그가 울울한 심사를 글로 풀다 보니 그랬을 것이다.

제비가 『논어』를 읽고 까마귀가 『맹자』를 읽는다는 옛말이 있다. 지지배배 지지배배 지저귀는 제비 소리가 『논어』의 '지지위지지 부지위부지 시지야知之爲知之 不知爲不知 是知也'를 연상케 하고, 까악까악 우는 까마귀 소리가 『맹자』의 '독악락 여인악락 숙락獨樂樂 與人樂樂 孰樂'*을 연상케 하기 때문에 생긴 말이다.

---

* 맹자가 음악을 좋아한 제 선왕齊宣王에게 한 말로 "혼자 음악을 즐기는 것과 사람들과 함께 음악을 즐기는 것이 어느 것이 더 즐거운가"라는 뜻이다.(『孟子 梁惠王 下』)

연암이 자신과 양손, 조물주와 살구꽃, 복사꽃의 관계를 가지고 조금 부질없고 엉뚱한 생각에 잠겨 있던 차에 문득 처마 밑에서 지저귀는 제비 소리가 "안다는 것을 가르쳐줄까. 아는 것을 안다고 하고 알지 못하는 것을 알지 못한다고 하는 걸세"라는 것처럼 들린다. 마치 연암에게 정신 차리라고 충고라도 하는 듯하다. 연암은 피식 웃고는 무료함을 달래려고 농담을 건넨다.

"너는 글 읽기를 좋아하는구나. 그렇지만 공자님도 말씀하셨지. 나처럼 쌍륙을 갖고 노는 것도 나쁘진 않단다."

글 쓰는 사람이 글 빚에 쪼들리는 것은 예나 지금이나 마찬가지였던가 보다. 정존와靜存窩란 서재에 대한 기문記文을 지어주겠다고 승낙해놓고는 까맣게 잊고 있다가 이제 독촉을 받은 것이다. 연암은 후회한다고 했지만 이 정도 성가신 일은 차라리 있는 편이 낫다. 이마저 없으면, 너무 심심했지 않을까.

이 글은 읽는 사람의 온몸을 나른하게 하는 힘이 있다. 굳이 살구꽃이 아니어도 좋다. 바쁜 일상에서 벗어나 하루쯤은 이 글 속의 연암처럼 봄날의 게으름을 즐겨보는 것도 나쁘지 않을 것이다. 공연히 마음이 바쁜 도회 사람에게는 오히려 삶에 활력을 줄 것이다.

그림자를 쉬는 정자

○

사람의 몸은 마음을 따르는 그림자이다. 그림자를 쉬려면 몸을 쉬어야 하듯이 몸을 쉬려면 마음을 쉬어야 한다. 그림자가 무서워서 아무리 도망쳐도 그림자를 떼어놓지 못하였다는 옛이야기 속의 사람처럼, 마음을 쉬는 도리를 알지 못한다면 주인공인 마음이 도리어 그림자인 몸에 구속되지 않을 수 없을 것이다. 전라남도 담양潭陽에 가면 그림자를 쉬는 정자, '식영정息影亭'이 있다.

김군 강숙剛叔은 나의 벗이다. 그가 창계蒼溪가, 소나무 아래 산기슭 한 곳을 얻어 작은 정자를 지었는데 각 모퉁이에 기둥을 세우고 가운데는 비워두고 띠풀로 이엉을 얹고 대나무를 엮어서 날개처럼 처마에 잇대어 놓으니 멀리서 바라보면 깃털 일산을 씌운 그림배와 같다. 이 정자를 선생이 휴식하는 곳으로 삼고 선생에게 그 이름을 지어줄 것을 청하였다. 선생이 말하였다.

"너는 장자莊子의 말을 들어보았느냐? 옛날에 그림자를 두려워하는 사람이 있어 그림자를 피하려고 햇빛 아래를 도망쳤는데 아무리 빨리 달려도 그림자는 끝내 그치지 않더니만 나무 그늘 아래로 가자 홀연 그림자가 보이지 않았다고 했다. 대저 그림자란 것은 오로지 사람의 형체를 따르니, 사람이 고개를 숙이면 그림자도 고개를 숙이고 사람이 고개를 치켜들면 그림자도 고개를 치켜들며, 그 밖의 왕래와 행동거지를 오로지 형체가 하는 대로 따른다. 그러나 그늘과 밤에는 없어지고 불빛과 낮에는 살아나니, 사람이 이 세상에 사는 것도 이와 마찬가지이다. 그래서 옛말에 '몽환포영夢幻泡影'이라 했다.

사람이 태어날 때 조물주에게서 형체를 받으니, 조물주가 사람을 부리는 것이 어찌 형체가 그림자를 부리는 것 정도에 그치겠는가. 그림자가 천변만화千變萬化하는 것은 형체의 처분에 달려 있고 사람이 천변만화하는 것은 조물주의 처분에 달려 있으니, 사람이 된 자는 응당 조물주의 부림에 따라야 한다. 나에게 무슨 간여할 것이 있겠는가. 아침에 부유하다가 저녁에 가난해지고 예전에 존귀하다가 지금에 빈천해지는 것이 모두 조물주라는 대장장이의 풀무와 망치[爐錘]에서 만들어지는 일이다.

나의 일신으로 본다면 예전에 높은 관을 쓰고 큰 띠를 띠고 금마문金馬門·옥당玉堂을 출입한 것과 지금은 죽장 망혜 차림으로 푸른 솔, 흰 바윗돌 사이를 소요하는 것과 호사스런 관직을 버리고 빈한한 생활을 달게 받아들이는 것과 조정의 고관대작들과 교유를 끊고 고라니와 사슴을 벗하는 것, 이 모두 그 무엇이 그 사이에서 장난을 쳐서 그렇게 되는데도 내가 스스로 알지 못하고 있으니, 이에 대해 무슨 기뻐하고 성낼 것이 있으리오."

강숙이 말하였다.

"그림자는 진실로 자기 마음대로 할 수 없지만 선생은 굴신이 자신에 달렸으니, 세상에 버림을 받은 것이 아닙니다. 그런데 밝은 시대를 만났으면서도 재능을 숨기고 자취를 감추는 것은 너무 과단한 것이 아닌지요?"

선생이 응답하였다.

"흐름을 타면 가고 구덩이를 만나면 그치는 법이니, 가고 그치는 것은 사람이 어떻게 할 수 있는 것이 아니다. 내가 산림에 들어온 것은 하늘의 뜻이다. 단지 그림자를 쉴 뿐만이 아니라 나는 서늘한 바람을 타고 조물주와 벗이 되어 대황大荒의 들판에 노닐 것이다. 그렇게 되면 도영倒影 속으로 사라져 사람들이 우러러보고 무어라 가리켜 말할 수 없을 터이니, '식영息影'으로 이름하는 것이 좋지 않겠는가."

강숙이 말하였다.

"이제야 선생의 뜻을 알았습니다. 이 말씀을 적어서 기문記文으로 삼겠습니다."

계해년(1563) 7월 하의도인荷衣道人은 쓰다.

金君剛叔吾友也, 乃於蒼溪之上寒松之下, 得一麓, 構小亭, 柱其隅, 空其中, 苫以白茅, 翼以凉簟, 望之如羽盖畫舫, 以爲吾休息之所, 請名於先生. 先生曰 "汝聞莊氏之言乎? 曰 '昔有畏影者, 走日下, 其走愈急而影終不息, 及就樹陰下, 影忽不見.' 夫影之爲物, 一隨人形, 人府則俯, 人仰則仰, 其他往來行止, 唯形之爲, 然陰與夜則無, 火與晝則生, 人之處世亦此類也. 古語有之曰 '夢幻泡影'. 人之生也, 受形於造物, 造物之弄戱人, 豈止形之使影? 影之千變, 在形之處分, 人之千變, 亦在造物之處分. 爲人者當隨造物之使, 於吾何與哉! 朝富而暮貧, 昔貴而今賤, 皆造化兒爐錘中事也. 以吾一身觀之, 昔之峨冠大帶出入金馬玉堂, 今之竹杖芒鞋逍遙蒼松白石, 五鼎之棄而一瓢之甘, 皐夔之絶而麋鹿之伴, 此皆有物弄戱其間而吾自不之知也, 有何喜慍於其間哉!" 剛叔曰 "影則固不能自爲, 若先生, 屈伸由我, 非世之棄, 遭聖明之時, 潛光晦迹, 無乃果乎?" 先生應之曰 "乘流則行, 得坎則止, 行止非人所能,

吾之入林, 天也, 非徒息影, 吾泠然御風, 與造物爲徒, 遊於大荒之野, 滅沒倒

影, 人不得仰而指之, 名以息影, 不亦可乎?" 剛叔曰 "今始知先生之志, 請書

其言以爲誌." 癸亥七月日, 荷衣道人.

— 임억령, 「그림자를 쉬는 정자에 대한 기문息影亭記」(『석천집石川集』)

이 글은 석천石川 임억령林億齡(1496~1568)이 68세 되던 해 7월에 지은
것으로 그의 사위 김성원金成遠이 지어준 정자에 대해 쓴 기기記이다.

석천은 62세 때 담양부사潭陽府使로 부임하였는데 담양은 그에게 귀거
래歸去來의 공간이 되었다. 석천이 을사사화乙巳士禍로 벼슬에서 물러났을
때 주로 이 식영정이 있는 담양의 성산동星山洞에서 살았으며, 그가 64세
로 관직에서 은퇴한 뒤에도 오래도록 머물러 살았다. 또한 이곳은 석천
의 둘째 부인이 거주하던 곳이기도 하였다.

석천은 『장자』를 많이 읽었다고 한다. 그래서인지 이 정자의 이름인
'식영息影'도 『장자』에서 온 말이다. 그러나 이 사실만 가지고 대뜸 석천
이 노장老莊의 정신세계를 지향했다고 보기는 어렵다. 오히려 『장자』의
의사意思를 사용하여 이 정자를 무대로 한 풍류와 은일의 정신을 잘 표현
했다고 보아야 할 것이다. 『장자』에서 식영은 갖은 곤욕을 치르며 천하를
주유하는 공자에게 은자인 어부漁父가 충고하는 말 중에서 나온다. 여기
서 어부는 인의仁義를 가식적인 것으로 보고 자신의 참된 본성을 지켜야
한다고 주장한다. 이를테면 무위無爲의 삶을 중시한 것이라 할 수 있다.

동양학에서 무위는 노장의 무위자연에 국한된 게 아니다. 유교와 불
교에서도 무위의 삶을 가장 이상적인 삶으로 인식하고 있었으니, 무위

는 한문 문화권에서 추구한 공통의 가치였다. 다만 그 무위의 내용과 무위를 실현하는 방법에서 차이가 있었다. 노장과 불교가 현실에 참여하는 것을 꺼리며 가급적 현실과 떠난 자리에서 자기 본성을 지킴으로써 무위를 실천하고자 했다면, 유교는 현실을 떠나지 않은 자리에서 무위를 실천하고자 했다는 점에서 다를 뿐이다.

옛 선비들은 출出·처處의 도리를 중시했다. '출'은 세상에 나가서 벼슬하는 것이고 '처'는 세상에 나가지 않고 제자리를 지키는 것이다. 출·처의 관점에서 본다면 노장과 불교는 어디까지나 '처'의 자리에 서서 현실을 저만큼 비껴 앉아 무위의 삶을 살고자 하였다고 할 수 있다. 유교는 공자가 용사행장用捨行藏을 표방한 이래 '출'함직하면 '출'하고 '처'함직하면 '처'해야 한다고 주장하였다. 즉 '출'과 '처' 어디에도 집착하지 않고 세상 속에서 무위의 삶을 살고자 했던 것이다.

석천은 과거 높은 벼슬에 있었던 것이나 현재 초야에 묻혀 사는 것이나 모두 조물주의 처분에 맡기고 자신은 전혀 간여하지 않겠다고 함으로써 '출'과 '처' 어디에도 연연하지 않겠다는 뜻을 나타냈다. 그렇지만 기실 석천은 자신이 살고 있는 세상을 '처'함직한 것으로 인식하였다. 그래서 그는 '단지 그림자를 쉴 뿐만이 아니라 나는 서늘한 바람을 타고 조물주와 벗이 되어 대황의 들판에 노닐 것이다. 그렇게 되면 도영倒影 속으로 사라져 사람들이 우러러보고 무어라 가리켜 말할 수 없을 터'라 하여, '출'에서는 실현할 수 없는 무위의 삶을 '처'에서 완성하겠다고 하였다. 석천은 이러한 자신의 정신의 지향을 『장자』의 식영을 통해 표현한 것이다.

도영은 『사기』「사마상여열전司馬相如列傳」에 나오는 말로 하늘 위 가장 높은 곳을 가리킨다. 이곳에서는 해와 달의 빛이 아래에서 위로 비치기 때문에 이곳에서 아래로 해와 달을 보면 그 그림자가 모두 뒤집혀 비치기 때문에 이렇게 부른 것이다. 따라서 이곳으로 들어가면 햇빛의 영향권을 아주 벗어나므로 세상에서 늘 따라다니던 그림자가 자취를 감출 수밖에 없다. 즉 도영은 '처'의 극점을 상징하는 것이라 할 수 있다.

도영은 우리 마음속에서 생각이 일어나는 자리에 비유될 수 있다. 생각이 일어나는 그 자리에 들어가 생각이 일어나는 것을 비추어 본다면 생각의 구속을 아주 벗어날 수 있는 것이다.

이와 같이 전원에 은거하며 마음의 자유를 추구한, 석천의 '처'는 유자의 출처관을 벗어난 것이 아니면서 『장자』의 정신과도 기맥이 통한다. 그가 당대에 처사로 이름이 높던 남명 조식, 청송聽松 성수침成守琛 등과 깊이 교유했던 것도 그들과 취향이 같았기 때문이다. 기본적으로 유자의 출처관을 지녔으면서 자신이 사는 세상을 '처'함직한 것으로 인식하고, '처'에 치중하여 노장풍의 은일의 멋을 풍기는 유선儒仙의 삶을 추구하는 것이 당시 강호江湖 지식인들의 풍조였다.

오늘날 사람들은 온통 '출'을 지향하는 도도한 물결 속에 휩쓸려가고 있다. 중국의 신화에 과보夸父라는 선인이 해를 쫓아서 달리다가 목이 말라 죽었다고 한다. 자기 그림자가 무서워 피하는 자나 해를 쫓아 무턱대고 달리는 자나 모두 허상에 사로잡힌 어리석은 사람인 줄 누구나 알겠지만, 과연 이 어리석음을 벗어나 있는 사람은 누구인가. 자기 그림자를 피하지도 않고 해를 쫓아 달리지도 않고 도영 속에 처함으로써 나도 안락하고 남도 안락하게 해주는 은일隱逸의 지식인이 꼭 필요한 오늘날이다.

국화에게 배우는 장수 비결

○

며칠 찬바람이 불고 이제 계절은 완연히 겨울로 접어들었다. 오상고절傲
霜孤節이라, 된서리를 맞으면서도 내 작은 정원을 지켜오던 국화가 기어
이 시들고 말았다. 떨기로 피어 가을 내내 고요한 풍경을 밝혀주던 꽃이
었다. 이제 시들었지만 청수한 고사高士인 양 꽃잎의 색태는 여전히 변
치 않고 있다.

국화를 보며, 조선 시대에 99세를 살았던 기인奇人 소총篠叢 홍유손洪
裕孫(1431~1529)의 장수 비결을 들어보는 것으로 가을을 보내는 아쉬움
을 달래자.

병을 다스리는 방법은 의약醫藥에 있는 게 아니라, 요컨대 혈기를 잘 조
절, 보호하는 데 있다오. 온몸에 가득한 혈기를 잘 조절, 보호하면 오장
육부가 따라서 튼튼해지고, 오장육부가 튼튼해지면 객풍客風이 내부에
엉기지 못해 혈기가 차갑거나 부족한 폐해가 없게 되지요. 의가醫家의
모든 처방과 선가仙家의 온갖 비결들이 모두 양생술養生術인데, 음식의
절제를 먼저 말하고 정신의 보호를 뒤에 말하였지요. 따라서 만약 음식
을 잘 절제하지 않고 정신을 잘 보호하지 않는다면 혈기가 들뜨고 허하
여 객풍을 불러들이기 십상이며, 그렇게 되면 몸이 위태한 지경에 빠지
고 만다오.

이러한 말이야 남이 말해주지 않더라도 상사上솔[*]가 잘 알고 있을 테지요. 그런데 어제 상사의 말을 들어보니 조금도 건강에 문제가 없고, 눈동자도 정기가 안정되어 있었으니, 비록 몸은 여위긴 했어도 염려할 필요는 없을 것이오.

상사가 국화 보기를 좋아하니, 국화를 가지고 상사에 비겨볼까 하오. 국화가 늦가을에 피어 된서리와 찬바람을 이기고 온갖 화훼 위에 홀로 우뚝한 것은 일찍 이루어져 꽃을 피우지 않았기 때문이지요. 무릇 만물은 일찍 이루어지는 것이 재앙이니, 빠르지 않고 늦게 이루어지는 것이 그 기운을 굳게 할 수 있는 까닭은 무엇이겠소. 서서히 천지의 기운을 모아 흩어지지 않게 하고 억지로 정기를 강하게 조장하지 않으면서 세월이 흐름에 따라 자연히 성취되기 때문이라오. 국화는 이른 봄에 싹이 돋고 초여름에 자라고 초가을에 무성하고 늦가을에 울창하므로 이렇게 되는 것이라오. 대저 사람이 세상에 살아가는 것 또한 어찌 이와 다르리오. 옛사람들이 일찍 벼슬길에 올라 영달하는 것을 경계했던 까닭도 이때문이지요.

상사가 사마시司馬試^{**}에 합격한 것은 역시 빠르다고 할 수 있는데 또 대과大科에 빨리 급제하는 데 급급한 나머지 원점圓點^{***}을 채우지 못할까 걱정하여 가슴속에 심려를 많이 쌓아두었을 테지요. 그러다 보니 정신

---

*   생원과 진사를 뽑는 소과小科에 합격한 사람을 이르는 말이다.

**   조선 시대에 생원과 진사를 뽑던 과거 시험을 말한다.

*** 성균관 학생의 출석 점수라 할 수 있는 것으로 아침과 저녁 두 끼를 식당에서 먹고 도기到記에 서명하면 1점을 따게 된다. 원점이 300점이 되어야 식년시式年試에 응시할 자격이 주어진다.

을 보호하고 혈기를 화평하게 하여 사지와 근골을 강건하게 하지 못하였으니, 이것이 늙은 내가 납득할 수 없는 점이라오.

사람이 영달穎達하는 것은 밖으로 잘 보이기 위해서가 아니라 자신을 위해서요, 남을 높이기 위해서가 아니라 자신을 높이기 위해서이니, 스스로 자신을 높이는 사람은 그 마음을 우선하고 외물을 뒤로 미루는 법이지요. 홍범洪範의 오복五福에서 장수가 첫째이니, 장수는 성인도 중시하였던 것이라오. 성인이 중시하였을 뿐만 아니라 비록 이나 서캐 따위의 미물조차도 자기 생명을 존중하니, 아무리 지위가 공경公卿, 장상將相과 같은 높은 자리에 오를지라도 장수하지 못한다면 부귀영달이 무슨 소용이 있겠소.

상사가 명리와 영달을 잊고 자신의 위생衛生에 전념하여 밖으로 사물을 보고 안으로 그 이치를 관찰하여, 병을 근심하지 말고 마음을 잘 다스린다면 능히 장수를 누려 서책을 즐거이 볼 수 있을 터이니, 이렇게 되면 기다리지 않아도 문장이 절로 향상되고 바라지 않아도 벼슬이 절로 찾아오게 될 것이오.

대저 수명의 길고 짧음은 모두 자기 스스로 취하는 것이지 남이 그렇게 되도록 시키는 것이 아니며, 하늘이 주고 빼앗는 것이 아니라오. 내가 이와 같이 오래 사는 것은 하늘의 이치에 거역하지 않고 순응했기 때문이라오. 다만 하늘이 나에게 내려준 일신의 원기가 본래 그다지 강건하지 못하였기 때문에 오늘에 이르러 이와 같이 늙고 말았다오. 그러나 만약 이런 방법을 버리고 급급히 다른 데서 장수의 방법을 찾았다면 이렇게 늙은 나이까지 살지도 못했을 것이오. 내가 지금 칠순인데도 머리털이

희지 않고 가는 바늘에 실을 꿸 수 있으니, 나만 한 사람도 드물 테지요. 상사는 배를 잡고 웃으며 내 말을 틀렸다고 하지 말고, 부디 이 늙은이의 어리석고 객쩍은 말을 잘 들어, 출입과 기거를 삼가 질병이 몸에 오래 머물지 않게 하기를 바라마지 않는다오.

治病之策, 不待醫藥, 而要在調保血氣之善. 善一身之充者血氣, 而五臟六腑相待而 -缺二字-, 臟腑盈成, 則客風不滯於內, 而血氣無寒凜餒乏之弊. 醫家千言萬藥·仙家玉函寶方所載之說, 皆養生之術, 先論飮食之謹節, 後論心神之調護. 若不節飮食, 不守心神, 則血氣浮虛, 善招客風, 而身至於危. 上舍雖不待人言, 亦必能知之. 昨聽上舍言語, 頓無少錯之虞, 眸子定精, 雖肥膚云癯, 暫不虞矣. 上舍愛對菊花, 故以菊花規上舍. 菊花開於抄秋, 而凌霜冒風冷, 獨超千卉萬花之上, 以其不早也. 凡物之早成者, 災也. 不早而晚成者, 能堅其氣者, 何耶? 以其徐徐聚天地之氣不放, 使不強精, 日月之累遷, 能至於成之自然也. 菊也芽於早春, 長於初夏; 茂於孟秋, 鬱於秋晦, 所以如此也. 夫人之身世之生事, 亦何異乎! 古之人戒早達, 亦以是也. 夫上庠得司馬試, 亦云早矣. 又汲汲於大科之早得, 以未及圓點之滿爲虞, 多置念慮於方寸之地, 且不能調保精神, 和平血氣, 以致四肢筋骸之健. 此衰老者不敢知也. 穎達者, 非爲外也, 爲身也; 非尊人也, 尊己也. 自爲尊者, 先其心而後其物也. 洪範五福, 壽居其上, 則壽聖人所重也. 非徒聖人之所重, 雖蚉蝱, 亦尊其生. 雖至於公卿將相, 若不壽, 則貴達何足取乎! 上舍忘其所利達, 專其所衛生, 外見諸物, 內觀其理, 不以病病爲憂, 而能以心心爲謨, 則能養其壽而樂觀諸書, 不期而文章自進, 毋望而榮爵自至. 大抵壽夭長短, 皆所自取, 非人之使然, 非天之與奪然, 我之所以如此, 又不逆天而順命者也. 天之命於我

者, 本不厚也, 故至於今而如此. 舍此而汲汲於他求, 年不至於老也. 吾今者

七旬而髮不白, 能穿細針, 有如我者寡矣. 上舍母自捧腹而非之, 須聽老人癡

語客說, 謹出入節起居, 毋使疾病久滯於百骸之間, 幸甚幸甚.

— 홍유손, 「김 상사에게 준 편지贈金上舍書」(『소총유고篠叢遺稿』)

소총이 상사인 김씨 성의 젊은이에게 준 글이다. 김 상사가 병이 들어서 건강을 걱정하자 소총이 이 글을 써준 것이다. 소총은 방외인의 삶을 산 사람으로 조선 시대의 대표적인 기인 중 한 사람이었다. 그는 자는 여경餘慶, 호는 소총 또는 광진자狂眞子이고 본관은 남양南陽이다. 아전 집안에서 태어났고 점필재佔畢齋 김종직金宗直의 문인이었다고 한다.

신분이 미천한 재사才士가 으레 그렇듯이 소총도 치솟아오르는 울분과 객기를 시주詩酒로 달래며 방달불기放達不羈한 삶을 살았다. 세조의 왕위 찬탈이 있은 뒤로는 노장老莊에 심취하여 남효온, 이총, 이정은李貞恩, 조자지趙自知 등과 어울려 죽림칠현을 자처했다. 특히 괴애乖崖 김수온金守溫, 남효온, 김시습과 친하였다.

소총이 젊을 때 원각사圓覺寺에서 독서하고 있었는데 괴애와 사가四佳 서거정徐居正이 조정에서 퇴근하는 길에 들렀다. 그들이 운韻을 불러주고 소총에게 시를 짓게 하니, 조금도 지체하지 않고 척척 응대했다. 그 시 중에서 "청산과 녹수가 나의 경계이거니 명월과 청풍은 누가 주인인가!青山綠水吾家境 明月淸風孰主張"라는 구절이 있었는데, 매월당이 곁에 있던 사가를 가리키며 "강중剛中아, 너는 이만큼 짓겠느냐" 했다 한다. 소총의 뛰어난 시재詩才를 말해주는 일화이다.

소총은 무오사화 때 제주에 유배되어 관노로 있다가 중종반정으로 석방되었다. 그리고 76세의 늙은 나이에 처음으로 장가를 들어 아들을 낳았으니, 도가道家의 양생술에 조예가 깊었다는 말이 사실인 듯하다. 만년에 명산을 편력하다가 종적을 감추었다는 전설도 있으니, 여하튼 기인이었음이 분명하다.

소총은 99세를 살았으니, 조선 시대에 이름이 알려진 인물 중에서 가장 장수한 분이다. 시주詩酒로 울분을 토로하는 사람은 대개 단명하게 마련이니, 소총의 장수는 매우 이례적인 것이다.

대개 일찍 이루어지면 일찍 무너지고 더디 이루어지면 더디 무너지는 게 만물의 법칙이다. 동물도 회임 기간이 길수록 수명이 길거니와 초목도 더디 자랄수록 수명이 길다. 일상에 쓰는 물건인들 다르랴. 오래 공력을 들여서 단단하게 만든 것이 오래갈 수밖에 없다. 옛날에는 10년이면 강산도 변한다 했는데 오늘날은 하루가 다르게 세상이 바뀌어간다. 잠시 멈춰 서서 숨을 고르고 있노라면 사람들은 어느새 저만큼 앞서가고 있다. 사람들은 세상 변화에 적응하려고 자기 발걸음을 잊은 채 바삐 움직인다. 그리하여 쉴 새 없이 무언가를 이루고 있지만 몸은 원기를 소진하고 정신은 사물에 빼앗겨서 흡사 육체가 없는 허깨비처럼 빈 형상만으로 오락가락하는 사람이 많다.

송나라 주렴계周濂溪는 국화를 꽃 중의 은일隱逸이라 하였다. 국화가 다른 꽃들이 영화를 누리는 봄과 여름에 자신을 드러내었다면 늦가을까지 고고한 자태를 지킬 수 없었을 것이다. 요즘 세상에 국화처럼 은일의 삶을 살기는 어렵겠지만 국화에게서 삶의 지혜는 배울 수 있을 것 같다.

술꾼이 말하는 술의 미덕과 해악

○

사람의 음식은 민족과 지역에 따라 다르지만, 아마도 지구상에 술이 없는 나라, 술을 마시지 않는 민족은 없으리라. 인간에게 술이 없다면 어떻게 될까. 좋은 일이 있어도 슬픈 일이 있어도, 술이 없으면 사람들이 모인 자리가 얼마나 싱겁겠는가. 그렇지만 술만큼 사람에게 해악을 끼치는 음식이 또 있을까. 사람으로서 차마 못 할 범죄가 술의 힘을 빌려 자행되고 있다.

우리 민족만큼 술을 좋아하고 많이 마시는 민족도 드물다고 한다. 세상살이에 경쟁이 심하고 살기가 힘들다 보니, 불안한 마음을 술에 의지하는 사람들이 더 많아졌다. 그래서 급기야 '주폭酒暴'이라는 신조어까지 생기고 말았다. 술이 오히려 액운을 만났다 해야 하지 않을까. 조선 전기의 기인으로 술을 매우 좋아했던 추강 남효온은 술의 미덕과 해악을 낱낱이 들면서 자신이 술을 끊어야 하는 이유를 밝혔다.

대저 술의 좋은 점은 경서經書와 다른 옛 기록들에 상세히 실려 있습니다. 술이 적당하면 주인과 손님을 화합할 수 있고 노인을 봉양할 수 있습니다. 술은 가깝게는 방 안에서 마셔도 좋고 멀게는 천지간에도 두루 어그러지지 않으며 시름 겨운 뱃속은 술을 마시면 풀리고 답답한 가슴은 술을 마시면 편안해져, 흐뭇한 기분으로 천지와 그 조화가 같고 만물과 그 조화가 통하여 옛 성현이 스승과 벗이 되고 천백 년이 한가한 세월이 됩니다.

그러나 술이 적당하지 않으면 덥수룩하게 머리를 풀어 헤치고서 늘 노래하고 어지럽게 춤추며, 주인과 손님이 절하는 엄숙한 자리에서 제멋대로 소리치고 주인과 손님이 예절을 다하여 사양하는 때에 넘어지고 자빠져서 예의를 무너뜨리고 의리를 없애며 절도 없이 행동합니다. 심한 경우에는 까닭 없이 제 마음대로 눈을 부라리다가 혹 싸움이 일어나서 작게는 몸을 죽이고 중간으로는 집안을 망하게 하고 크게는 나라를 망하게 하는 경우가 흔히 있었습니다. 이런 까닭으로 술의 나쁜 점이 이와 같지만 주공周公이나 공자가 마시면 정신이 흐려지지 않고, 술의 좋은 점이 이와 같지만 진준陳遵이나 주의周顗가 마시면 제 몸을 죽였으니, 그 득실 사이에는 터럭만 한 차이도 용납되지 않습니다. 그러니 삼가지 않을 수 있겠습니까.

따라서 타고난 바탕이 중간 수준 이하 사람은 마음을 단단히 잡고 술을 절제하면서 마시지 않으면 좋은 술맛이 사람을 변하게 하여 심신이 더욱 위태롭고 더욱 혼란하다가 점점 술주정을 하는 데 이르면서도 자신이 주정하는 줄을 알지 못하게 되는 것은 필연적인 이치입니다. 따라서 선비로서 뜻이 견고하지 못한 사람은 응당 자신을 다잡고 안으로 반성하여 혼란의 뿌리를 막고 끊는 노력을 보통 사람보다 백배나 더 해야만 술의 재앙을 면할 수 있을 것입니다.

이런 까닭에 술을 경계하는 글로 『서경』에는 「주고酒誥」가 실려 있고, 『시경』에 「빈지초연賓之初筵」이 있으며, 양자운揚子雲이 이로써 술을 경계하라는 「주잠酒箴」을 지었고 범노공范魯公이 이로써 시를 지었으니,

제가 어찌 조용히 술잔을 잡고서 향음주례鄕飲酒禮, 향사례鄕射禮의 자리에서 겸양의 예절을 갖추고 싶지 않겠습니까. 그렇지만 마음이 약하고 덕이 적은 사람이라 술맛을 탐닉하다 절제하지 못하면, 마치 초파리가 깃털 하나를 짊어질 수 없는 것처럼 저 자신 마음이 산란해져서 술을 못 이기게 될까 두려울 뿐입니다.

저는 젊어서부터 술을 몹시 좋아하여 중년에 구설에 오른 적이 많았기에 제멋대로 주정뱅이 짓을 하여 세상에 영영 버림받은 사람이 되는 것을 제 분수로 여겼습니다. 몸은 외물에 끌려가고 마음은 육체에 부려져서 정신력은 예전에 비해 절로 줄었고 도덕은 처음 마음을 날로 저버리게 되었습니다. 그래서 뜻하지 않게 점점 부덕한 사람이 되어 집안에서 마구 주정을 부려 어머님께 수치를 크게 끼치고 말았습니다. 맹자는 '장기 두고 바둑 두며 술 마시기를 좋아하여 부모님의 봉양을 돌아보지 않는 것'을 불효라 하였거늘, 하물며 술주정이야 말할 나위 있겠습니까. 술이 깨고서 스스로 생각건대, 그 죄가 삼천 가지 중의 으뜸에 해당되니, 무슨 마음으로 다시 술을 들겠습니까. 이에 천지에 물어보고 신명께 절하고 제 마음에 맹세한 뒤에 어머님께 아뢰기를, "지금 이후로는 군부君父의 명이 아니면 감히 술을 마시지 않겠습니다"라고 하였으니, 이렇게 한 까닭은 술 취하는 게 싫기 때문입니다. 그러나 신에게 제사 지내고 제육祭肉을 받으면 음복飮福이 있고, 축수祝壽의 술잔을 돌려 받으면 맛 좋은 술이 배 속을 적셔도 정신이 어지럽지 않으니, 이런 경우는 제가 어찌 사양하겠습니까.

저의 뜻이 대략 이와 같으니, 선생께서 비록 술을 마시라고 권하는 말씀을 하셨지만, 이미 말해놓고 식언食言할 수 없는 사정이 이와 같습니다. 제 말은 어길 수 있을지라도 제 마음을 속일 수 있겠습니까. 제 마음은 속일 수 있을지라도 신명을 기만할 수 있겠습니까. 신명은 기만할 수 있을지라도 천지를 무시할 수 있겠습니까. 천지를 무시한다면 어느 곳에 이 몸을 두겠습니까. 더구나 어머님께서 저를 기르며 늘 술을 줄이라고 하시다가 제 말을 듣고 얼굴에 기쁜 빛을 보이셨으니, 술을 끊겠다는 맹서를 어찌 바꿀 수 있겠습니까.

아아! 술 깬 굴원屈原과 술 취한 백륜伯倫이 본래 둘이 아니고, 맑은 백이伯夷와 너그러운 유하혜柳下惠는 결국 하나의 도道입니다. 선생께서는 술을 마시지 않는 저를 억지로 허물하지 마시고 제가 술을 마셔도 되는지 안 되는지 그 가부可否를 한 글자로 분부해주시기 바랍니다.

夫酒之爲德, 五經子史詳矣. 得其中, 則可以合賓主, 可以養耆老, 行之几席而有文, 達之天地而不悖, 愁腸得酒而解, 鬱臆得酒而泰, 怡然與天地同其和, 萬物通其化, 古聖賢爲師友, 千百年爲閑中; 失其中則囚首散髮, 恒歌亂舞, 叫呼乎百拜之間, 顚仆於相讓之際, 敗禮滅義, 發作無節, 甚者, 無故而憑心怒目, 爭鬪或起, 小而殞身, 中而亡家, 大而亡國者比比有之. 是故, 酒禍如此, 而周公, 孔子用之則不亂; 酒德如此, 而陳遵, 周顗用之則殺身. 其得失之間, 不容一髮, 可不愼哉! 是故, 中下之人, 所執不堅, 而用之不節, 則甘味移人, 愈危愈亂, 漸至於酗, 而不知其所以酗者有, 理之必然. 爲士而志不堅者, 當躬餰內訟, 杜絶亂根, 百倍平人, 然後可以免此禍矣. 是故, 書載戒酒之誥, 詩有賓筵之篇, 揚子雲以之著箴, 范魯公以之作詩, 吾豈不欲從容梏酒, 進退揖讓於鄕飮鄕射之間哉! 但恐心弱德薄, 甘其味而不節, 則散亂而不自勝, 有

如醯雞之不能負一羽耳. 僕自少酷好麴糵, 中歲, 遭齒舌不少, 肆爲酒狂, 自

分永棄. 身爲物役, 心爲形使, 精神自耗於曩時, 道德日負於初心, 不意馴致

不德, 肆酗於家, 大貽慈母之羞. 孟子以博奕好飲酒不顧父母之養爲不孝, 況

於酗乎! 醒而自念則罪在三千之首, 何心復擧桮酒乎? 於是, 質之天地, 參之

六神, 誓之吾心, 告諸慈堂, 自今以後, 非君父命不敢飮. 所以如此者, 惡其醉

也. 若夫祭神而受胙則有飮福, 獻壽而有酬則甘醇美醴沃腸而不亂者, 吾何

辭焉? 僕之志大略如此; 先生雖有勸酒之敎, 言之不可食也如此. 吾言可食,

吾心可欺乎? 吾心可欺, 鬼神可謾乎? 鬼神可謾, 天地可忽乎? 天地可忽, 則

措諸身何處? 況慈母育子, 每敎省酒, 及聞此語, 喜動於色; 斷酒之誓, 庸可

渝乎? 嗚呼, 醒屈, 醉倫, 本非二致; 淸夷, 和惠竟是一道. 先生不可强以不飮

之穆生爲累, 冀以一字示可否.

― 남효온, 「동봉산인에게 답하는 편지答東峯山人書」(『추강집秋江集』)

추강 남효온이 매월당 김시습에게 보낸 편지이다. 술을 끊었다고 선언
한 추강에게 매월당이 아주 끊지는 말고 적당히 마시라고 간곡히 권한
데 대해 답한 것이다.

추강과 매월당은 절친한 술친구였다. 그런데 추강이 어느 날 갑자기
술을 마시지 않는 것을 보고 매월당은 퍽 서운했으리라. 그래서 매월당
은 술을 마셔야 하는 이유를 들어서 술을 권하였고, 추강은 술에 얽힌 많
은 고사를 인용하면서 자신이 술을 끊을 수밖에 없는 이유를 설명하였
다. 글이라 점잖게 표현한 것이지, 사실 매월당은 몹시 서운했고 추강은
매월당의 서운한 마음을 달래면서 자신을 이해해달라고 한 것이다. 오늘

날 술친구들끼리 만났을 때 술을 마시지 못하면 한쪽은 서운하고 한쪽은 미안한 것과 다를 바 없다.

이 글을 읽고 이해하려면 먼저 인용된 고사들을 알아야 한다. 『논어』 「향당鄕黨」에 "공자는 술을 마심에는 일정한 양이 없었으나 정신이 어지러운 지경에 이르지 않았다唯酒無量 不及亂"라고 하였다. 진준陳遵은 한나라 때 사람으로 술을 좋아하고 호기가 있어 손님들이 집에 모여 술을 마시면 대문을 닫아 빗장을 걸고 손님들이 타고 온 수레의 굴대빗장을 죄다 우물에 던져 넣어 아무리 급한 일이 있어도 가지 못하게 하였다. 그래서 진준투할陳遵投轄이란 고사성어가 생겼으며, 회양왕淮陽王이 패했을 때 술에 취해 있다가 적에게 죽임을 당하였다. 주의周顗는 진晉나라 때 사람으로 술을 몹시 좋아하여 술 때문에 실수가 잦았고, 결국 왕돈王敦에게 죽임을 당하였다. 「주고酒誥」는 강숙康叔이 은나라 고도故都로 부임할 때 그 지역 백성들이 술을 너무 좋아하므로 무왕武王이 경계하라는 뜻으로 지어준 글이라고 한다. 「빈지초연賓之初筵」은 위衛나라 무공武公이란 임금이 술을 마신 뒤 허물을 뉘우치는 뜻을 읊은 시라고 한다. 범노공范魯公은 북송의 명재상인 노국공魯國公 범질范質을 가리킨다. 조카 범고范杲가 자신을 천거해주기를 바라자 범질이 "너에게 술을 즐기지 말기를 경계하노니, 술은 미치게 만드는 약이요 좋은 음식이 아니다戒爾勿嗜酒 狂藥非佳味"라는 내용의 시를 지어주었다. 향음주례는 한 고을 사람들이 모여 나이 순서에 따라 술을 마시던 것이고, 향사례는 활쏘기를 한 다음 술을 마시던 것인데 모두 예법에 따라 술을 마셨던 고대의 제도이다.

공자는 "다섯 가지 형벌에 속하는 죄가 3,000가지이지만 불효보다 더 큰 죄는 없다五刑之屬三千 而罪莫大於不孝"라고 하였다. 『효경』에 나오는 말이다. 굴원은 춘추시대 초나라의 충신으로, 「어부사」에서 "뭇 사람들은 모두 취했으나 나 홀로 깨어 있다衆人皆醉 我獨醒" 하였다. 백륜伯倫은 진나라 죽림칠현의 한 사람인 유령劉伶의 자字이다. 그는 술을 몹시 좋아하여 「주덕송酒德頌」을 지어 술을 예찬했었다. 맹자가 말하기를, "백이는 성인으로서 맑은 분이고, 유하혜는 성인으로서 너그러운 분이다伯夷聖人之淸者也 柳下惠聖人之和者也"라고 하였다.

잘 마시면 술만큼 좋은 음식도 없다. 그렇지만 아예 술 조절이 안 되는 추강 같은 사람에게 술은 자신을 해치는 독이 된다. 추강이 집안에서 무슨 주정을 부렸는지는 알 수 없지만, 자기 어머니에게 큰 수치를 끼쳤다고 하면서 천하의 주객酒客인 그가 술을 끊을 정도였다면 작은 실수는 아니었을 것이다. 매월당의 편지에서 추강의 얼굴이 수척하다고 한 것으로 보아 이 무렵 추강은 건강이 이미 나빠졌을 것이다. 추강은 이때 술을 끊는다는 뜻을 담은 「지주부止酒賦」를 짓고 10년 동안 술을 끊었다가 다시 술을 마시고 풍병風病이 생기자 또다시 5년 동안 술을 끊었다. 그렇지만 이미 건강을 크게 해친 터라 성종 23년(1492)에 39세의 젊은 나이로 세상을 떠나고 말았다. 그러고 보면 추강은 그 좋아하던 술을 오래 마시지도 못했다.

고인의 문집을 읽다 보면, 젊은 재사才士들이 술 때문에 요절하는 경우를 많이 본다. 추강은 점필재佔畢齋 김종직金宗直의 문인으로, 성품이 온화하고 담백하여 영욕을 초탈하고 물욕이 없었다. 그래서 스승인 점필재도 그의 이름을 부르지 않고 '우리 추강'이라 부르며 아꼈다고 한다. 세상에 욕심이 없고 마음이 맑은 그였기에 오히려 혼탁한 세상, 악착같은 사람들을 못 견디고 도피하여 술의 세계에 안주하기 쉬웠을 것이다.

술이 없는 세상은 너무 싱겁고 섭섭하다. 그렇지만 요즘 우리 사회는 갈수록 술이 무서워지고 있다. 술을 강제로 못 마시게 할 수는 없으니, 술자리에서 술잔 돌리는 규칙인 주령酒令이라도 다시 정해야 하지 않을까.

어리석은 백성이라는 호

○

중국에서 지식인들이 호를 사용하기 시작한 것은 아무리 이르게 잡아도 송나라 중엽 이후다. 우리가 잘 아는 맹자가 이미 공자의 자인 '중니仲尼'를 호칭으로 불렀거니와, 이천伊川 정이程顥도 스승 주돈이周敦頤의 자字인 '무숙茂叔'을 호칭으로 사용했으니, 당시에는 호가 없었음을 알 수 있다.

옛사람들은 자기 호를 지을 때 대개 학문의 지향 또는 자기 단점을 보완하는 뜻을 담았다. 예컨대 자기 성질이 경솔한 사람은 무거울 '중重' 자를 호에 써서 호를 통하여 자신을 반성하곤 했던 것이다. 특히 자기가 지은 자호에는 자신을 낮추는 겸손한 자세가 드러나는 경우가 많고, 그것을 오히려 멋으로 쳤다. 남의 귀한 이름을 곧바로 부르지 않고 자를 부르거나 호를 부르는 것은 인격을 존중하는 인문정신에서 나온 한문 문화의 아름다운 전통이다. 그런데 오늘날에 와서는 호를 부르는 문화가 거의 사라져서 호를 부르기가 쑥스러워졌다. 그나마 불리는 호들에도 겸손한 뜻을 찾아보기는 어렵다.

학문과 인격이 높은 선현이든 스승이든 이름을 그대로 부르는 것이 정직한 학문 자세인 양 비쳐지는 오늘날, 오히려 옛 선비들처럼 자신을 돌아볼 수 있는 호를 하나쯤 가져보는 것은 어떨까. 남에게 내놓고 부르기 부끄러우면 그저 자기 마음속에 새겨두고 가만히 스스로 불러보며 자신을 일깨워도 좋을 것이다.

작년에 산재山齋에서 피서했는데 함께 지냈던 사람은 재종 아우 현도現道와 벗 김내량金乃良이었다. 장소는 외지고 인적이 드물기에 아침부터 저녁까지 못 할 말 없이 맘껏 얘기를 나눌 수 있었다.

얘기 중에 내가 내량을 우맹愚氓이란 말로 놀렸으니, 이는 내 딴에는 우스갯말로 한 것이었다. 그런데 내량이 화를 내기는커녕 도리어 기뻐하며 말하기를 "평소에 내가 내 호를 찾고 있었으나 적당한 것을 얻지 못했는데 지금에서야 얻게 되었습니다. 우맹이란 호칭이 내게 딱 맞습니다" 하였다. 그래서 내가 "안 된다. 어리석을 우愚란 마음에 가려져 막힌 곳이 있음을 말하는 것이니, 우리들 중에 누가 가려져 막힌 곳이 없겠는가. 그러므로 자네와 내가 서로 어리석다고 꾸짖는다면 우리 두 사람의 실상에 꼭 맞겠지만 만약 이 어리석다는 것으로 자네의 자호를 삼는다면 분수에 넘치는 짓이다. 어째서 그러한가? 사람들은 스스로 자기 속눈썹을 볼 수 없는데, 어리석으면서 스스로 자기가 어리석은 줄 안다면 응당 중지中智라고 해야 할 터이니, 자네가 어찌 이 정도 수준에 미칠 수 있겠는가. 자신을 어리석지 않다고 여기는 사람이라야 진짜 어리석은 사람일세. 자네가 자호自號를 쓴다면 응당 불우不愚라 해야 할 것이네" 하였다. 내량이 나의 우스갯소리가 갈수록 더해져 그치지 않을 것임을 알고서 한 걸음 양보하여 대답하기를, "나의 어리석음이 이 정도나 되는구려" 하였다. 현도는 킥킥거리며 혼자 웃고 있었다. 이윽고 해가 저물고 별이 서쪽 하늘에 뜨기에 세 사람은 저마다 집으로 돌아갔다.

올해, 작년 이맘때쯤 되었을 때 뜻밖에 내량이 '우맹'이란 호에 대해 스스로 쓴 서문 한 통을 가지고 와서 내게 보여주며 말하기를, "내게 호가 있게 된 것은 오직 형님 덕분이니, 짧은 글 하나를 써주어 길이 명심하게 해주시오" 하였다. 나도 모르게 깜짝 놀라 말하기를 "한때의 우스개로 한 말이 어찌 이런 결과에 이르렀단 말인가! 자네는 자신의 어리석음을 진짜 아는 데 이른 것이 아니겠는가. 만약 그렇다면 나는 응당 중지中智라는 높은 호를 재배하고 바칠 것이니, 어찌 자네에게 다시 농담을 하겠는가" 하였다.

그렇지만 당시 얘기의 연유를 내가 말하지 않으면 아무도 듣고서 아는 이가 없을 터이기에 그 얘기의 전말을 서술하여 「우맹설愚氓說」이란 글을 지어서 나의 진짜 어리석음을 스스로 증명한다.

昨年避暑山齋, 與之偕者, 再從弟現道及金友乃良也. 境僻人客罕, 晨夕劇談靡不到. 語次, 余譏乃良以愚氓, 蓋自附於善謔也. 乃良不以爲忤, 反以爲喜曰: "平常, 吾覓自號, 而不獲適可, 乃今獲之. 愚氓之稱, 於我協矣." 余曰: "不可. 愚者, 有蔽之名, 我輩人, 孰無所蔽? 故卿我相誚以愚, 未嘗不兩皆著題, 若以自號, 則濫而不可爲也, 何也? 人不能自見其睫, 愚而自知其愚, 則便當以中知論, 卿安能及? 惟自謂不愚者, 乃眞愚也. 卿欲自號, 合稱不愚耳." 乃良知吾誚上之誚, 無已時緩辭答之曰: "吾之愚, 乃至是乎!" 現道終始局局而已. 旣而日奔而南, 星流而西, 三人各歸其家. 今年忽又昨年, 此時不意乃良以愚氓自序一通, 示余曰: "吾有吾號, 職子是賴. 願有小述, 以銘永永." 余不覺愕然曰: "一時戱笑之言, 奚至於是? 卿無乃眞知自家之愚者耶? 若是則吾當以中知巍號, 再拜而獻之, 安敢復向卿誚也?" 但當時話言根, 由非吾言之, 朋友莫聞知. 遂次其首尾, 爲愚氓說, 以自證其眞愚.

— 기정진, 「우맹설愚氓說」(『노사집蘆沙集』)

호남의 거유巨儒인 노사蘆沙 기정진奇正鎭(1798~1879)의 글이다. 근엄한 도학자의 이미지와는 달리 이 글은 재치와 유머가 넘치면서도 담긴 뜻이 결코 가볍지 않다.

산속에 있는 집에서 피서하면서 노사가 벗 내량에게 농담으로 우맹, 즉 어리석은 백성이라 불렀는데 내량이 오히려 자신의 어리석음을 인정하고 우맹이란 호칭을 받아들여 자신의 호를 삼았다. 이에 노사는 내량은 자신이 어리석은 줄 알았으니 중지中智, 즉 중간 수준의 지혜로운 사람이라 할 수 있고, 정작 내량을 우맹이라 불렀던 노사 자신은 자기의 어리석음을 몰랐다고 했다. 그리하여 이 글을 써서 내량이 어리석지 않음을 증명하였으니, 그것이 실은 노사 자신의 어리석음을 증명하는 셈이 된다고 보았다.

겹겹이 농담이라 농담 치고도 차원이 높다. 그러나 한갓 농담에 그치고 마는 게 아니라 농담을 하면서도 남을 배려하고 자신을 돌아보는 지혜가 있으니, 참으로 격조 높은 농담이 아닐 수 없다.

옛날 춘추시대 때 성질이 급했던 서문표西門豹는 질기고 부드러운 생가죽[韋]을 몸에 지니고 다니며 보면서 너그러운 성품을 유지하고, 성질이 너무 느슨했던 동안우董安于는 팽팽한 활줄[弦]을 몸에 지니고 다니며 보면서 긴장감을 유지했다고 한다. 『한비자』에 나오는 얘기이다. 주자朱子의 부친인 주송朱松의 호가 위재韋齋였으니, 그도 어지간히 성질이 급했던가 보다. 주자의 호인 회암晦庵에는 자신의 재능을 남에게 드러내지 않고 속에 감춘다는 겸손한 학문 자세가 들어 있다. 이렇듯 고인의 호에는 자신을 반성하는 뜻이 담겨 있다.

그런데 오늘날에 와서는 호를 사용하는 사람도 드물거니와 간간이 들리는 호들도 천박하고 격이 낮다. 서예를 하는 사람들이나 종교 신자들의 호는 대개 호를 쓰는 본인과 아무런 관련이 없고, 심지어 천편일률적인 호들도 많다. 세상에 이름이 알려진 사람들의 호를 보더라도 '거산巨山'이니 '일해日海'니 하는 호들은 얼마나 어처구니없이 큰가! 이러한 호에는 자신을 높이려는 무딘 욕심만 보일 뿐 자신을 돌아보는 겸허한 지혜를 찾아볼 수가 없다. 이런 호를 쓸 바에는 차라리 이름을 그대로 부르는 편이 낫지 않겠는가.

제갈공명을 지향한 도학자

o

호는 대개 그 사람의 삶의 지향을 나타내는데, 호가 그 사람의 삶을 은연 중에 결정하는 경우도 있다. 갈암葛庵 이현일李玄逸(1627~1704)은 도학자로서는 퍽 의외로 무장武將인 촉한蜀漢*의 승상 제갈공명諸葛孔明을 평생토록 존모하였다. 그의 호 갈암이 이미 제갈공명을 지향한다는 뜻을 담고 있거니와 그가 72세 때 섬진강 가에 우거한 마을이 갈은리葛隱里, 즉 '갈암이 은거하는 마을'이었다니 신기한 일이 아닐 수 없다.

영해寧海의 북쪽은 땅이 관동關東과 경계가 잇닿아 있고 그 속현屬縣 영양英陽은 부府와의 거리가 서쪽으로 80리이다. 이 영양에서 동북쪽으로 40리 거리에 마을이 있으니, 수비首比이다. 산봉우리들이 밖을 에워쌌고 지형은 평평하면서도 안쪽이 드넓어 사방으로부터 이 마을로 들어오자면 모두 매우 험준한 산을 넘어서 가파른 길을 수십 리 지나야 한다. 그렇지만 이 마을에 막상 이르면 시야가 후련히 툭 트이고 지세가 드넓어서 사람의 정신이 상쾌해진다.

토질은 뽕과 삼, 오곡이 잘 자라며, 벼랑과 골짜기를 따라서 나무들은 더욱 늙었고 바위들은 더욱 기이하며, 바위 틈으로 흐르는 물이 맑고 얕

---

* 중국 삼국시대에 정립鼎立 상태에 있던 한나라(221~263)를 말한다.

아서 사랑스럽다. 그러나 지세가 높아서 매서운 바람과 떠다니는 구름이 많은 탓에 서리가 비교적 일찍 내려 겨울이 오기도 전에 날씨가 춥다. 그래서 평소 산림에 은둔할 뜻이 있어 추위와 고생을 꺼리지 않는 사람이 아니면 이 지역에 오래 살고 편안히 머물 수 없다.

계사년(1653), 내가 아버님을 따라 이곳에 와서 은거하면서 초당을 짓고 '갈암葛庵'이란 편액을 걸었더니, 어떤 사람이 찾아와 내게 물었다. "그대가 사는 곳은 오른쪽은 산이요 왼쪽은 물이라 골짜기는 빼어나고 산은 아름다워 아침저녁으로 풍광이 다르게 바뀌며, 소용돌이쳐 고이고 휘돌아 물살이 일어서 물의 흐름과 울리는 소리가 공교한 운치를 바친다. 수목으로는 단풍나무·삼나무·가래나무·옻나무 등 좋은 나무들이 많고 풀로는 지초芝草·복령茯笭·삼蔘·백출白朮 등 기이한 풀들이 있으며, 심지어 시렁과 벽에는 볼만한 도서들로 가득하여 모두 빼어난 경치를 잘 표현하고 그대의 호를 충분히 빛낼 수 있다. 그런데 그대는 이러한 것들을 모두 버리고 오직 '칡[葛]'을 취하였으니, 칡의 좋은 의의가 어디에 있는가?"

내가 응답하였다.

"진실로 그렇지만 여기에는 까닭이 있다. 나는 세상에서 자기 사는 곳에 이름을 붙이는 이들이 겉치레에만 치중하고 실질을 중시하지 않는 것을 병통으로 여겨왔다. 지금 나는 사실 자체를 두고 그 실상대로 이름을 붙였다. 칡이란 것을 보면 재질은 질기고 깨끗하며 마디는 길고 부드러워서, 꼬아서 새끼를 만들 수도 있고 짜서 베를 만들 수도 있으며 두건을 만들기에도 좋고 신발을 만들기에도 좋다. 그래서 『시경』에서 읊어지고 『예기』에 실렸으며 기타 옛 전적들에서 곳곳마다 보이니, 사람에게 쓰인

지가 이미 오래이다. 이제 내가 칡으로 만든 두건으로 술을 거르고, 칡으로 만든 신발로 서리를 밟으며, 칡으로 만든 베를 몸에 걸침으로써 더위를 막고, 칡으로 만든 줄로 지붕을 얽어맴으로써 비바람에 대비한다. 그리고 기타 짜고 엮고 동여매고 묶는 도구도 모두 이 칡으로 만들 수 있으니, 칡이 하는 일이 매우 많다. 이로써 나의 일용日用이 넉넉하고 나의 분수대로 살며 남에게 도움을 바라지 않고 순박한 천성을 지키며 그럭저럭 자족할 뿐이니, 이런 상태를 극도로 미루어 간다면 아마도 갈천씨葛天氏*의 무리일 것이다. 그래서 나의 집 이름을 삼고 싶은 것으로는 그 의의가 칡보다 더 큰 것이 없다. 내가 이 때문에 다른 좋은 것들을 다 젖혀두고 이 칡을 취하였던 것이다"

그 사람이 말하였다.

"그대는 의도가 있을 것이다. 옛날 주부자朱夫子께서 여산廬山의 폭포 아래에서 와룡담臥龍潭을 발견하고 그 곁에 와룡암臥龍菴이란 초가집을 짓고는 그 집 이름이 와룡臥龍이라는 이유로 제갈무후諸葛武侯의 사당을 모셨으니, 이름에 따라 의의를 담는 것은 이미 옛날부터 있었다. 이제 집 이름을 갈암이라 했으니 어찌 무후武侯의 유상遺像을 구해서 벽에 그려둠으로써 아득한 고인古人을 흠모하는 그대의 마음을 담아보지 않는가?"

내가 대답하였다.

"진실로 그렇게 하고 싶었지만 그럴 만한 근거를 찾을 수 없었는데 그대

---

*　전설상 상고上古의 제왕이다. 이 시대에는 풍속이 순박하여 백성들이 아무런 근심 걱정이 없었다 한다. 도연명의 「오류선생전五柳先生傳」에 "무회씨의 백성인가, 갈천씨의 백성인가?無懷氏之民歟 葛天氏之民歟" 하였다. (『古文眞宝 後集』)

가 말해주니 나의 마음에 썩 와 닿는다. 삼가 말씀대로 해보겠다."

그 사람이 떠나고, 이어 대화를 서술하여 기記로 삼는다.

무술년 맹추孟秋에 안릉安陵 이현일은 기를 쓴다.

寧之北, 土與關東界, 屬縣英陽, 去府西八十里. 其東北四十里, 有坊曰首比. 群峯外匝, 平陸中寬, 從四面而入, 皆歷重艱履側徑, 崎嶇數十里, 旣至則豁然開曠, 使人神觀蕭爽. 地宜桑麻五穀, 緣崖傍墾, 樹益老石益奇, 水行巖隙, 淸淺可愛. 然地勢處高, 多泂風飛雲, 雪霜先集, 不冬而慄. 自非雅意林巒, 不憚寒苦者, 不可久也安也. 歲癸巳, 余從家君避地而家焉, 因作草堂其間, 榜曰葛庵. 客或難余曰, "子之居, 右山左水, 谷秀岑光, 朝暮異變, 逆溜回瀾, 流夏獻巧, 木有楓杉梓添之饒, 草有芝筍參朮之異, 至於盈架之實? 滿壁之觀, 皆足以侈其勝? 榮其號. 子皆棄而違之, 唯葛是取焉, 葛之義何居?" 余應之曰, "固也, 其有說矣. 吾病世之名居者, 以文不以實, 今吾卽事而名其實也. 葛之爲物, 材朋而潔, 節誕而柔, 可綯以索, 可績以絺, 宜巾次, 宜屨業, 詠於詩, 記於禮, 雜出於傳記, 其用尙矣. 今吾戴之以漉酒, 躡之以履霜, 表身以當暑, 縛屋以備風雨, 至他緝綴絆束之具, 皆待以成. 凡葛之事, 不一而足. 于以贍吾用, 任吾分, 而不求資於人, 懷玄抱朴, 苟焉以自足也. 推極其狀, 殆葛天氏之徒歟! 故欲名吾庵者, 義莫近於葛. 吾故違他美而取諸葛." 客曰, "吾子其有意乎! 昔朱夫子得臥龍潭於廬山瀑布之下, 結草爲庵, 因名庵之義而祠諸葛武侯, 循名寓義, 蓋故事也. 今庵之號葛, 盍求侯遺像而繪之壁間, 以付吾君冥漠之抱耶?" 余謝曰, "固欲云云而未有稽也. 今子命之, 甚符於心. 請得敬奉焉." 客去, 因次其說以爲記. 戊戌孟秋, 安陵李玄逸記.

— 이현일, 「갈암기葛庵記」(『갈암집葛庵集』)

갈암은 퇴계학파의 학맥에서 매우 중요한 인물이다. 퇴계의 학설을 비판한 율곡의 학설을 재비판한 그의 학설은 이후 퇴계학파 학설 형성에 지대한 영향을 끼쳤고, 또한 영남·기호 양대 학파의 대립에 결정적인 도화선이 되기도 하였다.

갈암은 계사년(1653), 27세 때 부친 석계石溪 이시명李時明을 따라 경상북도 영양현英陽縣 수비首比로 가서 은거할 때 갈암이란 편액을 걸었고, 무술년(1568) 32세 때 이 글을 지었다. 그리고 59세 때인 을축년에 남악초당南嶽草堂을 짓고 은거할 때에도 문미門楣에 이 글을 내걸었으니, 이 글은 갈암 평생의 정신적 지향을 담고 있는 것이다.

갈암은 어릴 때부터 독서하는 여가에 병서兵書를 즐겨 읽었고, 15~6세 무렵에는 단풍나무를 꺾어서 깃발을 만들고 아이들을 지휘해 제갈공명의 팔진도八陣圖를 펼쳤다고 하니, 어릴 때부터 제갈공명을 매우 좋아했음을 알 수 있다. 갈암이 이렇게 제갈공명을 좋아하게 된 데는 나이 10세 때 겪은 병자호란의 치욕이 가장 큰 원인이 되었을 것이다. 이보다 앞선 9세 때 그는, "장수가 되어 오랑캐를 소탕하고 요동을 수복하고 싶다"라고 포부를 밝히기도 하였다. 또한 그는 "나라를 위해 심신을 다 바쳐서 죽은 뒤에야 그만둔다鞠躬盡瘁死而後已"라는 제갈공명의 「출사표出師表」의 구절을 자신의 좌우명으로 삼았다고 한다.

위 글에서 어떤 사람이 한 말은 가설이고, 사실은 갈암 자신의 말이다. 그는 칡의 실용성에서 실질을 중시하는 학문 정신을 배우고, 무장인 제갈공명에 국치國恥를 씻고자 하는 자신의 포부를 투영한다는 두 가지 취지에서 갈암이란 호를 사용하였던 것이다.

갈암은 68세 때 갑술환국甲戌換局*을 맞았는데, 그가 63세 때 올린 상소문에서 폐비 인현왕후仁顯王后를 별궁에 거처하게 하고 보호하라고 한 것이 반대파에게 빌미를 제공하여 69세 때 함경도 종성鍾城에 위리안치圍籬安置되었다. 그리고 71세 때 감형되어 호남 광양현光陽縣으로 이배移配되었다가 72세 때 섬진강 가의 갈은리葛隱里란 마을에 우거했다. 갈은리란 마을 이름이 갈암이 은거하는 마을이란 뜻이었으므로 사람들이 퍽 이상하게 생각했다고 하니, 칡이든 제갈諸葛이든, 어쨌든 갈암은 '갈葛'과 떼려야 뗄 수 없는 인연이 있었던 것은 분명한 듯하다.

---

* 숙종 20(1694년)에 폐비 민씨 복위운동을 반대하던 남인이 화를 입어 실권하고, 소론과 노론이 재집권하게 된 사건을 말한다.

월송정 솔숲의 대나무 다락

○

복더위가 한창이라 연일 폭염주의보가 내린다. 그렇잖아도 번잡한 홍진
紅塵 속에서 게다가 폭염이라니. 이 일 저 일에다 글 빚에 쪼들려 남들 다
가는 피서도 못 간 채 책상머리에 앉았노라면 가슴이 답답하고 맥이 빠
진다. 늘 대하느니 딱딱한 한문책이라 별 수 없이 고인들의 피서를 찾아
책장을 뒤적이다가, 월송정 숲 속에 대나무 다락을 덩그렇게 만들어놓
고 그 위에서 유유자적하는 피서 모습 하나를 찾았다. 이 시원한 광경을
상상해보고, 더위가 침노할 수 없는 사통팔달의 시원한 누각을 마음속에
지으라는 가르침까지 들어보자.

갑오년 여름 내가 달촌達村에서 화오촌花塢村의 전에 우거寓居하던 집으
로 어주하였는데, 집이 비좁고 낮아 드나들 때마다 늘 천장에 머리를 부
딪히곤 하였다. 때는 복더위가 한창이라 마치 뜨거운 화로 속에 있는 것
같았고, 모기와 파리까지 귀찮게 달려들어 견딜 수 없이 괴로웠다. 이웃
집에 사는 이우열李友說이라는 사람과 피서할 방도를 강구한 끝에 월송
정 숲 속에 높은 다락을 매달기로 하였다.
다락은, 기둥이 모두 넷인데 셋은 그곳에 서 있는 소나무를 그대로 이용
하고 하나는 나무를 따로 세웠으며, 가로목 역시 넷을 걸친 다음 그 위
에는 대나무를 깔았다. 그 너비는 수십 명이 앉을 만하고 사방에는 모두

대나무를 엮어 난간을 둘렀으니, 떨어질 위험을 방비하기 위해서이다. 다락 왼편에 긴 다리를 만들되 나무로 지탱하고 잔디를 깔았으니, 오르내리기에 편하게 하기 위해서이다.

다락이 이루어지자 이웃 노인들과 함께 보리로 빚은 술을 마시며 축하하였다. 이로부터 식사며 기거, 좌와坐臥, 잠자리를 날마다 여기서 하였는데, 언제나 솔바람이 서늘하게 불고 그 시원한 기운이 뼛속에 스며들어 아무리 드센 더위도 기승을 부리지 못하고 모기와 파리 따위도 감히 근접하지 못하였다. 그리하여 표연히 바람을 타고 하늘 높이 오르는 듯한 흥취가 일기에, 내가 몹시 기쁘고 즐거워 생각하였다.

"저 악양루岳陽樓와 황학루黃鶴樓는 크다면 크고 제운루齊雲樓와 낙성루落星樓는 높다면 높다 하겠다. 그러나 그 건물의 광대함과 단청의 현란함은 많은 공인工人들의 기술을 모은 것으로 하루아침에 지어진 것이 아니니, 어찌 번거롭게 남의 힘을 빌리지 않고 쉽게 이루어진 나의 다락만 하겠으며, 검소하고 질박하여 화려한 꾸밈새가 없으면서 맑고 깨끗하고 빼어난 나의 다락만 하겠는가."

이렇게 입으로 주절대다가 배를 드러낸 채 난간에 기대어 깜빡 잠이 들었는데, 꿈속에 홀연히 푸른 옷을 입은 한 노인이 정중하게 읍을 하고 다가와 말하였다.

"그대의 대나무 다락은 비록 좋으나 그대의 안색은 쾌활하지 못한 듯하니, 무슨 까닭인가. 진흙탕에 떨어진 사람의 입장에서 보면 땅 위 한 자 남짓한 곳이라도 좋게 느껴질 것이고, 땅 위 한 자 남짓한 곳에 있는 사람의 입장에서 보면 그대의 다락이 한층 좋게 느껴질 것이다. 그러나 가령 천상에 있는 사람이 내려다본다면 그대의 다락이나 땅 위 한 자 남짓한 곳이나 모두 진흙탕과 다름이 없을 것이다. 그대는 한갓 이 다락이 좋은 줄만 알고 천상의 사람이 내려다보면 진흙탕과 같은 줄은 알지 못하니, 이는 참으로 작은 것에 얽매어 큰 것에 어둡기 때문이다. 내 그대가 초연히 티끌세상의 구덩이 밖으로 뛰쳐나가지 못함을 알겠으니, 슬프다. 그대의 가슴속에는 하늘도 있고 땅도 있고 태허공도 있어 누각을 높이 세울 수도 있고 창문을 활짝 틔울 수도 있으며, 그 후련하기로 말하면 온 천하를 한눈에 담을 수 있고 그 높기로 말하면 천인天人과 마주읍할 수 있을 것이다. 이 누각은 마음으로 애써 설계할 것도 없고, 좋은 목수의 솜씨를 기다리지도 않고 잠깐 사이에 세울 수 있는데 높은 곳에 오르는 즐거움이 이 다락에 비길 바가 아니며, 소박하고 청결함은 말할 것도 없고 세상사의 득실과 영욕, 기쁨과 슬픔, 근심과 즐거움 또한 모두 태허공에 구름과 안개처럼 흩어져 사라질 것이다. 그런데 그대는 이러한 누각 짓기를 도모하지 않고 한갓 이 다락에서 즐거워하고 있는가." 내가 그의 말을 기이하게 여겼으나 미처 대답하기도 전에 하품을 하고 기지개를 켜면서 잠에서 깨니, 솔 그늘만 쓸쓸할 뿐 인적은 없는데 산에 석양이 지고 맑은 이슬이 옷을 적시고 있었다. 이에 일어나 탄식하기를, "어쩌면 월송정의 신령이 내게 가르침을 내린 것이리라" 하고, 이를 기록하여 「죽붕기竹棚記」로 삼노라.

甲午夏, 余自達村, 移寓於花塢舊主人家; 家隘而低, 出入常打頂. 時當伏熱, 如在紅爐中, 蚊虻蠅蚋, 又從而撲喫之, 殆不堪其苦. 與隣居李生友說, 謀所以逃暑, 遂結棚於越松之樹間; 柱凡四, 三架松, 一豎木, 橫又四, 而鋪其上以竹, 可坐數十人, 四旁皆縛竹爲欄, 備其危也. 作長橋於棚之左, 撑木而藉莎草, 便上下也. 棚成而與隣叟酌麥酒相賀, 自是飮食起居, 坐臥寢睡, 無日不於是焉. 每松響泠然, 爽氣逼骨, 炎神弭節而不敢肆, 蚊蚋遠避而不敢近, 飄然有馭風遐擧之想. 余甚快而樂之, 以爲 "彼岳陽黃鶴, 壯則壯矣, 齊雲落星, 高則高矣, 然其棟宇之寵侈, 丹雘之眩耀, 集衆工之技, 而非經營於一夕者也. 豈若吾棚之不煩人力, 不日而成者乎! 豈若吾棚之儉素朴略, 不假華飾而瀟灑絶特者乎!" 諄諄語口, 遂坦腹倚欄而睡, 忽有靑衣一老人拱揖而前曰: "子之棚, 雖曰樂矣, 而子之色, 若有未快活者, 何哉? 蓋自其墮泥塗而觀之, 則去地尺餘, 亦快矣; 自其去地尺餘而觀之, 則子之棚, 尤快矣; 如使在天上者視之, 則子之棚, 與去地尺餘, 皆無間於泥塗矣. 子徒知此棚之快, 而不知天上之人視之如泥塗, 良由局於小而昧其大. 吾知子之難乎超然於塵臼之外也, 悲夫! 抑子之胸中, 有天焉, 有地焉, 有太空焉, 樓閣可以高起, 戶牖可以敞開; 語其快則八荒可以藏眼, 語其高則天人可以相揖. 此則不費心匠之經營, 不待般倕之效技, 可建於一須臾之間, 而登臨之樂, 非此棚比也. 朴素淸絶, 固不足論, 而人事之得喪榮辱, 憂喜歡戚, 亦莫不雲消霧散於太空之中矣; 子何不此之圖, 而徒樂於是耶?" 余奇其說而未及應, 欠伸而覺, 松陰悄然, 了無人迹, 斜陽下山, 淸露滴衣而已. 起而嘆曰: "豈越松之神誨余者歟!" 遂錄以爲竹棚記.

— 이산해, 「죽붕기竹棚記」(『아계유고鵝溪遺稿』)

아계 이산해가 임진왜란 때 경상도 평해平海로 귀양 가 있을 때 지은 글이다. 평해의 월송정은 지금도 우거진 솔숲이 좋고 탁 트인 해변의 경관이 아름답기로 이름난 곳이다. 이 솔숲 속에 수십 명이 앉을 만한 큰 대나무 다락을 높이 매달아 놓고 그 위에서 피서하는 모습은 상상만 해도 가슴을 시원하게 한다. 그렇지만 이 다락에 누워 있어도 아계의 마음은 후련하지만은 않았다. 임금은 몽진蒙塵하고 세상은 온통 전란의 먼지에 뒤덮여 있는데 조정 중신重臣이었던 자신은 죄인의 몸으로 먼 바닷가에 귀양 와 있는 터에 어찌 세상사 온갖 번민이 가슴을 메우지 않겠는가.

그래서 그는 꿈속에서 푸른 옷 노인을 등장시킨다. 푸른 옷 노인은 월송정 신령일지도 모른다고 했지만 사실은 아계 자신의 마음이 만들어낸 또 다른 자신일 것이다. 내 마음은 온 우주를 다 안을 수도 있고 아무리 멀고 험한 길이라도 걸림 없이 오간다. 내 마음은 실로 시간과 공간의 제약을 훌쩍 벗어나 있다. 따라서 이 마음을 크게 열어젖히고 그 속에 높은 누각을 짓고 올라앉아서 온 천하를 한눈에 담는다면 하찮은 세간사 따위가 어찌 내 가슴을 얽맬 수 있겠는가. 아계는 시원하기 그지없는 월송정 숲 속에서 뜨거운 복더위와 파리, 모기는 피할 수 있었으나 현실의 번민을 벗어날 수는 없었다. 그래서 그는 마음속 자기만의 자유세계를 찾아 거기에 들어앉음으로써 암담한 현실의 중압감을 벗어나고자 했던 것이리라.

복더위가 기승을 부리는 이 거대한 도시, 자동차의 소음과 매연, 에어컨이 뿜어내는 뜨거운 열기는 생각만 해도 가슴을 답답하게 한다. 답답한 연구실 안에 들어앉아 저 푸른 동해 바닷가 월송정, 짙푸른 솔숲의 대나무 다락에 누운 나를 생각하고, 그래도 짜증이 나고 가슴이 답답하면 좁아지는 마음을 애써 열고 그 속에 덩그런 누각을 지어서 들어앉아 볼 수밖에 없을 듯하다.

선의 깨달음과 무애행

○

세상이 발전할수록 사람들은 차별상差別相을 보는 눈만 더 밝아진다. 날마다 갖가지 달라진 모습으로 전개되는 세상 변화를 읽어내지 못하면 사회의 경쟁에서 뒤처질 수밖에 없다는 강박감에 사람들은 짓눌리고 있다. 그렇지만 낱낱이 펼쳐지는 차별상이 하나의 전체성全體性의 현현顯現임을 통찰할 수만 있다면, 변화하는 세상 속에서 고요한 마음의 평온을 얻어서 차별상을 헐떡이며 쫓아다니지 않고도 차별상의 정체를 더 잘 간파할 수 있지 않을까. 전체성을 잊은 채 차별상만 보면, 우리는 피아彼我를 나누고 득실을 따지는 소모적인 갈등과 싸움을 벗어날 길이 없을 것이다.

우리 불교의 역사에는 소위 무애행이라는 파격적인 행동을 보이는 고승들이 있어왔다. 술을 마시고 고기를 먹는 등 종단의 계율을 깨뜨리는 모습만을 보면 분명 파격이요 일탈이지만, 일체가 하나의 전체성임을 온몸으로 보여준 그들의 걸림 없는 삶은 많은 사람들에게 신선한 충격을 주어 차별상에만 머무는 사람들의 눈을 틔워주었다. 신라의 원효元曉, 조선의 진묵震黙, 구한말의 경허鏡虛(1846~1912) 등이 그러한 인물들이다. 이들은 종단의 기득권을 버리고 야승野僧에 가까운 삶을 살면서 민중에게 가까이 다가갔다는 점에서도 우리에게 감동을 준다. 그중에서도 경허는 불과 100년 전에 살았던 인물이라 우리에게 더 친근하게 다가온다.

스님의 풍모와 생활 모습을 말하자면, 신장은 크고 용모는 예스러웠으며 뜻과 기운은 과감하고 음성은 큰 종소리 같았으며, 세상의 일체 비방과 칭찬에 동요하지 않음이 산과 같아서 자신이 하고 싶으면 하고 그만두고 싶으면 그만두어 남의 눈치를 전혀 보지 않았다. 그래서 술과 고기도 마음대로 마시고 먹었으며 여색女色에도 구애되지 않은 채 아무런 걸림 없이 유희遊戲하여 사람들의 비방을 초래했다.

이는 이통현李通玄·종도宗道와 같은 옛사람들처럼 광대한 마음으로 불이법문不二法門을 증득하여 자유로이 초탈한 삶을 산 것이 아니겠는가. 아니면 때를 만나지 못하여 하열下劣한 사람의 자리에 자신을 숨긴 채 자신을 낮추고 도道를 스스로 즐긴 것이 아니겠는가. 홍곡鴻鵠이 아니면 홍곡의 큰 뜻을 알기 어려운 법이니, 크게 깨달은 사람이 아니면 어떻게 작은 절개에 구애되지 않을 수 있겠는가!

술도 혹 방광하고 여색도 그러하니   酒或放光色復然
탐진치 번뇌 속에서 나귀의 해를 보내노라   貪瞋煩惱送驢年

부처와 중생을 나는 알지 못하노니   佛與衆生吾不識
평생토록 술 취한 중이나 되어야겠다   平生宜作醉狂僧

이 두 시구가 스님의 일생의 모습을 잘 표현한 것이다.

그러나 안거安居할 때는, 음식은 겨우 숨이 붙어 있을 정도로 먹고 종일토록 문을 닫고 앉아서 말없이 침묵하며 사람을 만나기를 좋아하지 않았다. 어떤 사람이 큰 도회지에 나가 교화를 펴기를 권하니, 스님은 말하기를 "내게 큰 서원이 있으니, 발이 경성의 땅을 밟지 않는 것이다"라고 하였으니, 그 우뚝하고 꿋꿋한 풍모가 이와 같았다.

천장암天藏庵에 살 때에는 추운 겨울에도 더운 여름에도 한 벌 누더기 옷을 갈아입지 않아 모기와 파리가 온몸을 물고 이와 서캐가 옷에 가득하여 밤낮으로 물어뜯어 피부가 다 헐었는데도 고요히 움직이지 않은 채 산악처럼 앉아 있었다. 하루는 뱀이 몸에 올라가 어깨와 등을 꿈틀꿈틀 기어 다녔다. 곁에 있던 사람이 보고 깜짝 놀라 말해주었으나 태연히 개의치 않으니, 조금 뒤 뱀이 스스로 물러갔다. 마음이 '도道'와 합일한 경지가 아니면 어찌 이와 같을 수 있겠는가.

한번 앉아서 여러 해를 찰나처럼 보내더니, 하루는 절구 한 수를 읊었다.

속세와 청산 어느 것이 옳은가	世與靑山何者是
봄이 오매 어느 곳이든 꽃이 피는 것을	春城無処不開花
누가 나의 경지를 묻는다면	傍人若問惺牛事
돌계집 마음속의 겁외가라 하리라	石女心中劫外歌

그러고는 짚고 다니던 주장자를 꺾어서 문 밖에 집어 던지고는 훌쩍 산을 나와서 곳곳마다 다니면서 교화를 펴되 기존 교단敎團의 형식이나 규율의 굴레를 벗어나 때로는 저잣거리를 유유자적하면서 세상 사람들과 섞여 어울리고 때로는 산속의 솔 그늘 아래 누워 한가로이 풍월을 읊었으니, 그 초일超逸한 경지를 사람들은 헤아려 알 수 없었다.

若論其行履, 則身長貌古, 志氣果强, 聲若洪鐘, 具無碍辯, 對八風, 不動如山, 行則行, 止則止, 不爲人之打之遶. 故飮餤自由, 聲色不拘, 曠然遊戲, 招人疑謗. 此乃以廣大心, 證不二法門, 超放自如, 如李通玄宗道者之流乎! 抑亦不遇而慷慨, 藏身於下劣之地, 以卑自牧而以道自樂歟! 非鴻鵠, 難知鴻鵠之志; 非大悟, 安能不拘於小節哉! 和尙詩有"酒或放光色復然, 貪嗔煩惱送驢年"·"佛與衆生吾不識, 平生宜作醉狂僧"之句, 寫出其一生行履也. 然其安處也, 食纔接氣, 掩關終日, 沈然寡言, 不喜見人. 或勸揚化於大都, 則曰: "吾有誓願, 足不踏京城之地." 其卓越勁挺, 蓋如此. 住天藏庵時, 一領鶉衣, 寒暑不改, 蚊蚋繞身, 虱兒滿衣, 晝夜侵齧, 肌膚瘡爛, 寂然不動, 坐如山嶽. 一日, 有蛇上身, 蟠蜿於肩背, 傍人驚告, 泰然無心; 小焉蛇自引去. 非與道凝精, 孰如是哉! 一坐多年, 如經刹那. 一朝有吟一絶云: "世與靑山何者是? 春城無處不開花. 傍人若問惺牛事, 石女心中劫外歌", 遂拗折拄杖, 擲於門外, 翩然出山, 隨方宣化, 脫落科臼, 不存軌則, 或懶戲成市, 混同眞俗; 或閑臥松亭, 嘯傲風月. 其超逸之趣, 人莫能測.

— 중원,「선사경허화상행장先師鏡虛和尙行狀」(『경허집鏡虛集』)

제자인 한암漢巖 중원重遠(1876~1951)이 쓴 「선사경허화상행장」의 일부이다. 이통현李通玄(635~730)은 당나라 때 학자로 승려가 아니라 장자長者로 불리는데, 두 여인의 봉양을 받으면서 불후의 명저인 『화엄론華嚴論』을 지었다고 한다. 종도宗道는 송나라 때 승려로서 선禪의 경지는 높았으나 술을 좋아하여 늘 술에 취해 지내니, 사람들이 술을 대접하였다. 어느 날에는 목욕하려다가 누가 술을 가져오자 옷을 벗은 채 뛰어나가서 술을 받아들고 들어갔다고 한다. 남의 비방과 칭찬을 아랑곳하지 않고 자기 마음 내키는 대로 진솔하게 산 경허의 모습과 흡사하다.

위에서 알 수 있듯이, 경허는 일상에서 음주 식육에 걸림 없는 일탈도 서슴지 않았지만, 그렇지 않을 때는 누구도 따를 수 없을 만큼 자기 수행에 철저했다. 또한 큰 도회지에 나가서 활동하면 신도들이 많이 따라 여불如佛 대접을 받으며 풍족한 생활을 할 수 있을 터인데도 발로 경성 땅을 밟지 않기로 맹서했다고 한 말에서 그가 명리名利를 멀리한 맑고 곧은 지조를 지녔음을 알 수 있다. 그렇지 않았다면, 그의 문하에서 근세 한국 불교를 대표하는 고승들이 배출될 수 있었겠는가. 무애행 일면만으로 경허의 전체를 판단해서는 안 될 것이다.

경허의 문집인 『경허집』에 실린 한시를 보면, 대개 자신의 심경과 삶의 모습을 적나라하게 드러내놓았다. 조선시대 승려들의 문집을 보면, 대개 한시에 옛 선어록禪語錄의 화두나 게송偈頌들을 많이 인용하여 상투적인 표현과 문자들이 자주 등장한다. 옛 선사禪師의 게송을 아예 본뜬 것 같은 작품들도 있다. 그래서 읽다 보면 식상하기 쉽다. 그런데 경허의 한시는 가식과 체면을 벗어던지고, 심지어 한시 작품으로서의 성패도 아랑곳 않고 자신의 심경을 솔직하게 표출해놓았다.

술도 혹 방광放光하고 여색도 그러하니　　　　　　酒或放光色復然

탐진치 번뇌 속에서 나귀의 해를 보내노라　　　　　貪嗔煩惱送驢年

「불명산 윤필암에 들러서 우연히 읊다過佛明山尹弼庵偶吟」라는 제목의 절구 중 앞의 두 구句이다. 방광은 원래 불보살佛菩薩이 하는 것인데, 술과 여색女色도 방광한다고 하였다.

불교에서는 모든 중생이 본래 부처라 하였고, 나아가서 온 우주의 삼라만상이 부처 아님이 없다고 하였다. 그래서 좋다 싫다, 중생이다 부처다 분별하는 마음을 일으키지 않으면, 술과 여색도 고기도 부처의 모습 아님이 없다는 것이다. 나귀는 십이지十二支에는 없는 동물이다. 따라서 나귀의 해란 없는 것이다. 그런데 왜 나귀의 해를 보낸다고 했을까. 불교에서는 시간과 공간은 원래 없다고 한다. 원래 우주는 전체성인 하나의 성품[一性]뿐인데, 사람들이 스스로 세상과 세상에 대응하는 나를 설정해 놓음으로써 공간이 벌어지고 공간의 전개되는 모습을 보고 시간이 가고 있다고 착각한다는 것이다. 불교에서는 탐貪·진嗔·치癡를 삼독三毒이라 하여 일체 번뇌의 근본이 된다고 한다. 그러나 시간과 공간이 본래 없고 온 우주가 하나의 성품뿐이라면, 탐·진·치 삼독도 자성自性이 따로 없어 그 자체가 본래 공空하다. 따라서 번뇌 망상이 일어나는 이대로 번뇌 망상이 본래 없는 것이다. 세상의 번뇌 속에서 본래 번뇌가 없는 세계에 노니는 경허 자신의 심경을 표현한 것이다.

부처와 중생을 나는 알지 못하노니　　　　　佛與衆生吾不識

평생토록 술 취한 중이나 되어야겠다　　　　平生宜作醉狂僧

「술 취하여作醉」란 제목의 절구 중 앞의 두 구이다. 불교는 본래 불이법不二法, 즉 모든 것이 둘이 아닌 이치이다. 불이법이라면, 세상의 모든 차별상差別相이 둘이 아니고 그 차별상이 둘이 아님을 보고 있는 나도 그 차별상의 세계와 둘이 아니다. 따라서 성불成佛을 목표로 삼지만, 부처를 좋아하고 중생을 싫어한다면 그것이 바로 중생의 분별심이고 불이법이 아니다. 그래서 경허는 깨닫고 보니 부처니 중생이니 하는 것들이 모두 덧없는 말일 뿐, 모두가 본래 한 성품의 현현顯現일 뿐이니, 불법佛法을 말하는 따위의 좀스럽고 구차한 짓은 하지 않고 그저 술이나 마시며 살겠다고 한 것이다.

속세와 청산 어느 것이 옳은가	世與靑山何者是
봄이 오매 어느 곳이든 꽃이 피는 것을	春城無処不開花
누가 나의 경지를 묻는다면	傍人若問惺牛事
돌계집 마음속의 겁외가라 하리라	石女心中劫外歌

이 시는 경허가 동학사에서 오도悟道한 뒤 천장암天藏庵에서 소위 보임保任 공부를 마친 뒤에 읊은 것으로 자신의 경지를 가장 간약簡約하고 분명히 표현하고 있다. 「제홍주천장암題洪州天藏庵」이라는 제목으로 『경허집』에 실려 있다.

봄이 오면, 청산 속이든 저잣거리든 어느 곳이고 꽃이 피듯이 속세와 청산이 본래 둘이 아니고 한 성품의 표현일 뿐이다. 그래서 경허는 이 게송을 읊은 뒤로 산을 내려가 저잣거리에서 세상 사람들과 어울려 술잔을 기울이기도 하고 청산 속에서 한가로이 선열禪悅을 즐기기도 했던 것이다.

우주와 삼라만상은 성成·주住·괴壞·공空, 즉 생성·유지·소멸을 반복하는데, 불교에서는 이를 겁劫이라 한다. 겁외가劫外歌는 겁 밖의 노래란 말로 생사를 벗어난 해탈의 노래를 뜻한다. "돌계집 마음속의 겁외가", 이것은 경허가 일상에서 보고 느끼는 자신의 경계境界를 그대로 표현한 것이다.

불교에 의하면, 중생은 본래의 전체성인 하나의 불성佛性이 본래의 자기임을 잊고 세상과 세상을 대응하는 자기가 따로 있는 줄로 착각하여, 그 자기와 세상 사이에서 끊임없는 번뇌와 갈등을 일으킨다. 이렇게 세상과 나를 분별하는 생각을 '정식情識'이라 한다. 사람들은 이 정식으로 세상을 대응하고 사물을 파악하는 과정을 두고 자신이 살아 있다고 생각하며, 정식을 놓으면 공허한 데 떨어져 자신은 죽어 없어진다고 막연히 두려워한다. 그러나 본래 나도 없고 내가 따로 대응할 세상도 없어 오직 하나의 성품뿐이므로, 정식은 일어나되 일어나는 그 자리[當處]가 본래 텅비어 공空하다. 따라서 정식이 허공의 꽃과 같이 체성體性이 없는 것임을 투철히 알면, 정식이 아무리 일어나도 나에게는 아무런 영향을 끼치지 못한다. 이와 같이 정식이 일어남이 없이 일어나는 것을 경허는 아무런 감정이 없는 돌계집의 마음속에서 일어나는 겁외가라고 표현한 것이다. 돌계집은 아이를 낳지 못하는 여인을 뜻하는 말로도 쓰이지만, 여기서는 목녀木女, 석인石人과 같은 말로 돌로 만든 사람이란 뜻이다.

선사들 중에는 과감하고 파격적인 사람도 많고, 뛰어난 게송과 선시禪詩를 많이 남긴 이들도 있다. 이들은 현묘한 선禪의 이치를 묘파描破하고 고인의 언구言句를 희롱하여 소위 염송拈頌 문학의 꽃을 펼쳐놓았다. 그것을 집대성해놓은 꽃밭이 고려 진각국사 혜심慧諶의 『선문염송禪門拈頌』

이다. 그러나 고래古來로 "술도 혹 방광하고 여색도 그러하니, 탐진치 번 뇌 속에서 나귀의 해를 보내노라"라고, 경허와 같이 자신의 심경을 진술하게 노래한 이가 또 있었던가. 광목을 찢어서 만든 의용군의 깃발로나 비유할까. 경허의 시는 자유분방한 선의 세계에서도 보기 드문 독특한 작품이라 아니할 수 없다.

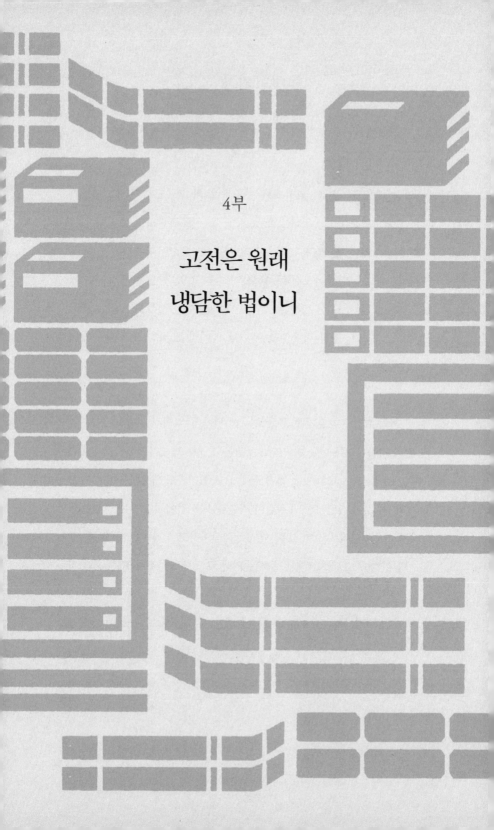

4부

고전은 원래
냉담한 법이니

냉담가계

○

옛날의 선비들도 딱딱한 고전에서는 좀처럼 재미를 느끼기 어려웠던가 보다. 오죽하면 냉담冷淡하다고 했겠는가. 동서를 막론하고 고전의 글들은 대개 읽기가 쉽지 않다. 그래서인지 서점에 가보면 이제 고전들도 각양각색의 자태로 단장하고서 독자들을 기다리고 있다. 고전의 체면이 영 말이 아닌 것들도 있다. 고전은 고인을 대하는 마음으로 그 맛없는 맛을 곱씹어 느껴가며, 조금은 옷깃을 여미고 읽어야 오히려 독서하는 맛이 나지 않을까.

이 책의 요점은 오로지 학문을 하는 데 있다네. 따라서 굉장하고 대단한 말이 강물을 기울이듯 쏟아져도 문장을 잘 지으려 그렇게 쓴 것이 아니며, 은미하고 오묘한 뜻을 짧은 글에 담고 있더라도 가르침을 숨기려 그렇게 쓴 것이 아닐세. 구구절절이 스승과 제자 간에 주고받는 진정한 학문의 뜻 아님이 없으며 또한 서로 절차탁마하고 책려責勵 권면하는 말 아님이 없네. 그러므로 사람을 학문의 길로 인도하는 힘이 다른 책에 비할 바가 아닐세.

학자는 먼저 몸과 마음을 수렴하여 냉담가계冷淡家計로 애쓰는 공부를 하여, 이 책에서 연찬研鑽하고 곱씹어 음미하기를 오래도록 그치지 않아야 비로소 그 맛이 참으로 좋은 줄을 알아 학문에 힘을 얻을 수 있을 걸세. 그렇지 않다면 이 책은 이미 과거에 급제하는 데 도움이 안 될 뿐 아니라 문장의 모본模本이 되지도 못하네. 게다가 요즘 사람들의 학문은 글자를 새기고 글귀를 외는 데 힘을 쏟지 않으면 반드시 문장을 화려하게 꾸미는 데 정신이 팔리니, 머리를 숙이고 마음을 억누르고서 이 책을 읽어 뱃속의 탁한 기운을 씻어내고 일반 사람들이 맛을 느끼지 못하는 것에 맛을 들일 사람이 몇 사람이나 있으랴. 그렇다면 이 책을 간행한다 하더라도 사람들이 읽으려 하지 않음에야 어찌하겠는가.

비록 그렇지만 양자운揚子雲은 후세의 자운子雲을 기다릴 줄 알았으니,* 무릇 군자는 옛것을 이어받아 후세에 전하여 우리 도道를 힘써 밝혀두고서 아는 이가 알고 수긍하는 이가 수긍할 때를 기다릴 뿐이지, 세상 사람들이 좋아하느냐 싫어하느냐에 따라 취사取捨해서는 안 되네. 만약 세상 사람들의 취향에 영합함으로써 자기 책이 세상에 널리 읽히기를 바란다면 성인의 말씀을 모독하고 우리 도를 욕되게 하는 데 가깝지 않겠는가.

此書大要. 專主於學問. 故雖闊言大論. 辯如懸河. 非尙其文也. 微詞奧義. 寂寥短章. 非隱其敎也. 蓋其句句節節. 莫非師友授受淵源宗旨. 亦莫非相與切磋琢磨責勵警勉之言. 故其作人爲學之功. 非他書比也. 惟學者. 先須收斂身心. 以冷淡家計. 作辛苦工夫. 於此鑽硏咀嚼. 久久不輟. 方始眞知其味之可悅. 而得其力也. 不然. 旣非擧子決科之利. 又無學士駏窓之需. 且今人爲學.

* '자운'은 전한 때의 학자인 양웅揚雄의 자이다. 양웅이 『태현경太玄經』을 짓자 사람들이 "이처럼 어려운 글을 누가 읽겠는가" 하니, 양웅이 "나는 후세의 자운을 기다린다" 하였다. (『漢書 揚雄傳』)

不困於訓詁誦說. 則必眩於文詞繪繡. 其能俯首抑心於此. 滌腸胃之薑血. 味

衆人之所不味者. 寧有幾人. 然則雖使印出. 其如人不肯讀何. 雖然. 揚子雲

猶知俟後世之子雲. 凡君子述古垂世. 但務明吾道. 以俟知者知肯者肯耳. 不

當徇世俗之好惡而爲取捨也. 若逐時好求人悅. 以幸其書之行世. 不幾於侮

聖言而辱吾道乎

— 이황, 「황중거에게 답하다答黃仲擧」 별지別紙(『퇴계집退溪集』)

퇴계 이황이 제자인 금계錦溪 황준량黃俊良(1517~1563)에게 답한 편지
이다. 여기서 이 책이란 퇴계가 편찬한 『주자서절요朱子書節要』를 가리킨
다. 『주자서절요』는 퇴계가 『주자대전』의 편지 중 학문에 요긴한 것들을
추려 모아서 편찬한 것인데 금계가 성주목사星州牧使로 재임하던 1561년
에 이 책을 처음 간행하였다.

냉담가계는 가난한 생활을 뜻하는 말이 아니다. 주자가 친구인 여조겸
呂祖謙에게 보낸 편지에서 경서經書와 사서史書를 함께 공부하게 하는 방
법에 대해 "먼저 경서에 뜻을 두게 하는 편이 좋을 듯하니, 사서는 요열
鬧熱하고 경서는 냉담하네. 후생들은 심지心志가 안정되지 못해 바깥쪽으
로만 쏠리지 않을 사람이 드무니, 이 점을 미리 방비해야 하네然恐亦當令先
於經書留意爲佳. 盖史書鬧熱經書冷淡, 後生心志未定, 少有不偏向外去者. 此亦當預防也"
(『朱子大全』「答呂伯恭」) 한 데서 온 말이다. 역사서는 사람이 시끌벅적한 저잣
거리와 같아 흥미를 끌기 쉬운데 경서는 그 내용이 냉담하여 맛이 없다
는 것이다. 삼산三山 유정원柳正源은 젊은 학자에게 보낸 편지에서 "그대
가 이러한 재주와 자질을 가지고서 일찍이 과거 공부의 굴레를 벗고 냉

담가계에 뜻을 두어 지기志氣가 이미 안정되고 식견이 풍부하니, 젊은이들 중에서 내가 드물게 보는 바이다左右以恁地才資, 早脫程文之臼, 留意冷淡家計, 志氣已定, 見解已富. 年少叢裏.吾見亦罕矣 "(『三山集』「答李敬美」)라고 하였다. 즉 냉담가계는 경서와 같이 재미없는 책을 읽는 것을 말한다.『주자서절요』와 같은 책을 읽는 것도 당연히 포함된다.

퇴계가『주자대전』을 처음 읽은 것은 43세 때이다. 주자학의 나라로 불리는 조선으로서는 의외로『주자대전』완질은 중종 18년(1523), 교서관校書館에서 처음 공간公刊되었고, 그 20년 후인 1543년에 퇴계가 처음 그 책을 입수하였다. 그 이전에도『심경』,『근사록』,『성리대전』등 성리학 저술들이 간혹 일부 학자들에게 읽히지 않은 것은 아니지만 주자의 저술을 모아 놓은『주자대전』을 우리나라에서 본격적으로 읽고 연구한 사람은 퇴계가 처음이다. 퇴계는『주자대전』을 읽고 연구한 지 13년 만인 56세 때『주자서절요』의 편집을 완성하였다. 퇴계는 이 책을 편집한 목적이 노년에 보기 좋도록 중요한 내용을 적절하게 기록한 것이라 했지만 이 책에는 실로 주자의 학문의 정수가 고스란히 담겨 있다고 해도 과언이 아닐 것이다.

퇴계는『주자서절요』와 같은 책을 읽을 사람이 당시에 드물 터이므로『태현경太玄經』을 지은 양웅揚雄이 그랬듯이 후세에 이 책을 알아줄 자신과 같은 사람을 기다린다고 했지만,『주자서절요』가 간행되자 학계에서 큰 호응이 일어났다. 젊은 학자들이 속속 이 책을 통해 주자학에 입문했으니, 조선에 본격적인 주자학의 시대를 연 것은 거의 이 책에서 비롯했다 해도 될 것이다. 편저編著이긴 하지만, 조선 학자의 저술로 퇴계의『주자서절요』만큼 학계에 영향을 크게 미친 책이 있을까.

퇴계 자신이 좀처럼 읽히지 않으리라 예상했던, 냉담한 책 『주자서절요』는 조선에서만 도합 8차례 활자와 목판으로 간행되었고, 일본에서도 4차례 목판본으로 간행되었다. 실로 사서삼경四書三經에 버금가는 권위와 영광을 누린 것이다.

요즘에는 인문학이 대중과 소통해야 한다고 걱정하는 사람들이 많다. 지금의 인문학이 퇴계의 시대와 꼭 같을 수도 없고 꼭 같아서도 안 될 것이다. 그러나 인문학이 고전에서 출발한다는 점에서는 옛날과 지금이 결코 다를 수 없다. 고전은 재미없지만 고전을 읽지 않으면 늘 삶의 중심에서 일탈하여 변방을 헤매고 뿌리는 잡지 못하여, 종당에 인문학이란 것이 삶의 본질이 무엇인지 묻는 인간에게 아무 말도 해줄 수 없게 되지 않을까. 오늘날 사람들은 조금만 자기 취향에 맞지 않으면 그 책을 손에 쥐려 하지 않고, 자신에게 필요한 부분만 찾아서 매우 효율적으로 책을 읽는다. 지식을 선별해 가질 뿐 책에서 지혜를 배우려 하지 않는 것 같다.

고전은 본래 냉담한 것이니 그 냉담한 맛을 참고 씹으며 고전을 읽지 못하는 사람은 인문학을 할 수 없다는 인식이 세상에 널리 퍼져서 냉담한 책들이 품격을 갖추고 다투어 서가에 오를 날이 오기를 기대한다.

서당 교육과 경제·법률

○

나라도 잃고 할 일도 잃어야 했던 일제강점기의 선비들은 무슨 생각을 하며 살았을까. 평생을 공부한 한문은 이미 세상에 쓸모가 없어졌고 한 문을 버리고 공자와 맹자를 욕해야 개명한 선각자로 대접받던 그 시절에 도, 그들은 변화하는 세상을 외면한 채 농부는 농사를 지어야 하고 매미 는 하염없이 울어야 하듯이 그저 한문을 읽고 후세에 누가 읽어줄지도 모를 한문을 지었다. 오직 구학舊學만을 고집했던 그들은 대개 당시에도 외로웠고 역사에서도 후한 평가를 받지 못했다. 그렇지만 그들이 없었다 면 오늘날 한문은 글종자[文種]인들 이을 수 있었을까.

보내온 편지를 읽어보니 우리 동방의 학문은 체體만 있고 용用이 없어 서 서양의 학문에 모멸을 당한다고 개탄하시고 저로 하여금 후학들을 인도할 때 경술經術을 뿌리로 삼고 경제와 법률을 함께 공부하게 하라고 하시니, 여기서 우리 존장尊丈께서 세상 풍파를 오래 겪었는데도 결국 세상에 대한 걱정을 잊어버리지 않으시고 비록 연로하셨어도 가슴속에 열정은 아직도 왕성하시다는 것을 알았습니다.

대저 경제와 법률은 애초에 경술의 범위 밖에 있지 않지만 그 본말과 조 목은 구별이 없을 수 없습니다. 예컨대 『서경』 「주관周官」과 「입정立政」 에 열거된 것이 이 일인데, 『주례周禮』에서는 육덕六德과 육행六行을 근본으로 삼아놓고 육예六藝로써 뒤를 이은 것*이 이러한 경우입니다. 비록 그렇지만 이는 오직 성인이 세상에 나와서 인륜 기강이 밝아지고 정치제도가 펼쳐진 뒤에라야 이를 말할 수 있습니다. 보잘것없고 용렬한 저 같은 자가 어찌 남들에게 영향을 미칠 수 있는 게 있겠습니까.

그렇지만 또 한편으로 생각해보면 지금 천하가 극히 혼란한 것은 일조일석一朝一夕에 그렇게 된 것은 아닙니다. 중고中古 이래로 우리나라의 풍속이 경술을 중시하고 공맹을 존숭하였으나 사실은 한갓 헛된 형식만 남았을 뿐 진리는 없어졌으니, 그 폐해는 이루 말할 수 없을 정도입니다. 더구나 지금 서양의 오랑캐들이 건너와서 세상의 질서가 뒤집혀 세상 사람들이 이구동성으로 육경六經은 지금 시세時勢에 맞지 않고 공자는 서양의 철인보다 못하다고들 하니, 비록 진秦나라 때와 같은 분서焚書는 없지만 옛 전적典籍들이 불타버린 지는 오랜 셈입니다.

이러한 때에 세상물정에 전혀 어두운 한두 젊은이들이 이 적막한 산골로 나를 찾아와서 주공周公, 공자의 글을 읽어 사람의 도리를 조금이라도 아니, 그 정상이 불쌍하고 그 형세가 매우 외롭다 하겠습니다. 게다가 다른 공부까지 하게 한다면, 다른 공부는 온 세상 사람들이 다 좋아하는 것이고 우리 구학舊學은 많은 사람들이 다 같이 버리는 것이니, 뉘

---

* '육덕'은 여섯 가지 덕으로 지혜로움[智], 어짊[仁], 밝음[聖], 의로움[義], 충성스러움[忠], 온화함[和]이며, '육행'은 여섯 가지 행실로 효도[孝], 우애[友], 동성 간에 화목함[睦], 이성 간에 화목함[婣], 이웃 간에 신실함[任], 서로 구휼함[恤]이다. '육예'는 여섯 가지 기예로 예禮, 음악[樂], 활쏘기[射], 말몰기[御], 글[書], 산수[數]이다. 중국 주나라 때에는 교육을 담당한 대사도大司徒가 각 지방에 이 세 가지를 가르쳐서 잘하는 사람을 예우하여 등용하였다.(『周禮 地官 大司徒』)

라서 온 세상 사람들이 좋아하는 것을 버리고 많은 사람들이 버리는 것을 기꺼이 하려 들겠습니까. 이렇게 되면 필경 경제와 법률은 제자리를 차지하고 경술은 쓸모없는 것이 되고 말 터이니, 이것이 염려스러운 일입니다. 제 소견이 이와 같은데 우리 존장께서는 다시 무슨 말씀으로 저를 가르쳐주시겠습니까?

竊讀來諭, 慨吾東學問之有體無用, 不免見侮於彼敎, 欲使謙引進後學, 而根以經術, 兼治經濟法律. 此見吾丈涉世旣久而不果於忘世, 雖甚衰暮而胸中之勃勃依然故在耳. 大抵經濟法律, 初不在於經術範圍之外, 而其本末科條, 不能無別. 如周官立政所臚列者皆是物, 而其六德六行爲其本焉, 繼之以六藝者此也. 雖然此惟聖人旣作, 倫紀明而治具張, 然後可以語此耳. 如謙輩屠劣, 何足以有及人者乎? 抑又思之, 天下之極於亂, 非由於一朝一夕也. 自中古以來, 國俗重經術而存孔孟, 然其實則徒存虛文, 眞理則亡, 其弊有不可勝言者. 況今洋海震蕩, 冠屨倒置, 世之人, 一辭以爲六經無當於時勢, 孔子有愧於西哲, 雖無秦火之烈, 而古籍之入於煨燼則久矣. 於是而有一二少年之全昧時俗者, 相從於寂寞之濱, 誦習周孔, 粗辨人倫; 其情地可矜, 其形勢甚孤. 若又使之兼治它業, 則它業者擧世所趨, 而舊學者衆所同棄; 人情孰肯捨其擧世之趨而甘爲衆棄哉! 畢竟經濟法律, 遽有其席, 而經術爲弁髦; 此非可慮者乎? 鄙見如此, 未知吾丈將復何以敎之?

— 하겸진, 「허장 회계에게 답함 答許丈羲契」(『회봉집晦峯集』)

회봉晦峯 하겸진河謙鎭(1870~1946)이 성산性山 허혁許爀(1851~1939)에게 보낸 답서이다. 회봉은 조선 말기의 유학자인 면우俛宇 곽종석郭鍾錫

(1846~1919)의 수제자이며, 도학자요 문장가로 영남에서 이름난 학자이다. 성산은 유명한 학자인 방산舫山 허훈許薰(1836~1907)의 아우로 '허겸許蒹', '허환許煥', '허노許魯'란 이름으로도 불리며, 만주로 망명하여 평생 독립운동에 헌신하였다.

성산이 보낸 편지에서 '우리 동방의 학문은 '체'만 있고 '용'이 없어서 서양의 학문에 모멸을 당한다'고 한 것은 이른바 동도서기론東道西器論*과 같은 취지이다. 즉 동양에는 '도'만 있을 뿐이니, 도를 실현할 도구인 경제, 법률, 과학 등은 서양의 것을 배워야 한다는 것이다.

그런데 회봉은 정치, 경제가 사실은 유가 경서의 학문 안에 있다고 하면서 우리나라에서 오래도록 이를 제대로 공부하지 않아서 생긴 폐해가 더 크다고 지적하고, 지금 세상은 진시황이 분서焚書한 것과 마찬가지라고 개탄하였다. 바깥세상의 변화를 외면하고 내면의 도학道學 사상에 더욱 침잠함으로써 자기 삶의 명분을 찾았다고 생각된다. 당시의 현실에서 구학舊學을 공부한 학자로서 사회적인 명망이 있던 그로서는 이 밖에 다른 길을 가려야 갈 수도 없었으리라.

세상 돌아가는 실정에 어두운 젊은이들 몇 명을 서당에 앉혀놓고 아무도 돌아보지 않는 한문을 가르치던 대학자 회봉의 마음은 어떠했을까. 신학문은 세상 사람들이 다 좋아하고 구학은 세상 사람들이 다 버리는 것이니 서당에서 신학문을 가르치면 구학은 아예 설 땅이 없어질 것이라

---

* 1880년대 초 김윤식金允植, 신기선申箕善 등이 주창한 전통적인 제도와 사상은 지키되 근대 서구적인 기술을 받아들이자는 이론이다.

개탄한 그의 말에서 당시 선비들의 절망적인 심정을 읽을 수 있다.

이제 한문을 비판하던 시대는 지났다. 지금은 우리의 고전과 옛 기록들을 해독하기 위해 오히려 한문을 아는 학자들이 더욱 필요해졌다. 불과 2, 30년 전과 비교해봐도 참으로 격세지감이 든다.

인문학은 시의時宜에 맞아야 한다고 생각한다. 이를테면 유교에 훈고학, 성리학, 양명학, 고증학考證學이 각각 그 시대의 요구에 부응했듯이 시대의 변화를 따라잡지 못하면 인문학은 도태될 수밖에 없다. 회봉의 시대는 유교의 모든 것이 송두리째 멸절되던, 유교 역사상 가장 참혹한 법란法難의 시기였다. 시의에 맞는 길을 모색하기는커녕 한문을 이어갈 글종자라도 끊어지지 않길 바랄 수밖에 없었다.

회봉은 국권을 잃은 암울한 현실에 몸으로 부딪쳐 나라를 위해 싸우는 열사가 되지도 못하였고 시대를 앞서가는 선각자로 자처하지도 않았다. 그저 구학을 공부한 학자로서 자기가 할 일을 분명히 알고 그 일을 묵묵히 하는 한편 파리장서사건 및 제2차 유림단사건儒林團事件에 참여해 옥고를 치르는 등 지식인으로서 당면한 책임을 피하지 않았다. 회봉과 같이 조용히 자기 삶을 충실히 살아간 학자들의 삶에서 배울 점이 많다고 생각한다. 무엇보다 이들이 남긴 글종자가 오늘날 한문의 명맥을 이어가고 있음에 감사해야 하지 않겠는가.

우리나라는 지식인의 현실 참여가 필요하고 돋보이는 시대가 많았다. 그래서 지금도 많은 지식인들이 덩달아 남의 말을 되뇌어 진보니 보수니 하면서 막연히 현실에 참여하는 양한다. 지식인이 현실을 외면해서도 안 되겠지만 아무나 선각자가 되려고 해서도 곤란하지 않겠는가.

차라리 자기 생각대로 글을 쓰라

○

아무리 오묘한 이치라도 아는 사람이 볼 때는 당연한 것이고 오묘할 게 없다. 따라서 글을 읽으며 눈앞에 사물을 보듯이 뜻을 명료히 아는 사람이라면 구태여 깊이 생각해 별다른 뜻을 찾지 않을 것이다. 대개 글 뜻에 천착穿鑿하여 공교한 말을 엮어내는 글일수록 일견해서는 심오해 보이지만 기실은 핵심을 파악하지 못해 그 언저리를 맴도는 경우가 많다. 그런 사람에게 순암은 질타한다. 차라리 고전을 읽지 말고 자기 생각대로 글을 쓰는 편이 낫다고.

보내온 별지別紙를 반복해 읽어보고서 그 정밀한 의론과 초절超絶한 식견에 참으로 감탄하였소.

책을 읽을 때는 모름지기 의심이 있어야 하니, 의심이 있어야 학문이 진보할 수 있는 법입니다. 주자는 "책을 읽으면서 크게 의심하면 크게 진보한다" 하셨고, 또 "처음 읽을 때는 의심이 없다가 그다음에는 점차 의심이 생기고 중도에는 구절구절 의심이 생긴다. 이런 과정을 한 차례 거친 뒤에는 의심이 점차 풀려서 융회회통融會會通하는 데 이르게 되고, 이러해야 비로소 학문이라 할 수 있다" 하셨으니, 이것이 책을 읽는 방법에 대한 일대 단안斷案이고 다른 방법이 없습니다.

대저 성현의 말씀은 모두 평이명백平易明白하니, 너무 천착해서 별다른 뜻을 찾다가 스스로 혼란 속에 얽혀 들어서는 안 됩니다. 퇴계 선생은 "책을 읽을 때는 별다른 뜻을 깊이 찾을 필요가 없고, 본문에서 현재 있는 뜻을 찾아야 한다" 하셨습니다. 이 말이 적당的當하고 간이簡易하니, 한번 생각해보십시오.

경문에는 진실로 두 가지 뜻이 있을 수 있는데 후세 사람들은 해석할 때 반드시 자기 생각으로 헤아려보고서 가장 근사한 것을 취합니다. 지금 그대가 책을 읽을 때 전傳의 뜻과 견해가 다른 것이 있거든 그 견해가 다른 곳에 나아가서 어느 쪽이 더 나은지 헤아려보고 그 대목을 가만히 읊조리며 생각해보면 절로 변별할 수 있는 길이 있을 것입니다.

나의 사사로운 선입견을 가슴속에 걸어두고서 도리어 선유先儒의 학설을 가지고서 자기 견해에 맞추려 한다면 이는 매우 옳지 못합니다. 그렇게 하려거든 자기 생각대로 글을 쓸 것이지 무엇하러 애써 옛 성현의 책을 읽습니까.

나는 몽매하고 병든 사람이라 지식이 혼매昏昧하여 의문에 답하는 일은 도저히 할 수 없는 형편인데 질문하신 뜻을 저버리기 어려워 조목조목 답하니, 단지 나 자신의 역량을 헤아리지 못한 꼴이 되고 말았습니다.

惠來別紙, 三復玩賞, 精覈之論·超詣之見, 誠爲欽歎. 讀書須要有疑, 有疑而後, 可以進業. 朱子曰: "讀書大疑則大進." 又曰: "始讀未始有疑, 其次漸漸有疑, 中則節節是疑. 過了這一番後疑漸釋, 以至融貫會通, 方是學." 此爲讀書之一大斷案也, 更無別法. 而大抵聖賢言語, 皆平易明白, 不可探曲以求, 自致纏繞于疑亂之中矣. 退溪李子曰: "讀書不必深求異意, 當於本文上, 求見在之義." 此語的當簡易, 試入思議也. 經文固有兩般義, 後人解釋時, 必量度而取其最近者. 今君讀書, 有與傳義不同者, 試就其不同處, 劑量輕重, 諷詠詳玩, 則自有可別之道矣. 我之私意, 橫在肚裏, 却以先儒之說, 求合於己, 是甚不可. 若然則我去自做一般文, 何必苦苦讀古書乎? 蒙陋病廢中, 知識昏昧, 實無論於難疑答問之業, 而盛意難負, 逐條仰答. 只見其不自量也.

— 안정복, 「권기명 철신의 별지에 답함答權旣明 哲身 別紙」(『순암집順菴集』)

순암 안정복이 녹암鹿菴 권철신權哲身(1736~1801)에게 보낸 편지이다. 이 편지에는 오늘날 고전을 연구하는 학자들과 함께 읽고 싶은 말이 있다.

녹암의 편지는 지금 남아 있지 않지만 이 편지의 내용으로 보아 녹암이 정주程朱의 학설과 다른 견해를 별지別紙에 적어서 보였을 터임을 짐작하기는 어렵지 않다. 보수적이고 온건한 순암과 진보적이고 다소 과격한 녹암의 대조적인 학문 성향이 충돌한 현장이다.

경서와 같은 고전을 읽을 때 사람들은 대개 순암과 녹암처럼 두 가지 상반된 태도를 보인다. 어떤 사람은 경서의 말씀과 선유先儒의 주해註解를 온전히 받아들여 오랫동안 두고 보며 곱씹어 생각하고, 어떤 사람은 처음부터 기존의 주설註說을 의심하여 깊이 파고든다. 책을 읽으면서 의심하고 깊이 생각하는 것을 나쁘다 할 수는 없다. 오히려 오늘날 학문하는 자세로는 바람직하다고 권장해야 할 터이다. 연구는 결국 의심에서 출발할 수밖에 없기 때문이다.

주자도 "책을 읽을 때 크게 의심하면 크게 진보한다" 하였고. 선가禪家에서도 "큰 의심 아래에 반드시 큰 깨달음이 있다大疑之下 必有大悟" 하였다. 그렇지만 의심도 의심 나름이니, 진짜 의심이 일어나는 것은 결코 쉬운 일이 아니다. 그래서 주자는 "처음 읽을 때는 의심이 없다가 그다음에는 점차 의심이 생기고 중도에는 구절구절 의심이 생긴다" 하였던 것이니, 어렴풋이 아는 상태에서 일어나는 의심이 문제의 핵심에 접근해 있기는 어렵다.

따라서 진짜 의심이 일어나는 과정을 통해서 얻은 견해가 아니라면 자신이 진짜로 그 이치를 알지 못하면서 추측해서 안다고 여긴 것일 터이다. 간혹 우격다짐으로 안다고 강변하는 경우도 없지 않다. 그렇다면 자기가 진짜로 아는지 어떻게 알 수 있는가. 송나라 학자 정이천程伊川은 이렇게 말하였다.

"참으로 아는지 그렇지 못한지를 알고자 한다면 심기心氣에서 징험徵驗해보면 된다. 생각해서 알 때 마음이 기쁘면서 가슴이 시원하고 여유로운 경우는 참으로 아는 것이요. 생각해서 알 때 심기가 소모되는 경우는 참으로 알지는 못하고 억지로 헤아려 추측한 것일 뿐이다欲知得與不得, 於心氣上驗之. 思量有得, 中心悅豫, 沛然有裕者, 實得也; 思慮有得, 心氣勞耗者, 實未得也, 强揣度耳"(『근사록近思錄』)

이 말은 한문을 번역할 때 자주 생각난다. 즉 글을 읽을 때 마음속에 걸림이 없으면서 석연釋然히 뜻이 풀려야 제대로 안 것이고, 읽은 뒤에도 무언가 찜찜하고 자꾸 머릿속에서 그 구절이 맴돌 경우에는 뒤에 알고 보면 거의 다 글을 잘못 보았던 것이다.

글을 처음 볼 때 일어나는 의심은 대개 객기客氣나 선입견에서 온다.

불쑥불쑥 치솟아 오르는 새로운 주장을 하고 싶은 욕구, 이 글을 쓴 작자는 이런 사람이니 이 글 뜻은 이럴 것이라는 따위의 선입견이 심기心氣를 흔들고 심안心眼을 흐려놓는 것이다.

퇴계는 "책을 읽을 때는 별다른 뜻을 깊이 찾을 필요가 없고, 본문에서 현재 있는 뜻을 찾아야 한다" 했거니와 그 글 그대로 놓고 텅 빈 마음으로 글을 읽어야 시각의 굴절 없이 그 글의 뜻에 가장 정면으로 다가갈 수 있다. 또한 글 뜻을 평이명백하게 있는 그대로 아는 것은 쉬워 보이지만 실은 가장 어렵다. 그럴 수 있으려면, 그 분야에 오래 공부를 쌓아온 식견과 안목이 있어야겠거니와 그에 앞서 무엇보다 순진하고 겸허한 마음 바탕이 갖추어져 있어야 한다. 마음의 거울이 맑지 못하면 자신이 대상을 파악하기는커녕 무단히 대상에게 속임을 당할 수 있기 때문이다.

글을 읽을 때 선입견이 아주 없기는 어렵다. 오래 연구하고 생각을 쌓아온 사람일수록 더욱 그러하다. 그래서 자기 견해에 맞는 글을 발견하면 마음이 기뻐지고 자기 추측과 다른 글을 보면 이럴 리가 없다고 고개를 젓게 된다. 자기 주장이 강한 상태에서 고전을 읽으면 자기가 고전을 보고 배우는 게 아니라 오히려 고전을 자기에게 맞추는 우愚를 범하고 만다. 그런 사람에게 순암은 이렇게 말하였다.

그렇게 하려거든 차라리 자기 생각대로 글을 쓸 것이지 무엇하러 애써 옛 성현의 책을 읽는가.

불교의 심성론과 성리학

○

오늘날 성리학은 불교에서 나왔다고 주장하는 학자들이 많다. 성리학은 안은 불교이고 밖은 유교인, 이를테면 내불외유內佛外儒라는 것이다. 성리학이 불교의 영향을 받고 생겨났음은 사실이다. 그렇지만 성리학은 불교를 배우기 위해 나온 것이 아니라 불교에 대응하기 위해 나온 것이다. 따라서 불교가 없었다면 성리학은 생길 수 없었겠지만, 뒤집어서 말하면 불교가 없었다면 성리학은 굳이 생길 필요가 없었다고 해도 틀린 말이 아닐 것이다.

송나라 성리학자들은 대개 불교를 공부하였고, 특히 주자는 불교에 대한 조예가 매우 깊었으므로 그들의 저술에는 불교의 문제점을 예리하게 간파해놓은 견해들을 볼 수 있다. 조선 시대에 와서 성리학자들은 대개 더 이상 불교를 연구할 필요를 못 느끼고, 중국의 학자들이 밝혀놓은 이론을 그대로 답습하여 불교를 배척할 뿐 자신이 불교를 공부하지는 않았다. 그래서 조선 시대 성리학 저술에서 불교에 대한 정밀한 이론을 발견하기 어렵다.

조선 중기 탁월한 학자인 농암農巖 김창협金昌協(1651~1708)은 자신이 직접 불경을 읽은 공부의 바탕 위에서 성리학과 불교의 차이를 밝혀놓았다.

세상에서는 불교의 심성설心性說은 모두 유가의 말을 훔친 것이라 하는데 이는 꼭 그렇지는 않다. 지금 불교의 경론經論과 주소注疏*들을 보면 대개 당나라 이전의 책들이다. 이때에는 정주程朱의 성리설性理說이 아직 세상에 나오지 않았는데도 저들이 심성心性을 말한 것이 이미 이치에 가까운 말이 많고 왕왕 지극히 정미精微하고 딱 들어맞는 말들도 있다. 한漢나라 이래 선비들이 어찌 꿈엔들 이런 말을 했겠는가. 그런데 저들이 어디에서 이러한 말들을 훔쳤단 말인가.

육경의 말들은 진실로 그보다 앞선 시대에 있었다. 그러나 성명性命의 이치는 『주역』, 『중용』에 보이고 심학心學의 방도는 『대학』, 『논어』, 『맹자』에 갖춰져 있는데도 한漢·당唐의 선비들은 평생토록 이 책들을 읽으면서 못 보고 지나쳤거늘 저들은 곁에서 엿보고 근사한 것을 훔쳤다면 그 자체만 해도 이미 쉽지 않은 일이다. 그런데 저들은 당초에 심성이 나에게 본래 갖춰져 있음을 알았다. 그래서 심성을 찾을 줄 알아 그 그림자를 대략이나마 본 뒤에 유가 경전 중 '심心'이니 '성性'이니 하는 글자들을 가지고 맞춰서 말한 것이니, 애초에 마음속에 본 바가 없고 단지 우리 유가의 말을 훔쳐서 자기들의 말을 꾸민 것이 아니다.

마음을 두고 "신령하고 밝아서 어둡지 않다靈明不昧", "깨어 있고 고요하다惺惺寂寂"라 한 말들은 모두 불교에서 먼저 말한 것이지만 우리 유가에서도 꺼리지 않고 그렇게 말하는 것은 그 이치가 같기 때문이다. "뭇 이치를 갖추었다具衆理", "모든 이치가 다 갖춰져 있다萬理咸備"라

---

* 경서經書와 고전의 원문에 후세 사람들이 해석과 설명을 붙이는 일을 말한다.

는 말들은 불씨佛氏가 말하지 못했는데, 우리 유가에서만 분명히 말한
것은 같지 않은 점이 바로 여기 있기 때문이다.

世謂佛氏心性之說, 皆竊取儒家緒餘, 此未必然也. 今考其經論疏鈔, 大抵皆
唐以前書. 於時, 程朱性理之說, 未出於世, 而其說心說性, 已多近理, 往往有
極精微極親切處. 漢以來, 諸儒何曾夢道此等語, 而謂彼於何竊取耶? 若六
經之說, 則固在其前矣. 然以性命之理, 著於易傳中庸, 心學之方, 備於大學
語孟, 而漢唐諸儒, 沒身從事, 當面蹉過; 彼乃從傍窺見而竊取其近似, 已是
不易. 然亦合下知得此箇物事, 是吾所自有底. 故便會尋求, 約略見其影象,
然後將經傳中心性名字說合之; 非初無所見於中, 而但竊取吾儒緒餘, 以文
其說也. 說心而曰靈明不昧, 曰惺惺寂寂, 皆佛氏之所先道, 而吾儒不嫌於言
之者, 以其理同也. 曰具衆理, 曰萬理咸備, 佛氏之所未道, 而吾儒獨明言之,
則所不同者, 正在於此耳.

— 김창협, 「내편內篇」(『농암집農巖集』)

『금강반야경金剛般若經』 주注에서 "시선은 단정히 한다端視"라는 대목을
풀이하기를 "눈이 딴 곳을 보면 마음은 다른 곳으로 가니, 본래 마음을
제어하기 위하여 우선 시선을 바르게 하는 것이다" 하였으니, 이는 「시
잠視箴」의 "사물이 눈앞을 가리면 마음이 옮겨 가니, 밖을 제어하여 안
을 안정시킨다"라는 말과 같은데 그 글이 정밀하고 긴절緊切하여 좋다.

般若經註釋端視云: "目若別視, 心則異緣; 本欲制心, 且令端視." 此視箴 "蔽
交於前, 其中則遷; 制之於外, 以安其內"之意, 而立語精切可喜.

— 김창협, 「내편內篇」(『농암집農巖集』)

송나라 학자 정이천程伊川은 "학자가 불교의 학설에 대해서는 음란한 음악이나 아름다운 여색을 피하듯이 멀리해야 한다. 그렇지 않으면 자기도 모르게 그 속에 빠져들게 된다"라고 하였다. 조선 시대 선비들은 이러한 경계를 지켜 대개 불경을 읽지 않았다. 학문 풍토가 이렇다 보니, 불경을 갖추고 있는 집도 드물어 보려야 보기가 어려웠다.

그런데 농암 김창협의 저술을 보면, 『금강반야경』, 『능엄경』 등의 불경을 읽고 그 내용을 들어서 비판했다. 비록 성리학자의 시각에서 나왔지만 불교에 대한 그의 안목은 조선 시대에 보기 드문 것이다. 명문가의 선비요 탁월한 성리학자였던 그가 불경을 읽었다는 것은 당시로서는 매우 의외인데, 그의 부친 김수항金壽恒이 숙종 15(1689)년 기사환국己巳換局 때 사사賜死되고 누이와 막내 동생이 요절하는 등 불운했던 가정사와 관련이 있는 듯하다. 그 아우인 삼연재三淵齋 김창흡金昌翕(1653~1722)이 산사를 다니면서 면벽좌선面壁坐禪을 하고 승려들과 교제가 많았다는 사실도 이를 방증한다.

불교에서 사용하는 '심心', '성性'과 같은 말들은 중국에서 불경을 번역할 때 중국의 고전에서 가져다 쓴 것이다. 중국의 문자로 인도의 글을 번역하다 보니 자연 그럴 수밖에 없었으리라. 그래서 성리학자들은 불교가 중국으로 건너오면서 중국의 말을 훔쳐서 썼다고 주장하였는데, 이에 대해 농암은 성리학이 생기기 전에 불서가 먼저 중국에 들어오고 번역되었다고 반박하였다. 또한 한漢·당唐의 선비들은 평생 유가의 경서를 읽으면서도 심성의 중요성을 알지 못했는데 불교에서는 그 말을 가져다 쓰고 심성을 찾을 줄 알았다고 하고, 불교에서 심성에 대한 이론과 공부가 있은 다음에 '심성'이란 한자를 갖다 썼다고 하였다. 주자학의 나라 조선 시대에 나오기 쉽지 않은 견해이다.

허령불매虛靈不昧*, 성성惺惺과 같은 말들은 『대학』의 명덕明德·경敬을 설명할 때에 왕왕 사용되었다. 이러한 말들 때문에 오늘날에 와서는 성리학이 불교에서 온 것이라는 주장을 펴는 학자들이 많은데, 농암은 이치가 같다면 불교와 같은 말을 사용해도 문제될 게 없다고 보았다. 당나라 때부터 유행한 선禪불교가 송나라 때에 와서는 지식인 사회 전반에 걸쳐 풍미하고 있었기 때문에 당시의 지식인들은 불교의 용어들을 일상에서 자연스럽게 사용하였다. 그렇지만 불교의 영향을 받아서 성리학이 생겨났다는 말과 성리학이 불교에서 왔다는 말은 매우 다르다.

인도의 사상인 불교가 오랜 세월 중국을 휩쓸면서 중국의 전통 사상인 유교가 퇴색되고 불교는 말폐末弊를 드러내고 있었다. 그래서 불교의 이론에 대응하기 위해 성리학이 생겨났던 것이니, 이를 두고 불교의 영향을 받아서 불교에 대응하기 위해 생겨났다고 할 수는 있을 것이다. 또한 불교의 사상에 대응하다 보니 자연 불교의 용어를 사용하게 되었다고 볼 수 있다.

농암이 『금강반야경』 주注에서 '시선은 단정히 한다'라는 대목을 풀이한 것을 정이천의 「시잠視箴」과 같은 뜻이라 하면서 표현이 좋다고 칭찬한 것에서 그가 불경을 꼼꼼히 읽고 좋은 점은 취했음을 알 수 있다.

---

* 마음이 텅 비고 밝고 영묘靈妙하여 모든 이치를 갖추고 모든 사물을 인식하는 것을 형용한 말로, 『대학장구大學章句』에서 주자가 명덕明德을 정의한 대목에 나온다.

주자의 저술을 읽고 주자학을 깊이 연구한 학자로서 불경을 읽고 유교 쪽의 지나친 주장을 반박한 것은 공정하고 탁월한 안목이라 아니할 수 없지만, 농암도 어디까지나 주자학자인 만큼 불교에 대해서는 대체로 비판적이다. 그렇지만 농암의 저술에 보이는 불교에 대한 비판은 매우 예리하고 탁월하여 송나라 성리학자들의 견해에 비교해 거의 손색이 없다.

남명학의 정수, 「천군전」

○

세상은 복잡해지고 지식인들은 공교工巧해져, 웬만한 전문 지식 없이
는 연일 신문 방송에 오르는 말과 사건들의 옳고 그름을 판별하기 어
렵다. 사람들은 자신이 속한 정파나 지역 사람들 속에 파묻혀 자기가
무엇을 말하고 어떻게 행동하는지 알지 못하고 무감각해져 있는 듯하
다. 사이비 정치인, 지식인들은 몸과 마음을 풀어놓은 채 한갓 방종할
뿐이면서 스스로 세상을 다 아는 통달한 사람으로 착각하고 자신도
모를 말과 행동을 하고 있다.

이와 같은 세상에서, 안으로는 눈, 귀, 입을 잘 지켜 마음을 맑히고
밖으로는 불의를 단호히 물리쳐서 자기 내면과 세상을 명징하게 보고
자 했던 남명학南冥學의 정신이 우리에게 주는 깨우침은 크다.

곤륜산 아래 광활한 대지 위에 나라가 있었으니, 유인씨有人氏라고 한
다. 그 영토는 원로산圓顱山으로부터 교지交趾*에 이른다. 영토는 다른
나라보다 크지 않지만 예의를 숭상하여 제후들의 존경을 받아 실로 중
국의 맹주가 되어서 천하를 다스리는 일을 잘 수행하였는데, 그 임금은

---

* 중국 한漢나라 때에, 지금의 베트남 북부를 이르는 말인데 여기서는 사람의 두 발을 비유하
였다.

건원제乾元帝의 아들이었다.

건원제 태초太初 원년에 조명詔命을 내리기를 "짐이 높은 상제上帝의 자리에 있으니 정사가 너무도 많아서 홀로 다 관장할 수 없다. 짐을 도와 세상을 다스릴 수 있는 사람이 있으면 짐이 하계下界의 군주들 중에서 각별히 총애하여 모든 군주들의 모범이 되게 하리라" 하니, 모든 신하들이 말하기를 "아드님이 좋겠습니다" 하였다. 이에 태사太史에게 명하여 임명장을 쓰게 했다.

"사람이 사는 나라들이 저 먼 하계에 있는데 수없이 많고 일정한 군주가 없다. 그래서 내가 너에게 명하노니 가서 땅 위에 정사를 베풀라. 너는 네 형제들과 함께 저 수많은 사람들을 잘 다스려 나의 왕실을 도우라. 네게 인의仁義의 집과 예지禮智의 보옥과 헌원씨軒轅氏의 구슬*과 수후隋侯의 옥**을 나눠주고 왕실의 진귀한 보배들을 모두 줄 터이니, 가서 공경히 일하여 짐의 명을 잘 수행하라. 네가 임금답지 못하면 너의 팔, 다리, 심장도 모두 너의 원수가 되어 안의 간사한 자들과 밖의 사나운 적들이 틈을 엿보고 공격하여 네 나라의 우환이 될 것이다. 너는 이 점을

---

* 헌원씨는 전설상의 고대 제왕인 황제의 이름이다. 황제가 적수赤水 북쪽에서 노닐다가 돌아오는 길에 현주玄珠를 잃어버렸는데, 아무도 찾지 못했는데 상망象罔이 찾아냈다고 한다.(『莊子 天地』) 상망은 무심을 비유한 것이고, 현주는 도의 본체를 비유한 것이다.

** 명월주明月珠 또는 야광주夜光珠라고도 한다. 여기서는 밝은 지혜를 비유한다. 『회남자淮南子』「남명훈覽冥訓」에 "수후의 구슬과 화씨和氏의 구슬을 얻는 자는 부유해지고 잃는 자는 가난해진다" 하였다. 그 주注에 "수후는 한나라 동쪽에 있는 나라의 희성姬姓을 가진 제후이다. 수후가 배가 갈라진 큰 뱀을 보고 약을 붙여 치료해주었는데, 후에 그 뱀이 강물 속에서 큰 구슬을 물고 나와 보답하였다" 하였다.

경계하여 유념하고 조심하라. 성벽을 높이고 해자垓子*를 깊이 파고 겹겹의 성문을 닫고 빈틈없이 순찰하여 조금도 경비에 소홀하지 말라. 오호라! 공경하는 마음이 이기면 길상吉祥하고 태만한 마음이 이기면 멸망하는 법이니, 부디 태만하지 말아서 하늘이 내린 임금의 복록을 길이 이어가도록 하라."

그리고 정월 갑인일甲寅日에 상제가 태사를 시켜 유인씨 나라의 영토를 정해주고 아들을 임금으로 책봉하니, 나라의 백성들이 그를 높여서 천군天君이라 하였다. 천군의 초명은 리理였는데 유인씨 나라의 임금이 된 뒤에 심心이라 이름을 고치고 도읍을 흉해胸海에 두었다.

원년에 천군이 신명전神明殿에서 조회를 받고 겹겹의 성문을 활짝 열게 하면서 말하기를 "훤하게 틔워서 가려짐이 없기를 바로 나의 마음과 같도록 하라" 하고 이어 태재太宰인 경敬에게 명하여 "너는 강자腔子 속에 머물러 나의 궁중과 관서들을 엄숙하고 청렴하게 하라" 하고, 백규百揆인 의義에게 명하여 "너는 태재를 도와 모든 정무政務를 순리적으로 처리하여 모든 생각을 막힘없이 넓게 하라" 하였다. 이에 두 재상이 한마음으로 일하여 정사가 잘되니, 모든 관원들이 단정하고 엄숙하여 감히 제 일에 소홀하지 못하였다.

태재가 말하기를 "아, 유념하소서! 상제께서 임명하셨으니, 임금님께서 마음에 의심을 두지 마소서. 임금님께서 어디에 계시든 신의 눈은 매우 밝아서 모든 행동을 곁에 있는 듯이 환히 봅니다. 하늘에 계신 상제를

*　적의 침입을 막기 위해 성 밖을 둘러 파서 만든 못.

우러러 대하고 계시니, 낳아주신 부모님을 욕되게 하지 마소서" 하고, 백규가 말하기를 "아, 경계하소서! 이 모든 정사가 임금님 한 분에게 달려 있으니, 인재를 잘못 써서 관원들이 직무를 그르치도록 하지 마소서. 하늘의 일을 임금님께서 대행하고 계십니다" 하였다. 천군이 말하기를 "그대들의 말이 옳다. 두 분의 도움이 없으면 나는 임금 노릇을 할 수 없을 것이다. 하찮은 나의 일신이 대부들의 보필을 받고 있으니, 대부들은 나를 버리지 말라" 하니, 신하들이 모두 머리를 조아리며 말하기를 "임금님께서 두 분 대신을 버리지 않으시면 신들이 감히 충성을 다하지 않겠습니까. 임금님께서 두 분 대신을 버리시면 비록 임금님을 바르게 보필하고 싶어도 아첨하는 소인들을 어찌하겠습니까!" 하니, 천군이 깊이 받아들였다.

이로부터 두 재상이 충성을 다해 일할 수 있어서 신하들이 크게 화합하고 나라 안이 크게 다스려져 마침내 상제의 명을 받아서 사해 안을 모두 통치하고 우주 밖까지 포괄할 수 있게 되었다. 그리하여 무릇 천지 안에 있는 만여 개 나라들이 모두 유인씨에 귀속되어 남쪽으로 천근天根에 이르고 북쪽으로 월굴月窟에 이르기까지 교화를 받지 않는 나라가 없고 나라가 강성해져서 상제의 왕실에 짝할 수 있게 된 것은 두 재상의 힘이었다.

그런데 천군은 은밀히 다니기를 퍽 좋아하여 무시로 궁궐을 출입하니, 신하들은 어디로 가는지 알지 못하였고 태재가 늘 그렇게 하지 말라고 충간忠諫하였다. 천군의 만년에 간사한 신하인 공자公子 해懈와 공손公孫 오傲 등이 실권을 잡고서 태재 경敬을 쫓아내니, 백규는 자리에 편안히 있지 못하고 떠났다. 천군이 이에 팔준마八駿馬*를 타고 광활한 우주 저편까지 치달리며 위로 날아 하늘에 오르기도 하고 아래로 내려가 깊은 물속에 가라앉기도 하니, 대궐의 정전正殿이 오래도록 비고 모든 법도가 느슨히 풀어졌다.

은해銀海** 지방의 요망한 도적 화독華督*** 등이 맨 먼저 세 관문을 어지럽히자 도적들이 사방에서 벌 떼처럼 일어났다. 그러나 천군은 먼 외지에 나가 있어 나라에 방비가 없던 터라 도적들이 흥해를 습격하여 창칼에 피를 묻히지도 않고 도성에 들어갔다. 천군의 군사들은 영대靈臺 아래에서 참패하여 장군 강剛이 죽고 도적의 괴수인 유척柳跖****이 스스로 임금이 되어 방촌대方寸臺에 들어가 앉아 있으니, 궁궐은 오염되고 정원은 황량해졌으며 고약한 누린내를 풍기는 오랑캐들이 단전丹田에 가득하고 옥연玉淵에 들끓었다.

천군이 나라를 잃고 나자 귀족 출신 신하들은 따르는 사람이 아무도 없고 오직 공자公子 양良만이 곁에 보필하면서 등용되지 못해도 차마 천군

---

* 전설에 중국 주周나라 때 목왕穆王이 타고 천하를 주유하였다는 여덟 마리의 준마이다.

** 도가나 의술醫術에서 사람의 눈동자를 지칭하는 말이다.

*** 춘추시대 송나라 태재太宰로 공보가孔父嘉의 아내를 길에서 보고 미색에 반해 공보가를 죽이고서 그 여자를 차지했다. (『春秋左傳 桓公 2년』) 여기서는 미색을 탐내는 음탕한 마음을 비유한 것이다.

**** 춘추시대의 큰 도적인 도척盜跖의 성이 유柳이고 이름이 척跖이다. 도적이라 하여 도척이라 부른 것이다. 도척은 9,000명의 졸개를 거느리고 천하를 제 마음대로 다니면서 남의 우마牛馬를 빼앗고, 남의 부녀婦女를 강탈하며, 이익을 얻기 위해서는 친척도 부모 형제도 모르고 선조先祖에게 제사도 지내지 않았다고 하였다.(『莊子 盜跖』) 여기서는 포악한 마음을 비유한 것이다.

을 버리고 떠나지 못했다. 그가 기초祈招*라는 시를 지어서 천군을 일깨
우자 천군이 자신의 잘못을 깨닫고 즉시 되돌아와서는 흩어진 군사들을
불러 모았다.

태재 경이 행재行在에 가니, 다시 복위復位시켰다. 이에 백성들이 구름처
럼 모여서 힘을 다해 적을 무찌른 지 10년 만에 천군이 다시 각자殼子 속
으로 들어갔다. 대장군 극기克己**가 사물기四勿旗***를 세우고서 선봉이 되
고 공자 지志****는 군사들을 통솔하여 원수元帥가 되었다. 대장군의 외로
운 군대가 깊이 진격하여 생사로두生死路頭에서 적을 만났다. 대장군이
밥을 지어 먹는 솥을 깨고 머물러 쉬는 막사를 불사르라 명하여 결사적으
로 싸울 뜻을 보이고 백 차례나 혈전을 벌인 끝에 적군이 대패하였다.

천군이 다시 돌아와 신명전에 앉으니, 백규 의義도 와서 태재와 안팎을
나누어 다스렸다. 태재가 천군에게 권하여 견벽청야堅壁淸野***** 작전을 쓰

---

*　일시逸詩의 편명이다. 주周나라 목왕穆王이 정사를 돌보지 않고 팔준마八駿馬가 끄는 수레
　를 타고 천하를 두루 다니니, 신하 모보謀父란 사람이 이 시를 지어 만류하였다 한다. (『左傳
　昭公 12年』)

**　자기 사욕을 이기는 것을 비유하였다. 안연顏淵이 '인'에 대해 묻자 공자가 "자기 사욕을 이
　기고 예로 돌아가는 것이 인을 실천하는 것이다克己復禮爲仁"라고 하였다.

***　안연이 '인'을 실천하는 조목을 묻자 공자가 "예가 아니면 보지 말며, 예가 아니면 듣지 말
　며, 예가 아니면 말하지 말며, 예가 아니면 움직이지 말라非禮勿視 非禮勿聽 非禮勿言 非禮勿
　動"라고 하였다.(『論語 顏淵』) 물勿자에 대해 주자는 "『설문해자說文解字』에 '물勿 자는 깃
　발과 같다.' 했으니, 이 깃발을 한번 휘두르면 삼군三軍이 모두 물러난다. 공부가 단지 이
　물勿자에 있으니, 비례非禮가 오는 것을 보았다 하면 곧바로 막아내고 곧바로 이겨내야 한다"
　하였다.

****　맹자가 사람의 뜻을 비유한 것이다. 맹자가 지志를 장수에 비기고 사람의 기氣를 군졸에 비
　겼다. (『孟子 公孫丑上』)

*****　성벽을 굳게 하고 곡식을 모조리 걷어 들인다는 뜻으로, 적의 양식 조달을 차단하는 전술이다.

고 요해要害를 장악하게 하였다. 적들이 자주 변방을 침범했지만 대장군이 무서운 기세로 성들을 순시하니, 적들이 모두 퇴각하고 감히 정면으로 덤비지 못했다. 대장군이 추격하여 적들을 모두 베어 죽이고 진격하여 적의 소굴을 뒤엎어 건원제가 하사한 영토를 모두 회복하고 군사가 돌아와 대궐에서 승전을 보고하였다. 이로부터 세·궁궐이 평안하고 사방 들판이 조용하여 금구金甌*와 같은 천리 강토가 맑고 깨끗해 아무런 흠이 없었다. 천군은 가만히 앉아 덕으로 세상을 다스리니, 태재는 안에서 천군의 덕을 보필하여 모든 정사의 근본인 임금의 마음을 맑게 하고 백규는 밖에 생기는 일들을 수응酬應하여 하나의 근본인 마음의 작용을 펼쳐나갔다. 이렇게 저마다 자기 직책을 공경히 수행하니 나라가 태평하였다. 천군은 재위한 지 백 년 만에 육룡六龍**을 타고 상제의 궁궐로 올라가 돌아오지 않았다.

태사공太史公은 말한다.

"내가 보건대 천군이 임금 노릇을 잘한 것은 태재 경의 보좌 덕분이다. 나라가 잘 다스려진 것은 경을 재상으로 삼았기 때문이고 나라가 어지러워진 것은 경을 떠나보냈기 때문이며, 천군이 나라 안으로 돌아올 수 있었던 것은 경을 재상의 자리에 다시 앉혔기 때문이다. 천군이 상제를

---

* 금으로 만든 사발로 흠이 없고 견고한 강토疆土를 비유한 말이다. 양 무제梁武帝가 일찍 일어나 무덕각武德閣에 이르러 혼잣말로 "나의 국토는 오히려 금구와 같아 하나의 상처나 흠도 없다" 하였다는 데서 유래하였다. (『南史 朱异列傳』)

** 여섯 마리 용으로, 『주역』 「건괘乾卦」의 육효六爻를 가리킨다. 건괘 「단전彖傳」에 "때로 육룡을 타고 하늘을 날아다닌다時乘六龍以御天" 하였는데, 이는 원래 성인이 나와 세상을 다스림을 비유한 것이다.

짝할 수 있었던 것도 경 덕분이고 만방을 통솔할 수 있었던 것도 경 덕분이었으니, 첫째도 경이요 둘째도 경이다. 오호라! 한 재상을 얻으면 흥성하고 한 재상을 잃으면 패망하니, 임금이 누구를 재상으로 삼을지 신중히 생각하지 않아서야 되겠는가."

有國於崑崙之下磅礴之上, 號曰有人氏. 其地自圓顧山至交趾, 土不過同, 而以禮義爲諸侯所宗, 實王夏盟, 以熙帝載; 其君則乾元帝之子也. 乾元帝太初元年, 詔曰: "朕居巍巍之上, 萬機寔繁, 無以獨運; 有能佐朕以治, 朕將寵之下土, 式是百辟." 僉曰: "胤子可." 乃命太史作策, 命其詞曰: "唯玆萬國, 逖在下地, 林林總總, 靡有定主. 肆予命汝, 自服于中土; 汝尙同爾兄弟, 撫玆戎醜, 以贊我帝室. 分汝以仁義之室. 禮智之琛, 軒轅氏之珠. 隋侯之璧. 王府珍藏, 咸錫予之, 往欽哉, 無荒墜朕命. 汝如不君, 惟爾股肱心膂, 皆汝仇敵, 內姦外宼, 投間抵隙, 爲汝邦患; 汝其戒此, 念之敬之. 高城深池, 重門擊拆, 罔有小忽; 陳兵巡警, 明法詰盜, 罔有小忽. 嗚呼! 敬勝則吉, 怠勝則滅, 無怠無荒, 永綏天祿." 元月甲寅, 帝使太史, 命疆有人之國, 封胤子焉; 國人尊之, 號曰天君. 天君初名理, 旣封於人, 更名曰心, 都胸海. 元年, 天君受朝于神明殿, 命洞開重門曰: "軒豁無蔽, 正如我心." 爰命太宰敬曰: "汝宅腔子裏, 肅淸我宮府." 命百揆義曰: "汝協于太宰, 順應萬務, 以熙百志." 於是, 二相同心, 政成事合, 百官有司, 整整肅肅, 無敢荒厥官. 太宰曰: "吁, 念哉! 上帝寔命, 無貳爾心. 爾在屋漏, 神目孔昭, 出入起居, 及爾出王. 對越在天, 無忝爾所生." 百揆曰: "吁, 戒哉! 惟玆庶績, 在汝一人, 無或曠于庶官. 君其代于天工." 君曰: "兪! 靡二子之助, 我無以爲君. 予一人眇躬, 辱在大夫; 大夫無棄我." 皆稽首曰: "君若不棄二臣, 臣敢不爲用? 君如棄之, 雖欲匡輔, 其於群小何?" 君深納焉. 由是, 二相得盡其忠, 群臣大和, 國內大治, 遂承帝命, 統攝四海之內, 包括宇宙之外, 凡命於兩儀之間萬餘國, 皆有人氏之屬; 南至于天根, 北至于月窟, 無有化外之邦, 國家强盛, 克配帝室者, 二相之力也. 君頗好微行, 出入無時, 群臣莫知其鄉, 太宰每諫止之. 末年, 佞臣公子懈公孫傲等用事, 逐太宰敬, 百揆不安位而去. 君於是乘八駿馬, 馳驚八荒之外, 或陞而天飛, 或降而淵淪, 法宮久空, 百度縱弛, 銀海路妖賊華督等, 首亂三關, 群盜蜂起. 君巡遊在外, 國無備禦, 賊襲胸海, 不血刃而入其郭; 我師敗績于靈臺之下, 將軍剛死之. 賊酋柳跖自立爲君, 入居方寸臺; 宮闕汚穢, 池殿荒涼, 腥膻醜種, 瀰漫丹田, 薰蒸玉淵. 天君旣失國, 故家遺臣, 無一從者, 惟公子良尙周旋其間, 雖不見庸, 不忍棄去, 乃作祈招之詩, 以警其君. 君惻然省悟, 卽命整駕回轡, 收召散卒, 太宰敬詣行在, 使復其位. 於是, 百姓雲集, 克期恢復十年, 天君復入殼子裏. 大將軍克己建四勿旆爲前鋒, 公子志統大衆爲元帥, 大將軍孤軍深入, 遇賊于生死路頭, 命破釜甑, 燒廬舍, 視士卒必死, 血戰百合, 賊衆大潰. 君正位于神明殿, 百揆義亦來, 與太宰分治內外. 太宰勸上堅壁淸野, 控制要害. 賊黨數犯邊, 大將軍厲氣巡城, 賊皆却走, 莫敢當其鋒. 將軍追擊盡斬之, 進兵覆其巢穴, 盡復乾元帝所賜之地界, 師還告捷于丹墀. 自是三宮淸晏, 四野寧謐, 金甌千里, 瑩淨無痕. 天君拱己垂衣而治, 太宰輔君德以淸萬化之本; 百揆應事變以宣一本之用, 各恭其職, 國家無事. 上在位一百年, 乘六龍朝帝庭不還. 太史公曰: "予觀天君之爲君也, 其賴太宰敬之輔乎! 其治也以相敬, 其亂也以去敬, 其還也以復敬, 其配上帝也以敬, 其統萬邦也以敬; 一則太宰, 二則太宰. 嗚呼! 得一相而興, 失一相而亡, 人君可不愼所相與!"

— 김우옹, 「천군전天君傳」(『동강집東岡集』)

남명은「신명사도神明舍圖」와 그 명銘을 짓고 27세의 동강東岡 김우옹金宇顒(1540~1603)에게 명하여 이「천군전天君傳」을 짓게 하였다. 천군은 본래 『순자』「천론天論」에서 온 말로 마음이 오관을 다스리는 것을 임금에 비긴 것이다.

　이 글에는 사람의 마음과 몸을 비유한 갖가지 말이 등장한다. 주석을 보충하여 설명한다. '유인씨有人氏'는 사람을 가리키고, '원로산圓顱山'은 머리, 교지交趾는 두 발을 비유한다. '건원乾元'은 하늘이니, '건원제'는 곧 상제이다. '인의'와 '예지'는 사람의 본성에 갖춰져 있는 네 가지 속성이다. '헌원씨의 구슬'은 '도道', '수후隋侯'의 '옥'은 지혜를 비유한다. '천군의 초명'인 '리理'는 마음의 본체인 성性을 가리킨다. '흉해胸海'는 가슴속을 비유하였다. '신명전神明殿'은 신명이 사는 집이라는 말로 마음이 깃들어 사는 것을 비유한다. '강자腔子'는 사람의 몸이다. '천근天根'은 발꿈치, 월굴月窟은 정수리를 비유한다. '공자 해懈'는 게으른 마음, '공손公孫' '오傲'는 오만한 마음을 비유한다. '은해銀海'는 여색을 보기 좋아하는 눈동자를 비유하고, '화독華督'은 여색을 탐내는 음란한 마음을 비유한다. '세 관문'은 바깥세상을 접하는 세 통로인 눈, 귀, 입을 비유한다. '영대靈臺'는 마음을, '장군 강剛'은 욕심에 굽히지 않는 강한 마음을 비유한다. '유척柳跖'은 포악한 마음을 비유한다. '방촌대方寸臺'는 마음이 사는 곳을 집으로 비유한 것인데 마음이 사는 곳을 방촌이라 하므로 이렇게 말한 것이다. '단전丹田'은 정신이 깃들어 사는 미간眉間을 가리키는 말이다. '옥연玉淵'은 옥빛처럼 맑은 연못으로, 맑은 마음 바탕을 비유한다. '공자 양良'은 본연의 양심良心을 비유한다. '생사로두'는 생사의 갈림길로, 결사적으로 싸웠음을 말한 것이다. '대장군 극기克己'는 사욕을 이기는 노력을 비유하고, '사물기四勿旗'는 옳지 않은 것을 물리치는 마음을 군사를 지휘하는 대장기로 비유한 것이다. '공자 지志'는 나약한 마음을 이기는 의지를 비유한다. '각자殼子'는 사람의 몸이다. '견벽청야堅壁淸野'는 사욕이 들어와 머물 수 없도록 마음을 말끔히 비우는 것을 비유한다.

이 글에는 경敬과 함께 재상인 의義도 나오고, 대장군 극기, 공자 지가 나온다. 그러나 그 요지는 어디까지나 '마음은 몸의 주재이고 경은 마음의 주재'라는 것으로 경을 위주한 심학心學의 요결을 제시하고 있다. 이 글의 끝부분에서 태사공의 말을 빌려서 오직 경의 중요성을 역설함으로써 마무리한 것에서도 알 수 있다.

동강은 남명의 외손서外孫壻일 뿐 아니라 24세부터 33세까지 출사出仕하기 이전, 학문에 전념하던 시기에 자주 남명을 곁에서 모시면서 가르침을 받았던 애제자이다. 게다가 남명은 자신이 늘 차고 다니던 성성자惺惺子란 방울을 동강에게 주었는데, 성성자는 방울소리로 마음을 각성시켜 경敬의 상태를 유지하게 하는 도구이다. 따라서 남명이 성성자를 동강에게 주었다는 것은 동강이 남명의 심법心法을 이어받은 수제자였음을 증명한다. 또한 동강이 남명의 언행록言行錄과 행장行狀을 지었다는 사실에서 그가 남명학파에서 차지하는 비중이 얼마나 큰지 알 수 있을 것이다.

그러나 동강은 27세 때 과거를 보러 서울로 갔다가 퇴계를 만난 뒤로는 퇴계의 영향을 많이 받았고, 함경도 회령에 귀양 가서는 퇴계가 써준 열두 자 "思無邪 毋不敬 愼其獨 毋自欺"를 벽에 걸어두고 늘 퇴계가 편찬한 『주서절요』를 읽었다고 한다. 동강의 절친한 친구인 한강寒岡 정구

鄭逑는 동강을 애도하는 만사挽詞에서 "퇴계의 바른 학맥을 평생토록 사모했고 남명의 높은 풍모를 특별히 흠모했다退陶正脈終天慕 山海高風特地欽" 하여, 오히려 동강의 학맥을 퇴계 쪽에 두고 있다. 이 구절에 대해 배상룡裵尙龍이란 사람이 이의를 제기하자 한강은 "이는 평소에 동강이 말한 것이기 때문에 만사에서 언급하였다" 하였다. 이렇듯 동강의 학통이 남명과 퇴계 어느 쪽에 속하느냐 하는 것은 이미 옛날부터 양쪽 학파의 학자들 사이에 판단하기 매우 난처한 문제가 되어왔다. 그러나 이런 문제는 더 이상 중요하지 않다.

조선의 학문은 퇴계 이후 주자의 이학理學 일색이 되어 다른 성향의 학문은 거의 용납되지 못하였다. 조선 전기까지 이어져 온 선학禪學의 영향을 받았으면서 선학과는 다르고 주자학을 표방하면서도 주자학과도 다소 다른, 독특한 성격을 지닌 남명학은 이러한 학문 풍토에서 살아남기 어려웠다. 남명 자신이 정좌靜坐 수행을 좋아하고 저술하기를 좋아하지 않았거니와 그의 문하에서도 남명학이라 할 만한, 이렇다 할 저술을 찾기 어렵다. 남명학의 핵심은 심학心學이라 할 수 있다. 위에서 보았듯이 사욕을 막아 마음의 맑고 순수한 상태를 지키는 것이 남명 심학의 특징이다. 이제 흩어진 편린들을 모아 붙여서 남명 심학을 재구성하여 우리 사상사에 광휘를 더하는 것이 우리 후인에게 남겨진 책무이다.

돌아오는 강촌 십 리 길에서

o

지금은 안동댐으로 수국水國이 되고 말았지만 옛날에는 낙동강 가를 따라 고즈넉한 길이 나 있었다. 도산서당陶山書堂에서 퇴계를 스승으로 모시고 막 강회를 마친 월천月川 조목趙穆(1524~1606)은 강가를 걸어 집으로 돌아오다가 저물녘 숲으로 날아가는 새를 보며 홀로 생각한다. 저 새가 제 보금자리 찾아 숲으로 날 줄 스스로 아는 것처럼 오늘 강회에서 토론하던 글의 뜻은 나만이 홀로 안다고.

지난번 시편과 『심경』 등을 보내주었으니, 보답해야 할 것이 많았네. 그러나 그날은 사람을 접대하느라 초초히 답장을 썼고 그 후로도 줄곧 차일피일 미루다가 보답하지 못한 채 지금에 이르고 말았으니, 태만한 죄 몹시 부끄럽네.

공의 시를 찬찬히 보니 근자에 시상詩想이 부쩍 좋아졌기에 기뻤네. 다만 그중에 자랑하고 뻐기고 자만하는 태도가 없지 않으며 겸허하고 수렴하고 온후溫厚한 뜻이 적으니, 이와 같은 자세를 고치지 않으면 덕업德業을 닦는 실제 학문 공부에 끝내 방해될 수 있을 걸세. 그중 첫째 수에,

돌아오는 십 리 강촌 길에　　　　　　　　歸來十里江村路

보금자리 찾는 새가 숲으로 나는 것을 스스로 알 뿐　宿鳥趨林只自知

하였는데, 이 한 구절이 바로 남이 미처 알지 못한 곳을 초연히 홀로 알았다고 공이 스스로 말한 것일 테지. 시인의 흥취로 말한다면 이 구절은 매우 잘 되었다고 할 만하지만 학문의 의사意思로 본다면 바로 병통이 되는 곳이 이 구절에 있지 않을까 생각되네. 어째서인가? 너무 성급하게 알았다고 판단했기 때문일세.

예로부터 이 학문에 뜻을 둔 사람이 많았네. 사람의 마음은 본래 신령하고 밝으니, 진실로 성현의 책을 읽는 데 뜻을 두었다면 처음 책을 읽을 때 어찌 한두 가지나마 어렴풋이 이치를 아는 것이 없겠는가. 이에 이 사람의 마음이 대뜸 스스로 만족하여 "나는 이미 알았고 세상 사람들은 모두 모른다" 하고서는, 자신을 높여서 천하의 제일류에 올려놓고 더 이상 남의 좋은 점을 배울 줄 모르며, 심지어는 당시 세상 사람들에 대해서만 그러할 뿐 아니라 옛날의 훌륭한 학자들도 모두 자기 발밑에 두어 기필코 자신을 더 낫다고 여긴 뒤에야 만족하는 사람들이 세상에 온통 가득하네. 이것이 명도 선생明道先生께서 이르신 "경솔히 자부自負하다가 끝내 소득이 없다"라는 것일세.

前惠詩簡心經等, 所當報者甚多, 彼日對人草謝, 後來亦一向因循, 闕然至此, 殊媿逋慢也. 細看公詩, 近覺有長進得趣味, 可喜. 但其間, 不無有誇逞矜負自喜之態, 而少謙虛斂退溫厚之意, 恐如此不已, 終或有妨於進德修業之實也. 其首章"歸來十里江村路, 宿鳥趨林只自知", 此一句, 正是公所以自言其超然獨得於人不及知處. 以詩人趣味論之, 亦甚得意, 然以學問意思看來, 正恐病處在此句上, 何者? 以其太早計也. 自古, 有志此事者多矣. 人心本自靈明, 苟有意讀聖賢書, 當其始也, 豈無一知半解窺得其影象之髣髴處! 於

是, 此人之心, 遽已侈然自足, 以爲吾已知之, 而世人皆不知之, 乃自以其身,

抗而實之天下第一流上, 不復知有求益與來善之事, 至甚則不唯於一世人爲

然, 雖古昔儒先之列, 亦率欲陵跨躪轢, 必出於其上而後爲快者, 滔滔皆是.

此卽明道先生所謂輕自大而卒無得者也.

— 이황, 「조사경에게 보냄與趙士敬」(『퇴계집退溪集』)

　퇴계가 제자인 월천 조목에게 보낸 답장이다. 월천은 퇴계와 같은 고
을인 예안현禮安縣 월천리月川里에서 태어나 그곳에서 평생을 살면서 퇴
계를 가까이 모셨다. 도산서원에서 낙동강을 따라 십 리 남짓 내려가면
다래마을로 불리는 월천리를 만날 수 있다. 다래는 곧 월천의 우리말인
달내의 연음連音이다. 율곡의 『석담일기石潭日記』에 "공은 나면서부터 남
다른 자질이 있어 다섯 살에 『대학』을 구두로 배우고, 열두 살에 경서를
모두 배웠다公生有異質 五歲口受大學 十二盡學經書"했을 만큼 월천은 재주가
뛰어났고, 게다가 매우 꼬장꼬장한 성품이었다고 알려져 있다.

　위 편지에 인용된 시는 월천이 도산서당에서 동학들과 함께 강론하고
집으로 돌아오는 길에 지어서 퇴계에게 편지와 함께 보낸 것이다. 월천
이 이 시를 쓴 때는 을축년(1565) 겨울이다.

　　물 북쪽 산 남쪽에서 스승님을 뵙고　　　　　　　水北山南謁大師

　　한방에 벗들이 모여 천 갈래 의심 분석했지 羣朋一室析千疑

　　돌아오는 십 리 강촌 길에　　　　　　　　　　歸來十里江村路

　　보금자리 찾는 새가 숲으로 나는 것을 스스로 알 뿐 宿鳥趨林只自知

239

도산서당의 강석에서 월천은 김명일金明一, 김성일金誠一 형제와 우성전禹性傳 등과 함께 퇴계를 모시고 『심경心經』, 『대학장구大學章句』에 대해 토론했는데 서로 의견이 합치하지 못하였다. 당시 퇴계는 65세, 월천은 42세였다. 제자들 중 가장 나이가 많고 자부심이 강했던 월천이 토론 중에 자신의 견해를 강하게 주장했던 듯하다. 그래서 자신의 견해가 옳았다는 생각을 끝내 버리지 못하고 은근히 시에 담아서 퇴계에게 보냈던 것이다. 월천이 비유로 쓴 보금자리 찾아 숲으로 날아가는 새는 귀숙歸宿 또는 귀숙처歸宿處를 비유한 것으로 뜻의 귀결점歸結點 또는 주지主旨를 뜻한다.

이 시를 받아보고 퇴계 역시 차운시次韻詩로 화답하였다.

학문 끊어진 오늘날 스승이 어찌 있으랴	學絕今人豈有師
마음 비우고 이치 보면 의심이 풀리는 법이지	虛心看理庶明疑
숲으로 나는 새에게 멀리서 이르노니	因風寄謝趨林鳥
스스로만 알 때 억지로 알지 말게나	只自知時莫强知

퇴계는 자신을 스승으로 내세우지 않는 겸양을 보인 다음, 마음을 비우고 이치를 보아 의심이 저절로 풀려야 참으로 이치를 바로 아는 것이라 하였다. 그리고 월천을 숲으로 나는 새에 비기고, 스스로만 알 때 억지로 알지 말라고 하였다. 도산서당 강회에서 퇴계가 월천의 견해에 수긍하지 않았음을 알 수 있다.

학자들은 대개 자득自得을 좋아하고 중시한다. 자득은 스스로 터득한다는 뜻인데 주자는 자득의 '자自'는 '독자獨自'의 '자自'가 아니라 '자연自然'의 '자自'인데 학자들은 '독자'의 '자'로 알기 때문에 굳이 자기 주장을 내세우려 한다고 하였다. 즉 자득이란 사색하여 그 이치가 저절로 드러나는 것이지 홀로만 아는 게 아니란 것이다. 그렇지만 책을 읽고 이치를 사색하다 보면 이치가 미처 마음에 와 닿기 전에 자기 생각으로 지레 짐작하여 우격다짐으로 알아버린다. 이렇게 아는 것이 필경 자기에게 무슨 도움이 될지를 생각할 겨를이 없다. 총명한 사람일수록 더 이런 우愚를 범하기 쉽다.

사람들이 거리에서 저마다 각양각색 복장으로 개성을 뽐내듯이 세상은 다양화되고 빠르게 변해간다. 그래서인지 인문학에 종사하는 학자들도 늘 '독자獨自'의 그 무엇을 찾아야 한다고 자신을 강박하는 듯하다. 심지어 고전을 해석할 때에도 굳이 색다른 견해를 내놓고 싶어 한다. 그러나 곰곰이 생각해보자. 이치는 천하의 공물公物이지 나 혼자만의 것이 아닌데 굳이 나 혼자 안다고 주장할 필요가 있을까. 필경 그렇게 할 까닭이 무엇인가. 이치가 공물인 줄 알지 못하면 헐떡이는 마음을 쉬지 못하여, 참으로 이치를 안다는 것이 무엇인지 끝내 알지 못하고 말지도 모른다.

얕게 볼지언정 깊게 보지 말고
낮게 볼지언정 높게 보지 말라

○

글을 읽으면서 깊은 뜻을 얕게 보는 것이야 당연히 뜻을 알지 못하는 것이지만 얕은 뜻을 깊게 보는 것 역시 뜻을 알지 못하는 것이다. 깊은 뜻을 얕게 보는 것은 식견과 안목이 부족해서 그런 줄 다 알 테지만, 얕은 뜻을 천착하여 깊게 보는 것을 대개 정밀하고 심오한 견해로 생각하기 쉽다. 낮은 이치를 높게 보는 것도 마찬가지이다. 얕으면 얕은 대로 깊으면 깊은 대로, 낮으면 낮은 대로 높으면 높은 대로 여실如實히 보는 것이 이치를 참으로 아는 것이다. 그렇지 못하다면 식견이 부족하거나 자기 생각, 자기가 하고 싶은 말이 앞섰을 터이다. 고전을 파고들다 보면 누군들 언뜻 탁견卓見인 양한 기특한 생각들이 머리를 스쳐 지나간 적이 없으리오. 그렇지만 한갓 자기 생각에 그치는 그러한 것들을 거듭해서 비우고 고인을 온전히 이해하려는 애정이 없다면, 어떻게 아득한 시대의 간격을 넘어서 고전의 실지實地에 발을 들여놓을 수 있겠는가.

보내온 편지를 자세히 보건대 내 뜻을 잘 이해하지 못한 점이 있으니, 대략 말해보겠네. 그대의 편지에서 "만약 오로지 내면을 돌이켜보기만 할 뿐 책을 읽고 토론하는 것을 소홀히 여기면 결국 한쪽으로 치우친 강서선학江西禪學처럼 되고 말 것이다" 하였고, "한번 질의質疑하고자 했다가 도리어 죄과罪過에 빠지고 말았다" 하였고, 또 "의리의 핵심이 되는 곳에 대해 어찌 입을 다물고 말하지 않을 수 있겠는가" 하여, 어투에서 불평스런 기상을 몹시 드러내는 것 같았네. 전일에 내 편지는 그냥 붓 가는 대로 써서 답을 보낸 뒤 까마득히 잊고 있었네. 알지 못하겠네만 그 편지에서 그대로 하여금 강서선학을 공부하게 한 무슨 대목이 있었으며, 또 의리의 핵심이 되는 곳에 대해 공으로 하여금 입을 다물고 말하지 못하게 한 적이 있었던가?

주자는 문인에게 독서하는 법을 말하면서, "글은 차라리 얕게 볼지언정 너무 깊게 보아서는 안 되고, 차라리 낮게 볼지언정 너무 높게 보아서는 안 된다" 하였고, 또 "그대는 글을 볼 때 의론을 세우기를 좋아하는데, 이는 먼저 자기 생각으로 남을 볼 뿐 성현이 하신 말씀을 가져다 내 가슴속을 적시는 것은 아닐세. 이후로는 그저 있는 그대로 보도록 하게" 하였네. 내가 공의 독서를 보면, 언제나 자기 견해를 주장하여 굳이 글 뜻을 깊고 높게만 보려 하였네. 이런 까닭에 한 권의 책을 읽고 하나의 이치를 알 때에도 미처 침잠하고 진밀縝密한 공부를 하지 못하고 먼저 자기 견해를 주장하여 기필코 글 뜻을 자기 뜻에 맞추려고 하더군. 여기에서 어서 머리를 돌리고 빨리 발길을 돌리지 않으면, 이런 습관이 오래 굳어진 나머지 자기 견해를 내세우는 성향이 강해지고 겸허한 마음으로 남의 견해를 받아들이는 태도가 적어져서, 결국 심성에 나쁜 영향을 끼치고 진덕수업進德修業의 큰 공부에도 방해가 되지 않는다는 보장이 없을 걸세. 세상은 쇠퇴하고 학문은 단절되어 사람들의 마음이 인욕에 함몰되어버린 이때 그대들 몇 사람이 급변하는 세상 풍파 밖, 한적한 초야에서 서로 어울려서 경서를 읽는 냉담冷淡한 생활을 하면서 옛 선왕의 유택遺澤

을 노래하고 육경六經의 유지遺旨를 강론하고 있으니, 이 얼마나 크게 기쁜 일이요, 좋은 소식인가. 이러한 까닭에 나도 그대들을 매우 아끼는 마음에서 자신의 부족한 점은 헤아리지 않은 채 기필코 그대들을 잘 다듬어서 한 점 하자 없는 옥처럼 훌륭히 성취시키고자 하였네. 그래서 그동안 그대가 편지로 질문하면 곧바로 수긍하고 듣기 좋은 말로 인정해주지 못했던 걸세. 이것이 바로 내가 매양 그대의 견해에 반대했던 까닭일세.

옛날에 당나라 시인 백낙천白樂天은 시 한 수를 지으면 반드시 이웃 노파에게 가 물어보고 그 노파가 뜻을 알겠다고 하면 기록해두고, 뜻을 알지 못하겠다고 하면 그 시를 버렸네. 그대들이 나를 멀리하지 않는다면, 내가 그대들을 위해 백낙천의 이웃 노파가 되고 싶은데 그대는 허락해줄 수 있겠는가?

細觀來諭, 有未悉愚意者, 請?布之. 公書云:"若一意反觀內省而脫畧於講討, 則未免江西 一偏之歸." 又云:"一欲質疑, 反陷罪過." 又云:"義理頭腦處, 寧容噤嘿不言乎?" 辭氣之間, 太涉發露, 有不平底氣像. 前日愚書, 信筆書報後, 茫然忘失, 未知有何語句, 敎公以江西之學, 亦何嘗於義理頭腦處, 敎公以噤嘿不言乎? 嘗聞朱子語其門人, 以讀書之法曰:"文字寧看得淺, 不可太深; 寧低看, 不可太高." 又曰:"公看文字, 好立議論. 是先以己意看他, 却不以聖賢言語來, 澆灌胸中. 自後只要白看乃好." 愚嘗觀公之讀書, 每欲自主議論而必求其深高. 故讀一書得一理, 未及加沉潛縝密之功而先自主張, 必欲求合於己意. 若或於此不能亟回頭疾旋踵, 則膠滯之久, 自用勝而欠遜志虛受之義, 未必不爲心術之害而有妨於進德修業之大功矣. 當此世衰學絶, 人心陷溺之餘, 公輩數人, 相携於寂寞之濱滄桑局外, 自做冷淡生活, 歌詠先王之遺澤, 講論六經之遺旨, 是何等大歡喜好消息耶! 是以, 區區相愛之至, 不量自己之有無, 必欲其玉成而無一疵焉, 前後盛問之來, 不能言下領會而 爲巽與之言. 此所以愚昧之見, 每見阻於高明者也. 昔白樂天作詩一篇, 必就 問于隣嫗, 嫗曰能解則錄之, 曰不能解則棄之. 愚於諸公, 若蒙不遐, 思欲爲 白氏之隣嫗, 公能肯許否?

— 안정복, 「권기명에게 답함答權旣明書」(『순암집順菴集』)

순암 안정복이 녹암 권철신에게 보낸 편지이다. 순암과 녹암은 모두 성호 이익의 제자인데 두 사람의 성향이 매우 달라서 거의 상반된다 할 수 있다. 녹암이 정주의 학설에 거침없이 이견을 제기하고 서학西學에도 관심을 가지는 것을 순암은 아주 못마땅하게 생각했다. 그래서 고인의 글을 읽으면서 자기 견해를 경솔히 주장하는 것을 경계했고 녹암이 이에 반박하는 서한을 보낸 데 답한 것이 이 편지이다.

녹암의 아우인 이암移庵 권일신權日身(1751~1791)은 바로 순암의 사위 이다. 순암은 이 형제를 비롯한 일군의 소장학자들이 보이는 급진적인 성향을 깊이 우려하여 누누이 타이르고 경계하였다. 그러나 이암은 신해 사옥 때 순교하고, 녹암도 결국 경신사옥이 일어난 이듬해 체포되어 혹 독한 고문을 받다가 목숨을 잃고 말았다. 백낙천의 노파를 자임하기까지 했던 순암의 간절한 정성도 결국 수포로 돌아가고 말았던 것이다.

퇴계 이황도 고봉 기대승에게 자신의 독서 방법을 말하면서 "얕으면 얕 은 대로 두고 감히 파고들어 깊게 보지 않으며, 깊으면 깊은 데까지 나아 가고 감히 얕은 데 그치지 않는다淺則因其淺 不敢鑿而深 深則就其深 不敢止於淺"

하였다. 순암은 이러한 학문 자세를 잘 배웠다. 그래서 정주程朱의 학설과 다른 견해를 주장한 데 대해 그는 "정주가 이미 알고도 하찮게 여겨 울타리 가에 버린 것巴籬邊物인지 어찌 알겠는가?"라고 반박하기도 하였다. 매우 근후謹厚하지만 오늘날에 와서는 보수적이라는 비판을 받을 것이다.

세상에는 녹암과 같은 사람도 필요하고 순암과 같은 사람도 필요하지만, 역사에서는 녹암과 같은 생각을 가진 인물은 시대에 앞선 선각先覺이라 하여 높이 평가되고, 순암과 같은 생각을 가진 인물은 보수적이라 하여 곧잘 폄하된다. 그렇지만 이러한 평가도 오늘날을 사는 우리의 호오好惡에서 나온 것일 뿐 그들이 살았던 당대 현실과는 무관할 수 있다. 또한 우리의 호오는 그저 우리의 호오일 뿐 인간의 삶의 진실과 다를 수 있다는 사실도 잊어서는 안 될 것이다.

지금 우리는 우리 역사에서 수백 년 동안 거의 제자리만 맴돈 정주학程朱學에 식상한 나머지 무턱대고 선각을 찾고 새로운 것을 지나치게 좋아하는 것은 아닐까. 새로운 해석은 번득이는 재치, 문득 떠오른 단상에서도 나올 수 있지만 인간의 삶에 필요한 진리는 오랜 연찬研鑽을 통해 얻어진 식견과 안목, 그리고 무엇보다 순수하고 진실한 마음 바탕 없이는 결코 바로 볼 수 없다.

오늘날 사람들은 대개 녹암을 보고는 통쾌하게 여기고 순암에 대해서는 답답하게 여길 것이다. 순암과 같은 학자의 고루한 생각이 세계사의 진운進運 속에서 우리의 역사를 후퇴시켰다고 가슴을 칠지도 모르겠다. 그러나 삶의 진리가 실종되어가고 진실보다는 각색된 해석이 더 판을 치는 지금, 나는 순암의 손을 들어주고 싶다.

연암이 버렸던 글

○

글이 말과 다른 점은 사람들이 읽어도 좋을 만큼 할 말을 정리하여 세상에 내놓는 것일 터이다. 자기가 한 말이라도 마땅치 않았음을 깨닫고 후회할 때가 있거니와 글은 더욱 그러하다. 그래서 글은 신중히 써야 하고 자기 글에 책임을 져야 하며, 자기가 쓴 글을 잘 가려 뽑아서 책으로 간행해 세상에 내어놓는 것이 독자들에 대한 예의이다. 연암 박지원과 같은 대문호의 문집에도 연암 자신이 버리고 싶었던 글 한 편이 실려 있다.

「초구기貂裘記」는 젊을 때 작품일 뿐 아니라 문장 수준도 그다지 높지 못하니, 생각건대 연암이 이미 하찮게 여겨서 버린 글일 터입니다. 그 시 중의 네 구句를 「이통제비명李統制碑銘」에 따다 쓴 데서 알 수 있습니다. 그런데 지금 특별히 뽑아서 싣는 것은 아마도 온당치 못할 듯합니다. 게다가 말이 남인南人에 미친 곳마다 적신賊臣으로 지목하였으니, 이 근방의 독자들 중 불평을 품는 이가 많을 뿐 아니라 이 분의 만년에 툭 트여 높고 넓었던 식견조차도 이것에 가려지게 되었으니, 탄식할 만합니다. 그 나머지는 굳이 깊이 논할 것은 없습니다만 오행五行이 상생한 적이 없다는 주장은 사람으로 하여금 배를 잡고 웃게 합니다. 이분은 춘하추동春夏秋冬이 오행의 '기氣'인 줄도 알지 못했단 말입니까. 상생하는 것은 '기'이고 상극相剋하는 것은 '질質'입니다. 그런데 연암은 질을 가지고 기를 말하면서 대뜸 "상생하는 이치가 없다" 하였으니, 문장가가 이치를 궁구하지 않고 가벼이 글로 쓰는 것이 대개 이와 같습니다. 이것이 농암農巖이 신상촌申象村을 비판한 까닭입니다. 계곡谿谷도 이러한 병통이 있습니다.

공의 문집「잡언雜言」중에도 이와 같은 글이 몇 단락 있는데 추려내어 깨끗이 정리하지 못한 것이 아쉽습니다.

貂裘記旣是少作, 文亦不甚高, 意此老已芻狗之. 觀其詩中四句摘用於李統制碑銘, 可知矣. 而今特表而存之, 恐未爲允. 且其語及南人處, 每以賊臣目之, 非但此近讀者多懷不平, 而此老晚年通達高曠之趣, 亦爲此所翳, 可歎. 其他有不必深論, 而五行未嘗相生之說, 令人捧腹. 此老曾不知春夏秋冬之爲五行之氣乎! 相生者氣也, 相克者質也. 今以質而論氣, 輒謂無相生之理, 文章家之不窮理而輕立說類如此. 此農巖所以譏申象村也. 谿谷亦有是病. 大集雜言中似此者亦尙有數端, 恨未竝刪以就潔淨耳.

— 조긍섭,「김창강에게 보냄與金滄江」(『암서집巖棲集』)

심재 조긍섭이 창강滄江 김택영金澤榮(1850~1927)에게 보낸 편지이다. 연암의 문장은 당시에 문풍文風을 어지럽힌다는 이유로 정조正祖가 읽는 것을 금지하기까지 하였다. 이것이 소위 정조의 문체반정文體反正이다. 연암의 손자로 영의정까지 지냈던 박규수朴珪壽(1807~1877)가 평양감사로 있을 때 그의 아우가『연암집』을 간행하자고 하자 공연히 문제를 일으킬 것 없다고 했을 정도였으니, 연암의 글이 당시로서는 얼마나 파격적인 것인지를 알 수 있다.

그 『연암집』을 창강이 1901년에 간행하였다. 이 편지는 그 무렵에 쓰인 것이다. 「초구기」는 효종孝宗이 북벌北伐 때 추운 북쪽 변방에서 입으라고 우암尤庵 송시열宋時烈(1607~1689)에게 하사했다는 초구貂裘, 즉 담비갖옷을 보고 연암이 지은 글이다. 이 글을 심재는 『연암집』에 넣지 말아야 한다고 주장하면서 몇 가지 이유를 든다.

우선 이 글은 연암이 젊었을 때 지은 작품이고 연암의 다른 작품에 비해 그 수준이 낮다는 것이다. 연암의 연보에 의하면, 「초구기」는 연암이 28세 때 지었다. 그리고 「초구기」에 있는 몇 구절을 연암 자신이 후일에 지은 「이통제비명李統制碑銘」이라는 글에 따다 쓴 것으로 보아 연암 자신이 이 글을 자기 문집에 남길 글로 여기지 않았음을 알 수 있다는 것이다. 「이통제비명」은 『연암집』 2권에 실려 있는 「가의대부 행삼도통제사 증자헌대부 병조판서 겸지의금부사 오위도총부도총관 시충렬 이공 신도비명嘉義大夫 行三道統制使 贈資憲大夫 兵曹判書 兼知義禁府事 五衛都摠府都摠管 諡忠烈 李公 神道碑銘」을 가리킨다. 이는 삼도수군통제사三道水軍統制使를 지낸 이확李廓(1590~1665)의 신도비명이다. 살펴보면 「초구기」의 "우리 선왕에게는 또한 임금이 있었으니, 대명의 천자가 우리 임금의 임금이었네維我先王, 亦維有君. 大明天子, 我君之君"라는 네 구절을 「이통제비명」에 글자 하나 틀리지 않게 그대로 따다 옮겨 놓았음을 알 수 있다.

한문 문장에서 한 구절도 아니고 이렇게 네 구절을 두 편의 글에 함께 쓰는 경우는 드물다. 통상 신도비명神道碑銘은 중요한 글이므로 문집에 싣지 않아서는 안 된다. 따라서 「초구기」의 글귀를 신도비명에 그대로 썼으니, 「초구기」를 후세에 남길 글로 여기지 않았다고 판단할 수 있는 것이다.

'말이 남인에 미친 곳마다 적신賊臣으로 지목하였으니, 이 근방의 독자들 중 불평을 품는 이가 많다'고 했는데, 「초구기」의 두 곳에서 우암의 적이라 할 수 있는 남인을 적신이라 지칭하였다. 심재는 영남 사람이므로 남인을 적신이라 한 게 못마땅했을 것이다. 연암은 반남 박씨潘南朴氏로 노론의 명문세신名門世臣 집안 후손이지만, 그는 노론의 세상에서 당시 사회를 풍자하고 비판하는 글을 많이 남겼다. 그래서 연암을 남인이라고 하는 주장도 나왔던가 보다. 당대의 현실을 날카롭게 풍자하는 비판정신을 기대하며 연암의 글을 읽는 독자들이 노론의 영수인 우암을 기리기 위해 쓴 「초구기」를 읽고 좋아할 리 만무하다.

오행의 상생相生을 부정한 연암의 견해를 보고 어처구니없다고 한 것을 보면 심재도 주자학자의 과구窠臼를 벗어나지 못하였다. 그러나 정작 심재 자신도 도학자를 자임했지만 문장가로 더 알려졌다.

서점에 가보면 책들이 범람하여 어쩌다 한 번씩 가는 나 같은 사람은 그만 어리둥절해지곤 한다. 하루에도 새로 진열장에 꽂히는 책들, 창고로 밀려나는 책들이 헤아릴 수 없이 많으니, 가위 서책의 바다요 정보의 홍수이다. 이제 마음만 먹으면 어떤 지식이든 찾아서 내 것으로 만들 수 있게 되었으니 이보다 더 좋은 시대가 있더냐고 좋아할 만하다. 그러나 옛사람들은 자기 저술을 남길 때 스스로 엄선하여 후세에 꼭 전하고 싶은 것만 문집에 실었다. 아예 생전에는 문집을 간행하는 법이 없었고, 작자의 사후에 문집을 간행할 때에도 지인들이 교정을 보면서 문장을 고치고 내용을 산삭刪削하기도 했다. 후세에 부끄러울 일을 하지 않으려 했던 것이다.

오늘날에 와서는 글이 그만 말이 되고 말았다. 글을 함부로 써서 세상에 내어놓고, 남의 글을 자기 마음대로 세상에 공개하기도 한다. 연구자들은 작자 자신이 문집에 싣고 싶어 하지 않은 글, 문집을 간행할 때 일부러 빼고 싣지 않았던 글들까지 속속들이 뒤지고 파헤치는 것을 아주 득의得意한 일로 여긴다. 변명할 수도 후회할 수도 없게 하고 만다. 인문학이 사람을 연구하고 사람을 위한 진리를 찾는 학문일진대 선악을 불문하고 지식과 정보를 그대로 전달하고 사실을 보이는 대로 밝히는 것으로 할 일을 했다고 해도 될까. 글 한 편을 쓰기가 무서운 세상이다.

퇴계와 고봉, 논변을 마치며

○

논쟁은 한갓 논쟁을 위한 논쟁이 되는 데 그치고 마는 경우가 많다. 퇴계·고봉과 같은 탁월한 학자들 사이의 토론도 평행선을 달리는 논쟁이 오래 이어졌다. 그렇지만 이 두 학자는 지루한 논쟁을 번득이는 해학으로 멋지게 마무리하였고, 마침내는 서로의 견해를 일정 부분씩 수용하여 진일보한 결론을 도출하는 데 이르렀다.

공이 호남湖南에 있으면 나는 영남嶺南에 있고 공이 서울에 있으면 나는 향리鄕里에 있었기 때문에 해가 바뀌고 오랜 시일이 지나도록 소식이 서로 격조했으며, 자중子中은 비록 내려왔지만 요즘은 만나지 못했습니다. 이제 처음으로 벼슬길에 나아간 이때 근황이 어떠한지요? 평소의 소양을 가지고 세무世務에 시험해보면서 불안한 점은 없는지요?

나는 여전히 궁벽한 시골에 살고 있으니 세상일을 물리치고 이렇게 궁벽하게 살아가는 것이 어리석은 나의 분수에 다소 다행스럽습니다. 다만 나이는 세월과 함께 달려가고 병은 늙음에 따라 심해지니, 지기志氣와 정력이 사그라져감을 알 수 있을 것입니다. 이 지경에서 이르러서야 비로소 이 학문에 힘쓰지 않을 수 없다는 것을 깨달았으니, 세상의 뛰어난 선비들은 물정에 어둡고 학문을 하기에 늦은 나이에 이르렀으면서도 뉘우칠 줄 모른다고 틀림없이 비웃을 것입니다.

전일에 서찰을 왕복하던 논변이 내게 이르러서 그쳤으니, 아직 결말을 보지 못한 문제이고, 그중에 또한 나의 견해를 다 말하고 싶은 것도 한두 곳이 있었습니다. 중간에 다시 생각해보건대 의리를 변석辨析하는 것은 진실로 지극히 정미하고 해박해야 하는데 돌아보면 그동안 논변한 것은 단서가 매우 많고 사설辭說이 매우 길어서, 나의 견해가 이루 다 망라하지 못하고 조예가 미치지 못한 곳들도 혹 있었습니다. 그럴 경우에는 왕왕 임시로 선유先儒들의 설을 찾아다가 나의 부족한 곳을 보충하여 공의 변론에 답하는 설로 삼았으니, 이는 과거 보는 선비가 과장科場에 들어가서 시제試題를 보고서 고사故事를 따다가 조목에 따라 대답하는 것과 무엇이 다르겠습니까. 가령 이와 같이 하여 십분十分 타당하다 하더라도 기실 나 자신에게는 터럭만큼도 도움이 되는 게 없고 다만 쓸데없는 논쟁만 벌여 성문聖門의 큰 금기를 범하게 될 뿐입니다. 더구나 참으로 타당하다고 보장할 수도 없음에 있어서겠습니까.

이로 말미암아 더 이상 마음을 내어 지난날처럼 용감하게 답장을 보내지 못하고, 다만 보내온 편지에서 두 사람이 나귀에 짐을 실은 것에 비유한 말씀을 가지고서 장난삼아 절구 한 수를 지어서 보냅니다.

두 사람이 나귀에 짐을 신고 경중을 다투는데	兩人馱物重輕爭
헤아려보니 높낮이가 이미 고르거늘	商度低昂亦已平
다시 을 쪽의 짐을 갑 쪽에 죄다 넘기니	更剋乙邊歸盡甲
어느 때에나 짐 형세가 균평하게 될거나	幾時馱勢得勻停

그저 웃고 마시기 바랍니다.

湖嶺京外, 隔歲綿時, 聞問相阻, 子中雖來, 時亦未見. 不審新去家食, 匪躬造
端, 爲況如何? 平日所養, 試之應世, 能無齟齬否? 滉尙此屛僻, 愚分稍幸. 惟
是年與時馳, 病隨老劇, 其於志氣精力, 銷落可知. 至此而始覺此事之不可不
勉. 世有豪士, 必笑其迂晚而猶不知悔耳. 向者往復, 至滉而止, 惟是未結公
案, 其間亦有一二欲畢其愚者. 中復思之, 辨析義理, 固當極其精博, 顧其所
論, 條緖猥繁, 辭說汗漫, 或有鄙見包羅不周, 超詣未及處, 往往臨時搜採先
儒之說, 以足己闕, 以爲報辨之說. 此與擧子入場見題, 獵故實以對逐條者何
異? 假使如此, 得十分是當, 實於身, 已無一毫貼近, 只成閒爭競, 以犯聖門
之大禁. 況未必眞能是當耶? 由是, 不復作意奉報如前之勇, 只因來誨兩人
駄物之喩, 戲成一絶, 今以浼呈. 兩人駄物重輕爭, 商度低昂亦已平. 更剋乙
邊歸盡甲, 幾時駄勢得勻停. 呵呵.

— 이황, 「기명언에게 보냄與奇明彦」(『퇴계집退溪集』)

　퇴계와 고봉이 편지를 주고받으며 토론한 사단칠정四端七情에 대한 논
변은 우리 사상사에서 가장 큰 사건이었다고 해도 과언이 아니다. 두 학
자의 본격적인 논변은 대략 1559~1561년에 벌어졌고, 이 편지는 1562
년 10월 16일에 보낸 것이다. 이때 퇴계는 62세였고 고봉은 36세였다.
자중子中은 퇴계의 제자인 정유일鄭惟一(1533~1576)의 자이다. 그는 당시
조정에 벼슬하면서 퇴계와 고봉 사이에 소식을 전하는 역할을 하였다.
　이 편지는 고봉이 보낸 편지에 대한 답서이다. 고봉은 한 필의 나귀에
짐을 싣고 두 사람이 양쪽에서 나귀를 몰고 가는 것으로 두 사람의 논변

을 비유하였다. 즉 길을 가다 보면 나귀 등에 실은 짐이 한쪽으로 기울지 않을 수 없는데 짐이 기우는 쪽 사람이 상대편 쪽으로 짐을 들어 넘기면 상대편도 그렇게 하여, 서로 상대편 쪽으로 짐을 넘기기를 반복하므로 짐이 평정해질 수 없게 된다고 했다. 고봉의 이 비유를 퇴계는 시로 읊은 것이다.

사단과 칠정에 대한 긴 논변을 이 자리에서 자세히 설명할 겨를은 없다. 간략히 정리하면, 퇴계는 사단과 칠정의 개념을 둘로 나누어 보았고, 고봉은 하나로 합하여 보았다고 할 수 있다.

동양학에서는 체體와 용用, 일一과 다多, 전체성과 변별성, 어느 쪽을 중시하느냐에 따라 학문의 성격이 결정된다. 크게는 불교의 선禪과 교敎, 유학의 주자학과 육왕학陸王學 내지 리학理學과 심학心學의 논쟁이 각각 이러한 개념들의 어느 한쪽에 섬으로써 벌어진다.

사단과 칠정에 대한 논변에서 퇴계는 '다', 고봉은 '일' 쪽에 서 있었다고 볼 수 있지만, 양자는 모두 상대방의 선 자리를 아주 부정하지 않고 일정 부분 긍정하는 위에서 자기의 주장을 폈다. 퇴계는 '일'만을 주장하면 사물의 변별성을 드러낼 수 없어 리理의 개념을 밝히는 성리학의 참된 의미가 없어진다고 우려하고, 고봉은 그렇다고 하여 '다'만 강조하면 '일'을 본체로 삼은 '다'를 각개各個로 만들어 실상을 보지 못하게 된다고 반박한다. 이와 같이 양자가 서로의 치우침을 경계하는 과정을 통하여 각자의 착오를 깨닫고 마침내 중정中正한 결론에 이르렀다. 이러한 과정을 고봉과 퇴계는 나귀 등의 짐을 서로 떠넘기는 것으로 비유했다.

그리하여 퇴계가 고봉의 견해를 일정 부분 수용하여 만든 『성학십도聖

學十圖』의 「심통성정도心統性情圖」에 이르면, 사단과 칠정이 본래 하나의 정情이면서 발현하는 단서에서 개념을 달리하여 나뉘게 된다. 하나의 정임을 밝힌 것은 「심통성정도」의 중도中圖이고, 개념을 달리해 둘로 나눈 것은 「심통성정도」의 하도下圖이다. 여기에서 '일'과 '다'는 균형을 이루어 어느 한쪽에 치우치지 않고 서로를 융회融會할 수 있게 된다. 즉 각개의 '다'는 전체성인 '일'을 전제한 '다'이므로 개체만 보고 전체를 망각하는 우愚를 범하지 않게 되며, 전체성인 '일'은 각개의 '다'를 포함한 일이므로 사물의 다양한 개념을 무시한 채 공허한 관념에 떨어지지 않을 수 있게 되었던 것이다.

다산이 발견한 「우암연보」의 오류

○

맹자는 "『서경』의 기록을 다 믿을 바에는 차라리 『서경』이 없느니만 못하다" 하였거니와 글을 매우 신중히 쓰고 책을 함부로 내지 않았던 옛날에 기록된 글들도 다 믿을 수는 없다. 특히 조선 후기 당쟁이 격화된 뒤로는 상대편을 비방하고 자기편을 두둔하는, 일방적인 내용의 글들이 많다. 다산 정약용은 우암 송시열의 연보에 중요한 사실이 잘못 기록된 것을 지적하고, 붕당이 나누어진 뒤로 나온 기록들은 대개 믿을 수 없다고 하였다.

근래 「우암연보尤庵年譜」를 보니 아무래도 미심쩍은 곳이 있었습니다. 효종 무술년(1658, 효종 9) 겨울 11월에 여강驪江이 9품의 말단 벼슬아치로서 우암에게 발탁되어 여덟 품계를 뛰어넘어 진선進善*에 특별히 제수되었으니, 우암이 이조吏曹를 맡은 지 겨우 50여 일 남짓 되던 때였습니다. 「연보」에서 말한 말의末擬**란 우리 조정의 인사행정 격식에서 명망이 매우 높은 사람을 모두 말망末望으로 단통單通하는 것이니, 지금의 소위 부응교副應敎를 말망단통한다, 부제학副提學을 말망단통한다 하는

---

* 　조선 시대 세자시강원世子侍講院에 속한 벼슬로 정4품의 청요직淸要職이다.

** 　말망末望으로 비의備擬한다는 뜻이다. 관직에 한 사람을 임명하기 위해 세 사람을 추천하는데 이를 삼망三望이라 한다. 말망은 세 사람 중 끝자리에 이름이 적혀 추천되는 것이다.

것이 바로 그 법입니다.

이 당시 효종은 어진 이를 얻고자 하는 마음이 간절하여 우암을 이조판서吏曹判書로 임명, 인재를 발탁하는 일을 맡겼던 것입니다. 그런데 우암이 이조를 맡은 지 수십 일도 지나지 않아서 맨 먼저 여강을 여덟 품계나 뛰어넘어 바로 진선에 의망擬望하였고, 이에 대해 이의를 제기하는 사람이 있자 여강을 체직한 다음 우암이 임금과 신하가 모인 자리에서 또 임금께 청하여 여강을 잉임仍任시켰습니다. 그렇다면 이때에는 우암이 여강을 아직 배척하지는 않았음을 알 수 있으며, 아직 배척하지 않았을 뿐만 아니라 오히려 여강을 특별히 높은 자리에 발탁하여 나라 일을 함께 해보려 했음을 알 수 있습니다.

그런데 「연보」에서는 이보다 6년 전인 황산黃山의 모임*에서 이미 여강을 이단異端, 사문난적斯文亂賊이라 하여 왕망王莽·조조曹操·동탁董卓·유유劉裕** 등에 비겼다고 하니, 이럴 리가 있겠습니까? 게다가 황산의 모임이 있기 12년 전에 우암이 벌써 「이기설理氣說」을 지어 여강을 이적금수夷狄禽獸, 난신적자亂臣賊子***라 했다고 했으니, 이럴 리가 있겠습

---

* 황산은 충청남도 연기군燕岐郡에 있는 황산서원黃山書院을 가리킨다. 송시열이 47세 때 황산서원에서 유계兪棨·윤선거尹宣擧 등과 모여 유숙하면서 윤휴가 『중용장구中庸長句』 주註를 고친 것에 대해 비판하였다. (『宋子大全附錄 年譜1 癸巳條』)

** 왕망은 전한 말엽의 역적으로 평제平帝를 시해하고 나라를 빼앗아 신이란 나라를 세웠다. 동탁董卓은 후한 말엽의 역적으로 영제靈帝가 죽자 소제少帝를 폐위하고 헌제獻帝를 세웠다. 조조는 후한 말엽의 역적으로 동탁이 제거된 뒤 실권을 장악하였다. 유유는 남조 시대의 송 무제宋武帝의 이름이다. 그는 진 공제晉恭帝를 폐위하고 자신이 황제가 되어 송나라를 세웠다.

*** 나라를 어지럽게 하는 신하와 어버이를 해치는 자식 또는 불충한 무리.

니까? 참으로 그러했다면 그 사이 수십 년 동안 여강에 대한 우암의 언론은 줄곧 변함없이 여강을 난신적자라 하다가 갑자기 난신적자를 여덟 품계나 뛰어넘어 곧바로 진선에 임명하게 한 것이니, 매우 이치에 맞지 않는 일입니다.

대저 붕당朋黨이 나뉜 이래 기록들은 이와 같이 대부분 믿을 수 없는 점이 있습니다. 이미 십여 년 전에 여강이 난신적자임을 알았고 또 그가 개과천선했음을 알 수 있는 분명한 사실도 없거늘 막 이조를 맡자마자 여덟 품계나 뛰어넘어 발탁하여 세자世子를 보도輔導하는 자리에 제수했다는 것이 가능한 일이겠습니까. 설혹 미촌美村*이 밤낮으로 여강을 천거하지 않는다고 책망했다 하더라도 단순히 책망했다는 이유로 난신적자를 특별히 높은 자리에 추천할 수 있겠습니까? 또 여강이 미촌을 강도부노江都俘奴**라고 매도하자 이 때문에 미촌이 겁을 먹고 여강에게 빌붙었다고 한 것도 아마 사실이 아닐 듯합니다. 미촌 부자***는 누구든 강화도 사건을 제기하기만 하면 반드시 절치부심하여 그 사람과 대립하였는데, 이러한 이유로 겁을 먹고 여강과 친밀해졌을 리는 없을 것입니다.

종합해 말하면, 우암이 여강과 사이가 벌어진 것은 기실 기해예론己亥

---

*   윤선거尹宣擧(1610~1669)의 호이다.
**   병자호란 때 강도江都, 즉 강화도로 부인과 함께 피난갔다가 부인 이 씨는 자결하였는데 혼자 종의 복장으로 위장하여 살아난 윤선거를 비하하는 말이다. 부노란 포로가 된 종이라는 뜻이다.
*** 윤선거와 그의 아들 윤증尹拯을 가리킨다.

禮論 이후의 일로서 사적이 명료하니 굳이 숨길 필요가 없습니다. 공정한 마음과 공정한 눈으로 보면 엊그제 일처럼 또렷이 알 수 있습니다. 편집의 어려움이 이와 같으니, 애석한 일입니다.

近觀尤菴年譜, 有不能無疑者, 孝宗戊戌冬十一月, 驪江以九品末官, 爲尤菴所拔擢, 超八階特拜進善; 此時尤菴掌銓纔五十餘日也. 其云末擬者, 我朝政格, 凡極望之人, 皆以末望單通; 今所謂副應敎末望單通, 副提學末望單通, 乃其法也. 此時孝宗側席求賢, 而以尤菴爲天官冢宰, 俾掌其事; 乃尤菴掌銓不過數旬, 首以驪江超八階直擬進善, 及有人言而遞, 尤菴又筵奏仍任, 則此時尤菴未及擯棄, 可知. 不唯未及擯棄, 抑將超遷冥升, 與共國事, 可知. 乃於六年之前, 黃山之會, 已以驪江爲異端, 爲斯文亂賊, 比之於莽卓操裕, 有是理乎? 又黃山十二年之前, 尤菴已著<理氣說>, 以驪江爲夷狄禽獸亂臣賊子, 有是理乎? 誠如是也, 前後數十年之間, 尤菴言論, 一直無變, 以驪江爲亂賊, 而忽以亂賊超八階直拜進善, 太不近理. 大抵朋分以來, 文字之多不可盡信, 有如是矣. 旣於數十年前知其爲亂賊, 彼人亦無改過遷善之明驗, 而掌銓之初, 超八階而擢用, 授之以輔導春宮之職, 可乎? 設使美村日夜誚責, 豈可以誚責之故, 超遷亂賊乎? 且云"驪江罵美村爲江都俘奴, 以此之故, 恐怯蝱附於驪江." 亦恐不然. 美村父子, 一有人提起江都之事, 則必切齒腐心, 與之角立; 以此生怯, 與之親密, 亦恐無此理. 總之, 尤菴之有隙於驪江, 實在

---

* 기해년(1659)에 효종이 승하하였을 때 효종의 상사喪事에 모후母后인 자의대비慈懿大妃 조씨趙氏의 복상服喪 문제가 제기되었는데 윤휴 등 남인은 삼년설三年說을 주장하였고 송시열 등 서인은 기년설期年說을 건의하여 기년설이 채택된 것을 가리킨다. (『燃藜室記述 顯宗朝故事本末』)

己亥禮論之後, 事跡瞭然, 不必諱也. 臨之以公心公眼, 歷歷如昨日事. 惜乎!

編輯之難, 有如是矣.

— 정약용, 「이여홍에게 보낸 편지與李汝弘」(『여유당전서與猶堂全書』)

다산이 우암의 연보를 읽다가 발견한 오류를 지적한 것이다. 여강은 백호白湖 윤휴尹鑴(1617~1680)를 가리킨다. 백호가 남한강 가인 경기도 여주에 살았기 때문에 이렇게 불렀다. 우암과 백호의 사이가 매우 좋지 않았다는 것은 잘 알려진 사실이다.

1658년에 우암이 이조판서로 있으면서 9품의 말단 벼슬아치인 백호를 추천하여 정4품인 세자시강원 진선에 천거하였는데, 이 사실을 두고 「우암연보」에서는 다음과 같이 말했다.

"윤휴가 주자의 『중용장구中庸長句』의 주註를 고친 뒤로 선생이 사문난적斯文亂賊으로 배척하였다. 이런 까닭에 이조판서가 되어 인사행정을 맡은 뒤로도 윤휴를 등용할 뜻이 없었다. 이에 선생을 질책하는 말이 사방에서 이르렀으며 윤선거는 심지어 편지를 보내어 윤휴를 등용하지 않는다고 질책하였고, 혹자는 곧바로 대사헌에 제수하지 않은 것을 잘못이라 하기도 하였다. 이와 같이 사람들의 비난이 비등하여 상황이 매우 위태하니, 선생이 마침내 윤휴를 진선進善의 말망末望에 올려 낙점을 받게 되었다. 그러자 당시 여론이 또 여덟 품계를 뛰어넘어 제수하여 규례에 어긋났다고 비난했기 때문에 선생이 계청啓請하여 체직했다가 다시 입대入對해서 계청하여 잉임하게 하였다."

우암이 백호를 탐탁찮게 여겨 삼망三望 중 말망에 이름을 올렸다는 것인데, 다산은 이에 대해 명망은 높고 자급은 낮은 사람을 특별히 발탁할 때 말망에 이름을 올려서 낙점을 받는 관례가 있다고 반박하였다. 즉 일종의 인사행정에서 특별 채용의 절차이지 백호를 탐탁찮게 여겨 말망에 이름을 올린 게 아니라는 말이다.

그런데 「우암연보」에 의하면, 이보다 6년 전에 우암은 시남市南 유계兪棨·미촌美村 윤선거와 함께 황산서원에서 유숙하면서 백호에 대해 비판하였다는 것이다. 그 기록에서 중요한 부분만 발췌해보자.

우암이 "하늘이 공자를 이어 주자를 세상에 낸 것은 실로 만세의 도통道統을 위해서다. 주자 이후로 하나의 이치도 드러나지 않음이 없고 하나의 글도 밝혀지지 않음이 없거늘 윤휴가 스스로 자기 견해를 세워 마음대로 자기 주장을 내세운다" 하니, 미촌이 "의리는 천하의 공물公物인데 지금 윤휴로 하여금 감히 말하지 못하게 하는 것은 무슨 까닭인가" 하였다. 이에 우암이 "공은 주자는 고명하지 못하고 백호가 도리어 더 낫다고 여기는가? 또한 백호처럼 참람된 놈을 고명하다고 한다면, 왕망·동탁·조조·유유 같은 역적들도 너무 고명해 그러한 것인가? 백호는 실로 사문난적이니, 무릇 혈기血氣 있는 사람들이면 모두 죄를 성토해야 한다. 『춘추』의 법에 난신亂臣과 적자賊子를 다스릴 때는 반드시 먼저 그를 편드는 자부터 다스리게 되어 있으니, 왕자가 나타나게 된다면 처벌을 받게 될 것이다" 하니, 미촌은 "그대는 희중希仲 윤휴의 자 을 너무 두려워한다" 하였다.

이와 같이 「우암연보」에는 황산서원에서의 대화를 매우 사실적으로 기록해놓았지만 다산은 앞뒤의 사실이 서로 맞지 않다고 보았다. 그런데 「우암연보」에는 심지어 황산서원의 모임이 있기 12년 전에 우암이 벌써 「이기설理氣說」을 지어 백호를 이적금수夷狄禽獸, 난신적자亂臣賊子라고 했다고 기록해놓았다. 다산은 우암과 백호의 사이가 벌어진 것은 황산서원의 모임이 있은 지 7년 뒤인 1659년 기해예론 때 서로 의견이 엇갈린 뒤부터라고 단정하였다. 즉, 그 이전에는 두 사람의 사이가 나쁘지 않았지만 우암이 사문난적으로 몰았던 백호와 사이가 좋았다고 할 수 없었기 때문에 우암의 사후에 「연보」를 쓰면서 사실을 날조했다는 것이다. 다산은 당쟁이 생긴 뒤에 쓰인 기록들은 대부분 믿을 수 없다고 결론지었는데, 적확한 지적이라 생각된다.

당쟁이 사라진 지 오래지만 그 여파는 지금도 남아 있다. 아직도 지연과 혈연에 따라 퇴계니 율곡이니 존모하는 선현이 나뉘고 역사적 사실에 대해서도 판단이 달라진다. 딴은 어릴 때부터 귀에 못이 박히도록 들어와 굳어진 생각일 터이니, 어디 쉽게 바뀔 수 있겠는가. 하루가 다르게 변화하는 세상에서 조선 시대 당쟁의 기억은 머지않아 사람들의 뇌리에서 잊히겠지만, 오늘날에 와서는 오히려 지역과 이념의 대립이 또 다른 격한 싸움판을 만들고 있다. 사람의 생각도 에너지라 그 보이지 않는 파장이 쉽게 그치지 않고 역사의 굴곡을 따라 흐르는가 보다.

글은 말보다 정제되어야 한다. 말을 할 때는 가끔 실수하고 또 그 자리에서 고칠 수도 있지만 글로 기록되면 많은 사람에게 오래 전파될 수 있으므로 더욱 조심해야 한다. 요즘은 글이 말보다 더 가벼워졌다. 차라리 남 앞에서 말을 할 때는 조심해도 혼자서 글을 쓸 때는 오히려 더 방자해져서 자기 불만과 편벽된 생각을 쉽게 쓴다. 그리고 그 글을 또 다른 외눈박이들이 자꾸 퍼 나르니, 이래서야 싸움이 격렬해지지 않을 수 있겠는가. 글은 단지 자기 견해를 드러낸 데 그치지 않고 또 다른 사실을 만들어내어 남을 해치며 종잡을 수 없는 싸움을 부추길 수 있다는 점을 잊어서는 안 될 것이다.

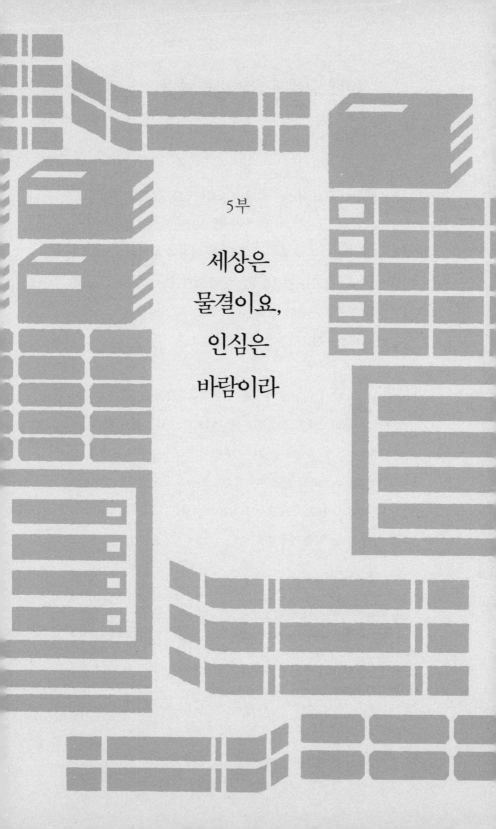

5부

세상은
물결이요,
인심은
바람이라

벼슬길에서 물러나는 뜻은

○

세상을 위하는 길이 어디 세상에 나가 사람들이 보는 곳에서 무언가 드러난 일을 하는 데만 있다던가. 자기의 심신도 안돈安頓하지 못하면서 세상을 위한 일을 한답시고 나서는 것이야말로 얼마나 허망한가. 매화가 반드시 흰 눈을 업신여기는 기개를 뽐내야만 매화다운 것인가. 밝은 달빛 속에 자태를 감추고 은은한 암향暗香을 부동浮動하는 게 오히려 매화다운 일을 하는 게 아닐까.

근자에 들으니, 남시보南時甫*가 나를 두고 위아지학爲我之學**을 한다고 했다 합디다. 위아지학은 내가 본디 하지 않지만 나의 행적이 위아지학과 매우 흡사하기에 그 말을 듣고는 식은땀이 흘러 옷을 적셨습니다. 그러나 만약 겉으로 드러난 행적만을 가지고 사람을 판단한다면 양씨楊氏가 아니면서도 위아爲我하는 듯이 보이는 옛사람들이 많지 않겠습니까. 주자는 불자佛者의 말을 인용하여,

---

* 　조선 전기의 문신이자 양명학자인 남언경南彦經을 가리킨다. 시보는 자이고, 호는 정재靜齋 또는 동강東岡이며, 서경덕徐敬德의 문인이다.

** 　세상을 위해 자신을 희생하지 않고 오직 자신만을 위하는 학문이란 뜻으로 묵적墨翟의 겸애설兼愛說과 상반된다. 맹자가 "양자는 자신을 위함만 취하니 자신의 터럭 하나를 뽑아 천하를 이롭게 할 수 있더라도 하지 않는다楊子取爲我 拔一毛而利天下 不爲也" 한 데서 온 말이다. (『孟子 盡心上』)

이 심신을 가지고 모든 세상의 중생들을 받드는 것　　　將此心身奉塵刹

이것을 이름하여 부처님 은혜에 보답하는 것이라 하네　是則名爲報佛恩[*]

하였고, 또 두보의 시를 인용하여,

사방 이웃들이 쟁기를 잡고 나서니　　　　　　　　　四隣耒耜出

구태여 우리 집까지 잡을 것 있으랴　　　　　　　　何必吾家操^{**}

하였습니다. 그리고 이연평李延平^{***}은 말하기를,

"지금 같은 때에는 그저 궁벽한 곳에서 베옷을 입고 나무 열매를 먹으며

평소에 하는 공부에나 힘써야 할 것이다"

하였고, 양귀산楊龜山의 시에,

듬성하게 핀 꽃잎으로 경솔히 흰 눈과 싸우지 말고　莫把疎英輕鬪雪

밝은 달빛 가운데 맑은 자태를 잘 감추라　　　　　好藏淸艶月明中

---

* 『능엄경』에서 아난阿難이 한 말이다. 『능엄경』에는 '身心'이 '深心'으로 되어 있는데 주자가
  인용하면서 '身心'이라 하였다. 진찰塵刹은 진진찰찰塵塵刹刹의 준말로 불교에서 온 우주의
  수없이 많은 세계를 일컫는 말이다. 『능엄경』의 주석에는 "성과를 얻고 중생을 제도하는 것
  이 불은佛恩을 갚는 것과는 상관이 없지만 이것으로써 보답하지 못하는 은혜에 보답하는 것
  을 삼는다" 하였다.

** 두보의 시 「대우大雨」에 나오는 구절이다. 위 『능엄경』의 구절과 함께 『주자대전朱子大全』
   「답진동보答陳同甫」에 실려 있다.

*** 송나라 학자 이통李侗을 가리킨다. 연평은 호이고 자는 원중愿中, 시호는 문정文靖이다. 양
    시楊時의 제자인 나종언羅從彦에 수학하였고 주자의 스승이다.

하였습니다. 이 분들이 모두 위아지학을 하였단 말입니까.

近聞, 南時甫謂滉爲爲我之學. 夫爲我之學, 滉固不爲也, 而其跡則一似於爲我. 聞之, 令人汗出沾衣. 然苟執跡而斷人, 古之非楊氏而似爲我者何限? 朱子嘗引佛者之言曰: "將此身心奉塵刹, 是則名爲報佛恩." 又引杜詩曰: "四隣未耒出, 何必吾家操?" 李延平曰: "當今之時, 只於僻寂處, 草衣木食, 勉修素業." 楊龜山詩曰: "莫把疎英輕鬭雪, 好藏淸艷月明中, 是亦皆爲爲我之學云爾耶?"

— 이황, 「기명언에게 답함答奇明彦」(『퇴계집退溪集』)

이 글은 융경隆慶 정묘년(1567) 9월 21일, 퇴계 이황이 고봉 기대승의 편지에 답한 것이다. 이보다 앞서 이해 8월 10일, 예조판서에서 해임된 퇴계가 명종의 인산因山이 끝나기도 전에 곧바로 귀향하자 세상에서 비난하는 여론이 들끓었다. 평소 퇴계를 존경하던 고봉도 퇴계에게 편지를 보내 출처의 도리에 맞지 않다고 따졌고 퇴계가 자신의 입장을 밝힌 것이다.

퇴계가 걸핏하면 벼슬을 사양하고 낙향하니, 당시 사람들은 퇴계를 두고 산새[山禽]라고 비아냥거렸다. 자신만을 위하고 세상을 위할 줄 모른다는 남시보의 말은 퇴계를 비난하는 세상 사람들의 말이기도 하였던 것이다. 이에 대해 퇴계는 옛사람의 말을 인용하여 반드시 세상에 나아가 무엇인가 하는 것만이 세상을 위하는 길이 아니라고 반박하였다.

주자는 세상에 진출해 의미 있는 일을 해보고 싶어 하는 진량陳良에게

5부 세상은 물결이요, 인심은 바람이라

안연顔淵과 같이 독선기신獨善其身*하는 삶을 삶으로써 세상의 학자들로 하여금 학문의 바른 길이 무엇인지 알게 하는 것도 임금의 은혜에 대한 보답 아닌 보답이라 하였다. 그리고 석가의 제자인 아난阿難의 말을 인용, 중생을 구제하는 것이 진정 불은佛恩에 보답하는 길이듯이 직접적인 보답만이 보답이 아니라고 하였다. 두보의 시는 오랜 가뭄 끝에 흡족한 단비가 내릴 때의 농촌 풍경을 읊은 것이다. 주자는 이 시를 인용하여 남들이 다 세상에 진출한다고 해서 덩달아 나설 것이 아니라 나는 내 길을 가야 한다는 뜻을 은유隱喩하였다. 양귀산의 시는 매화를 읊은 것이다. 굳이 차가운 눈과 맞서서 기개를 뽐내지 말고 밝은 달빛 아래 자태를 감추는 것이 좋다고 매화에게 말한 것이다. 사람들이 저마다 자기를 표현하느라 광장에 나서기를 좋아하는 오늘날 씹을수록 깊은 맛이 느껴지는 말들이다.

퇴계는 당시로서는 장년을 지나 노년에 접어드는 나이인 43세 때 『주자대전』을 처음 얻어 보고는 그야말로 심취하였다. 그래서 이 책을 가지고 서둘러 낙향하였고, 이후로 퇴계의 삶은 오로지 진리를 찾아 학문의 길을 걷는 것이었다. 퇴계는 그렇게 하는 게 자기와 세상을 위해 할 수 있는 가장 의미 있는 일이라 여겼다. 그래서 세상이 아무리 자기를 불러도 번번이 고사固辭하였고 벼슬길에 나가면 곧바로 사퇴하곤 했던 것이다.

---

* 『맹자』「진심상盡心上」에 "곤궁할 때는 자기 일신이라도 선하게 지키고, 뜻을 펴면 온 천하 사람들을 아울러 선하게 한다窮則獨善其身 達則兼善天下"라 한 데서 온 말이다.

공자는 "남이 나를 알아주지 못해도 성내지 않으면 또한 군자가 아니겠는가" 하였거니와 세상이 자기를 알아주지 않을까 늘 불안한 사람이 많다. 세상에 이름이 알려진 명사일수록 이런 사람이 더 많은 것 같다. 그래서 명리名利를 얻을 수만 있다면 염치 따위는 아랑곳하지 않으니, 이제 염치라는 말은 입에 올리기도 민망하다. 옛사람들은 무턱대고 세상에 진취進取하는 것만을 가치 있는 일로 여기지 않았고 오히려 남이 알아주지 않아도 자기 뜻대로 사는, 은일의 삶을 더욱 값진 것으로 여겼다.

참으로 자기를 위할 줄 아는 사람이라야 참으로 세상을 위하는 삶을 살 수 있지 않을까. 무언가를 쫓아 분주한 나날들, 고인을 생각하면 늘 부끄러울 따름이다.

산수의 도적

○

청복淸福은 아무한테나 그저 오는 게 아니다. 맑은 시냇물보다 맑았던 고인의 삶, 이제 옛날 이야기에서나 볼 수 있는 그러한 삶을 오늘날 와유臥遊* 하듯이 구경이라도 해보자.

그날은 눈길을 마주친 채 말을 잊었는데** 지금 또 붓을 쥐고 말을 잊을 줄 생각이나 했겠소. 나의 그리워하는 마음을 공은 상상할 수 있을 테지요. 원융元戎***이 다시 서찰을 보내면서 선물까지 함께 보내왔으니, 감사한 마음 이루 형언할 수 있겠소. 내 수명은 원융이 추산推算해준 것이 너

---

* 직접 가서 산천을 유람하지 못하여 방 안에 산수화를 벽에 걸어놓고 누워서 구경하는 것이다. 중국 남조 송나라 종병宗炳이 평소 명산대천을 유람하는 것을 좋아하였는데 늙어서 병이 들자 자기가 유람하였던 산수를 벽에 그림으로 그려두고 누워서 구경하였다는 고사에서 온 말이다. (『宋書 隱逸列傳 宗炳』)

** 만나서 서로 눈길만 마주치고도 마음이 통했음을 뜻한다. 공자가 초나라의 현인賢人 온백설자溫伯雪子를 만나보고는 아무런 말이 없었다. 자로가 그 까닭을 물으니, 대답하기를 "그 사람은 눈길만 마주쳐도 거기에 도가 있으니, 말을 할 필요가 없다若夫人者 目擊而道存矣 亦不可以容聲矣" 한 데서 온 말이다. (『莊子 田子方』)

*** 주장主將을 뜻하는 말이다. 여기서는 당시 권응인權應仁이 가서 잠시 머물던 수영水營의 수군절도사水軍節度使를 가리킨다.

무 기니, 늙어서도 죽지 않는다면* 어찌 한 사람 도적이 됨을 면할 수 있겠소. 종전에는 국문國門의 도적이 되었는데 이후에 또 조화의 도적이 되지 않는다는 보장이 어디 있겠소.

일찍이 시를 짓기를,

빈손으로 돌아오매 무엇을 먹을거나	白手歸來何物食
십 리에 흐르는 시냇물 먹고도 남는 것을	銀河十里喫猶餘

하였으니, 이제부터 다시 10년을 더 이 시냇물을 마신다면 또 산수의 도적이 되겠구려. 다 손뼉을 치며 웃을 일이오. 공을 만나 한바탕 시원하게 웃지 못하는 것이 아쉽소. 마침 손님이 왔기에 대략 써서 답장을 올리오.

當日目擊忘言, 豈意今復執毫忘書耶? 此箇懷想, 公可想矣. 元戎更寄手字, 隨以貺遺. 曷敢攸謝耶. 命驗所示太長. 老而不死, 寧免一賊乎? 從前盜名不細, 曾作國門之賊. 安知此後更作造化之賊乎? 曾有詩曰: "白手歸來何物食? 銀河十里喫猶餘." 從今更喫十年, 則又作山水賊矣, 俱可拍手拍手. 恨不對公一場笑破. 適客到. 草草謹復.

— 조식, 「권 학관에게 답한 편지答權學官書」(『남명집南冥集』)

* 공자의 친구 원양原壤이란 사람이 태만한 자세로 걸터앉아 공자를 기다리니, 공자가 "어려서는 공손하지 못하고, 장성해서는 칭찬할 만한 일이 없고, 늙어서도 죽지 않는 것이 바로 도적이다" 하고, 짚고 있던 지팡이로 그의 정강이를 두드렸다는 고사에서 온 말이다. (『論語 憲問』)

퇴계 이황과 남명 조식은 동갑이었다. 조선 시대에는 낙동강을 경계로 삼아 영남을 '좌도左道'와 '우도右道'로 나누었는데, 퇴계는 좌도에서, 남명은 우도에서 당대를 대표하는 스승으로 존경을 받았다.

퇴계가 매사에 근엄하고 신중했던 반면 남명은 준절峻截하고 호방한 성품이었다. 그래서인지 두 사람은 벼슬길에서 물러나는 자세도 그 인품만큼이나 퍽 대조적이었다. 퇴계가 종종 벼슬길에 나아가긴 했으나 늘 병을 이유로 사퇴하고 시종 자신을 낮추는 겸손을 보였다면, 남명은 산림처사山林處士로서의 드높은 기상을 세워 아예 벼슬길에 발을 들여놓지 않았다. 이 글은 남명이 권응인權應仁*에게 보낸 편지이다.

이 글의 내용을 이해하려면 이 편지 전에 남명이 권응인에게 보낸 편지를 먼저 보아야 한다.

권응인이 어느 수영水營에 가서 며칠 머물 예정이었는데, 그 수영의 수사水使가 사람의 운명을 추산하는 명리命理에 밝은 사람이었던가 보다. 그래서 남명이 자기의 오주五柱**를 권응인에게 주어서 그 수사에게 수명을 추산해보게 했는데, 수사로부터 온 편지에서 남명의 수명을 매우 길다고 했다. 도학자인 남명이 사주팔자를 잘 보는 사람에게 자신의 수명을 물었다는 것은 퍽 이례적인 일이 아닐 수 없다. 그러나 남명이 오래

---

*   자는 '사원士元'이고 호는 '송계松溪'이며, 본관은 '안동安東'이다. 경상북도 성주星州에 거주하였다. 감사監司를 역임한 권수암權水庵 희맹希孟의 서자庶子로 태어났고 시를 잘 짓기로 당대에 이름났으며, 퇴계와 남명 두 문하에 모두 출입하였다. 문집은 『송계집松溪集』 7권 3책이 전한다.

**   사주四柱에 분주分柱, 즉 태어난 시時를 12등분한 분分을 추가한 것으로 사주보다 더욱 자세하다.

살고 싶은 욕망에서 자신의 수명을 알고 싶어 했던 것은 아니었다. 남명은 당시 나이 일흔이라 세상을 떠날 날이 얼마 남지 않았고 자손이 없으니, 자신이 죽으면 운구運柩하는 것이 큰 일이므로 자신의 수명을 미리 알아서 선영 곁에 돌아가 여생을 마치고 싶어 했던 것이다. 그래서 남명은 자신의 수명이 길다고 한 수사의 편지를 받고도 수사에게 다시 물어서 실제 수명을 바로 알려달라고 권응인에게 당부하면서 '일흔 나이에 무슨 미련이 남았겠느냐'고 하였다. 그러나 이 편지가 있고 2년쯤 뒤, 남명은 선영 곁에 이주하지 못한 채 자신이 머물던 덕산德山의 산천재山天齋에서 72세의 나이로 운명하고 만다.

남명은 65세 때인 1565년, 유일遺逸로 천거되어 상서원판관尙瑞院判官에 제수되어 소명召命을 받고 대궐에 들어가 사은숙배謝恩肅拜 하였다. 그러나 이내 사임하고 자신이 은거하던 덕산으로 돌아왔다. 여기서 '국문(도성의 문)의 도적'은 자기 허명이 잘못 알려져 이때 벼슬을 받고 도성에 들어갔었다고 해서 한 말이다. '조화의 도적'이란 천지의 조화를 훔쳐서 자신의 천수天壽보다 오래 사는 것을 말한다. 즉 허명으로 벼슬을 받은 것은 나라의 도적이요 무능한 몸으로 오래 사는 것은 천지조화의 도적이라는 것이다. 남명의 고결한 인품이 호방한 해학諧謔으로 드러나 있다.

인용한 시에서 '십 리에 흐르는 시냇물銀河十里'은 산천재 앞을 흐르는 시냇물을 가리킨다. 이 시는 제목이 '덕산복거德山卜居'인 것으로 보아 남명이 61세 때 처음 덕산에 와서 집을 짓고 살 때 지은 것이리라. 여기에는 앞부분인 다음 두 구가 생략되었다.

봄 산 어느 곳엔들 방초가 없으랴만 　　　春山底處無芳草

단지 하늘 높이 솟은 천왕봉이 좋아서라네 　　只愛天王近帝居

　지리산 천왕봉의 드높은 기상이 좋아서 천왕봉이 잘 보이는 덕산에 와서 살면서 산천재 앞을 흐르는 시냇물만 먹어도 마음이 넉넉했던 남명은 세상의 부정한 유혹에 일절 타협하지 않으며 산림처사로서의 기개를 드높여 천왕봉을 꼭 닮은 삶을 살았다.

　수사가 추산한 남명의 나이가 80세쯤 되었던가 보다. 그래서 남명은 이제 호탕하게 너털웃음을 웃으며, 농담한다. 늙어서 아무 하는 일도 없이 죽지 않는다면 천지의 조화를 훔치는 도적이 될 것이요, 시냇물을 10년쯤 더 마시고 산다면 산수를 훔치는 도적이 되지 않겠느냐고.

　욕심 많은 사람을 비유한 양주학楊州鶴이란 고사가 있다. 옛날에 몇 사람이 모여 자기 소원을 말하였다. 한 사람은 풍광이 수려한 양주楊州 고을의 원님이 되고 싶다 하고, 한 사람은 재물이 많기를 바란다 하고, 한 사람은 학을 타고 신선이 되어 하늘을 날았으면 좋겠다 하자, 한 사람이 썩 나서서 말하였다. "허리에 십만 냥의 돈꿰미를 두르고서 학을 타고 양주 고을을 날고 싶다腰纏十萬貫 騎鶴上楊州"라고. 양주학도 무색해진 오늘날 산수의 도적 얘기를 꺼냈으니, 물정을 몰라도 너무 모른 것은 아닐까.

조선의 자존심, 조·종

o

우리 역사에서 대개 조선은 주자학을 숭상하여 사대주의에 빠진 나라로 인식된다. 주체성이 없는 비겁한 나라로 쉽게 매도해버리는 사람들도 많다. 그렇지만 조선은 건국과 함께 천자의 칭호인 조祖·종宗을 사용하였다. 원나라에 복속되면서 잃었던 천자국의 자존심을 다시 세웠던 것이다.

명나라는 임진왜란 때 조선을 위협하면서 조·종의 호칭을 사용하는 것을 문제 삼아 시정할 것을 강력하게 요구하였다. 당시 명나라는 국력을 소진할 만큼 막대한 군사력을 쏟아부어 조선을 구원하였기 때문에 그만큼 입김이 셀 수밖에 없었다. 그런데도 조선은 끝까지 이 요구를 거부하였다. 이와 같이 임진왜란이라는 국가의 사활이 걸린 참혹한 전란의 와중에서도 나라의 자존을 잃지 않은 조선을 두고 누가 감히 사대주의에 빠진 자존심 없는 나라로 쉽게 매도할 수 있는가.

조·종이란 칭호를 사용하는 문제로 말하자면, 소방小邦은 해외의 먼 나라로서 삼국시대 이래 예의의 명호는 중국의 것을 모방하여 서로 비슷한 것이 많았습니다. 우리 선신先臣 강헌왕康獻王에 이르러서는 무릇 분수에 넘치는 것들을 일절 고치고 바로잡아 미세한 절목에 이르기까지 모두 신중을 기함으로써 상하의 분한分限을 분명히 밝히고 이를 자손에게 전하여 금석처럼 굳게 지켜왔습니다. 그러나 유독 칭호만은 신라·고려 때부터 이러한 잘못이 있어왔는데 신민新民들이 잘못된 옛 습속을 그대로 이어받아 외람되이 존칭을 계속 사용하면서 고칠 줄 몰랐던 것입니다. 이는 실로 무지하여 모르고 저지른 죄이니, 이 문제로 죄를 받는다면 신은 만 번의 죽음도 사양하지 않고 달게 받을 것입니다. 그러나 만약 이를 두고 참칭僭稱했다고 한다면 사실과 다릅니다.

소방은 선신先臣 이래 일편단심으로 황상을 섬기어 예의와 충성을 다하였으니, 율법은 대명률大明律을 사용하고 역법은 대통력大統曆을 사용하였으며 복색이며 예의禮儀 모두 상국上國의 것을 숭상하여 따르지 않음이 없습니다. 천자의 사신이 올 때는 영조의迎詔儀가 있고 배신陪臣이 상국으로 갈 때는 배표례拜表禮가 있으며 정월 초하루와 동지·하지·성절聖節에는 망궐례望闕禮가 있는데 모두 흡사 천자의 용안을 직접 뵙듯이 경건한 마음으로 정성을 다하여 엄숙히 거행하니, 이는 모두 선조가 서로 전수해온 제도로서 터럭만큼도 감히 소홀히 여기지 못하는 것입니다. 심지어 여염집의 하천한 삼척동자조차도 겨우 한마디 말을 더듬거리면 곧 천조天朝를 알고 아직 한 글자도 배워 알지 못할 때에도 정삭正朔을 먼저 익히며, 각종 문권과 공사 간의 서찰에도 모두 천조의 연호를 사용하여 통상의 정식定式으로 삼고 있으니, 이는 떳떳한 이치와 의리는 우주를 지탱하는 것이라 중국과 외국의 구별이 없으며 어리석은 사람이나 어진 사람이나 모두 아는 법이기 때문입니다. 어찌 감히 구구한 호칭 하나 때문에 스스로 참람한 짓을 한 죄에 빠질 수 있겠습니까.

더구나 근자에 천조가 소방을 마치 한 집안처럼 보아온 터라 소방의 서적, 이를테면 나라의 역사와 패설稗說 등이 많이 중국으로 들어가 소방

의 사적을 분명히 알 수 있습니다. 게다가 전란이 일어난 뒤 7년 동안 대
소의 아문衙門과 각 군영軍營의 장군, 내왕하는 군병과 교역하는 상인들
이 줄을 이어서 안팎의 구분 없이 중국과 소방이 서로 소통되었으니 소
방의 행위는 터럭만큼도 숨기기 어렵고 정의情意로 서로 믿어서 만 리가
지척의 거리처럼 가까워졌거늘 신이 어찌 감히 터무니없는 말을 날조하
여 스스로 천자를 기만한 죄에 빠지겠습니까.

至於稱祖一事, 則小邦海外荒僻, 自三國以來, 禮義名號, 慕倣中朝, 多有侔
擬, 至我先臣康獻王, 凡有干犯者, 一切釐正, 以至微細節目, 亦未嘗不謹, 以
爲上下截然之分, 傳之子孫, 守如金石, 而獨其稱號, 則自新羅. 高麗, 有此謬
誤. 蓋以臣民襲舊承訛, 猥加尊稱, 相沿而不知改, 此實無知妄作之罪. 以此
受罪, 臣雖萬死, 固無所辭, 若謂之僭則非其情也. 小邦, 自先臣以來, 血心事
上, 盡禮盡誠, 律用大明律, 曆用大統曆, 服色禮儀, 無不慕尙, 而天使之來,
有迎詔儀, 陪臣之去, 有拜表禮, 正至聖節, 有望闕之禮, 率皆虔心精白, 肅
敬將事, 一如對越天威, 是皆祖先相傳之制, 而毫髮不敢怠忽者也. 以至閭閻
下賤三尺孩童, 纔辨一語, 便知天朝, 未解隻字, 先習正朔, 各樣文券, 公私
簡牘, 皆奉年號, 習爲恒式. 此蓋常經通義, 撑柱宇宙, 不以內外而有間, 無
論智愚而皆知者也. 豈敢以區區一號, 自陷於僭上之憲哉! 況玆者天朝之視
小邦如一家, 小邦書籍如國乘稗說, 多入於中國, 小邦事迹, 班班可見, 且兵
興七年之間, 大小衙門及各營將領, 往來軍兵及買賣商賈, 項背相望, 表裏無
間, 小邦所爲, 纖芥難掩, 情意交孚, 萬里咫尺. 臣安敢以有爲無, 自陷欺罔之
誅哉!
　　— 이정귀, 「정주사[웅태]참론본국변무주丁主事[應泰]參論本國辨誣奏」(『월사집月沙集』)

이 글은 월사月沙 이정귀李廷龜(1564~1635)가 35세 때인 무술년(1598) 선조 31년에 지은 것으로 모두 3,309자로 된 장문에서 일부만 발췌하였다. 원제목은 「정주사[응태應泰]참론본국변무주丁主事 參論本國辨誣奏」인데 통상 「무술변무주戊戌辨誣奏」라 한다. 월사는 월상계택月象谿澤으로 일컬어지는 조선 중기 한문사대가漢文四大家의 한 사람이요 조선 시대를 통틀어서 가장 뛰어난 외교관으로 평가되기도 한다.

'조祖'와 '종宗'은 왕이 세상을 떠난 뒤에 그의 업적을 평가하여 신위神位를 종묘에 모실 때 올리는 칭호이다. 즉 왕의 묘호廟號인 것이다. 대개 창업하거나 국난을 극복한 왕은 '조'라 부르고 그렇지 않은 왕은 '종'이라 부른다.

임진왜란 때 찬획주사贊畫主事로 조선에 들어온 정응태丁應泰가 군사 총책임자 격인 경리經理를 맡고 있던 양호楊鎬와 사이가 벌어졌는데 선조宣祖가 양호를 두둔하자 이에 앙심을 품었다. 그리하여 무술년 9월 2일에 정응태가 관리의 죄상을 적발하여 조정에 보고하는 글인 참본參本을 올려 터무니없는 사실을 날조해 조선을 무함誣陷하였다. 조선이 명나라를 치기 위해 일본과 내통하여 일본 군대를 끌어들였다는 것이 그의 주장이었고, 그 근거 중 하나로 조선이 참람되게 천자의 묘호인 조·종을 사용한다는 사실을 들었던 것이다. 명나라 황제 신종神宗은 조정 신료들에게 이 문제를 하달하여 논의하게 하였는데, 명나라 조정에서 조선을 비판하는 논의가 매우 준엄하였다. 이에 조선 조정에서 대책을 강구하여 당시 문장에 뛰어난 몇 사람을 엄선하고 각자 황제에게 올릴 주문奏文을 짓게 하고 그중 잘된 것을 가려 뽑았는데 월사가 지은 글이 채택되었다. 병조판서 백사 이항복이 상사上使가 되고, 월사는 부사副使가 되어 주문을 가지고 명나라로 갔다.

북경에 들어가 주문을 올리니, 명나라 조정의 대신들이 주문을 보고 모두 칭찬하기를 "좋은 문장이다. 명백하고 명백하구나" 하였고, 주문 중에서 특히 이 조·종에 관해 해명한 부분을 가리키면서 "황상皇上에게 사실을 숨김없이 고하였으니, 조선은 참으로 예의의 나라로다" 하였다. 중국 조정의 관원들이 월사의 주문을 보고 매우 칭찬하였고, 원근에서 이 소문을 들은 사람들이 다투어 와서 주문을 베껴 갔으며, 신종神宗은 오해를 풀어 조선은 큰 위기에서 벗어날 수 있었다.

그 후 조선의 노인魯認이란 사람이 바다에 표류하여 중국 소주·항주 지역에 갔는데, 그 지역 선비들이 모두 월사의 「무술변무주」를 외면서 "조선 사람 이정귀의 글이다" 하였으며, 숭정崇禎 을해년(1635)에 동지사 冬至使로 홍명형洪命亨이 중국에 갔더니 광녕廣寧 옥전玉田의 선비가 역시 이 「무술변무주」를 베껴 써서 가지고 와서는 월사의 안부를 물었다고 한다. 「무술변무주」는 당시 천하 사람들이 인정한 명문장이라 해도 과언이 아닌 것이다.

월사의 「무술변무주」를 너무 사대적이라 폄하하는 사람들도 많다. 그렇지만 주奏 자체가 국왕이 신하의 신분으로 천자에게 올리는 글임을 이해하고, 이 글을 읽어야 할 것이다. 또한 참으로 국가에 도움이 되는 일이라면 외교상에서 자신을 낮추는 것을 굳이 어려워할 까닭이 무엇인가. 더구나 당시는 국가의 명운이 오락가락하는 전란의 와중이었다.

사람들 중에는 역사의 물줄기를 거슬러 올라가서, 신라 때부터 우리는 중국의 속국이 되어 주체성을 잃었다며 고구려가 삼국을 통일하지 못한 것을 철천지한徹天之恨으로 여기는 사람들도 많다. 그렇지만 중국은 저 진시황이 천하를 통일한 뒤로 줄곧 인구로 보나 물산으로 보나 문물로 보나 세계 최대의 막강한 나라가 되어왔다. 원나라와 청나라가 잠시 중국을 지배한 적이 있었으나 원나라는 몽골이라는 작은 나라로 남았고 청나라는 자기 민족을 거의 잃고 말았다. 역사에 가정은 없다지만 고구려가 삼국을 통일했다면 어땠을까. 혹 중국을 일시 정복할 수 있었을지도 모르지만 오래 그 나라를 유지할 수 있었을까.

드라마 〈주몽〉이나 〈연개소문〉을 보면서 통쾌해 가슴을 펴고, 조선을 보면서 왜 저리 못났을까 이맛살을 찌푸리는 심정도 유난히 외세에 의한 굴욕이 잦았던 우리 역사를 생각하면 조금은 이해된다. 그렇지만 언제까지나 『유충렬전』, 『조웅전』을 읽는 식으로 우리 역사의 한을 풀려고 해서야 되겠는가. 그 시대의 실정을 이해하려는 조금의 노력도 없이, 공이 날아오지 않는 외야석에 안일하게 앉아서 신중히 다루어야 할 우리의 역사를 쉽게 매도해서야 되겠는가. 언제까지나 격변의 시대에 의한 충격, 아픈 기억을 현실 위에 덧씌울 것인가. 나는 조선이야말로 우리 역사에서 참으로 슬기로운 나라였다고 생각한다.

세상은 물결이요 인심은 바람이다

○

세상은 늘 수면 아래 흐르는 물살처럼 움직이다가 이따금 큰 풍랑으로 일렁이곤 한다. 사람들은 세상이란 물결을 스스로 헤쳐가기도 하지만 큰 흐름은 필경 거역할 수 없다. 이 이치를 모르면 세상을 우습게 보아 스스로 오만해지기 쉽다. 게다가 국가의 권력은 거대한 물결 위에 뜬 큰 배와 같아서 많은 사람을 구제할 수도 있지만 큰 위험을 안고 있기도 하다. 그래서 권력이란 배의 사공은 더욱 정신을 차려서 키를 잡고 노를 저어야지, 잠시도 방만해서는 안 되는 것이다.

어떤 사람이 주옹舟翁에게 물었다. "그대는 배에서 사는데, 고기를 잡는다고 하자니 낚시가 없고, 장사를 한다고 하자니 재물이 없고, 나루의 관리官吏 노릇을 한다고 하자니 강물 가운데만 떠 있고 물가로 오가지 않습니다. 깊고 깊은 물 위에 일엽편주를 띄우고서 가없이 드넓은 만경창파萬頃蒼波를 건너갈 제 세찬 광풍이 불고 거친 파도가 일어나 돛대가 기울고 노가 부러지면, 정신은 두려워 달아나고 자칫하면 생명을 잃을 수 있을 터이니, 위험을 무릅쓴 몹시 무모한 짓입니다. 그런데 그대는 도리어 이를 좋아하여 사람들이 사는 세상을 아주 떠나 돌아오지 않으니, 무슨 까닭입니까?"

주옹이 말하였다.

"아아! 그대는 생각하지 못합니까. 사람의 마음은 잡으면 있고 놓으면 없어져 변화무쌍합니다. 그래서 평탄한 땅을 밟을 때는 편안하여 방자해지고, 위험한 곳에 있을 때는 떨면서 두려워합니다. 떨면서 두려워하면 조심하여 튼튼히 지킬 수 있고, 편안하여 방자하면 반드시 방탕하여 위태해지게 마련이니, 나는 차라리 위험한 곳에 있으면서 항상 조심할지언정, 편안한 곳에 살면서 스스로 방종해지고 싶지는 않습니다.

게다가 내 배는 고정되지 않은 채 물 위를 떠다니니 한쪽으로 편중되면 반드시 배가 기울어집니다. 따라서 좌측으로도 쏠리지 않고 우측으로도 쏠리지 않으며, 어느 쪽이 무겁지도 않고 어느 쪽이 가볍지도 않은 상태에서 내가 그 중심을 잡고 평형을 지켜야만 내 배를 기울어지지 않고 평온하게 유지할 수 있습니다. 아무리 풍랑이 일어나도, 홀로 평안한 내 마음을 어찌 흔들어 어지럽힐 수 있겠습니까.

그리고 세상은 하나의 거대한 물결이요, 인심은 하나의 거대한 바람인데, 미미하기 이를 데 없는 나의 일신이 그 속에서 가물가물 흘러가는 것이 마치 작은 일엽편주가 드넓은 물결 위에 떠다니는 것과 같습니다. 내가 배에서 산 뒤로부터 세상 사람을 보면 그저 편안한 것을 믿고 환란을 생각하지 않으며, 욕심을 맘껏 부리고 종말을 걱정하지 않다가 풍랑 속에 빠지고 마는 이들이 많습니다. 그런데 그대는 어이하여 이를 두려워하지 않고 도리어 나를 위태하다 합니까."

말을 마친 주옹은 뱃전을 두드리며 노래하기를, "아득히 펼쳐진 강과 바다, 그 물 위에 빈 배를 띄우노라. 밝은 달빛을 싣고 나 홀로 가노니, 한가로이 노닐며 평생을 마치리라" 하고는 더 이상 말하지 않고 떠났다.

客有問舟翁曰: "子之居舟也, 以爲漁也則無鉤, 以爲商也則無貨, 以爲津之吏也則中流而無所往來, 泛一葉於不測, 凌萬頃之無涯, 風狂浪駭, 檣傾楫摧, 神魂飄慄, 命在咫尺之間, 蹈至險而冒至危. 子乃樂是, 長往而不回, 何說歟?" 翁曰: "噫噫! 客不之思耶? 夫人之心, 操舍無常, 履平陸則泰以肆, 處險境則慄以惶; 慄以惶, 可儆而固存也, 泰以肆, 必蕩而危亡也. 吾寧蹈險而常儆, 不欲居泰以自荒. 況吾舟也, 浮游無定形, 苟有偏重, 其勢必傾; 不左不右, 無重無輕, 吾守其滿, 中持其衡, 然後不欹不側, 以守吾舟之平. 縱風浪之震蕩, 詎能撩吾心之獨寧者乎? 且夫人世一巨浸也, 人心一大風也; 而吾一身之微, 渺然漂溺於其中, 猶一葉之扁舟, 泛萬里之空濛. 蓋自吾之居于舟也, 祇見一世之人恃其安而不思其患, 肆其欲而不圖其終, 以至胥淪而覆沒者多矣. 客何不是之爲懼, 而反以危吾也耶?" 翁扣舷而歌之曰: "渺江海兮悠悠, 泛虛舟兮中流. 載明月兮獨往, 聊卒歲以優游." 謝客而去, 不復與言.

— 권근, 「주옹설舟翁說」(『양촌집陽村集』)

이 글의 체제는 유명한 초나라 굴원屈原의 「어부사漁父詞」를 본뜬 것이다. 이 글에 등장하는 인물은 작자인 양촌陽村 권근權近(1352~1409)이 가설하였다.

'주옹舟翁'은 그 이름이 말해주듯이 늘 배 위에서 사는 사람이다. 그는 풍랑이 일면 목숨을 잃을 수도 있는 배 위에 살지언정 사람들이 모여 사는 뭍에는 오르지 않는다. 그는 그 까닭을 '편안해 보이는 세상에선 방종하기 쉬워 더 위험하고, 물 위에서는 조심하여 더 안전하다'고 하고, 또 "세상은 하나의 거대한 물결이요, 인심은 하나의 거대한 바람인데, 미미하기 이를 데 없는 나의 일신이 그 속에서 가물가물 흘러가는 것이 마치 작은 일엽편주가 드넓은 물결 위에 떠다니는 것과 같다"라고 하였다.

세상은 물결이요 인심은 바람이라 한 말은, 모르거니와 이같이 적절히 인간 세상을 비유한 명구가 또 있을까. 양촌이 살았던 여말선초麗末鮮初는 왕조가 바뀐 격변기였으니, 세상인심의 변화와 권력의 무상함을 얼마나 여실히 겪었겠는가. 지금도 그때와 크게 다르지는 않을 것이다. 생각해보면, 작금의 우리 사회야말로 파도가 일렁이는 바다가 아니던가.

『순자』에는 "임금은 배이고 백성은 물이다. 물은 배를 띄울 수도 있고 뒤집을 수도 있다"라고 하였다. 조선의 숙종은 14세의 나이로 즉위하자, 이 물과 배의 관계를 「주수도舟水圖」란 그림으로 그리게 하여 자신의 경계로 삼았다. 오늘날에서 보면 국민은 물이요 권력은 물 위에 뜬 배와 같다고 해야 할 것이다. 『장자』에는 "배를 타고 황하를 건너다가 사람이 타지 않은 빈 배[虛舟]가 와서 부딪치면 아무리 마음이 좁은 사람일지라도 성내지 않는다"라고 하였다. 마음을 비우고 무심히 세상을 살아가는, 유유자적한 삶을 비유한 것이다. 그래서 '허주虛舟'라는 아호를 쓴 사람이 많다. 주옹이 노래로 읊은 것이 바로 이 허주의 삶이다. 이 두 비유와 연관하여 윗글을 읽어보면 한층 맛이 있을 것이다.

또 주자는 물이 불어나면 큰 배도 자연히 뜬다고 하였다. 성어로 '수도선부水到船浮'라는 이 말은 본래 진리를 탐구하는, 참된 학문의 힘이 쌓이면 애쓰지 않아도 하는 일이 절로 이치에 맞음을 비유한 것인데, 세상사 이치도 이와 같다. 욕심을 부려 억지로 하려고 하면 오히려 일이 잘 되지 않고, 공력을 쌓으며 때를 기다리면 뜻밖에 큰일도 어렵지 않게 이루어질 수 있다. 위 글과 직접 관계는 없지만, 물과 배의 좋은 비유라 음미해 봄직하다.

세상은 보이지 않는 물결로 쉬지 않고 움직인다. 잔잔한 물결은 세상을 맑히고 생명을 살리지만 사나운 물결은 세상을 뒤엎고 생명을 해친다. 걸핏하면 세상을 아수라의 싸움판으로 몰아가는 좌·우, 진보·보수의 대결, 지역 갈등은 우리 사회라는 큰 배를 기울게 하고 뒤엎을 수 있는 거친 풍랑이요 무거운 짐이다.

우리는 세상의 물결 위에 떠가고 있거늘 팔을 걷어붙이고 나서서 나를 보라고 오만을 부리지는 않는가. 쓸데없는 대립과 공격으로 우리의 배를 기울게 하고 있지는 않는가. 우리 속에 도둑처럼 숨어들어서 마음을 옭죄고 있는, 자신에게 물어도 스스로 대답할 수 없을 이 편견과 증오의 정체는 무엇인가. 우리의 배를 짓누르고 있는 이 무거운 짐들을 꼼꼼히 찾아서 내려놓아 우리의 배를 비우자. 그리하여 좌로도 우로도 기울지 않고 앞으로도 뒤로도 쏠리지 않도록 중심을 잘 잡아서, 우리의 빈 배를 드넓은 세상 물결 위에 띄우자.

옛날의 수행자와 오늘의 수행자

○

종교에는 대개 말세론이 있다. 그러나 오늘을 말세로 인식함으로써 자신과 현실을 반성하고, 옛날을 추상推上하여 높은 자리에 앉힘으로써 흠결 없는 삶의 전범을 세울 수 있는 것이 말세론의 장점이다.

근래에 와서 종교인들의 현실 참여가 부쩍 늘어났다. 세상이 혼란하고 고통받는 사람들이 많아져서 현실에 뛰어들지 않을 수 없다는 이유만으로는 쉽게 설명되지 않는다. 오늘날 세상은 참 복잡해졌다. 웬만한 지식과 경험으로도 세상사 시비를 정확히 판단하기 어렵다. 이쪽에서 보면 이렇고 저쪽에서 보면 저런 일들이 얼마나 많은가. 시비와 갈등 속에서 사람들의 영혼은 쉴 곳이 없는데, 수행을 업으로 삼는다는 종교인들까지 싸움판에 끼어들어서야 되겠는가. 사람들이 종교인에게 바라는 것은, 세상사 덧없는 시비를 가리는 일이 아니라 영혼의 안식을 찾은 사람의 고요하고 평안한 모습이다.

세상은 늘 말세라, 옛날에도 출세간出世間에 안주하지 못하고 세상사에 기웃거리는 종교인이 많았다.

옛날의 불법을 배우는 이들은 부처님의 말이 아니면 말하지 않았고 부처님의 행실이 아니면 하지 않았다. 그러므로 그들이 보배로 여긴 것은 오직 불경의 글뿐이었다. 오늘날의 불법을 배우는 이들이 서로 전해가며 외는 것은 사대부의 글귀이며 간청해 받아서 갖고 다니는 것은 사대부의 시이다. 심지어 그 표지를 울긋불긋하게 칠하고 그 시축詩軸을 좋은 금으로 꾸미며 아무리 많아도 만족할 줄 모르고 더없는 보배로 여기니, 아, 어쩌면 이리도 옛날과 지금의 불법을 배우는 이들이 보배로 삼는 것이 다른가!

내 비록 불초하지만 옛날의 배움에 뜻을 두어 불경의 글을 보배로 여긴다. 그러나 그 글이 매우 많고 대장경의 바다는 끝없이 넓어 후세의 동지들이 뿌리를 찾지 못하고 잎을 따는 수고를 면치 못한다. 그러므로 불서의 글들 중에서 요긴하고 절실한 것들 수백 말씀을 모아서 종이에 쓰니, 글은 간약簡約하고 뜻은 두루 갖춰졌다 할 만하다. 만약 이 말씀들을 엄한 스승으로 삼아서 깊이 연구해 오묘한 이치를 얻는다면 구절마다 산 석가가 있을 터이니, 힘써야 할 것이다!

비록 그렇지만 문자를 여읜 한 구절과 격외格外의 뛰어난 보배는 쓰지 않는 것이 아니라 장차 뛰어난 근기根機를 가진 사람을 기다리노라.

古之學佛者, 非佛之言, 不言, 非佛之行, 不行也. 故所寶者惟貝葉靈文而已. 今之學佛者, 傳而誦則士大夫之句, 乞而持則士大夫之詩; 至於紅綠色其紙, 美金粧其軸, 多多不足, 以爲至寶. 吁! 何古今學佛者之不同寶也. 余雖不肖, 有志於古之學, 以貝葉靈文爲寶也. 然其文尙繁, 藏海汪洋, 後之同志者, 頗不免摘葉之勞. 故文中撮其要且切者數百語, 書于一紙, 可謂文簡而義周也. 如以此語以爲嚴師, 而硏窮得妙, 則句句活釋迦存焉, 勉乎哉! 雖然離文字一句 · 格外奇寶, 非不用也, 且將以待別機也.

도를 닦는 사람은 마치 한 덩이 칼 가는 숫돌과 같아 이 사람도 와서 갈고 저 사람도 와서 가니, 자꾸만 칼을 가는 동안 다른 사람의 칼은 잘 들지만 자신의 돌은 점차 닳아간다. 그러나 어떤 사람은 다른 사람이 와서 자기 숫돌에 칼을 갈지 않는다고 투덜대니, 참으로 안타까운 노릇이다.

修道之人, 如一塊磨刀之石, 張三也來磨, 李四也來磨; 磨來磨去, 別人刀快, 自家石漸消. 然有人更嫌他人不來我石上磨; 實爲可惜.

— 휴정, 『선가귀감禪家龜鑑』

조선 중기의 고승인 청허淸虛 휴정休靜(1520~1604)이 가정嘉靖 갑자년(1564, 명종19) 여름에 자신의 저술인 『선가귀감』에 쓴 서문이다. 청허는 서산대사西山大師로 일반인들에게 더 알려져 있다. '선禪'·'교敎'에 두루 조예가 깊은, 조선 시대를 대표할 만한 고승이자 임진왜란 때 승병장으로서 큰 공훈을 세우기도 했다.

청허는 35세의 젊은 나이로 당시 불교의 최고 지도자 격인 선교양종판사禪敎兩宗判事에 올랐다가 2년 만인 1556년에 "내가 출가한 본뜻이 어찌 여기에 있겠는가" 하고는 사임하고 금강산에 들어갔다. 『선가귀감』은 금강산 백화암白華庵에서 쓴 것으로 제자 사명당四溟堂 유정惟政이 발문에서 밝혔듯이 50여 종의 경經·론論에서 중요한 내용을 발췌하고 간단한 해설을 덧붙인 책이다. 이 책은 우리나라에서 1579년에 처음 간행된 이래 여러 차례 간행되었다. 그리고 사명당이 임진왜란이 끝난 뒤 탐적사探賊使로 일본에 가서 임제종 승려들에게 이 책을 강의한 뒤로 모두 여덟 차례나 간행되어 일본 임제종의 부흥에도 크게 기여했다. 우리나라와 일본, 두 나라 불교계의 스테디셀러였던 셈이다.

조선 시대에 승려들은 이름난 사대부들의 시문을 받아 모은 시권詩卷을 가지고 다니면서 자랑거리로 여겼다. 이러한 풍습은 중국 당나라 때부터 이미 보인다. 예컨대 대문호인 한유韓愈가 문창文暢이란 승려를 보내면서 「송부도문창사서送浮屠文暢師序」와 시를 지어준 것이 그 일례이다. 조선 시대에는 승려들의 신분이 낮아서 행각하는 승려들이 명사들의 시문을 받는 것을 큰 영광으로 여겼고, 사대부들의 서찰을 전해주는 우체부 역할까지도 하였다.

"문자를 여읜 한 구절과 격외格外의 뛰어난 보배"란 교외별전敎外別傳, 격외선지格外禪旨를 뜻한다. 언어와 문자가 나온 자리인 마음을 곧바로 가리켜 깨닫게 하기 때문에 언어와 문자를 의지하되 언어와 문자를 벗어나지 않을 수 없는 것이다. 그래서 교외敎外니 격외格外니 하여 언어 문자에 걸리지 않을 것을 강조한다. 즉 『선가귀감』에 수록된 많은 얘기들이 달을 가리키는 손가락에 불과하니, 여기에 집착하지 말고 곧바로 달을 보아야 함을 일러준 말이라고 할 수 있다.

도를 닦는 사람을 숫돌에 비유한 글은 『치문경훈緇門警訓』의 「자수심선사소참慈受深禪師小參」에서 인용한 것이다. 맹자는 "사람들의 병통은 자기 밭은 버려두고 남의 밭에 김을 매는 것이다人病舍其田而芸人之田"라고 하였거니와 사람들이 자기가 해야 할 일을 제쳐두고 부질없는 세상사에 관심을 두는 병통은 옛날이나 오늘이나 다르지 않은가 보다. 수행자뿐만 아니라 오늘날의 소위 지식인들에게 통렬한 경책警策이 될 것이다.

『선가귀감』에는 이 밖에도 말세의 승려들을 통렬히 꾸짖은 곳이 많다.

"마음이 세상의 명리名利에 물든 자들은 권력에 아부하면서 풍진 속을 쫓아다녀 도리어 속인들에게 비웃음을 산다"라는 대목은 오늘날 세상사에 관심이 많은 종교인들의 모습을 참으로 잘 꼬집었지 않은가. 그렇지만 종교인도 오욕칠정五慾七情을 가진 인간이다. 탐욕으로 세상을 더럽히고 아수라의 싸움판을 만드는 종교인이 아니라면, 세속에서 오욕락을 맘껏 누리는 사람들이 저잣거리의 수행자들을 쉽게 질타할 수 있겠는가.

오늘날 세상은 실리實利가 가장 큰 진리요 명분이 되었지만, 지식인도 진리와 명분을 양식으로 삼고 살아야 한다는 점에서는 종교인과 다르지 않다. 남의 글만 외고 다니지는 않은지, 남의 밭에 가서 김을 매고 있지는 않은지, 자기 숫돌만 닳고 있지는 않은지, 세상을 바로잡는다고 아우성치는 지식인들은 반성해볼 일이다.

해내에 지기가 있으매

○

하찮은 일들로 이맛살이 찌푸려져 나 자신이 자꾸만 작아 보일 때면, 저 일제강점기의 강개慷慨한 지식인들을 떠올리곤 한다. 그들은 비록 엄혹한 일제 치하에서 나라 잃은 백성으로 고통스런 삶을 살아야 했지만 분명한 시비, 뚜렷한 대의를 내세워 어깨를 펴고 당당히 걸을 수 있었다. 만주로 중국으로 일본으로 동아시아 전역을 무대로 활동하던 그 당시의 지식인들에 비해 오늘날 지식인들은 분단된 강토에서 활동의 반경이 더 좁아졌고 모습은 왜소해졌다.

큰 걱정거리가 해소되면 그 바로 아래 걱정거리가 수면 위로 떠오르는 것이 우리네 인생이다. 오늘날 우리는 평안하고 풍족한 삶을 살고 있지만 늘 더 작은 문제에 고민해야 하고 시시콜콜한 시비에서 벗어나지 못하고 있다.

해내海內의 지기를 생각하며 조선의 역사를 바로잡아 세상에 알리는 큰일을 논했던 우리 옛 지식인의 애기를 읽으면서, 우리의 국촉局促한 가슴을 펴자.

40일 안에 세 차례나 편지를 보내주시니 해내에 지기知己가 있으매 천애天涯 먼 이역이 가까운 이웃이라 서로 만난 것이 늦고 서로 멀리 떨어져 있는 것이 한스럽지 않았습니다.

사서史書를 간행하는 일은 조만간 착수할 수 있다고 하시니, 축하드립니다. 이조사李朝史를 편찬하는 일은 착수한 게 있는지요? 이 책도 이어 간행한다면 얼마나 다행이겠습니까. 다만 자금이 부족할까 염려될 뿐입니다. 또 한편 이 책이 한번 유포되면 곧 시비의 숲 속에 들어가게 될 터이니, 세상에 내는 것을 신중히 생각하지 않아서는 안 됩니다.

당론黨論은 앞 편지에서 말씀하신 것이 모두 저같이 울타리 속에 갇힌 자가 미칠 수 없는 것입니다. 다만 한두 가지 사안인 경신庚申, 기사己巳, 갑술년甲戌年의 환국換局에 대해서는 아직 후련히 깨우쳐주지 않으니, 어쩌면 그 흑백이 절로 분명하여 말할 게 못 되기 때문인가요? 아니면 제가 남인南人이어서 말씀하기 어려운 것입니까? 시비는 천하의 공물公物이요, 사람들은 본래 바른 도리로 살아왔던 것이니, 어찌 한 사람, 한때의 사사로움 때문에 숨기고 회피하는 일이 있어서야 되겠습니까.

제가 보낸 시에 아직도 화답해주지 않으시니, 어쩌면 초당 선생草堂先生께서 근자에 삼협三峽의 꽃과 새들의 마음을 풀어주고자 하는 것인지요?

四旬內三辱下敎, 海內知己, 天涯比隣, 不恨相得之晚相去之遠也. 史刊, 承就緒有期, 可爲奉賀. 李朝史業有所定著否? 如得嗣刊, 何幸如之! 但恐是無麪不托, 又慮此書一布, 便入是非林中, 其出不可不審耳. 黨論, 前幅所示, 皆非局於藩籬者所及. 惟是一二大案, 如庚申獄己巳甲戌換局, 未蒙提破, 豈以其黑白自分, 有不足說者耶? 抑以兢爲南黨而難言之耶? 是非, 天下之公; 斯民, 直道而行, 豈一人一時之私而有所諱避於其間哉! 拙詩, 尙靳俯和, 豈草堂先生近欲寬三峽之花鳥耶?

— 조긍섭,「김창강에게 보내다 與金滄江」(『암서집巖棲集』)

심재 조긍섭이 창강 김택영에게 보낸 편지이다.

'해내에 지기가 있으매 천애 먼 이역이 가까운 이웃이라'는 것은 당나라 시인 왕발王勃의 「촉주로 부임하는 두소부를 보내며杜少府之任蜀州」에서 "해내에 지기가 있으매 천애 먼 곳이 이웃만 같아라海內存知己 天涯若比隣"라는 대목을 인용한 것이다. 즉 아무리 먼 곳이라도 마음이 통하는 벗이 있으면 거리가 멀다고 느껴지지 않는다는 뜻이다.

'시비是非의 숲 속에 들어가게 된다'는 것은 조선의 당쟁사黨爭史를 서술해놓으면 이를 읽어보고 각 당색黨色의 사람들이 저마다 옳고 그름을 따지게 될 것이란 뜻이다. '울타리 속에 갇힌 자'란 심재 자신이 남인에 속하므로 당색을 벗어나지 못한다는 뜻에서 이렇게 말한 것이다. 창강은 조선 시대 대표적인 당쟁사인 『당의통략』을 저술한 친구 영재寧齋 이건창李建昌(1852~1898)과 같이 당색에 속하지 않았다. 그래서 심재는 창강에게 자신이 남인이라 해서 숨기고 말하지 않을 필요가 없다고 한 것이다.

'초당 선생'은 본래 당나라 안사安史의 난리* 때 피난하여 성도成都의 완화계浣花溪가 초당에서 살았던 두보를 가리키는 말인데, 여기서는 창강을 가리킨다. '삼협의 꽃과 새들의 마음을 풀어주고자 한다'는 것은 당나라 시인 두보의 「강가에서 바다처럼 불어난 물을 만나 애오라지 짧은 시를 읊다江上值水如海勢聊短述」의 "늙어가매 시편들이 모두 부질없는 흥이니 봄이 옴에 꽃과 새들은 깊이 시름치 말거라老去詩篇渾漫興 春來花鳥莫

---

* 중국 당나라의 절도사였던 안록산安綠山과 그의 부하인 사사명史思明이 일으킨 대규모의 난리이다.

5부 세상은 물결이요, 인심은 바람이라

深愁"라는 구절을 인용한 것이다. 두보의 이 구절은, 늙어가면서는 애써 고심하여 시를 짓지 않으니 꽃과 새들은 자기들을 보며 핍진하게 묘사할까 걱정하지 말라는 뜻이다. 심재는 자기가 보낸 시에 화답해주지 않은 창강에게 "이제 노경에 이르러 시흥詩興이 부쩍 줄어든 것은 아닌지요?"라고 말하여, 자기 시가 마음에 들지 않았는지 왜 화답해주지 않는지 궁금하다는 뜻을 우회적으로 표현한 것이다.

창강은 1905년 을사보호조약이 체결되자 가족을 데리고 중국 상해로 망명, 통주서국通州書局의 교서校書를 맡아보면서 조선의 역사를 바로세우는 저술들을 간행하였다. 이 편지는 1915년에 보낸 것으로, 심재와 창강이 서로 안 지 오래지 않았을 때이다. 여기에서『사서史書』는 창강이 하겸진河謙鎭, 왕성순王性淳, 하익진河益鎭, 황원黃瑗, 이형李炯 등 국내외의 학자들과 함께 김부식의『삼국사기』를 교정 간행한『교정삼국사기校正三國史記』이고,『이조사李朝史』는 조선통사朝鮮通史 격인『한사경漢史綮』을 가리킨다.

이 편지를 보낼 당시 심재는 43세이고 창강은 66세였다. 심재가 23세나 어렸고 창강은 먼 이역 땅에 망명해 살고 있었는데도 당대의 문장가였던 두 사람은 해내의 지기로서 오랫동안 많은 편지를 주고받으며 문학, 역사, 철학 등 다양한 주제를 놓고 깊이 있는 담론을 펼쳤다. 서해 바다를 사이에 두고 왕래한 이들의 편지는 격조 높고 진지한 담론으로 채워져 있다.

사람들은 대개 인류사회가 줄곧 발전하고 진화해왔다고만 생각한다. 그렇지만 발전의 이면에는 분명 퇴보도 있는 법이다. 나무를 보면 숲은 못 본다는 격언이 있거니와 세세한 일들에 정신이 팔리면 본래의 자기를 잃기 쉽다. 오늘날 세상은 다양하고 복잡해졌다. 학자도 책상머리만 지키고 앉아 자기 전공 분야만 파고 있어서는 세상 돌아가는 판세를 읽지 못해 얘기 한 자리에도 끼기 어렵다. 복잡하고 시시콜콜한, 알아야 할 것들은 생활 곳곳에 또 얼마나 많은가. 자고 일어나면 새로 알아야 할 것들이 기다리고 있다. 지식인의 가슴이 자꾸만 움츠러들어 작아지지 않을 수 없다.

아! 저 고인들은 비록 곤궁했을지언정 대의와 목표가 뚜렷이 내걸려 있어 자잘하고 구차한 것들을 물리쳐버릴 수 있는 명분이 있었으니, 몸을 웅크린 채 주위를 살피며 살아가야 하는 오늘날 지식인들에 비해 차라리 행복했지 않은가.

한 도학자의 지나친 고집

○

조선의 도학자는 원칙을 바로 세우고 각고의 노력으로 그것을 지켜내는 올곧은 지식인의 표상이라 해도 과언이 아니었다. 실로 혼탁한 세상을 정화하는 맑은 힘이 도학자에게는 있었다. 그렇지만 걸핏하면 원칙만을 고수하고 시의時宜에 따라 융통할 줄 몰라서 한갓 부질없는 고집을 부릴 때도 많았다. 그래서 도학자의 이미지는 늘 강직함과 고집스러움이 겹쳐서 떠오르는 것이다.

세상일은 다양하고 그 일들을 하는 사람들도 저마다 다른 식견과 기량을 갖고 있다. 하나의 원칙을 모든 곳에 적용해서는 안 되듯이 자기가 서야 할 자리를 벗어나서 내 생각을 남에게까지 쉽게 강요해서는 안 된다. 조선에 도학정치를 구현하려 했던 개혁가 정암靜庵 조광조趙光祖 (1482~1519)의 안타까운 실패의 원인을 잘 보여주는 글 한 편을 소개한다.

회령부會寧府 성 아래의 야인 속고내速古乃란 자가 은밀한 곳에 사는 야인들과 몰래 연통하여 와서 갑산부甲山府를 침범하여 사람과 가축을 많이 약탈하였지요. 그래서 변장邊將이 처벌하려 하니, 도망가버렸습니다. 무인년에 남도병사南道兵使가 은밀히 장계를 올려 "속고내가 갑산 근처에 몰래 왕래하며 물고기를 잡고 사냥을 하는데 무리가 많아 잡기 어렵습니다. 청컨대 저들이 생각하지 못하고 있을 때 군사를 출동해 사로잡

297

으소서" 하였습니다.

조정의 의론은 먼저 본도本道에 은밀히 하유下諭하고 이지방李之芳을 보내 감사監司·병사兵使와 함께 속고내를 잡아서 처벌하기로 하니, 상감께서 선정전宣政殿에 납시어 연회를 열고 어의御衣와 궁시弓矢를 하사하고 삼공三公과 병조兵曹, 지변재상知邊宰相들이 둘러앉아 상감을 뫼시고 있었습니다.

선생은 이때 부제학이었는데 청대請對하고 나아가 아뢰기를 "이 일은 속임수를 쓰는 것이고 바르지 못하니, 왕자王者가 오랑캐를 막는 도리가 전혀 아니고 바로 몰래 좀도둑질이나 하는 도적의 계책과 같습니다. 당당한 큰 조정으로서 일개 작은 오랑캐 때문에 도적의 계책을 써서 국가를 모욕하고 위엄을 손상시키니, 신은 부끄럽게 생각합니다" 하시니, 상감께서 곧바로 다시 의논하라고 명하였습니다.

이에 좌우의 신하들이 다투어 나아가 아뢰기를 "병가兵家에는 정공과 기습이 있고 오랑캐를 막는 데는 정도와 권도權道가 있으니, 임기응변해야지 한 가지 주장만 고집해서는 안 됩니다. 논의가 이미 합일되었으니, 한 사람의 말 때문에 갑자기 바꾸어서는 안 됩니다"라고 하였고, 병조판서 유담년柳聃年이 나아가 말하기를 "논밭 가는 일은 남종에게 물어야 하고 베 짜는 일은 여종에게 물어야 하는 법입니다. 신은 젊을 때부터 북방을 출입하여 저 오랑캐의 실정을 이미 잘 알고 있으니, 청컨대 신의 말을 들으소서. 오활한 선비의 말은 형세상 다 따르기 어렵습니다" 하였습니다. 상감께서 그래도 듣지 않으니, 재추宰樞들이 모두 불평을 품고 자리를 파하였습니다.

會寧府城底野人速古乃者, 潛與深處野人通謀, 來犯甲山府, 多掠人畜. 邊將
將治之, 亡去. 戊寅, 南道兵使密啓 '速古乃於甲山近處, 潛往來漁獵, 徒衆難
捕, 請出其不意, 發軍掩捕.' 朝議先密諭于本道, 遣李之芳, 同監司, 兵使捕
獲置法. 上御宣政殿, 賜宴及御衣弓矢, 三公及該曹知邊宰相環侍. 先生時爲
副提學, 請對進曰: "此事譎而不正, 殊非王者禦戎之道, 正類盜賊穿窬之謀.
以堂堂大朝, 爲一幺麼醜虜, 敢行盜賊之謀, 辱國損威, 臣竊恥之." 上卽命更
議, 左右爭進曰: "兵家有奇正, 禦戎有經權, 臨機制變, 不可執一論也. 詢謀
已同, 不可以一人之言遽改也." 兵曹判書柳聃年進曰: "耕當問奴, 織當問婢.
臣自少出入北門, 彼虜之情, 臣已備諳, 請聽臣言. 迂儒之言, 勢難盡從." 上
猶不聽, 諸宰樞皆懷不平而罷.

　　　　　　　　　　　　— 이황, 「조대우에게 답하다 答趙大宇」(『퇴계집退溪集』)

　중종 13년(1518)에 퇴계 이황이 정암의 아들인 조용趙容에게 보낸 편지
이다.

　원래 홍인우洪仁祐가 지은 부친 정암의 행장行狀을 조용이 퇴계에게 보
내와서 비문碑文을 부탁하였다. 퇴계가 비문을 짓는 일을 극구 사양하고
행장이 소략하니 사적을 두루 찾아서 행장을 보완할 필요가 있다고 하면
서 자신이 알고 있는 정암의 입조立朝 사실을 적어서 보내준 것이다. 그러
자 조용이 이번에는 행장을 지어달라고 부탁하였고 퇴계는 비문을 거절
한 터라 행장마저 거절할 수 없다 하여 「정암 조 선생 행장靜庵趙先生行狀」
을 지었다.

　우리 백성과 가축을 노략질하는 여진족 속고내가 은신하고 있는 곳을

알았으니, 기습 공격하여 소탕하기로 조정의 논의가 결정되었다. 그런데도 정암이 당당한 큰 조정으로서 일개 작은 오랑캐 때문에 도적의 계책을 쓸 수 없다고 반대하자 중종은 정암의 뜻을 따라 다시 의논하라고 지시한다. 정암의 주장에 반박한 신하들의 말, 특히 '논밭 가는 일은 남종에게 물어야 하고 베 짜는 일은 여종에게 물어야 하는 법'이라고 한 병조판서 유담년의 말은 지극히 사리에 맞는 것이다. 그럼에도 중종은 끝내 이들의 말을 따르지 않았으니, 정암에 대한 중종의 신임이 얼마나 두터웠는지 알 수 있게 한다.

폭군 연산군의 뒤를 이은 중종은 개혁을 단행하여 서정을 쇄신하고 싶은 욕구가 강하였다. 이러한 중종의 욕구에 부응할 만한 인물로 떠오른 것이 정암이었다. 정암은 34세에 벼슬길에 올라 불과 4년 만에 사헌부 대사헌라는 높은 자리에 올랐다. 그러나 정암의 지나친 원칙주의와 고집에 중종도 지쳐갔고 그 틈을 타서 개혁을 싫어하는 훈구파는 주초위왕走肖爲王의 터무니없는 무함으로 기묘사화를 일으켜 정암 일파를 제거하였다. 소위 기묘명현己卯名賢이라 불리는 신진사류들이 대거 아까운 목숨을 잃었다. 이 참사로 조선 지식인의 원기는 크게 손상되고 말았다.

율곡은 "하늘이 그분의 뜻을 펴지 못하게 하시면서 어찌 그와 같은 사람을 내셨을까"라고 탄식하였고, 퇴계는 "조정암趙靜庵은 타고난 자질이 비록 훌륭하였으나 학문이 충실하지 못하여 시행한 일에 지나침이 있었기 때문에 마침내 실패하고 말았다. 만일 학문이 충실하고 덕기德器가 완성된 뒤에 세상에 나가서 세상일을 담당하였더라면 그 성취한 바를 쉽게 헤아릴 수 없었을 것이다" 하였다.

정암이 퇴계의 말처럼 학문과 식견이 더욱 성숙한 뒤에 세상에 나왔더라면 어떠했을까. 퇴계에 와서 본격적으로 전개되기 시작한 사림정치가 한 걸음 더 앞당겨지지 않았을까. 조선의 도학자들이 산림에 은거하여 근신하는 기풍이 생긴 것은 기묘사화의 끔찍한 참변이 있은 뒤부터다. 어쩌면 선비들이 근신하여 내공을 더 깊이 쌓은 뒤에 세상에 나왔기 때문에 그 이후의 사림정치가 그렇게 오래갈 수 있었던 것은 아닐까. 사림정치로 세상은 보다 정화되었겠지만 그 기간이 너무 길었던 것은 아닐까. 그래서 조선이 변화해야 할 때 변화하지 못해서 우리가 너무도 아픈 시련을 겪어야 했던 것은 아닐까.

정암과 관련해서 이런저런 생각들을 해보지만 역사에서 가정은 다 부질없는 것이다. 다만 염우廉隅가 깎여서 둥글둥글한 사람들만 설쳐대는 오늘날 세상에 정녕 정암 같은 오활하고 고지식한 원칙주의자가 꼭 한 분이라도 나와서 세상을 후련히 질타해주었으면 좋겠다.

한 성리학자의 수난

O

어쩌면 학계가 주자학자 일색으로 되면서 더 이상 밖에서 이단異端을 찾아낼 수 없게 되자 공격의 대상을 자기 학문 안에서 만들어갔던 것은 아닐까.

주자학의 나라 조선에서 학자들은 같은 주자학을 전공하면서도 각 학파가 첨예하게 대립하였고, 심지어 자기 사문師門의 학설과 조금이라도 다른 학설을 주장하면 자기 학파의 학자일지라도 이단으로 몰아 혹독하게 비판하였다. 영남의 학자 한주寒洲 이진상李震相(1818~1886)의 수난사를 극명하게 보여주는 편지 두 통을 소개한다.

접때 만났을 때 말이 주상洲上에 미치자 내가 주위를 돌아보고 말하지 않았습니다. 대저 칭찬이 있으면 훼방이 있는 것은 진실로 인지상정人之常情이나 근자에 사람들이 주상에 대해서는 취모구자吹毛求疵가 너무 심하니, 어찌 칭찬이 지나치기 때문에 훼방이 지나친 것이 아니겠습니까. 그러나 내가 본 바로 말한다면 주상의 바른 학술과 선유先儒의 학설을 밝힌 공로는 거의 근세에 없던 것이니, 비록 주자의 충실한 계승자요 퇴계의 적통을 이은 분이라 해도 좋을 것입니다.

頃對時, 語及洲上事, 而愈顧瞻末及言. 大抵有譽則有毀, 常情之固然, 而近日此近物情, 於洲上, 吹覓太甚, 豈譽者之過故毀之者甚耶? 然以余論之, 洲

5부 세상은 물결이요, 인심은 바람이라

上學術之正·發揮之功, 殆近世所未有. 雖謂之朱門之素臣·陶山之嫡傳,

可也.

— 허유, 「김치수에게 보냄與金致受」(『후산집后山集』)

자네를 만난 뒤에 아직 만나기 전에 보내온 편지를 받아보았네. 그 편지 속에서 나를 너무 높이고 지나치게 치켜세운 말이 많았으니 모두 내가 감당할 수 없는 것이었네. 아마도 나를 만나지 못했을 때 혹 그렇지 않을까 생각하여, 전해 들은 말이 사실이 아닌데도 나를 좋아하는 마음이 앞서다 보니, 평정한 마음으로 생각할 겨를이 없었던 것일 테지. 그러나 이미 나를 만나본 뒤에는 이런 생각은 없어졌겠지.

봄철에 몇 차례 나를 찾아와주었기에 예의의 자리에서 함께 어울리고 학문의 이치를 물어보고서 자네의 뜻이 안정되고 행실이 차분하며 식견이 깊고 생각이 분명한 것이 일반 후배들보다 훨씬 뛰어난데도 겸허한 자세로 듣기를 즐기고 묻기를 좋아하며 근면하고 민첩하여 나태하지 않다는 사실에 감탄하였네. 장차 단계를 착실히 밟아 가서 날이 갈수록 크게 진보하여 그 큰 성취를 한량할 수 없을 것이니, 나의 스승이지 나의 벗이 아니네.

나를 스승으로 섬기는 예를 갖추겠다고 했는데 나는 이미 늙은 몸일세. 어찌 감히 나이가 많다고 해서 무턱대고 선배로 자처하여 우리 성권聖權 족하에게 어른 행세를 할 수 있겠는가. 말만 해도 진땀이 나고 가슴이 두근거려 감히 많은 말을 할 수 없군. 더구나 한주寒洲의 학문은 세상 사람들이 역질疫疾처럼 금기시하여 이에 물들면 종놈처럼 보고 개돼지처럼 욕하고 이에 반대하면 신선이 되어 구름 위에 오른 격이 되니, 어느쪽으로 가느냐에 따라 영욕과 화복이 나뉘네. 우리 몇 안 되는 문도들은 바야흐로 숨을 죽이고 몸을 움츠린 채 그저 근신하며 조용히 살면서 우리 주리主理의 학문을 이어갈 길을 도모할 뿐일세. 그리고 행여 천행으로 마침내 잘못이 바로잡아져 그 학설이 옛 성현의 학설에 맞는지 연구되어 그 결과를 들을 수 있다면 비로소 편안히 웃으며 눈을 감을 수 있을 걸세. 이 밖에는 이 세상에서 더 바라는 바가 없으며, 또한 다른 사람에게까지 누를 끼치고 싶지 않다네.

자네는 젊은 나이에 학문의 길에 올라 장도가 앞에 펼쳐져 있는 터에 어찌 이런 금고禁錮의 숲 속에 들어가서 스스로 모욕을 자초해서 되겠는가. 나는 이미 자네에게 사랑을 받은 터라 참으로 자네에게 화를 전가하고 싶지 않네. 그래서 이렇게 간절히 말해주는 것이니, 바라건대 부디 조심하여 안전한 길로 가서 몸을 잘 지키고 대업大業을 이룰 것이며, 이 오활하고 어리석으며 곤궁하고 외로워 아무 데도 의지할 곳 없는 나 같은 사람이 되지 말게나. 나는 걱정하며 간절히 빌어 마지않네. 삼가 이렇게 답장을 쓰네.

旣見後, 得未見時書, 書中多推假失倫而相與過厚者, 皆鍾所不堪當. 盖其未見之想, 疑於或然, 而傳聞之得, 不能以眞, 愛之之急, 而不暇於稱停也. 其在旣見後, 明者當無此矣. 春間數次承眄, 周旋於禮儀之場, 叩端於名理之奧, 艶嘆夫志定而行馴, 識沉而慮明, 有非尋常後輩所等夷, 而猶謙沖退虛, 喜聞而好問, 勤敏而不怠. 是將科盈而日大以進, 渾浩乎不可淺者也, 泰師非泰友. 床下之拜, 鍾已晩矣. 曷敢以年紀之大, 而肯冒處于前輩之列, 爲少長之治於吾聖權足下哉! 言猶汗悸, 不敢多詞, 況寒洲之學, 爲世厲禁. 染此者奴視而豕詬, 反此者羽化而雲昇, 榮辱休咎, 判於趨嚮. 區區二三遺徒, 方相與屛息竄伏而謹拙以自靖, 圖所以毋負我主理之傳, 而賴天之靈, 得正其終, 將歸質於先聖賢而聽其發落, 方始迢然而瞑其目矣. 其餘更無所睎冀於斯世矣, 亦不欲延累於他人矣. 賢者英年啓軔, 脩塗在前. 豈宜徑入於禁錮之林以自取濯足之來哉! 鍾旣被愛於賢者, 誠不欲載禍以相餉, 故爲此披懇以相告. 望千萬戒愼, 範其馳驅, 利用安身, 克達大施, 毋爲此迂愚枯僻蹇滯孤劣之無所於歸焉者之陋也. 鍾不勝拳拳憂禱之至. 謹此控謝.

— 이진상, 「하성권에게 답함答河聖權」(『면우집俛宇集』)

한주 이진상은 퇴계학파 주리론主理論의 대미를 장식한 대학자로 현상윤玄相允은 그의 『조선유학사朝鮮儒學史』에서 조선 육대성리학자六大性理學者의 한 사람으로 꼽았다. 그러나 그는 심즉리설心卽理說이란 새로운 학설을 주장하였다 하여 도산서원을 중심으로 한 영남학파 주류로부터 생전과 사후에 걸쳐 혹심한 비판과 탄압을 받았다.

위 첫째 편지는 한주의 제자인 후산后山 허유許愈(1833~1904)가 물천勿川 김진호金鎭祜(1845~1908)에게 보낸 것이다. 주상洲上은 대포大浦라는 시냇가에 살았던 한주를 가리키는 호칭이다. 아직 한주의 문하에 들어오지 않은 물천이 사람이 많은 자리에서 후산에게 한주에 대해 물었는데 후산이 주위 사람들을 의식하여 대답을 회피하였고 뒤에 편지를 보내어 그때의 상황을 설명한 것이다. 사람들이 모인 자리에서 한주에 대한 얘기를 공공연히 하기 어려울 만큼 한주는 그의 생전에 이미 학계로부터 혹심한 비판을 받고 있었던 것이다.

둘째 편지는 한주의 수제자인 면우俛宇 곽종석郭鍾錫(1846~1919)이 자신의 문하에 들어오려 하는 하성권河聖權이란 젊은이에게 쓴 것이다. '한주의 학문은 세상 사람들이 역질疫疾처럼 금기시하여 이에 물들면 종놈처럼 보고 개돼지처럼 욕하고 이에 반대하면 신선이 되어 구름 위에 오른 격이 되니, 어느 쪽으로 가느냐에 따라 영욕과 화복이 나뉜다'는 말에서 당시의 정황이 어떠했던가를 알 수 있다. 이때는 한주 사후인데, 한주학파에 속하면 사림으로 행세하기 어려울 정도였던 것이다. 그래서 면우는 자신의 문하에 들어오지 말라고 만류하기까지 했던 것이다.

한주는 43세 때 장차 학계에 큰 파문을 일으키게 될 「심즉리설心卽理說」을 발표하였다. 심즉리설이 퇴계의 학설을 발명發明한 것이라고 인정받은 것은 후일의 일이고, 한주는 퇴계와 다른 학설을 주장했다고 하여, 그의 생전과 사후에 걸쳐 혹독한 비판과 배척을 받아야 했다.

한주가 세상을 떠난 뒤 1895년에 그의 문집 『한주집寒洲集』이 간행되었다. 당시의 관례에 따라 『한주집』을 도산서원에 봉정하자 도산서원에서는 책을 돌려보내면서 편지에 "이 문집은 가야산 골짜기에 깊이 감추어두었다가 우리 유도儒道가 망한 뒤에 세상에 내놓으라"라고 하였다 한다. 한주가 살던 성주星州가 가야산 아래 있었기에 그렇게 말한 것이다. 매천梅泉 황현黃玹의 『매천야록梅泉野錄』에 있는 얘기이다. 그리고 도산서원 측은 패자牌子를 보내고 통문을 돌려 한주의 학설을 격렬히 비판했으며, 경상북도 상주尙州의 도남서원道南書院에서 『한주집』을 불태우는 사건이 발생하기까지 하였다. 백호 윤휴가 우암 송시열에 의해 사문난적으로 몰린 이래 전례가 없는 혹심한 배척이었다.

다행히 이때에는 한주의 제자들이 성장하여 영남우도嶺南右道 최대의 학파를 이루고 있었기에 사방에서 오는 한주 학설에 대한 공격을 막아 사문師門을 지켜낼 수 있었다. 그리고 한주의 수제자인 면우 곽종석의 문하에서 많은 제자가 길러져서 한주의 재전제자再傳弟子에 와서는 한주학파가 국내 어느 학파보다 영향력이 큰 학파로 성장하였다. 하겸진河謙鎭, 이인재李仁梓, 이병헌李炳憲, 김창숙金昌淑, 김황金榥 등이 그 대표적인 인물들이다.

지금은 한주에 대한 오해가 풀렸고 누구도 그의 학설을 이단시하지 않는다. 오히려 그의 성리설에 관심을 보이는 학자들이 많아지고 있으며, 성리설로는 조선의 학자 누구보다 높은 평가를 받고 있기도 하다.

이제 그 엄혹했던 시절의 일들은 거의 잊혀졌다. 그렇지만 지금도 지역과 학파, 보수와 진보를 판연判然히 나눠놓고 시비를 맹렬히 따지는 세태를 보노라면 나의 뇌리에 문득문득 조선 주자학자의 사나운 얼굴이 떠오르곤 한다. 이제 조선이 망한 책임을 주자학에 다 떠넘기는 학자는 많지 않은 듯하고, 오히려 선입견을 버리고 주자학을 좋아하여 공부하는 젊은 학자들이 많아지고 있다. 바람직한 현상이라 생각한다. 그렇지만 꼭 하나 주자학자의 사나운 얼굴만은 배우지 말았으면 한다.

발운산과 당귀

○

평소 근엄한 퇴계도 호방한 남명의 농담에는 농담으로 응수하지 않을 수 없었다. 퇴계와 남명은 동갑으로 한 시대를 살면서도 그 기질과 학문, 출처出處가 사뭇 달랐다. 그래서 주고받는 편지 속에도 날카로운 비판의 칼날이 숨어 있다. 그렇지만 『시경』에 "해학을 잘하니, 지나치지 않다善戲謔兮 不爲虐兮" 하지 않았던가. 이 양현兩賢의 뼈 있는 말을 감춘 격조 높은 농담을 들어보자.

하늘의 북두성처럼 평소에 존경했건만 책 속의 사람인 양 오랜 세월 만나뵙지 못했습니다. 그런데 뜻밖에도 정성스러운 말씀이 담긴 서찰을 보내 많은 깨우침을 주시니, 예전부터 조석으로 만났던 듯 느껴졌습니다.

우매한 제가 어찌 자신을 아낄 게 있겠습니까. 단지 허명을 얻어 세상을 속여서 성상을 그르쳤으니, 남의 물건을 훔친 자를 도둑이라 하는데 하물며 하늘의 물건을 훔침에 있어서겠습니까! 이 때문에 두려워 몸 둘 바를 모르면서 날마다 하늘의 벌을 기다리고 있었습니다. 하늘의 벌이 과연 이르러 허리와 등이 쑤시고 아프더니 달포가 지나자 갑자기 오른쪽 다리를 절어 이미 걸어 다니는 사람 축에도 끼지 못하게 되었습니다. 평지를 걷고자 한들 어찌 뜻대로 되겠습니까. 이에 사람들이 모두 저의 못난 점을 알았고 저도 사람들에게 저 자신의 못난 점을 숨길 수 없게 되었습니다. 웃고 탄식할 일입니다.

다만 생각건대 공은 서각犀角을 태우는* 것 같은 밝음이 있고 저는 동이를 뒤집어쓴** 것 같다는 탄식만 있을 뿐인데도 글을 통해 가르침을 받을 길이 없었습니다. 게다가 눈병마저 있어 눈이 침침해 사물을 제대로 보지 못한 지가 여러 해이니, 명공明公께서 어찌 발운산撥雲散으로 눈을 틔워주시지 않겠습니까. 부디 살펴주시기 바랍니다. 멀리서 지면을 빌려 어찌 마음을 다 표현할 수 있겠습니까. 삼가 글을 올립니다.

平生景仰, 有同星斗于天; 曠世難逢, 長似卷中人. 忽蒙賜喩勤懇. 撥藥弘多, 曾是朝暮之遇也. 植之愚蒙, 寧有所靳耶? 只以構取虛名, 厚誣一世, 以誤聖明. 盜人之物, 猶謂之盜, 況盜天之物乎? 用是踢踏無地, 日俟天誅. 天譴果至, 忽於去年冬, 腰脊刺痛, 月餘, 右脚輒蹇, 已不得齒行人列. 雖欲踏履平地上, 寧可得耶; 於是. 人皆知吾之所短, 而僕亦不能藏吾之短於人矣, 堪可笑嘆. 第念公有燃犀之明, 而植有戴盆之嘆, 猶無路承敎於懿文之地, 更有眸病, 眯不能視物者有年. 明公寧有撥雲散以開眼耶, 伏惟鑑察. 遙借紙面, 詎能稍展蕉葉乎? 謹拜.

— 조식, 「퇴계에게 답한 편지答退溪書」(『남명집南冥集』)

---

* 서각은 물소의 뿔인데, 이를 태우면 밝은 빛이 난다고 한다. 진나라 온교溫嶠란 사람이 길을 가다가 무창武昌의 저기渚磯한 곳에 당도하니, 물이 아주 깊고 물속에 괴물이 산다고들 하였다. 온교가 서각에 불을 붙여서 물속을 비추니, 얼마 뒤에 물속에 있던 기이한 모습의 물고기들이 모두 모습을 보였다고 한다. (『晉書 溫嶠列傳』) 여기서는 지혜가 매우 밝음을 비유하였다.

** 사마천의 「보임안서報任安書」에 나오는 말이다. 동이를 머리에 이면 하늘을 볼 수 없고 하늘을 보려면 동이를 일 수 없다는 것으로, 여기서는 아무런 식견이 없다고 겸사로 말하였다.

지난 여름, 답서를 보내 자세히 말씀해주셨기에 출처出處의 도리가 평소 가슴속에 정해져 있기 때문에 밖에서 오는 명리名利에 마음이 걸리지 않을 수 있어 그 말에 깊은 맛이 있음을 알 수 있었습니다.

한 번 벼슬이 내렸는데 벼슬을 받으러 오지 않는 이도 드문데 하물며 재차 벼슬이 내릴수록 뜻이 더욱 확고해 흔들리지 않음에 있어서야 말할 나위 있겠습니까. 그러나 세상에서는 이를 귀하게 여길 줄 아는 사람은 늘 적고 노하고 비웃는 사람은 늘 많으니, 선비가 되어서 자기 뜻을 지키고자 해도 또한 어렵지 않겠습니까. 그러나 세상 여론 아래서 두려워 우왕좌왕하는 자는 진실로 뜻을 지키는 선비가 아니니, 공의 경우를 보고서 뜻을 세운 바 없는 저 자신이 더욱 부끄러웠습니다.

발운산을 달라고 하신 분부에 대해서는 감히 따르고자 힘쓰지 않을 수 있겠습니까. 다만 저도 당귀當歸*를 구하고 있는데 얻지 못하고 있는 형편이니, 어찌 공을 위해 발운산을 구해드릴 수 있겠습니까.

공은 북쪽으로 오실 뜻이 없고, 제가 남쪽으로 갈 일은 조만간에 필시 있을 터이나 시기를 분명히 알 수 없으니, 그저 사모하는 마음만 간절할 뿐입니다. 헤아려주십시오. 추운 날씨에 더욱 건강에 유념하십시오. 이만 줄입니다.

去夏, 承辱報書, 披諭諄悉, 有以見出處之道素定於胸中, 所以能不攖外至, 而言之有味也. 一而不至者猶鮮, 況再而愈確耶? 然而世俗知貴於是者恆少,

---

* 약초 이름이다. 풀이하면 '마땅히 돌아가야 한다'는 뜻이 된다. 즉 퇴계 자신이 벼슬을 버리고 향리로 돌아가려는 뜻을 은유한 것이다.

而怒且笑者恆多. 爲士而欲守其志, 不亦難乎? 然世論之下, 怵迫西東者, 固

非守志之士. 因公事而益愧鄙人之無樹立也. 示索撥雲散, 敢不欲勉? 但僕

自索當歸而不能得, 何能爲公謀撥雲耶? 公則無北來之志, 僕之南行, 早晚

必可得也, 而未有指期, 徒切慕用之私. 惟照察. 歲寒, 冀加崇珍. 不宣.

— 이황, 「조건중에게 답하다答曺楗仲」(『퇴계집退溪集』)

남명과 퇴계가 주고받은 편지이다.

위 남명의 편지는 명종 계축년(1553)에 퇴계가 보내온 편지에 대한 답
서이다. 이보다 앞서 남명이 성수침成守琛, 이희안李希顔 등과 함께 유일遺
逸로 천거되어 홀로 벼슬에 나아가지 않은 데 대해 퇴계가 출처出處의 도
리에 맞지 않다고 지적하자 남명이 이 편지를 보내 자신은 눈이 어두워
앞을 잘 보지 못하니 눈을 틔우는 안약인 발운산撥雲散을 보내달라고 뼈
있는 농담을 던진 것이다. 그러자 퇴계는 자신도 당귀當歸를 구하지 못
하고 있는 터에 어떻게 발운산을 구해줄 수 있겠느냐는 농담으로 맞받았
다. 한약재인 당귀는 한자를 풀이하면 마땅히 돌아가야 한다는 뜻이 된
다. 즉 자신은 벼슬길에서 물러나 향리로 돌아가야 마땅함에도 그러지
못하고 있는 형편인데 어찌 그대의 처세處世에 대해 충고할 수 있겠느냐
고 반문함으로써 대답한 것이다. 호방한 인품의 남명다운 공격이며, 늘
겸양을 보이는 퇴계다운 응수이다. 퇴계와 남명은 동갑이요 한 시대를
대표하는 학자이면서도 기질은 매우 달랐다.

퇴계가 후학들과 사단칠정四端七情과 같은 이기설理氣說 논쟁을 벌이는
것을 남명은 매우 못마땅하게 여겨 "요즘 학자들은 마당에 물을 뿌리고

비질하는 일 따위의 쇄소응대灑掃應對와 같은 작은 예절도 모르면서 천리
天理를 담론, 헛된 명성을 훔쳐서 세상을 속이고 있다"라고 강하게 비판
하였다. 퇴계는 "본래 세상을 속여 명성을 훔치려 하는 자는 말할 것도
없지만 학문을 하려는 좋은 뜻을 가진 사람들에게 학문하지 못하게 막는
다면 이는 하늘과 성인의 문하에 죄를 짓는 것이니, 어느 겨를에 남이 세
상을 속이고 명성을 훔치는 것을 걱정하리오"라고 반박하였으니, 시종
겸양을 보이는 퇴계로서는 매우 강경한 어조이다. 그만큼 이 양현兩賢의
성향은 거의 상반된다고 해도 될 정도였다. 그렇지만 성리학자라 하여
퇴계와 남명이 비슷한 학문 성향을 보였으면 어땠을까. 조선의 성리학이
외려 더 멋없고 답답해지지 않았을까.

퇴계와 남명의 학문 성향이 다른 점을 이 자리에서 굳이 다 말할 필요
는 없을 것이다. 다만 매우 상이한 성향을 가지고 상대에 대해 강한 비판
의 칼날을 품고서도 유연한 해학으로 자기 뜻을 전달할 줄 알았던 이 양
현의 지혜를, 걸핏하면 말을 쉽게 내뱉는 오늘날의 지식인들이 꼭 배워
야 하지 않을까.

조선 성리학 미완의 결말

○

조선이 망한 뒤 주자학은 망국의 왕실처럼 온갖 수모를 다 겪어도 유구무언有口無言일 수밖에 없었다. 스스로 개명開明했다고 자부하는 인사일수록 더 주자학을 타기唾棄하는 것을 득의한 일로 여겼고 제일의第一義로 삼았다. 오늘에 이르러 주자학은 더 이상 세상을 지배하는 이념도 학문의 주류도 아니다. 우리 정신의 방대한 유산이면서도 형해形骸만 겨우 남아 있어 사람들의 보살핌을 필요로 하는 학문의 부용국으로 전락하고 말았다.

한주 이진상의 성리설을 처음 학계에 소개한 송찬식宋贊植 교수의 일갈이 생각난다.

"지금의 우리들은 성리학이 공리공담空理空談만 일삼는 학문으로 생각하고 있다. 그러나 과연 성리학이 공리공담인지는 선인의 글을 직접 읽어보아야 확인될 것이다. 성리학을 배척해온 지가 너무 오래되어 이제 성리학에 조예가 있는 학자가 끊어질 위기에 처해 있다. 공리공담을 확인할 사람인들 있을 수 있겠는가?"

평묵은 살목마을[箭村] 사문 집사께 삼가 답장을 올립니다. 귀향貴鄕의 백암白巖은 우리 동천東泉 선조께서 충전蟲篆의 화*를 만나 몸을 숨겼다가 운명하신 곳입니다. 저는 가난하고 병들고 용렬한 사람이라 한갓 선조의 사적을 읽고 비통하여 탄식할 뿐 아직도 하루 남쪽으로 가서 선조의 유적을 보고 아울러 향리의 어른들을 방문하지 못한 채 오랜 세월 세상사에 골몰하다가 이제 저승으로 갈 날이 가까워 장차 널 속에 들어가게 되었습니다.

평소에 제 나름대로는 이 학문에 뜻을 두었으나 학설을 강명講明하여 취사할 때 붕당과 세론世論이 서로 상대편을 적국처럼 보니 입을 열어 토론할 수 없었습니다. 이는 비록 음陰·양陽이 서로 이기고 지는 것이 이치상 없을 수 없는 것과 같지만 또한 외지고 작은 나라의 풍기風氣가 그렇게 만든 것이기도 합니다. 훌륭한 왕자王者가 나와서 한 세대 동안 교화하여 백성들을 어질게 하지 않는다면** 그 풍속이 바뀌기를 결코 바랄 수 없을 것입니다. 그저 자기의 자취를 감추고 남들과의 교유를 그만두고 우선 예전부터 친한 사우師友들과 토론하여 다소의 학자들을 승복하게 할 뿐인데도 역시 이런 병폐가 있으니, 어찌할 수 없습니다.

이제 보내신 편지를 받으니, 그 대지大旨는 비록 기묘년에 말씀하신 것

---

* 1519년(중종 14)에 일어난 기묘사화를 가리킨다. 남곤南袞, 심정沈貞, 홍경주洪景舟 등이 궁중의 나뭇잎에다 꿀로 '주초위왕走肖爲王'이라는 글자를 써서 벌레가 갉아먹게 하고 그 나뭇잎을 왕에게 보여 조趙씨인 조광조가 왕이 될 것으로 모함하여 기묘사화를 일으켰기 때문에 이렇게 말한 것이다.

** 공자가 "만일 왕자王者가 있다 하더라도 반드시 한 세대가 지난 뒤에야 백성들이 인仁해질 것이다"라고 하였다.

을 벗어나지 않으나 학문의 대본大本이 되는 긴요한 곳은 한주 어른이 전수하신 것이 실로 제가 예전에 화서華西 선생께 들은 것과 마치 약속이나 한 듯이 부합하니, 정주程朱가 다시 살아나신다면 빙그레 웃으면서 긍정하실지는 모르겠지만 당장에 제 가슴속이 후련하여 흠복欽服하는 것은 이루 형언할 수 없습니다.

그중에 "마음은 리理의 주재主宰이고 그 자구資具는 기氣이다", "미발未發 상태에서는 지智의 덕이 마음 전체를 온전히 주재하고 이발已發 상태에서는 지智의 단서가 마음의 모든 정情을 묘하게 운행한다" 한 것은 거의 전현前賢이 밝히지 못한 이치를 밝혀서 정주의 본지本旨에 틀림없이 맞는 것입니다. 오늘날 세상에서 마음의 본체의 진면목이 이렇게 분명하게 환히 드러날 줄은 생각지도 못했습니다. 매우 훌륭하고 매우 훌륭합니다.

그렇지만 세상에서 본연의 마음을 기氣의 근본이라 하여 마음을 리理로 말하는 것을 금지하는 자들은 단지 그 학문이 평소 보고 들은 바를 답습하고 온고지신溫故知新을 잘하지 못하여, 자기가 정미한 뜻을 분석하지 못한 줄 깨닫지 못해 이렇게 된 것일 뿐입니다. 그런데 그들의 생각은 '기'의 측면에 나아가 본연의 정상精爽을 가지고 단연코 '리'의 재로 간주하여 전혀 변동할 수 없다고 하는 것이 잘못된 것일 뿐이고, "'기' 이면에 모든 '리'를 갖추고서 이 '기'가 '리'를 가지고 만사에 응한다"라고 한 것은 기실은 단지 인仁·의義·예禮·지智 중에서 지가 크다*는 오묘한 이치를 살펴 알지 못하고서 '기'를 마음이라 한 것일 뿐이니, 안목이 부족한 것입니다. 따라서 마음의 주재가 '리'라는 이치로 강론하여 승복시키는 것이 또 전현前賢들이 강론하여 이치를 바로잡았던 덕업德業이 될 수 있습니다. 만약 이런 학설이 터럭만큼이라도 어긋나면 그 폐해는 반드시 형기形氣의 사사로운 기운이 내 마음의 주도권을 잡게 되는 데 이르게 될 터이니, 매우 걱정스러운 것입니다.

한주의 어짊에 대해서는 내가 궁벽한 곳에 살아 견문이 부족해 잘 알지 못합니다. 그래서 어떤 분인지 상세히 알아보고서 마침내 등용문登龍門**의 소원을 이루지 못하였습니다. 그러나 그 학문의 큰 근본이 이와 같은 데서 그 사우師友 간에 전수한 학문의 실상을 알 수 있었으니, 이런 분이 계셨다는 것은 우리 학문의 다행입니다. 멀리 남쪽 하늘을 바라보면서 지극히 향모向慕하여 마지않습니다.

동짓달을 맞아서 학문하시며 지내시는 정황이 좋으시리라 생각됩니다. 접때 금강산을 유람했을 때에는 발과 눈이 함께 진경眞景에 도달하셨으리라 사료되니, 사마자장司馬子長이 강회江淮를 유람했던 것***과 비교하

---

* 주자가 "사단 중에서 '인'과 '지'가 가장 크다. ……'지'가 큰 까닭은 앎을 가지고 있기 때문이다四端仁智最大……智之所以爲大者以其有知也广" 하였다. (『朱子語類』「広録」) 한주가 이 구절을 마음의 주재主宰가 '리'임을 밝히는 근거로 여러 곳에서 인용하였다.

** 훌륭한 인물을 만남을 뜻한다. 후한後漢 이응李膺은 명망이 매우 높아서 선비들이 그를 만나 인정을 받으면 평판이 높아졌다. 그래서 그를 만나는 것을 등용문, 즉 용문龍門에 오른다 하였다. (『後漢書 李膺列傳』)

*** 자장子長은 『사기』를 지은 사마천의 자인데, 사마천은 20여 세 때 천하를 유람하고자 하여 남으로 강회江淮, 회계会稽, 우혈禹穴, 구의九疑, 원상沅湘 등지를 유람하였다 한다.

면 어떨지 모르겠습니다.

빈집에서 앉은뱅이처럼 틀어박힌 채 그저 선정先正의 "풍악산 맑은 기운은 천년토록 쌓였고 동해의 푸른 물결은 만 길이나 깊어라楓山灝氣千年積 蓬海滄波萬丈深"*와 선사先師의 "천 봉우리 머리 조아리니 모두 덕이 같고 만 물줄기 바다로 향하여 한 집안을 이루도다千峯揖讓皆同德 萬水朝宗作大家"**라는 시구를 읊조리노라니 나도 모르게 정신이 금강산으로 달려가는 듯하였습니다.

나는 학식은 없고 몸만 노쇠한 채 겨우 사람 축에 끼어 살고 있지만 하는 일마다 화패禍敗를 부르고 하는 말마다 기휘忌諱에 저촉될 뿐*** 학문에는 이치를 밝힌 바가 없으니, 예전에 보여드린 두 편의 글을 보면 세상에 없어도 될 보잘것없는 것임을 알 수 있을 것입니다. 병석에 누워겨우 숨만 붙은 몸으로 대략 이렇게 답장을 올립니다.

平黙謹覆箭村斯文執事. 仙郷之白巖, 東泉先祖, 遭虫篆之禍, 竄身畢命之地也. 貧病拙劣, 徒能追講先蹟, 盡然傷歎, 而迄不得一日南爲, 兼訪郷里之長德, 汨没許多年, 因今鬼事日迫, 行將就木矣. 平日妄竊有志於斯事, 無奈講明趨舍之際, 朋黨世論, 相爲敵國, 不可開口相謀. 此雖陰陽予奪, 理之所不

---

*   '선정先正'은 우암 송시열을 가리킨다. (『宋子大全』 「遊楓嶽次尹美村韻」)

**   '선사先師'는 화서 이항로를 가리킨다. (『華西集』 「毘盧峯」)

***   세상에 맞지 않아서 매우 가난하게 산다는 뜻이다. 당나라 한유의 「송궁문送窮文」에 지궁智窮·학궁學窮·문궁文窮·명궁命窮·교궁交窮의 다섯 궁귀窮鬼가 자신을 괴롭히는 행위를 말하기를 "다섯이 각기 주장한 바가 있고 사사로이 이름자를 세워서, 내 손을 비틀어 뜨거운 국을 엎지르게 하고 목청을 냈다 하면 남의 기휘를 저촉하게 하여, 나로 하여금 면목을 가증스럽게 하고 언어를 무미건조하게 하는 것이 모두 그대들의 뜻이다各有主張 私立名字 振手覆羹 轉喉觸諱 凡所以使吾面目可憎 語言無味者 皆子之志也" 한 데서 온 말이다.

能無者, 而亦見偏邦風氣使之然. 自非有王者作而及於世仁, 則不可望其風移而俗易也. 只得鏟跡息交, 姑就舊日師友, 講服多少, 而亦種種有是弊, 無如之何矣. 今奉辱書, 大旨不出於己卯之緖餘, 而大本緊要, 寒州爺爺之所傳授, 實與舊所聞於青華函丈者不約相符, 則雖未知程朱復起, 當莞爾與否, 而當場灑然欽服, 即不容名言也. 其曰: "心者, 理之主宰, 其資具則氣也." 其曰: "未發而智之德, 專一心；已發而智之端, 妙衆情"者, 則庶幾發前賢所未發, 而脗合乎程朱之本旨者矣. 盖不圖今天之下, 心之本體眞面目, 軒豁呈露, 若是其端的也. 甚盛甚盛. 但世之喚本心以爲氣之本, 而禁其以理言者, 特其學溺於蹈襲見聞而疎於溫故知新, 不悟夫微言之未析而至此耳. 第其意就氣上, 以本然精爽, 斷爲此理之主, 而要移動不得, 爲失之. 其以此氣裏面含具衆理, 而此氣以理應事云爾, 則其實特不察智爲大之妙, 而喚做氣爲心, 眼所未到也. 故以此講服, 亦不害爲前賢之德業. 若其毫釐之差, 其弊必至於形私擅政, 是深可憂者也. 寒洲之賢, 緣索居孤陋, 不得詳究其世而卒遂其登龍門之願. 然即此大本端的如此, 見師友傳受之實, 是吾道之幸也. 引領南望, 不勝嚮之至. 履玆陽來, 伏惟味道體況, 金重玉毖. 向來東遊, 竊計足目俱到, 未知子長之江淮爲如何. 空堂鼇覽, 惟誦先正 "楓山灝氣千年積, 蓬海滄波萬丈深" 先師 "千峯揖讓皆同德, 萬水朝宗作大家" 之句, 不覺其神迋也. 平默不學老衰, 妄自廁身於世間, 扳手覆羹, 轉喉觸諱, 無所發明, 只向時兩箇文字, 可見殊可少也. 病枕殀殀, 略此奉謝.

— 김평묵, 「살목마을 사문 윤집사에게 답함[答尹箭村-靑夏-]」(『중암집重菴集』)

화서華西 이항로李恒老(1792~1868)의 제자인 중암重菴 김평묵金平黙

(1819~1888)이 한주 이진상의 제자인 교우膠宇 윤주하尹冑夏(1846~1906)에게 보낸 답장이다.

백암白巖은 경상남도 거창군 주상면 넘터마을에 있는 바위이다. 기묘명현己卯名賢 중 한 사람인 동천東泉 김식金湜이 사화가 일어났다는 말을 듣고 이 바위 밑에 숨어 있다가 바위에 '백암'이라 써놓고 자결했다고 한다.

성리학에서는 우주 만물이 모두 '리理'와 '기氣'의 합성으로 이루어져 있다고 한다. 따라서 '리' 없는 '기'가 없고 '기' 없는 '리'가 없는 것이 마치 형상과 질료의 관계와도 같다. 사람의 마음도 당연히 '리'와 기'의 합성으로 이루어져 있는데, 퇴계는 마음은 '리'와 '기'가 합한 것이라는 심합리기설心合理氣說을 주장하였고 율곡은 마음은 '기'라는 심즉기설心卽氣說을 주장하였다. 이후로 영남학파와 기호학파는 각각 퇴계와 율곡의 설을 굳게 지켜서 대체로 큰 변화는 없었다.

19세기에 이르러 성리학계의 흐름은 여러 갈래로 매우 큰 변화를 보인다. 이 변화 중에서 특히 주목할 만한 것은 경기도 화서 이항로, 전라도 노사蘆沙 기정진奇正鎭, 경상도 한주 이진상의 등장이다. 화서와 노사는 모두 기호학파에 속해 있으면서도 성리설에 있어서는 주리론主理論을 주장, 한주와 유사한 학설을 보인다. 화서의 경우는 한주와 심설心說이 거의 일치한다. 이들은 비록 서로 직접적으로 교감한 적은 없지만 화서·노사·한주의 문인들은 서로 교유하면서 서로의 학설에 공감하는 부분이 많았다. 한주의 제자인 후산后山 허유許愈는 "화서의 말은 대체로 한주의 설과 다름이 없다" 하였다.

위 편지에서 중암은 학파끼리 서로 원수처럼 미워하여 학설을 함께 토론할 수 없고, 심지어는 자기 학파의 동문들조차도 다른 학설을 주장하면 상대편을 용납하지 않는 현실을 개탄하였다. 스승인 화서 이항로의 심설心說에 대해 중암 김평묵과 성재省齋 유중교柳重教가 서로 대립하였던 것을 가리킨다. 중암은 스승의 학설을 그대로 계승하였고 성재는 기호학파 정통의 학설과 다르다고 하여 스승의 학설을 수정하였다.

조선의 성리학은 당쟁과 맞물리면서 영남과 기호 두 학파가 줄곧 상대편을 절대로 용인하지 않고 자기 학설만 고집하는 지나친 편협성을 보였다. 그 와중에서 자기 학설을 다듬으면서 논리가 더욱 정교해진 면도 있지만 상대편과 토론을 하겠다는 진지하고 긍정적인 자세가 없었다. 조선이 망할 무렵에 이르러서야 두 학파가 상통하는 학설을 내어놓았고 정주程朱의 학설, 특히 소위 주자의 만년정론晩年定論을 규명하는 작업을 통하여 정밀한 논변이 이루어졌다. 그러나 그 논변은 겨우 첫발을 내딛고는 그치고 말았다. 조선의 성리학사는 미완으로 남고 말았다 해도 결코 과언이 아닌 것이다.

조선 후기 성리학이 이룩해놓은 주자에 대한 연구는 그 자체만으로도 중국을 능가하는 위대한 학문적 성과이다. 그렇지만 우리는 실학과 대비하여 성리학은 무시하고 공리공론空理空論이라 폄하해왔다. 오늘에 이르러 우리 자신을 되돌아보자. 무엇이 공리공론이고 무엇이 실학實學인가. 성리학을 공리공론으로 매도하는 나는 과연 실학을 하고 있는가.

| 찾아보기 |

○ 인물

○ 책